Entre, o céu e a terra

PAULA McLAIN

Entre o céu e a terra

Tradução
Celina Portocarrero

HarperCollins *Brasil*
Rio de Janeiro, 2016

Título original: CIRCLING THE SUN

Copyright © Paula McLain 2015

Direitos de edição da obra em língua portuguesa no Brasil adquiridos pela Casa dos Livros Editora LTDA. Todos os direitos reservados. Nenhuma parte desta obra pode ser apropriada e estocada em sistema de banco de dados ou processo similar, em qualquer forma ou meio, seja eletrônico, de fotocópia, gravação etc., sem a permissão do detentor do copirraite.

Esta é uma obra de ficção. Os nomes, personagens e incidentes nele retratados são frutos da imaginação da autora. Qualquer semelhança com pessoas reais, vivas ou não, eventos ou locais é uma coincidência.

Contatos:
Rua Nova Jerusalém, 345 — Bonsucesso — 21042-235
Rio de Janeiro — RJ — Brasil
Tel.: (21) 3882-8200 — Fax: (21) 3882-8212/831

CIP-Brasil. Catalogação na Publicação
Sindicato Nacional dos Editores de Livros, RJ

M48e
    Mclain, Paula
        Entre o céu e a terra / Paula Mclain ; tradução Celina Portocarrero. - 1. ed. - Rio de Janeiro : HarperCollins Brasil, 2016.
        288 p. ; 23cm

        Tradução de: Circling the sun
        ISBN 978.85.6980.965-4

        1. Romance americano. I. Portocarrero, Celina. II. Título.

16-30685   CDD: 813
                              CDU: 821.111(73)-3

*Para minha família — com amor
e infinitos agradecimentos —
e para Letti Ann Christoffersen,
que foi minha Lady D.*

"Aprendi a observar, a colocar minha confiança nas mãos de outras pessoas. E aprendi a andar a esmo. Aprendi o que toda criança sonhadora precisa saber — que nenhum horizonte é tão distante a ponto de não se poder ficar acima ou além dele. Essas coisas aprendi de imediato. Mas a maior parte de todas as outras coisas foi mais difícil."
—Beryl Markham, *West with the Night*

"Precisamos deixar nossa marca na vida enquanto a temos em nosso poder."
—Karen Blixen

Prólogo

*4 de setembro de 1936
Abingdon, Inglaterra*

O *Gaivota Vega* é azul-pavão com asas prateadas, mais esplêndido do que qualquer outra ave que conheço, e é de certa maneira meu, se quero voar. Chama-se *O Mensageiro*, e foi desenhado e construído com muito cuidado e habilidade para fazer o que deveria ser impossível — atravessar um oceano num único e corajoso arremesso, 5.800 quilômetros de ondas negras e vazio — e me levar com ele.

Anoitece quando embarco. Tempestades desabam há dias sobre o aeródromo e qualquer luz que haja agora é escassa e distorcida. A chuva bate forte nas asas do Gaivota e há rajadas de vento lateral, mas ainda assim ouço que aquele é o melhor clima que terei o mês inteiro. Estou menos preocupada com o clima do que com o peso. O Gaivota recebeu uma estrutura especial para suportar o óleo e a gasolina extras. Tanques foram fixados sob as asas e a cabine, onde formam uma parede apertada em torno do meu assento com válvulas que posso alcançar com dois dedos para alternar entre os tanques em pleno voo. Fui instruída a fechar um dos tanques apenas quando este se esvaziasse por completo e só assim poderia abrir o outro, para evitar a alta pressão entre eles. O motor poderia parar por alguns instantes, mas voltaria a funcionar. Precisarei contar com isso. Precisarei contar com inúmeras outras coisas também.

Por todo o asfalto se espalhavam poças do tamanho de pequenos lagos, a superfície fustigada de branco. Há violentos e ininterruptos ventos de proa e nuvens baixas e carregadas. Alguns jornalistas e amigos se reuniram para a minha decolagem, porém estavam inegavelmente melancólicos. Todos os que conhecem a verdadeira natureza do que estou a ponto de fazer tentaram me convencer a não ir. Não hoje. Não este ano. O recorde ainda existirá quando o clima ficar mais favorável... mas já fui longe demais para voltar atrás. Guardo minha pequena cesta de alimentos, enfio o frasco de conhaque no bolso do meu uniforme de voo, e me encaixo na carlinga, confortável como uma pele. Uso um relógio emprestado por Jim Mollison, o único piloto a tentar esta façanha e sair vivo. Tenho um mapa que traça minha rota pelo Atlântico, de Abingdon a Nova York, cada centímetro de água gelada por onde vou passar, mas não o vazio envolvido, ou a solidão, ou o medo. Porém, essas coisas são tão reais quanto quaisquer outras, e precisarei voar através delas. Atravessar em linha reta bolsões de ar e mergulhos nauseantes, porque não se pode traçar um curso em torno de algo do qual se tem medo. Não se pode correr de lugar algum dentro de si mesmo, e é melhor não tentar fazer isso. Acreditei, algumas vezes, que são os desafios que nos estimulam e também nos modificam — uma pista de um quilômetro e meio e oitocentos quilos de combustível. Esquadrões de nuvens negras se avolumando por todos os lados do céu e a luz enfraquecendo, minuto a minuto. Não há como fazer isso e continuar a ser eu mesma.

Permaneço firme em minha posição e empurro o manche, passo rugindo pelos espectadores com suas câmeras e depois pela série de marcadores em direção à solitária bandeira vermelha que indica o ponto sem volta. Tenho um quilômetro e meio de pista e nem mais um centímetro. A aeronave pode não conseguir, é claro. Depois de reunir toda a coragem, planejar, cuidar e trabalhar, existe a esmagadora possibilidade de que o Gaivota fique preso à terra, mais elefante do que borboleta, e que eu fracasse antes mesmo de ter começado. Mas não sem que eu dê tudo de mim neste momento.

Vencidos os primeiros cento e cinquenta metros de pista, sua cauda se eleva, com esforço. Acelero ainda mais, sentindo a resistência da gravidade, o impossível peso da máquina, adivinhando mais do que vendo a bandeira vermelha crescer na minha direção. Então, enfim, leme e profundor criam vida, elevando o nariz, e ela deixa a terra como uma flecha. Uma borboleta, afinal. Escalamos o céu cada vez mais sombrio e a chuva cai sobre o solo de Swindon, um tabuleiro verde e cinza. Adiante está o mar da Irlanda, toda aquela água negra pronta para agarrar e parar meu coração. O brilho sujo que é Cork. A imensa escuridão do Labrador. O soluço constante do motor fazendo o trabalho para o qual foi construído.

Nariz quicando, avanço com dificuldade por entre os respingos, lutando contra a subida e o arrepio que me causava o clima repressor. Tenho em mim a inata capacidade de voar e conheço seus aspectos práticos; no entanto, há também algo de misterioso e essencial na maneira como estou e sempre estive destinada a fazer isto, a bordar meu nome no céu com esta hélice, estas asas laqueadas de linho, trinta e seis horas na escuridão.

Há dois anos, o desafio surgiu pela primeira vez, no barulhento bar com painéis de cedro do hotel White Rhino, em Nyeri. Havia bifes altos salpicados de pimenta em meu prato, aspargos escaldados, cada um da finura do meu dedo mínimo, e vinho tinto em todas as nossas taças. E então, à guisa de sobremesa, a provocação lançada por JC Carberry. *Ninguém conseguiu cruzar o Atlântico sozinho pelo lado de cá, da Inglaterra para a América, nenhum homem ou mulher. O que você me diz, Beryl?*

Dois anos antes, Mollison tinha fracassado num trajeto semelhante na água, e ninguém tinha feito nada além de imaginar uma aeronave que conseguiria atravessar aquela distância, mas JC tinha mais dinheiro do que podia gastar e a centelha de um Magellan ou um Peary. E ali estava: o oceano sem fim, milhares de quilômetros de ar virgem e glacial, uma fronteira definida, e nenhum avião. *Quer tentar?*

Os olhos de JC eram como ágatas. Observei-os faiscar e pensei em como sua bela esposa, Maia, deveria ficar em seda branca com o cabelo perfeitamente ondulado, mas ela morrera anos atrás numa simples aula de voo perto de Nairóbi, num dia sem vento ou tempo ruim. Aquela foi a primeira tragédia aérea a nos atingir de perto, mas não a última. Muitas outras pessoas queridas cintilavam do passado, flashes de luz brincando nas bordas das nossas taças de vinho, recordando-nos do quanto haviam sido imprudentes e magníficas. Eu, na verdade, não precisava que me lembrassem. Não me esquecera daquelas pessoas por um único instante — e, fosse como fosse, ao encontrar o olhar de JC, senti-me pronta a trazê-las para ainda mais perto. *Sim*, eu disse, e depois disse sim novamente.

Não se passa muito tempo antes que os últimos fiapos de luz enxaguem a borda irregular do céu, e então só existem a chuva e o cheiro de gasolina. Estou voando a dois mil pés acima do nível do mar e assim estarei por cerca de dois dias. Nuvens densas engoliram a lua e as estrelas — a escuridão é tão absoluta que não tenho escolha senão voar por instrumentos, piscando para afastar o cansaço, e esquadrinhar os mostradores mal iluminados. Não tenho rádio, assim o som e a potência do meu motor, mais o vento soprando meu nariz a quarenta nós, são tranquilizadores. O murmúrio e o balanço do combustível nos tanques também me acalmam durante as primeiras quatro horas de voo, até que o motor começa de repente a vacilar. Esbraveja e assobia, e logo depois para. Silêncio. O ponteiro do altímetro começa a espiralar, caindo em espantosa velocidade. Aquilo me põe numa espécie de transe, mas minhas mãos sabem o que fazer mesmo que minha cabeça continue amortecida e imóvel. Só preciso alcançar a válvula e trocar de tanque. O motor vai recomeçar. Vai, sim. Firmo a mão e faço meus dedos encontrarem a válvula de prata. Quando a alcanço, ela faz um clique tranquilizador, mas o motor não reage. O Gaivota continua a perder altitude, mil e cem pés, oitocentos. Menos ainda. As nuvens ao meu redor abrem-se por um instante e posso ver assombrosos reflexos de água e espuma. As ondas sobem e o céu insondável desce. Inverto outra vez a válvula, tentando não tremer ou entrar em pânico. Estava preparada para tudo, o quanto podia, mas estaria alguém realmente pronto para a morte? Estaria Maia, ao ver o solo vindo ao seu encontro? Estaria Denys, naquele dia terrível, sobre Voi?

Um raio crepita junto à minha asa esquerda, brilhante como enfeites de Natal, eletrificando o ar... e tenho, de repente, a sensação de que tudo aquilo já aconteceu, talvez muitas vezes. Talvez eu sempre tenha estado ali, mergulhando de cabeça em direção a mim mesma. Lá embaixo, a água impiedosa se debate com violência, pronta para me receber, mas é no Quênia que penso. Meu vale do Rift... o monte Longonot e a margem irregular do rio Menengai. O lago Nakuru com sua mancha cor-de-rosa e bruxuleante de flamingos, as escarpas altas e baixas, Kekopey e Molo, Njoro e o gramado reluzente do Muthaiga Club. É para lá que pareço estar indo, embora saiba que isso é impossível... como se a hélice fatiasse os anos, fazendo-me voltar atrás e também, sem cessar, levando-me adiante, libertando-me.

Ah, penso, sendo arremessada para baixo em meio à escuridão, cega para tudo mais. *De alguma maneira, consegui voltar para casa.*

Primeira Parte

1

Antes que o Quênia fosse o Quênia, quando tinha milhões de anos e mesmo assim era, de alguma forma, novo, seu nome pertencia apenas à nossa montanha mais extraordinária. Podia-se vê-la de nossa fazenda em Njoro, no protetorado britânico da África Oriental — destacando-se abrupta na outra extremidade de uma extensa planície dourada, o cume vitrificado pelo gelo que nunca se derretia por completo. Atrás de nós, a floresta Mau era azul com listras de névoa. À nossa frente, o vale Rongai inclinava-se continuamente para baixo, limitado de um lado pela estranha e alta cratera Menengai, que os nativos chamavam de Montanha de Deus, e do outro pela distante cordilheira Aberdare, cercada por colinas azul-acinzentadas que, no crepúsculo, se tornavam nebulosas e roxas, antes de se dissolverem no céu noturno.

Quando lá chegamos pela primeira vez, em 1904, a fazenda não passava de pouco mais de seiscentos hectares de mata virgem e três chalés castigados pelo tempo.

— Isto? — disse minha mãe, o ar ao seu redor zumbindo e cintilando como se estivesse vivo. — Você vendeu tudo... por isto?

— Outros fazendeiros estão ganhando dinheiro com isso em lugares piores, Clara — respondeu meu pai.

— Você não é fazendeiro, Charles! — explodiu ela, antes de se acabar em lágrimas.

Ele era, na verdade, um criador de cavalos. Entendia de corrida de obstáculos, de caça à raposa e das cercas vivas e pistas leves de Rutland. Mas tinha visto folhetos vendendo terras imperiais baratas, e se apegara a uma ideia que não esmoreceria. Saímos de Westfield House, onde nasci, e viajamos dez mil quilômetros, passando por Túnis, Trípoli e Suez, em ondas altas como grandes montanhas cinzentas engolindo o céu. Depois pela enseada de Kilindini, no porto de Mombasa, que cheirava a especiarias fortes e peixe seco, e então o trem serpenteante rumo a Nairóbi, as janelas transbordando de poeira vermelha. Eu olhava fixo para tudo aquilo, absolutamente deslumbrada, como não me lembrava de ter me sentido antes. Fosse o que fosse aquele local, era diferente de qualquer outra coisa ou lugar.

Nós nos instalamos e trabalhamos para tornar nossa situação viável, repelindo a vida selvagem enquanto a vida selvagem nos repelia com todas as suas forças. Nossa terra não tinha fronteiras ou cercas visíveis, e nossos chalés careciam de portas adequadas. Macacos colubus, sedosos e malhados, subiam pelos sacos de estopa que cobriam nossas janelas. De encanamento, não se ouvia falar. Quando a natureza exigia, saía-se noite adentro com todas as coisas que se queria ter à mão e pendurava-se o traseiro num buraco fundo, assobiando para afastar o medo.

Lady e Lorde Delamere eram os nossos vizinhos brancos mais próximos, uma cavalgada de dez quilômetros pelo matagal. Eram barão e baronesa, mas seus títulos não os eximiam de dormir nos típicos chalés redondos de lama e palha. Lady D mantinha um revólver carregado debaixo do travesseiro e aconselhou minha mãe a fazer o mesmo — mas ela não o faria. Não queria atirar em cobras ou no seu jantar. Não queria carregar água para ter algo parecido como um banho decente, ou viver sem companhia durante meses a fio. Não havia vida social. Não havia como manter suas mãos limpas. A vida era simplesmente difícil demais.

Depois de dois anos, minha mãe reservou passagens de volta para a Inglaterra. Meu irmão mais velho, Dickie, também iria, já que sempre fora frágil e não resistiria à África por muito mais tempo. Eu ainda não tinha cinco anos quando eles subiram a bordo do trem que duas vezes por semana partia para Nairóbi, com suas malas-armário, lenços e sapatos de viagem. A pena branca no chapéu de minha mãe tremeu quando ela me beijou, dizendo-me para manter a cabeça erguida. Sabia que eu ficaria bem, já que eu era uma menina tão grande e forte. De presente, ela me mandaria uma caixa de pastilhas de alcaçuz e balas de pera de uma loja em Piccadilly, que eu não precisaria dividir com ninguém.

Observei o trem partir ao longo da linha reta e escura dos trilhos, sem acreditar que ela estivesse realmente partindo. Mesmo quando o último vagão bamboleante foi engolido por longínquas colinas amarelas e meu pai se virou para mim, pronto para voltar à fazenda e ao seu trabalho; mesmo então eu pensei que aquilo tudo era um engano, algum horrível mal-entendido, e que tudo se ajeitaria a qualquer momento. Mamãe e Dickie desembarcariam na próxima estação, ou estariam de volta a Nairóbi no dia seguinte. Quando isso não aconteceu, ainda assim continuei a esperar, ouvindo o estrondo distante do trem, um olho no horizonte, o coração quase parando.

Durante meses não houve notícia alguma de minha mãe, nem mesmo um telegrama, e então chegaram as balas. A caixa era pesada e trazia apenas o meu nome — *Beryl Clutterbuck* — na caligrafia floreada de mamãe. A simples visão do formato de sua letra, aquelas laçadas e inclinações familiares, levou-me às lágrimas no mesmo instante. Eu sabia o que significava aquele presente e não podia continuar me enganando. Abraçando a caixa, corri para um canto escondido, onde, tremendo, comi tantas daquelas coisas polvilhadas de açúcar quantas consegui, antes de vomitar num balde do estábulo.

Mais tarde, incapaz de beber o chá que meu pai tinha feito, tive enfim coragem de dizer o que eu mais temia.

— Mamãe e Dickie não vão voltar, vão?

Ele me lançou um olhar triste.

— Não sei.

— Talvez ela esteja esperando que nós nos mudemos para onde ela está.

Houve um longo silêncio, e ele então admitiu que ela poderia estar.

— Este é o nosso lar agora — disse ele. — E ainda não estou pronto para desistir dele. E você?

Meu pai me oferecia uma escolha, mas não era uma escolha fácil. Sua pergunta não era: "Você vai ficar aqui comigo?" Essa decisão havia sido tomada meses antes. O que ele queria saber era se eu seria capaz de amar aquela vida tanto quanto ele. Se eu seria capaz de entregar meu coração àquele lugar, mesmo que ela nunca mais voltasse e eu não tivesse mãe dali em diante, talvez para sempre.

Como eu poderia começar a responder? Tudo à nossa volta, os armários semivazios, tudo me lembrava das coisas que costumavam estar lá, mas não estavam mais — quatro xícaras de porcelana com bordas pintadas a ouro, um baralho, contas de âmbar clicando juntas num colar que minha mãe adorava. Sua ausência ainda era tão gritante e tão pesada, e eu sofria com tudo aquilo, sentia-me vazia e perdida. Não sabia como esquecer minha mãe, do mesmo modo que meu pai não sabia como poderia me consolar. Ele me puxou — com seus braços longos e um pouco sujos, como sempre pareciam estar — para seu colo, e ficamos ali sentados em silêncio por algum tempo. Da beira da floresta, um grupo de híraxes deu gritos de alarme. Um dos nossos galgos levantou uma elegante orelha e, logo depois, acomodou-se em seu sono confortável perto do fogo. Enfim, meu pai suspirou. Segurou-me por baixo dos braços, deu um beijo rápido em minhas lágrimas secas, e me pôs de pé.

2

Mwanzo é a palavra em suaíli para "começos". Mas, às vezes, tudo precisa primeiro terminar e explodir e toda a luz falhar e morrer antes que se possa ter um começo de verdade. A partida de minha mãe foi assim para mim, embora eu não tivesse percebido quando aconteceu. Por um longo tempo, só consegui me sentir confusa, magoada e terrivelmente triste. Meus pais ainda estavam casados? Minha mãe nos amava ou sentia nossa falta? Como podia ter me deixado para trás? Eu não estava pronta para fazer essas perguntas a meu pai. Ele não era aquela doçura toda como costumam ser os pais, e eu não sabia como compartilhar aqueles sentimentos íntimos e dolorosos.

Então, algo mudou. Em nossas terras, na floresta Mau e além dela, várias famílias da etnia kipsigi viviam em chalés de barro e vime cercados por altas *bomas* espinhosas. De alguma maneira, sem que eu pedisse, souberam do que eu precisava. Um dos anciãos me examinou, murmurando uma sequência de palavras encantadas e amarrando ritualmente uma concha à minha cintura. Ela pendia de uma tira de couro e se destinava a reproduzir a concha fechada entre as minhas próprias pernas e a afastar os maus espíritos. Quando uma menina kip nascia, eles faziam aquilo. Eu era a filha branca de seu *bwana* branco, mas alguma coisa não natural tinha acontecido e era preciso consertar. Nenhuma mãe africana jamais teria pensado em abandonar um filho. Eu era saudável, sem dúvida, não era aleijada ou fraca. Assim, anularam aquele primeiro começo e me deram outro, como Lakwet, que significa "menina muito pequena".

Eu era magra e tinha as pernas tortas, meu cabelo era muito claro e rebelde, mas meu novo nome e um lugar diferente para ir logo me ajudaram a me fortalecer. Correndo para cima e para baixo pela nossa colina até a aldeia kip, meus pés bem depressa se transformaram em couro. Partes da nossa terra que antes me assustavam ou amedrontavam tornaram-se tão familiares quanto as peles de zebra que cobriam minha cama. Quando o céu avermelhado do fim do dia ficava escuro, eu subia na cama, me enfiava debaixo das peles e ouvia o criado entrar descalço e silencioso em meu quarto para acender o lampião de parafina. Às vezes, o clarão e o silvo repentinos faziam os lagartos nas paredes do chalé correr para se esconder, emitindo ruídos como varetas na palha. Vinha, então, a troca da guarda, quando insetos diurnos — marimbondos e abelhas — se entocavam em ninhos de barro nas paredes arredondadas do quarto, e os grilos acordavam, chirriando num ritmo que só eles conheciam. Eu esperava, daquele jeito, por uma hora ou mais, observando sombras se retorcerem sobre os móveis do quarto, todos feitos de caixas de parafina e todos iguais, até que as sombras os suavizavam e os transformavam. Prestava atenção até não conseguir mais ouvir a voz do meu pai, e então escorregava para a escuridão total por uma janela aberta, para me juntar a meu amigo Kibii ao redor do fogo que crepitava em seu chalé.

A mãe de Kibii e as outras mulheres bebiam um chá turvo feito de casca de árvore e urtigas e desfiavam suas lendas sobre a origem de tudo. Grande parte do meu suaíli aprendi ali, cada vez mais ávida por histórias... Como a hiena começara a mancar e o camaleão aprendera a ter paciência. Como o vento e a chuva tinham vivido como homens antes de fracassarem em alguma tarefa importante e serem banidos para os céus. As mulheres eram encarquilhadas e desdentadas, ou flexíveis como ébano polido, com longos membros musculosos sob os *shukas* claros. Eu as amava e amava suas lendas, mas o que eu queria mesmo era me juntar a Kibii e aos outros *totos* que estavam se tornando guerreiros, jovens *morani*.

O papel das meninas na aldeia era inteiramente doméstico. Eu ocupava uma posição diferente — rara, livre dos papéis tradicionais que governavam a família de Kibii e também a minha. Pelo menos por enquanto, os anciãos kip me permitiam treinar com Kibii: atirar uma lança e caçar javalis, observando em segredo, como Kibii fazia com *arap* Maina, seu pai, que era um guerreiro-chefe na aldeia e também meu ideal de força e destemor. Ensinaram-me a fazer um arco e abater torcazes, passarinhos e brilhantes estorninhos azuis, estalar um chicote de couro e também manejar com precisão mortal uma lança com ponta de madeira. Fiquei da altura de Kibii e depois mais alta, correndo tão depressa quanto ele pelos gramados altos e dourados, os pés cobertos de poeira.

Kibii e eu saíamos muitas vezes para andar no escuro, passando pela grama recém-ceifada que delimitava nossa fazenda e pelas gramíneas mais altas e úmidas que nos varriam e molhavam até os quadris, até passar de Green Mills e chegar à beira da floresta, que nos levava cada vez mais para dentro. Havia leopardos por lá, à noite. Eu tinha visto meu pai atraí-los com uma cabra, enquanto, por segurança, nos agachávamos em cima da caixa-d'água, a cabra começando a tremer ao sentir o cheiro do bicho, meu pai apontando o rifle e esperando não errar. Havia perigo por toda parte, mas conhecíamos todos os sons da noite e suas mensagens, cigarras e rãs, os gordos híraxes com cara de rato que eram, na verdade, parentes distantes dos elefantes. Às vezes, ouvíamos elefantes esmagando arbustos a distância, embora tivessem medo do cheiro dos cavalos e raramente chegassem perto demais. As cobras dos buracos chacoalhavam. As cobras das árvores se dependuravam e cortavam o ar como cordas, ou apenas faziam o tênue ruído do atrito da barriga lisa no mogno levemente granuloso.

Durante anos houve essas noites perfeitas com Kibii, e longas tardes destinadas a caçar ou cavalgar, e de alguma maneira — com facões, cordas, pés e suor humano — o deserto deu lugar a campos adequados. Meu pai plantou milho e trigo, e eles brotaram. Com o dinheiro que ganhou, encontrou e comprou duas máquinas a vapor abandonadas. Consertadas, tornaram-se o coração pulsante de nosso moinho, e Green Hills a artéria mais importante em Njoro. Em pouco tempo, de pé no topo de nossa colina e olhando para além dos campos divididos em terraços e do milho alto, podia-se ver uma fileira de vagões baixos puxados por bois trazendo grãos para nosso moinho. A moenda funcionava sem parar e o número de nossos trabalhadores duplicou, e depois triplicou: homens de Kikuyu, Kavirondo, Nandi e Kipsigi, e também holandeses, estalando chicotes para guiar os bois. Os galpões de ferro vieram abaixo e um estábulo foi erguido, depois vários outros, as baias recém-construídas enchendo-se com feno cortado e os melhores puros-sangues da África, segundo meu pai, ou de qualquer outro lugar do mundo.

Em minha cama antes de dormir, às vezes ainda pensava na mamãe e em Dickie, e ouvia os ruídos da noite vindos de todas as direções, um som ininterrupto e fervilhante. Nunca escreveram, pelo menos não para mim, então era muito complicado imaginar sua vida. Nossa antiga casa tinha sido vendida. Onde quer que eles estivessem, as estrelas e as árvores seriam muito diferentes das que tínhamos em Njoro. A chuva também, e o calor e a cor do sol da tarde. De todas as tardes de todos os meses em que estávamos separados.

Aos poucos, foi ficando mais difícil me lembrar do rosto de minha mãe, das coisas que ela me tinha dito, dos dias que compartilhamos. Mas havia muitos dias à minha frente. Eles se estendiam até mais longe do que eu era capaz de ver ou desejar, do mesmo modo que a planície se estendia em direção à cratera de Menengai, ou ao pico azul do Quênia. Era mais seguro continuar a olhar para frente — mover minha mãe para o ponto mais distante da minha mente, onde ela não poderia mais me magoar, ou imaginar, quando pensasse nela, que sua partida havia sido necessária. Uma espécie de forjadura ou esmerilhamento, meu primeiro teste essencial como Lakwet.

Uma coisa era certa: eu pertencia à fazenda e ao matagal. Fazia parte das espinheiras e do alto escarpado saliente, das colinas de aparência esburacada e vegetação densa, dos sulcos profundos entre as colinas e das gramíneas altas que pareciam trigo. Chegara até ali viva, como se tivesse recebido um segundo, e verdadeiro, nascimento. Aquele era o meu lar e, ainda que um dia tudo fosse escorrer por entre meus dedos como tanta areia vermelha, aquele seria um paraíso moldado exatamente para mim, enquanto durasse a minha infância. Um lugar que eu conhecia de cor. O único lugar no mundo para o qual eu fora criada.

3

O sino do estábulo soou quebrando o silêncio. Os galos preguiçosos acordaram, e os gansos empoeirados, os criados e cavalariços, os jardineiros e pastores. Eu tinha meu próprio chalé de barro, pouco distante do de meu pai, que eu compartilhava com Buller, meu feioso e leal cachorro vira-lata. Ele choramingou ao som do sino, espreguiçando-se em seu ninho aos pés da minha cama, e depois enfiou a cabeça quadrada por baixo do meu braço até encostá-la no meu corpo, e senti seu nariz frio e as enrugadas cicatrizes como meias-luas no alto da cabeça. Havia uma protuberância grande e irregular onde ficava sua orelha direita antes que um leopardo tivesse entrado no meu chalé e tentado arrastá-lo para a noite. Buller abrira a garganta do leopardo e voltara mancando e coberto do sangue de ambos, com ares de herói, mas também de quase morto. Meu pai e eu cuidamos dele até que se curasse e, mesmo que nunca tivesse sido especialmente bonito, estava agora grisalho e meio surdo. Nós o amávamos ainda mais por isso, porque o leopardo não acabara com sua coragem.

No pátio, no ar frio da manhã, Kibii me esperava. Eu tinha onze anos e ele um pouco menos, e havíamos nos tornado parte da engrenagem azeitada da fazenda. Havia outras crianças brancas nas vizinhanças que iam à escola em Nairóbi ou, às vezes, voltavam para a Inglaterra, mas meu pai nunca mencionou que eu deveria fazer o mesmo. O estábulo era minha sala de aula. Galopadas matinais começavam não muito depois da alvorada. E lá estava eu sem falta, assim como Kibii.

Quando me aproximei do estábulo, ele subiu no ar como se suas pernas fossem de mola. Eu praticava aquele tipo de pulo há anos e conseguia pular tão alto quanto ele, mas sabia que, para levar alguma vantagem na competição, deveria fazer o mínimo possível de esforço. Kibii iria pular e pular, se superando, e se cansando. Então chegava a minha vez, e eu o ofuscava.

— Quando eu me tornar um *moran* — disse Kibii — vou beber sangue de touro e leite coalhado, em vez de urtigas como uma mulher, e então vou ter a velocidade de um antílope.

— Eu poderia ser uma grande guerreira — retruquei.

Kibii tinha um rosto franco e bonito, e seus dentes faiscaram quando ele riu, como se aquela fosse a coisa mais engraçada que já tivesse ouvido. Quando éramos menores, ele gostava de me deixar participar do seu mundo, talvez por achar que tudo não passava de encenação. Eu era uma menina e, ainda por cima, branca. Mas cada vez mais, nos últimos tempos, eu o sentia se tornando cético e desaprovador em relação a mim, como se esperasse que eu desistisse de tentar competir com ele e aceitasse que nossos caminhos seriam, em breve, muito diferentes. Eu não tinha essa intenção.

— Se eu recebesse o treinamento adequado, eu poderia — insisti. — Poderia fazer isso em segredo.

— E que glória haveria nisso? Quem saberia que os seus feitos pertenceriam a você?

— *Eu* saberia.

Ele riu de novo e se virou para a porta do estábulo.

— Em quem vamos galopar hoje?

— Papai e eu vamos a Delamere ver uma égua prenha.

— Eu vou caçar — disse ele. — Então vamos ver quem volta com a melhor história.

Quando Wee MacGregor e Balmy, o matungo de meu pai, foram encilhados, partimos em direção ao sol da manhã. Por algum tempo, o desafio de Kibii ofuscou meus pensamentos, mas logo a distância e o dia o apagaram. A poeira subia em ondas à nossa volta, rastejando sob nossos lenços frouxos para dentro de nossos narizes e bocas. Era fina e suja, vermelha como o ocre ou a raposa de cauda felpuda, e estava sempre conosco. Como os bichos-de-pé, que eram como pontos de pimenta vermelha, agarrando-se a tudo e não largando. Não se podia pensar nos bichos-de-pé, porque não se podia fazer coisa alguma em relação a eles. Não se podia pensar nas formigas brancas mordedoras que se moviam em fitas ameaçadoras sobre as planícies, ou nas víboras, ou no sol, cujo brilho ardia tanto que às vezes parecia querer nos achatar ou nos comer vivos. Não se podia pensar nessas coisas, porque eram parte do próprio país e faziam dele o que era.

Cinco quilômetros adiante, chegamos a uma pequena ravina, onde a lama vermelha tinha secado e rachado, criando um desenho de veias crestadas. Havia no centro uma ponte de argila moldada, não fazendo sentido sem água correndo de ambos os lados e parecendo a espinha dorsal de um animal imenso que tivesse morrido ali. Estávamos contando com a água para os cavalos. Talvez houvesse água mais adiante, talvez não. Para não pensarmos no problema, meu pai começou a falar da égua reprodutora de Delamere. Ele ainda não a vira, mas isso não o impedia de arrolá-la em suas esperanças de nossa criação de puros-sangues. Ele estava sempre pensando no próximo potro e em como ele poderia mudar nossas vidas — e, porque ele pensava, eu também pensava.

— Ela é abissínia, mas Delamere disse que é veloz e esperta.

Na maior parte do tempo, meu pai estava interessado em puros-sangues, mas, às vezes, era possível encontrar uma joia nos lugares mais banais, e ele sabia disso.

— De que cor ela é? — eu quis saber.

Essa era sempre a minha primeira pergunta.

— É palomina, clara, de crina e rabo louros. Chama-se Coquete.

— Coquete — repeti, gostando das arestas agudas da palavra, sem conhecer seu significado. — Parece bom.
— É mesmo?
Ele riu.
— Acho que vamos descobrir.

Lorde Delamere era D, para mim e para todos os que o conheciam bem. Foi um dos primeiros e mais importantes membros da Colônia e tinha uma inabalável intuição de qual pedaço de terra seria mais fértil. Parecia querer dominar o continente inteiro e fazê-lo trabalhar para ele. Ninguém era mais ambicioso do que D, ou mais determinado ou direto em relação às coisas que amava (terra, o povo massai, liberdade, dinheiro). Ambicionava ter sucesso em tudo o que tocava ou tentava. Se os riscos eram grandes e as chances pequenas, pois bem, tanto melhor.

Contava boas histórias, mãos e ombros movendo-se com tanta violência que seu cabelo vermelho e comprido batia sem parar em sua testa. Quando jovem, tinha andado mais de três mil quilômetros pelo deserto da Somália tendo por companhia um camelo mal-humorado, e fora parar ali, nas terras altas. Apaixonou-se pelo lugar no mesmo instante. Quando voltou para a Inglaterra para angariar fundos para se instalar aqui, conheceu e se casou com Florence, a corajosa filha do conde de Enniskillen.

— Ela não fazia ideia de que eu um dia a arrastaria até aqui pelos cabelos — ele gostava de dizer.

— Como se você *pudesse* me arrastar — respondia quase sempre Lady D, com olhos brincalhões. — Nós dois sabemos que é bem o contrário.

Depois que nossas cansadas montarias receberam, enfim, a água que mereciam, os Delamere nos levaram a pé até o pequeno cercado em que Coquete pastava com outras reprodutoras e um punhado de potros. Ela era, de longe, a mais bonita, compacta e clara, de pescoço inclinado e peito bem feito. As pernas se estreitavam em jarretes e machinhos bem torneados. Enquanto observávamos, ela ergueu a cabeça e se virou para nos olhar de frente, como se nos desafiasse a achá-la menos do que perfeita.

— Ela é linda — respirei fundo.
— É, e sabe disso — disse D, contente.

Ele era corpulento e sempre parecia estar suando, embora, em geral, também se alegrasse com isso. Golpeou o filete salgado em sua têmpora com um lenço de algodão azul, enquanto meu pai se debruçava sobre as ripas da cerca para olhar mais de perto.

Poucas vezes vi um cavalo se assustar ou correr de meu pai, e Coquete não foi uma exceção. Pareceu sentir na mesma hora que ele estava no comando da situação e dela também, embora ainda não lhe pertencesse. Sacudiu as orelhas uma vez, e soprou na direção dele pelas narinas aveludadas, mas ficou imóvel enquanto ele a examinava, alisando sua fronte e focinho, depois mais devagar passando os dedos pela cernelha e coluna vertebral, procurando qualquer inchaço ou desvio. Sobre o lombo e garupa desacelerou outra vez, os dedos fazendo seu trabalho. Ele era como um cego tateando cada uma das adoráveis patas traseiras, pernas, canelas, quartelas e machinhos. Fiquei esperando que ele se levantasse ou que sua expressão se desanuviasse, mas o exame continuou em silêncio, e minha esperança aumentava cada vez mais. Quando ele acabou e a olhou de frente, passando-lhe os dedos pelo topete, eu mal conseguia suportar o suspense. Se ele não a amasse agora, depois de ela ter passado por todos os testes, isso me partiria o coração.

— Qual o motivo da venda, então? — perguntou meu pai a D, sem tirar os olhos de Coquete.

— Dinheiro, é claro — disse D, com uma risadinha.

— Você sabe como ele é — disse Lady D. — A nova obsessão sempre ganha da antiga. Agora, ele está no trigo, e a maior parte dos cavalos precisa ir embora.

Por favor, por favor, diga sim, pensei, numa ladainha feroz.

— Agora trabalha com trigo? — perguntou meu pai.

E então se virou e recuou em direção à cerca, dizendo a Lady D:

— Imagino que a senhora tenha algo refrescante para beber, não é?

Eu queria me atirar aos pés de Coquete, agarrar sua crina clara e me içar até suas costas e cavalgar sozinha com ela pelas montanhas ou para casa, trancando-a numa estrebaria secreta e protegendo-a com a minha vida. Ela já era dona do meu coração e ganharia o do meu pai também — eu *sabia* disso — mas ele nem sempre era espontâneo. Mantinha suas emoções escondidas atrás de uma parede, o que fazia dele um maravilhoso comerciante. Ele e D ficariam naquilo o resto do dia, analisando os termos sem nada declarar de fato, cada um ocultando o que para ele significaria ganhar ou perder. Eu achava tudo aquilo enlouquecedor, mas não havia o que fazer além de ir em direção à casa onde os homens se acomodariam à mesa com uísque de centeio e limonada e começariam a falar sem falar e a barganhar sem barganhar. Joguei-me no tapete em frente à lareira, emburrada.

Embora os Delamere tivessem mais terras e pelo menos tantos trabalhadores no rancho Equador quantos tínhamos em Green Hills, não fizeram muitas melhorias em suas próprias acomodações, dois grandes rondavéis com chão de terra batida, janelas toscas e cortinas de estopa como portas. Ainda assim, Lady

D enchera o lugar com coisas boas que estavam em sua família há centenas de anos, como me contou — uma pesada cama de quatro colunas, de mogno e com uma colcha ricamente bordada, quadros com molduras douradas, uma mesa comprida de mogno com oito cadeiras combinando e um atlas encadernado à mão sobre o qual eu adorava me debruçar sempre que os visitava. Naquele dia, eu estava ansiosa demais para olhar mapas e só conseguia ficar deitada no tapete e bater meus calcanhares empoeirados, mordendo o lábio e desejando que os homens chegassem a uma conclusão.

Finalmente, Lady D veio e se sentou perto de mim, esticando diante dela a saia branca de algodão e apoiando-se nas mãos. Ela nunca era exagerada ou altiva e eu gostava daquilo.

— Tenho uns biscoitos, se você quiser.

— Não estou com fome — respondi.

Eu estava faminta.

— Seu cabelo está sempre despenteado quando a vejo.

Ela empurrou com gentileza o prato de biscoitos na minha direção.

— Mas tem uma cor tão maravilhosa. Parecida com a de Coquete, aliás.

Aquilo me ganhou.

— A senhora acha?

Ela fez que sim.

— Será que você me deixaria escová-lo um pouco?

Eu estava nervosa demais para querer me sentar imóvel com alguém mexendo no meu cabelo, mas deixei que ela o fizesse. Sua escova tinha um cabo de prata e lindos pelos macios nos quais eu gostava de passar a mão. Não havia qualquer outra coisa feminina na casa, nenhuma seda, cetim, perfume, joias ou esponjas para aplicar pó de arroz. A escova era exótica. Enquanto Lady D trabalhava, cantarolando um pouco, me entreguei aos biscoitos. Logo não havia mais nada no prato além de farelos amanteigados.

— Onde você conseguiu esta cicatriz tão assustadora? — perguntou ela.

Olhei para baixo e vi a pior parte da cicatriz aparecendo por baixo da bainha desfiada do meu short — um ferimento longo e ondulado que ia até a metade da minha coxa. Parecia muito ruim.

— Briga de *totos*.

— *Totos* ou porcos selvagens?

— Derrotei um dos meninos kip e joguei-o no chão por cima do ombro. Ele ficou tão envergonhado que me esperou na floresta e me cortou com a faca do pai.

— O quê?

Ela emitiu um som de pavor.

— Eu tinha que ir atrás dele, não é? —Não consegui impedir que o orgulho transparecesse na minha voz. — Ele agora está muito pior do que eu.

Lady D suspirou no meu cabelo. Eu sabia que ela estava preocupada, mas ela não disse mais nada naquela hora e então eu me entreguei aos puxões da escova e ao jeito como seus pelos se esfregavam no meu couro cabeludo. Era tão bom que eu estava meio adormecida quando os homens por fim se levantaram e apertaram as mãos. Fiquei de pé num pulo, quase caindo no colo de Lady D.

— Ela é nossa? — perguntei, apressando-os.

— Clutt barganha como uma hiena — disse D —, agarra e não larga. Quase me roubou a égua.

Como ele ria, meu pai também riu e bateu-lhe no ombro.

— Beryl não está bonita? — perguntou Lady D.

Ela ficou atrás de mim e botou uma das mãos em cima da minha cabeça.

— Achei que fosse encontrar um ninho de chapins enroscado atrás de uma de suas orelhas.

Enrubescendo, meu pai pigarreou.

— Receio que eu não seja uma boa ama-seca.

— Nem deveria ser — acorreu D em sua defesa. — A menina está bem. Basta olhar para ela, Florence. Ela é forte como uma mula.

— Sei. Todos nós queremos mulas como filhas, não é?

Toda aquela conversa era bem-humorada, e ainda assim me deu uma sensação estranha, perturbadora. Quando, uma hora mais tarde, fomos para casa, depois que o dinheiro e os detalhes da entrega de Coquete foram acertados, percebi que meu pai também estava inquieto. Cavalgávamos em silêncio, enquanto o sol vermelho descia cada vez mais no céu sempre igual. Ao longe, um pé de vento se agitou como um dervixe, revolvendo um punhado de bisnagueiras e desalojando um bando de abutres. Um deles passou voando, sua sombra rastejando sobre nós tão devagar que me fez estremecer.

— Admito que, às vezes, tudo isso me escapa — disse meu pai depois que o abutre se foi.

Fui capaz de adivinhar o que ele queria dizer pelo jeito como Lady D tinha empalidecido ao ver minha cicatriz e meu estado geral de desmazelo. Entendi que "tudo isso" era eu, sua filha.

— Acho que estamos indo bem — eu disse, e me estiquei para afagar o pescoço de Wee MacGregor. — Não quero que nada seja diferente.

Ele ficou calado, enquanto o sol continuava a descer. Tão perto do equador, quase não tínhamos crepúsculo. O dia virava noite em minutos, mas era muito bonito. À nossa volta, a grama amarela se alongava e se movia como o mar, às vezes mergulhando em tocas de porcos-da-terra ou camas de javalis, ou elevando-se até as pontas agudas dos cupinzeiros, mas nunca acabando. Havia uma poderosa ilusão de que o bosque não terminaria — de que poderíamos cavalgar anos a fio daquela maneira, levados pela grama e pelo sentimento de distância, e assim para sempre.

4

Quando Coquete chegou, tornou-se a queridinha da fazenda. Como não tínhamos cavalo algum com aquela cor dourada, todos os *totos* queriam ficar perto dela e tocá-la. Ela parecia brilhar e trazer boa sorte, e por muitos meses tudo correu bem enquanto ela se adaptava e meu pai começava a pensar e planejar que cavalo deveria servi-la para que se obtivesse o melhor resultado possível. A reprodução é o assunto mais sério que existe para um criador de cavalos. Mesmo antes de aprender a ler eu sabia que todo puro-sangue pode ser rastreado até três garanhões árabes e orientais dos séculos XVII e XVIII, acasalados com um punhado de parideiras inglesas muito específicas. A longa linha de genealogia estava cuidadosa e meticulosamente definida em *The General Stud Book*. Durante o jantar, ele abria o livro e o consultava, junto com o livro-razão preto e grosso que continha o registro de nossos próprios puros-sangues — o velho e novo testamentos da nossa bíblia.

Depois de semanas falando no assunto, ficou decidido que Referee serviria Coquete quando ela entrasse no cio. Era um árabe castanho-claro, compacto, com quinze palmos de altura, bons cascos, ângulos de ombro amplos e pernas perfeitamente retas. Tinha um tranco tão estável que parecia não fazer qualquer esforço para pisar o chão à sua frente. Conversávamos muito sobre o novo potro — o que chegaria 11 meses depois da data da copulação bem-sucedida, com a rapidez do pai e os movimentos graciosos e a pelagem fulgurante da mãe. Para mim, ele não parecia remotamente imaginário. Nossa conversa já o trouxera à vida.

Numa tarde longa e abafada, eu escolhia nomes para o potro e dizia alguns em voz alta para Kibii, enquanto estávamos sentados debaixo da acácia perto do final do grande pátio. Para além do anel azulado da sombra, a terra parecia metal martelado e era também cruel como metal, ou carvão em brasa, se alguém se atrevesse a andar sobre ela. Tínhamos passado a manhã galopando e depois ajudando a lubrificar dúzias de freios, até os dedos doerem. Agora estávamos exaustos, mas também inquietos, irritados pelo calor.

— Que tal Júpiter, ou Apolo? — sugeri.
— Deveria ser Chacal. É um nome melhor para um potro.
— Chacais são tão comuns.
— Chacais são espertos.

Antes que eu pudesse responder, uma torre de fumaça surgiu bufando.

Era o trem barulhento de Nairóbi, uma dúzia de vagões grosseiros que batiam com tanta força nos trilhos que a gente esperava que um deles fosse sair voando ou se arrebentar em mil pedaços. Kibii se virou para olhar para o alto da ladeira.

— Seu pai está esperando um cavalo?

Eu não achava que meu pai estivesse esperando alguma coisa, mas nós o vimos sair correndo do estábulo alisando o cabelo e enfiando a camisa para dentro da calça. Ele apertou os olhos contra o sol na direção da ladeira e depois correu para nossa nova caminhonete Ford e girou a ignição do motor temperamental. Kibii e eu não perguntamos se podíamos ir junto, só trotamos até lá e começamos a subir na traseira.

— Agora não — disse meu pai, mal erguendo os olhos do que fazia. — Não haverá lugar para todos.

Todos?

— Então temos convidados chegando?

Sem responder, ele subiu ao volante e deu a partida, jogando nuvens de poeira rosada sobre nós. Em uma hora, ouvimos o barulho do cano de descarga estourando no alto da colina e vislumbramos coisas brancas. Um vestido. Um chapéu com fitas, luvas até o cotovelo. O que havia no carro era uma mulher, e era bonita, com um monte de cabelos brilhantes da cor das penas do corvo, e uma elegante sombrinha debruada de renda que parecia nunca ter vivido um dia de vida no mato.

— Beryl, esta é a sra. Orchardson — disse meu pai, ao saírem do carro.

Dois grandes baús estavam empilhados na mala. Ela não tinha vindo só para o chá.

— Estou tão feliz por finalmente conhecê-la — disse a sra. Orchardson, dando-me um rápido olhar de cima a baixo.

Finalmente? Acho que meu queixo caiu e ficou daquele jeito por um bom tempo.

Quando entramos na casa principal, a sra. Orchardson olhou em volta, com as mãos pousadas de leve nos quadris. Embora meu pai o tivesse projetado com simplicidade, o lugar era sólido, e muitíssimo melhor do que o chalé que já fora. Mas a sra. Orchardson nunca vira nada parecido. Ela andou de um lado para outro. Havia teias de aranha em todas as janelas e as pedras da lareira estavam cobertas por camadas de poeira grossa. A toalha de mesa de oleado não era trocada há anos, desde que minha mãe nos deixara. O pequeno refrigerador a carvão dentro do qual estocávamos manteiga e creme cheirava a ranço, como musgo no fundo de uma lagoa. Tínhamos nos acostumado com aquilo, e com tudo mais. Nas paredes, estavam pendurados montes de lembranças de aventuras de caça, peles de leopardos e leões, chifres compridos e enrolados de antílopes, um ovo de avestruz do tamanho e peso de um crânio humano. Não havia nada bonito ou muito chique à vista — mas estávamos muito bem sem refinamentos.

— A sra. Orchardson concordou em ser nossa governanta — explicou meu pai, enquanto ela puxava as luvas. — Vai morar aqui na casa principal. Há espaço de sobra.

— Ah! — exclamei, sentindo um soco no estômago.

Havia um cômodo que poderia ser usado como dormitório, mas que estava cheio de percevejos, parafina, latas de comida e todo tipo de coisas que não queríamos ver ou mexer. O cômodo significava que nós realmente não *precisávamos* de uma governanta. E onde ficariam os hóspedes, agora que aquela mulher, que não era uma hóspede, tinha chegado para mudar tudo?

— Por que você não vai para a cocheira, enquanto nos instalamos aqui? — disse meu pai num tom que não admitia argumentações.

— Muito bem, então — disse a sra. Orchardson. — Vou preparar o chá.

Enquanto atravessava o pátio, eu soltava fumaça. O mundo diminuía dentro de mim, reduzindo-se até a simples existência da sra. Orchardson e tudo o que ela pudesse pretender ser ou fazer. Quando voltei, ela já havia mudado de roupa e usava saia e blusa simples com um avental branco e limpo amarrado por cima. As mangas estavam enroladas até os cotovelos. Uma mecha de seu cabelo sedoso caiu sobre a testa quando ela encheu pela segunda vez a xícara do meu pai, a chaleira fumegante nas mãos. Meu pai se acomodara em nossa única cadeira confortável, os pés sobre uma mesa baixa. Ele a olhava com familiaridade.

Fiquei perplexa com os dois. Nem fazia uma hora que eu tinha saído e ela já deixara a sala com a sua cara. A chaleira era dela. Ela havia esfregado o oleado da mesa. As teias de aranha tinham desaparecido e era como se jamais tivessem existido. Nada precisava ser convencido ou domado. Nada parecia preparado para resistir a ela.

* * *

Eu a chamaria de sra. O, disse meu pai. Nos dias que se seguiram, ela esvaziou seus baús e encheu-os de novo com coisas da casa — restos empoeirados de caçadas, bugigangas estranhas ou pedaços de roupa que minha mãe deixara para trás. Era tudo parte de seu plano para organizar tudo — um de seus verbos preferidos. Ela gostava de ordem, de sabão e do dia dividido em partes gerenciáveis. As manhãs eram dedicadas aos estudos.

— Tenho que ir galopar — disse a ela logo no início, com absoluta certeza de que meu pai tomaria o meu partido.

— Eles podem fazer isso sem você por enquanto, não podem? — retrucou ela com naturalidade, enquanto meu pai emitia um som seco e sufocado no fundo da garganta e saía depressa de casa.

Ao fim de uma semana, ela convenceu meu pai de que eu precisava usar sapatos. Mais algumas semanas e fui colocada em um vestido inglês e usei fitas nos cabelos em vez de usar um *shuka*, e ouvi que não deveria comer com as mãos. Eu não deveria matar cobras ou toupeiras ou pássaros com meu *rungu*, nem passar todas as refeições com Kibii e sua família. Não deveria caçar porcos selvagens ou leopardos com *arap* Maina e, sim, ter uma educação adequada e aprender o inglês do Rei.

— Eu deixei você correr solta demais e você sabe disso — disse meu pai quando fui lhe pedir para ser deixada em paz. — Tudo isso é para o seu próprio bem.

Ele *tinha* me deixado correr solta, e tinha sido maravilhoso. Aquelas novas restrições equivaliam a uma vida convencional, e nunca tínhamos tido nada parecido.

— Por favor...

Eu me ouvi começando a me queixar, mas parei na mesma hora. Eu nunca tinha sido uma criança que se queixava ou fazia chantagens e, de qualquer maneira, meu pai não cederia. Se eu realmente *pudesse* fazer alguma coisa em relação à sra. O, teria que ser por minha conta. Mostraria a ela que eu não era uma teia de aranha num canto, uma coisa para ser limpa ou endireitada, e sim uma rival digna de atenção. Aprenderia suas manias e hábitos, e seguiria suas pistas de perto até saber o que ela era e como derrotá-la, e o que exatamente seria preciso para ter de volta minha boa vida.

5

Coquete se aproximava do dia de parir. Estava cada vez mais redonda, a nova vida dentro dela empurrando suas carnes, aqueles membros longos já tentando se esticar e sair dali. De alguma maneira, o esforço da criação tirara o brilho de seu pelo dourado. Ela parecia cansada e apática, e raramente fazia mais do que mordiscar as porções de alfafa que eu lhe levava.

Para mim, o potro nunca chegaria cedo demais. Pensar nele fazia com que eu aguentasse passar as horas de aulas de latim com sapatos apertados. Uma noite, eu dormia em meu chalé quando senti Buller se levantar a meu lado. Os cavalariços tinham acordado em seus beliches. Meu pai também estava acordado. Reconheci o timbre de sua voz abafada e me vesti depressa, só pensando em Coquete. Faltavam vinte dias, o que, em geral, significava um potro fraco ou doente, mas talvez não. Meu pai saberia o que fazer.

Lá fora, a luz de vários lampiões a querosene escoava pelas fendas da porta do estábulo. No alto, faixas de estrelas giravam como leite, e ao lado delas brilhava uma fatia de lua. Os insetos noturnos fervilhavam pela floresta e por toda parte, por todos os lados, mas o estábulo estava em silêncio. Era silêncio demais, eu sabia, mesmo antes de me aproximar da baia de Coquete, mas não adivinhava a razão, até que vi meu pai se levantar. Ele veio ao meu encontro, impedindo-me de entrar.

— Você não vai querer ver isto, Beryl. Volte para a cama.

— O que aconteceu?

Minha garganta se fechou em torno das palavras.

— Natimorto — disse ele, devagar.

Meu coração falseou, todas as minhas esperanças silenciadas num instante. Apolo não se levantaria trocando as pernas como uma nova girafa. Ele não veria a floresta ou as altas escarpas, ou correria pelas trilhas comigo inclinada sobre seu pescoço brilhante. Ele não conheceria Green Hills nem por um só dia. Mas meu pai nunca me protegera contra as duras lições da vida rural. Engoli as lágrimas e fui em frente, desvencilhando-me de seus braços.

Na baia sombria, Coquete estava caída num canto. No chão atrás dela, dois cavalariços se ajoelhavam no feno emaranhado, tentando dar um jeito naquilo. O pequeno potro, escorregadio em parte de sua membrana, ali estava, mas também não estava. Os olhos não existiam mais, como boa parte dos músculos faciais, a carne consumida numa escuridão irregular. A barriga aberta, as estranhas devoradas — o que só podia significar que as formigas gigantes *siafu* tinham estado ali. Eram guerreiras negras com corpos enormes e comiam de um jeito rápido e terrível, como uma só coisa.

— Ela o pariu tão quieta que ninguém a ouviu — disse meu pai, aproximando-se para passar um braço em meus ombros. — Ele já devia estar morto, não sei.

— Pobre Coquete — eu disse, virando-me para sua camisa e empurrando a testa de encontro aos ossos de seu peito.

— Ela é forte —afirmou ele. — Ela vai ficar bem.

Mas como poderia? Seu potro estava morto. As formigas não haviam tocado em mais nada — só atacaram aquela coisa macia e desamparada e depois desapareceram na noite. *Por quê?* Fiquei pensando nisso, vezes sem conta, como se houvesse alguém que pudesse me responder.

Na manhã seguinte, eu não conseguia sequer suportar o pensamento de ter aulas e fugi de casa, passando pela cerca por um atalho estreito que serpenteava colina abaixo. Quando cheguei à aldeia kip, meus pulmões queimavam e minhas pernas nuas estavam cobertas de vergões de espinheiros e do capim-elefante, mas eu já me sentia melhor só de estar ali. Sempre fora assim, mesmo quando eu era pequena demais para levantar a trava na cerca. Os espinheiros que mantinham a cerca de pé eram da altura dos ombros de bois grandes e protegiam tudo dos perigos do campo — os chalés baixos e os bois premiados, os bodes desgrenhados que baliam e as panelas enegrecidas pelas chamas, e as crianças.

Naquela tarde, uma fileira de *totos* se entretinha num jogo com arcos e flechas, de joelhos na poeira batida, cada um tentando chegar mais perto de um alvo feito de folhas entrelaçadas. Kibii estava no meio da fila e, embora seus olhos negros tenham piscado na minha direção com curiosidade, ele continuou no jogo, enquanto eu me acocorava ali perto. A maioria dos *totos* era muito boa com alvos imóveis. As flechas eram feitas de galhos cortados com pontas farpadas que, como era seu objetivo, logo se prendiam ao alvo quando o atingiam. Observei-os, desejando, como tantas vezes, ter nascido kip. Não uma das meninas, com suas intermináveis tarefas de cozinhar ou seus encargos de cestos, água, armazenamento de comida, bebês. As mulheres faziam todos os transportes e a capinagem, a tecelagem e a lavoura. Também cuidavam dos animais, enquanto os guerreiros caçavam ou se preparavam para a caça, lubrificando os membros com gordura animal derretida, arrancando pelinhos de seus peitos com pinças guardadas em bolsas penduradas no pescoço. Algum dia, aqueles *totos* ajoelhados no chão mirariam não em cabaças, mas em porcos selvagens, antílopes, leões. O que poderia ser mais emocionante?

Uma vez que todos tivessem dominado um nível, um dos *totos* mais velhos pegava outro alvo, menor, também feito de folhas, mas enrolado em feitio de cuia, e arremessava-o no ar, bem longe do seu corpo. As flechas voavam — algumas caíam no chão, mas a maioria não. Havia zombarias e troças para aqueles que erravam muito feio, mas ninguém desistia. Sem parar, o rapaz jogava a cabaça para o ar e os *totos* lançavam as flechas até que todos a acertassem. Só então o jogo terminava.

Quando Kibii finalmente veio trotando e se sentou a meu lado, contei o que havia acontecido com o potro. Ele ainda segurava o arco curvado e um punhado de pequenas flechas.

Empurrou a ponta de uma delas na terra dura e disse:

— As siafu são uma praga.

— Para que elas servem? Por que Deus tinha que fazer uma coisa dessas?

— Não temos que saber — respondeu ele, encolhendo um pouco os ombros.

— Mas nos perguntamos.

Olhei para ele e engoli em seco uma vez, com dificuldade, tendo certeza de que não choraria ali, não em frente de Kibii, e feliz por isso. Fragilidade e desamparo de nada adiantavam naquele lugar. Lágrimas só nos enfraqueciam. Levantei-me, ergui os ombros e então convenci Kibii que ele deveria me deixar experimentar seu arco.

Meu pai tinha dito que a sra. O seria nossa governanta, mas desde o primeiro dia ela se comportou como algo mais. Como a esposa dele, ou como minha mãe. Tinha ideias próprias a respeito de tudo, e em especial sobre minha teimosia. Ao final de alguns meses, ela desistiu de tentar ser minha preceptora. Meu pai contrataria alguém da cidade.

— Emma não deveria precisar brigar para manter você estudando, Beryl — disse-me ele. — Não é justo.

Senti o alto de minhas orelhas pegando fogo.

— Eu não preciso de preceptora. Vou fazer as lições.

— Já está feito. É por uma boa causa, você verá.

Uma mulher horrível chamada srta. Le May foi contratada para mim, e depois outra, quando uma mamba negra morta apareceu por acaso na cama da srta. Le May. Resumindo, três preceptoras falharam, assim como um punhado de tutores, e meu pai pareceu enfim desistir da ideia. Nenhum outro tutor surgiu no horizonte, e comecei a acreditar que me saíra vitoriosa e a ficar satisfeita comigo mesma por lutar tão bem.

No fim de outubro, fiz 12 anos. Não muito tempo depois, meu pai deu um jeito de viajarmos por alguns dias, só nós dois. Embora a viagem fosse de negócios e nada tivesse a ver comigo, fiquei feliz por ter sido convidada, já que a alternativa teria sido ficar em casa sozinha com a sra. O.

Embarcamos no trem para Nairóbi a fim de resolver alguns assuntos que meu pai tinha com o banco. Quando terminamos o que havia a fazer na cidade, fomos para o norte, à estação Kabete, visitar o amigo de meu pai, Jim Elkington, em seu rancho à beira da reserva Kikuyu. Enquanto cavalgávamos, cantei pedaços de músicas em suaíli e banto. *Twendi, twendi, ku piganu* era uma canção de guerreiro que eu amava. "Vamos, vamos, vamos à luta." Quando me cansei de minha própria voz, pedi que meu pai que me contasse histórias. Em geral, ele era caladão, guardando as palavras como se tivesse medo de que alguém as roubasse, mas era diferente quando cavalgávamos. Então parecia gostar de falar.

Contava-me os mitos gregos de que se lembrava dos seus dias em Eton, com titãs, heróis e muitos deuses, emocionantes representações do submundo. Outras vezes, falava das gerações de guerras tribais entre os massai e os kikuyu, batalhas ferozes e ardilosas vitórias noturnas, ou de como caçar e sobreviver. Para abater um elefante que ataca, você fica firme e mira entre os olhos. Se errar o cérebro, não viverá para tentar atirar novamente. De uma víbora, você se afasta em marcha a ré, o mais silenciosamente possível, poucos centímetros de cada vez, tentando não deixar que seu coração o convença a entrar em pânico. Da mortal mamba negra, você sai correndo. Um homem sempre será capaz de correr mais do que uma mamba, mas nunca sobreviveria a um ataque direto.

No dia em que cavalgamos até a estação Kabete, o pensamento do meu pai estava com os leões.

— Um leão tem mais inteligência natural do que a maioria dos homens — disse ele, empurrando o chapéu para cima da testa com um dedo.

Ele usava um traje de equitação — camisa de algodão leve, calças cor de areia e botas que teriam sido bem enceradas nos campos ingleses, mas que aqui estavam cobertas por camadas de lodo vermelho.

— E tem também mais coragem do que um homem, e mais determinação. Vai lutar pelo que lhe pertence, não importa o tamanho ou a força do oponente. Se o oponente tiver uma gota de covardia no corpo, já estará morto.

Eu queria que ele continuasse falando durante todo o caminho até a casa dos Elkington, e ainda mais. Achava que, se ouvisse com bastante atenção, poderia um dia saber tudo o que ele sabia.

— E se dois leões iguais brigam por um território, ou por uma companheira?

— Cada um deles vai avaliar o outro, considerando as probabilidades. Um leão é mais cauteloso em pé de igualdade, mas mesmo assim não vai recuar. Ele não tem medo, não como nós o compreendemos. Ele só pode ser exatamente aquilo que é, aquilo que sua natureza determina, e nada mais.

— Eu me pergunto se isso é verdade para o leão dos Elkington — disse Bishon Singh, nosso cavalariço sikh, que viajara conosco para cuidar dos cavalos e vinha logo atrás, com o criado de papai, Kimutai.

— Aquele maldito animal me deixa nervoso — respondeu meu pai. — Não me importo de confessar. Não é natural que uma criatura selvagem seja criada daquela maneira.

— Eu gosto de Paddy — falei, lembrando-me de como tinha visto uma vez Jim Elkington acariciá-lo como se fosse um gato. — Ele é um bom leão.

— O que só prova o que digo — retrucou meu pai, enquanto atrás de nós Bishon Singh estalou a língua em sinal de concordância. — Você pode pegar um filhote na savana, como eles fizeram, e criá-lo como animal de estimação, se quiser. Numa jaula, como alguns fazem, ou correndo livre como Paddy. Pode alimentá-lo com carne fresca para que ele nunca aprenda a caçar e escovar seu pelo para que carregue cheiro humano por onde quer que vá, mas saiba que o que está fazendo é transformar algo natural em algo que não o é. E nunca se pode confiar numa coisa antinatural. Você não sabe o que é, e o bicho também fica frustrado. Um pobre coitado, aquele maldito leão — repetiu ele, e soprou para cima, para tirar um pouco de poeira do nariz.

A casa dos Elkington tinha vitrais nas janelas e um lindo balcão que dava para o deserto absoluto, mil quilômetros ou mais de África selvagem. Tinha-se a sensação, ao se sentar e comer um belo sanduíche, ou tomar chá, de estar à beira do nada, com o risco de despencar dali a qualquer momento e, se isso acontecesse, seria possível que nada indicasse que você houvesse alguma vez estado ali.

Jim Elkington era gordo, de rosto vermelho e humor afável. Sua mulher usava um chapéu de palha e blusas brancas que, de algum jeito, mantinha impecáveis e com aparência refinada, mesmo com um chicote de couro enfiado no cinto. O chicote era para Paddy, que andava pela propriedade como se fosse o dono. De certa maneira, era mesmo. Quem o desafiaria, afinal? Já tinha sido como um cachorrinho de patas grossas, rolando na grama com Jim, mas agora estava adulto, a grande juba de pontas negras e brilhantes. O chicote era só um enfeite.

Na última vez que eu vira Paddy, Jim Elkington lhe dava de comer uma fileira de coelhos esfolados numa lança, enquanto observávamos. O leão descansava com as patas cruzadas, pesadão e cor de ferrugem, com lábios e queixada negros. Tinha enormes olhos dourados e parecia consciente da impressão que causava enquanto deixava as guloseimas chegarem até ele. Havia um lugar enrugado acima de seu nariz perfeitamente quadrado que o fazia parecer confuso ou até um pouco divertido com a nossa presença.

Enquanto acomodávamos os cavalos, não vi Paddy, mas podia ouvi-lo em algum lugar, talvez a quilômetros de distância, rugindo. Era um som torturado e também um pouco triste, que arrepiava-me a nuca.

— Ele parece solitário — comentei.
— Besteira — retrucou meu pai. — Parece mais o uivo de uma alma penada.
— Já nem ouço mais — disse a sra. Elkington.

E nos levou para lanchar: pequenos bolinhos de gengibre que cheiravam bem, frutas secas, bolinhos de batata com casquinhas crocantes, que pegávamos com a ponta dos dedos e um bom chá chinês numa chaleira. Jim havia preparado uma jarra de coquetéis com uísque de centeio e limões espremidos. Ele mexeu a jarra com um bastão de vidro, as raras pedras de gelo tilintando como lágrimas de cristal.

O alpendre estava abafado naquele dia, e a conversa, entediante. Suspirei e peguei outro bolinho, até que meu pai, enfim, me olhou e fez que sim com a cabeça — *Vá em frente* — enquanto ele e Jim se levantaram para ir à cocheira. A sra. Elkington tentou me ocupar com um jogo de dados, mas me livrei o mais depressa que pude, jogando sapatos e meias no gramado e correndo pelo pátio.

Disparei para o campo aberto em grande velocidade, só para me sentir livre. A terra deles se parecia bastante com a nossa, com gramados secos, poeira verde e dourada, a planície ondulada repleta de espinheiras e bisnagueiras ou às vezes com um único e imenso baobá. Ao longe, eu podia ver os rochedos enevoados do monte Quênia e pensei como seria maravilhoso correr até lá, uma centena de quilômetros de distância. Como meu pai ficaria orgulhoso quando eu voltasse, e como Kibii ficaria roxo de inveja.

À minha frente, havia uma pequena colina, com groselheiras no topo. Peguei um atalho até elas, mal percebendo um lugar na grama onde alguma coisa grande dormira há pouco, esmagando os caules e criando uma depressão. Tinha os olhos presos na colina e não pensava em nada mais, ou saberia que estava sendo observada enquanto corria, perseguida como uma jovem gazela ou um kongoni.

Aumentei a velocidade ao subir a ladeira, e foi então que senti uma corrente de ar me empurrando, quente e firme. A baforada me atingiu como se viesse de um tubo de aço apontado para os músculos das minhas costas. Caí com força, de cara na grama, instintivamente levantando os braços para proteger o rosto.

Não sabia há quanto tempo Paddy me observava. Ele me farejou primeiro — pode ter sido quando saí do alpendre. Talvez só tenha ficado curioso quanto ao meu cheiro de menina, ou talvez tenha começado a me caçar desde o começo. Na verdade, não importava, porque ele já me tinha vencido.

A mandíbula de Paddy fechou-se na minha coxa, acima do joelho. Senti seus dentes como punhais e sua língua molhada. A sensação estranhamente boa de sua boca. Tive uma vertigem quando senti o cheiro do meu próprio sangue e nesse instante ele me soltou para rugir. Era tudo aquilo que eu tinha ouvido do alpendre e ainda mais — uma caverna negra vibrante de ruído que engoliu a terra e o céu e a mim também.

Fechei os olhos e tentei gritar, mas só deixei escapar um sopro. Senti outra vez a boca de Paddy e soube que não teria qualquer chance. Ele me comeria ali, ou me arrastaria para uma clareira ou vale que só ele conhecia, um lugar do qual eu nunca voltaria. O último pensamento que me lembro de ter tido foi: *então é assim, é isso que significa ser comida por um leão.*

6

Quando voltei a mim, Bishon Singh me carregava no colo, o rosto inclinado sobre o meu. Eu não quis perguntar sobre Paddy e para onde ele tinha ido, nem saber o quanto estava ferida. Sobre a túnica de algodão branco de Bishon Singh escorria o sangue de um grande corte ao longo da minha perna.

Meu pai tinha ido ver os cavalos, mas quando chegou correndo me abraçou com força, esmagando-me de encontro ao seu peito. Era como ser salva — salva de novo, na verdade, porque isso já tinha acontecido.

Bishon Singh tinha me visto passar por ele correndo enquanto cuidava dos cavalos no estábulo dos Elkington. Quando ele chegou ao alto da colina, Paddy já estava em pé nas minhas costas, boca escancarada, lábios orlados de preto, dentes brilhantes de saliva. Ele rugiu outra vez, o som quase parando Bishon Singh e os seis ou sete cavalariços que chegavam correndo atrás dele, todos tentando fazer seus corpos parecerem maiores e suas vozes ribombarem. Atrás vinha *Bwana* Elkington e sua figura enorme, sacudindo à sua frente o longo chicote *kiboko* como uma onda, a ponta eletrificando o ar.

— O leão não gostou de ser perturbado — disse Bishon Singh. — Mas *bwana* estalou outra vez o chicote, com força. Ele foi para cima de Paddy e gritou, chicoteando-o sem parar, e Paddy acabou se cansando daquilo. Atacou o dono tão depressa que tudo o que *Bwana* Elkington pôde fazer foi correr para o baobá. Ele voou para cima da árvore e Paddy rugiu como o próprio Zeus. E então foi embora.

A ferida que ia da minha panturrilha até o alto da minha coxa queimava como se eu a estivesse segurando sobre brasas. Eu podia sentir em carne viva cada uma das profundas marcas de garras nos lugares em que Paddy as tinha enfiado nas minhas costas, e os furos menores no meu pescoço, debaixo do cabelo empapado de sangue. Depois que chamaram o médico, meu pai foi para a outra sala e falou em sussurros bruscos com Jim e a sra. Elkington sobre o que deveria ser feito com Paddy. Um pouco mais tarde, um *toto* chegou correndo de uma fazendo próxima, dizendo que Paddy tinha matado e arrastado o cavalo de um vizinho.

Jim e meu pai carregaram os rifles, ordenando aos cavalariços que preparassem suas montarias, enquanto eu sentia um turbilhão de emoções. Paddy estava perdido agora. Parte de mim se preocupava, porque ele poderia voltar à fazenda e atacar alguém — qualquer pessoa. Outra parte de mim se sentia mal por Paddy. Ele era um leão, e matar era o que ele tinha sido *criado* para fazer.

O médico me deu láudano, e depois me costurou com uma agulha em forma de gancho e um fio grosso e preto. Fiquei deitada de bruços, enquanto Bishon Singh segurava minha mão, sua pulseira fina de aço balançando, subindo e descendo pelo braço, o turbante branco enrolado inúmeras vezes, sabe-se lá quantas, e a ponta invisível enfiada em algum lugar, como a serpente da fábula, que engole o próprio rabo.

— O chicote não deve ter sido mais do que um mosquito para Paddy — disse Bishon Singh.

— O que você quer dizer?

— O que é um chicote para um leão? Ele já devia estar prestes a soltar você. Ou talvez você não estivesse destinada para ele.

Eu sentia o puxão da agulha, um empurrão e um puxão, como se só aquela parte do meu corpo estivesse presa numa pequena corrente. Suas palavras eram outro tipo de corrente.

— Então, para o que eu estou destinada?

— Como esta pergunta é maravilhosa, Beru — sorriu ele, misterioso. — E, como você não morreu hoje, vai ter mais tempo para respondê-la.

Fiquei várias semanas com os Elkington, durante as quais a sra. Elkington me servia comida gostosa numa bandeja de bambu — gengibre cristalizado, ovos condimentados e sucos gelados. Ela mantinha seu *toto* da cozinha ocupado me preparando bolos frescos todos os dias, como se isso fosse consertar o que

Paddy tinha feito — e o fato de ele estar agora rugindo em tom soturno e, às vezes, monstruoso de dentro de um cercado atrás do pasto principal.

Quatro dias após Paddy ter fugido, eles o pegaram, afinal, e o trouxeram de volta amarrado. Quando o sr. Elkington me disse que ele estava atrás das grades, foi para me tranquilizar, mas também me revirou o estômago. Eu tinha provocado Paddy correndo na frente do seu nariz, e agora ele estava sofrendo por ter feito uma coisa que era natural para ele. Era culpa minha — mas também havia a questão, quando eu estava deitada na cama estreita na casa dos Elkington, dos rugidos de Paddy. Eu apertava os ouvidos com as mãos, aliviada por ele estar trancafiado. Aliviada e também doente por isso. A salvo e também culpada.

Quando pude ir de carro para Nairóbi e depois para casa, em Njoro, de trem, foi como se eu tivesse, enfim, sido libertada da minha própria prisão. Uma prisão feita pelos ruídos terríveis de Paddy. Mas, na verdade, eu não queria parar de pensar em Paddy ou de ter sonhos terríveis com ele até conseguir contar a Kibii o que tinha acontecido. Ele e alguns outros *totos* ficaram sentados imóveis como postes enquanto eu despejava todos os detalhes, minha história ficando cada vez maior e mais angustiante e eu me tornando mais corajosa, mais destemida, uma heroína ou guerreira, em vez de só uma coisa que tinha sido caçada e salva por muito pouco.

Todo *moran* kipsigi em treinamento precisava caçar e matar um leão para ganhar sua lança. Se falhasse, viveria na vergonha. Se conseguisse, nada poderia ser mais magnífico. Belas mulheres cantariam seu nome, e seu feito entraria para a história em versos, seus filhos os aprenderiam e representariam peças. Eu sempre tinha tido uma imensa inveja de Kibii por poder ambicionar tanta ousadia e glória, e não podia deixar de me sentir um pouco satisfeita agora que tinha sobrevivido a algo que ele ainda não enfrentara. E a verdade era que não importava como eu enfeitasse ou descrevesse a história do que acontecera com Paddy, aquilo *tinha* acontecido e eu tinha sobrevivido para contar. Só isso já exercia um poderoso efeito sobre mim. Eu me sentia um pouco invencível, como se pudesse enfrentar praticamente tudo o que o meu mundo atirasse contra mim, mas é claro que eu não fazia a menor ideia do que me estava reservado.

— Emma e eu achamos que você deve ir para a escola em Nairóbi — disse meu pai algumas semanas depois de eu ter voltado da casa dos Elkington.

Seus dedos em concha estavam pousados sobre a mesa de jantar.

Empertiguei-me para olhar para ele.

— Por que não outra preceptora?

— Você não pode crescer sem estudar. Você precisa ir para a escola.

— Posso aprender aqui na fazenda. Não vou lutar mais, prometo.
— Aqui não é seguro para você, não percebe? — disse a sra. O de sua cadeira.
Seus talheres intocados brilhavam, refletindo faíscas de luz vermelha do lampião a querosene, e na mesma hora me veio a ideia de que tudo aquilo estava acontecendo porque eu nunca tinha encontrado a maneira certa de derrotá-la. Eu tinha me acostumado ao jeito dela. Tinha me distraído com potros e galopes e jogos de caça com Kibii. Mas ela não se acostumara comigo.
— Se você está falando de Paddy, aquilo nunca deveria ter acontecido.
— *É claro* que não deveria.
Seus olhos cor de violeta se estreitaram.
— Mas aconteceu. Você acha que é intocável, correndo por aí seminua com aqueles meninos pelos bosques, onde qualquer coisa pode atingi-la. *Qualquer coisa*. Você é uma criança, embora ninguém por aqui pareça perceber isso.
Fechei as mãos e soquei com força a borda da mesa. Gritei todo tipo de coisas, empurrei o prato e joguei os talheres no chão.
— Você não pode me obrigar a ir! — berrei por fim, a garganta rouca, sentindo o rosto quente e inchado.
— Não é você quem decide isso — disse meu pai, determinado, a boca severa e inflexível.

Na manhã seguinte, acordei com os primeiros raios de luz e cavalguei até o rancho Equador para ver Lady D. Ela era a pessoa mais gentil e sensata que eu conhecia. Achei que ela encontraria algum tipo de solução. Ela saberia o que fazer.
— Papai parece decidido — comecei a reclamar antes mesmo de cruzar a soleira da porta —, mas ele só está concordando com a sra. O. Ela disse a ele que eu vou ser feita em tiras por outro leão se continuar como sou, mas, na verdade, ela pouco se importa. Eu estou no caminho dela. É disso que se trata.
Lady D me levou para um lugar confortável em seu tapete e me deixou despejar tudo o que pensava sem parar para respirar.
Finalmente, quando eu estava um pouco mais calma, ela disse:
— Eu não conheço as razões de Emma, ou as de Clutt, mas ficaria orgulhosa vendo-a voltar para cá como uma mocinha.
— Eu posso aprender aqui tudo o que preciso aprender.
Ela assentiu. Tinha um jeito de fazer isso, com ternura, mesmo quando não concordava com uma só palavra do que você dizia.
— Nem tudo. Um dia, você vai pensar de outra maneira a respeito do estudo e ficará contente por isso.

Com delicadeza, ela pegou minha mão, tirou-a do meu colo e virou-a sobre a dela.

— Um aprendizado adequado não é útil apenas em sociedade, Beryl. Pode ser maravilhosamente seu, algo para ter e guardar só para você.

Devo ter feito uma careta, para ela ou para a parede, porque ela me deu um olhar inundado de incrível paciência.

— Eu sei que isso parece o fim do mundo — continuou Lady D —, mas não é. Tanta coisa vai acontecer com você. *Tanta* coisa, e está tudo lá, no mundo, à sua espera.

As pontas de seus dedos moviam-se em círculos lentos na palma da minha mão, embalando-me. Antes que eu me desse conta, comecei a cochilar, acomodando-me a seu lado, a cabeça em seu colo. Quando acordei, um pouco mais tarde, ela se levantou e pediu ao criado para nos trazer chá. Então nos sentamos à mesa, folheando o atlas gigante que eu amava, a página caindo aberta num grande mapa da Inglaterra, verde como uma pedra preciosa.

— Você acha que eu vou lá um dia? — perguntei.

— Por que não? Ainda é o seu lar.

Correndo os dedos pela página, percorri os nomes de cidades que me eram, ao mesmo tempo, estranhas e familiares, Ipswich, Newquay, Oxford, Manchester, Leeds.

— Sua mãe já escreveu para você, de Londres? — perguntou ela.

— Não — respondi, sentindo-me um pouco confusa.

Ninguém jamais mencionava minha mãe, e a vida era muito mais fácil assim.

— Posso lhe contar coisas a respeito dela, se algum dia você quiser saber.

Balancei a cabeça.

— Ela não me interessa. Só a fazenda importa.

Lady D me olhou por alguns instantes, parecendo refletir.

— Desculpe-me. Não devo me intrometer.

Um pouco depois, D entrou fazendo barulho, sacudindo a poeira e falando sozinho.

— Minhas meninas preferidas — ele nos cumprimentou.

— Beryl teve um dia difícil — avisou-o Lady D. — Ela irá, em breve, para a escola em Nairóbi.

— Ah!

Ele se acomodou bruscamente numa cadeira à minha frente.

— Eu me perguntava se isso aconteceria algum dia. Você vai ser grande, garota. Vai mesmo. Eu sempre disse que você era inteligente como ninguém.

— Não tenho tanta certeza.

Fiz uma tentativa desanimada de terminar meu chá, que tinha esfriado.

— Prometa que virá nos visitar sempre que puder. Esta também é a sua casa. Sempre será.

Quando me despedi, Lady D me levou até o estábulo e botou as mãos nos meus ombros.

— Não há outra garota como você no mundo, Beryl, e um dia você vai saber disso. Você ficará bem em Nairóbi. Ficará bem em qualquer lugar.

* * *

Era quase noite quando cheguei à fazenda, e as montanhas estavam azuis-escuras e pareciam encolher e se achatar a distância. Wee MacGregor subiu nossa colina, levando-nos à beira do prado, e vi Kibii seguindo para o caminho que levava à sua aldeia. Pensei em chamá-lo, mas já tinha tido suficiente dificuldade de falar por um dia, e não sabia como lhe dizer que partiria em breve. Não sabia como me despedir.

7

Nos dois anos e meio seguintes, esforcei-me ao máximo na escola — embora o meu máximo mal desse para o gasto. Fugi meia dúzia de vezes, numa delas passei três dias escondida num chiqueiro. Em outra ocasião, provoquei uma rebelião que fez com que boa parte da escola saísse atrás de mim pedalando bicicletas pelas planícies. Isso provocou, finalmente, a minha expulsão. Meu pai parecia irritado ao me apanhar na estação de trem, mas também aliviado, como se compreendesse que nada conseguiria me manter fora de casa.

Mas a fazenda não era mais o lugar que eu deixara. Na verdade, o mundo não era mais o mesmo, e a guerra se encarregara disso. Na escola, nos havia chegado notícias de todos os grandes acontecimentos, do assassinato do arquiduque, o kaiser Wilhelm, e de como as nações das quais mal tínhamos ouvido falar se haviam unido para lutar entre elas. Para a África Oriental Britânica, a guerra significava impedir que os alemães gananciosos por terras tomassem tudo o que acreditávamos nos pertencer por direito. Grandes extensões do protetorado haviam se transformado em campos de batalha e, por toda parte, homens — bôeres, nandis e colonos brancos, guerreiros kavirondo e kipsigir — deixaram seus arados, moinhos e *shambas* para se juntar aos Rifles Africanos do Rei. Até mesmo *arap* Maina tinha ido lutar. Durante uma das minhas férias escolares, Kibii e eu fomos até o alto da nossa colina para vê-lo partir marchando para se juntar ao seu regimento. Ele empunhava a lança erguida numa das mãos e seu escudo de pele de búfalo na outra. Foi mandado para cento e cinquenta quilômetros de distância, na fronteira com a África Oriental alemã, e substituíram sua lança por um rifle. Não sabia como usar aquela arma, mas sem dúvida aprenderia. Ele era o guerreiro mais valente e autoconfiante que eu conhecia, e eu tinha certeza de que voltaria para casa com histórias e talvez com dinheiro suficiente para comprar uma nova esposa.

Mas antes do final daquelas férias de verão, um mensageiro chegou correndo à nossa fazenda uma tarde e nos disse o que tinha acontecido lá tão longe. *Arap* Maina lutara bravamente, mas morrera naquele lugar distante e fora enterrado onde caíra, sem sua tribo ou família para lhe prestar homenagem. O rosto de Kibii nada revelou quando ele ouviu a notícia, mas ele parou de comer e ficou enraivecido. Eu não sabia como consolá-lo ou o que pensar. *Arap* Maina nem ao menos parecia *mortal*, e agora não mais existia.

— Deveríamos encontrar o homem que matou seu pai e enfiar uma lança em seu coração — eu disse.

— É meu dever fazer isso, no momento em que me tornar um *moran*.

— Eu irei com você — afirmei.

Eu tinha amado *arap* Maina como se fosse meu próprio pai e estava disposta a ir a qualquer lugar e fazer de tudo para vingar sua morte.

— Você é só uma menina, Lakwet.

— Eu não tenho medo. Posso atirar uma lança tão longe quanto você.

— Não é possível. Seu pai nunca se separaria de você.

— Não vou dizer a ele. Eu já fugi antes.

— Suas palavras são egoístas. Seu pai a ama, e está vivo.

Meu pai significava o mundo para mim. Enquanto estive fora, senti tanta falta dele quanto da fazenda, mas a guerra também o mudara. Quando foi ao meu encontro na estação de trem, seu rosto estava tão tenso e sério que eu quase não consegui dizer um bom-dia. Subimos a longa colina e ele explicou que Nakuru, que ficava perto, era agora uma cidade de guarnição. A pista de corridas tornara-se um depósito de transporte e remontagem para as tropas. Nossos cavalos foram recrutados para o serviço, deixando os estábulos e pastos reduzidos a menos da metade dos animais, mas isso não importava, já que todas as corridas tinham sido suspensas até segunda ordem.

Assim que chegamos ao topo, pude ver a diferença por mim mesma. Centenas de nossos trabalhadores haviam partido com a roupa do corpo e com qualquer arma que tivessem — revólveres, lanças ou facões —, além de uma ideia confusa de glória ou honra. O Império os chamara, e por isso eram agora soldados da Coroa. Era possível que voltassem em breve, mas por enquanto era como se alguém tivesse revirado Green Hills como uma caixa e jogado seu conteúdo no chão, onde tudo explodira.

Na casa principal, a sra. O preparara uma refeição para o meu regresso e se vestira para a ocasião. Estava lavada e passada como sempre, mas havia fios de prata em suas têmporas e linhas finas ao redor dos olhos, e descobri que eu a via de uma maneira nova. Minha companheira de beliche na maior parte do tempo em que estive na escola foi uma garota chamada Doris Waterman — embora gostasse de ser chamada de Dos. Noite após noite, ela se debruçava de sua cama sobre a minha para cochichar coisas, os cabelos lisos e castanhos caindo em torno do seu rosto como uma cortina. Contou-me que era filha única e seu pai era dono de uma rede de lojas na cidade. Também era o dono do hotel New Stanley, um importante ponto de encontro para quem ia a Nairóbi. Dos parecia saber de tudo o que acontecia por lá, ou em qualquer lugar nas vizinhanças.

— A sra. O? — perguntou ela em tom irônico, quando a mencionei de passagem. — O marido dela ainda está em Lumbwa?

— O quê? Ela não é casada. Ela vive com meu pai há anos.

Dos cacarejou diante da minha inocência e depois começou a me contar como, anos antes, o sr. Orchardson, que era antropólogo, tinha arrumado uma amante, uma mulher nandi, e que a engravidara.

Fiquei chocada.

— Como você sabe disso?

Ela deu de ombros, ainda meio dependurada no beliche.

— Todo mundo sabe. Não é coisa que aconteça todo dia.

— E daí a sra. O foi morar conosco? Para fugir da sua situação lá?

— Njoro não seria suficientemente longe de Lumbwa para mim. É tão humilhante. E agora ela e seu pai nem ao menos são casados.

Era como se tivessem existido nuvens sobre meus olhos, macias e branquíssimas. Eu não aprendera nada a respeito do mundo dos adultos ou da quantidade de coisas espinhosas que podiam acontecer entre homens e mulheres. Não tinha prestado atenção, mas agora as nuvens se abriram num instante, revelando os fatos. Meu pai deve ter sabido do sr. Orchardson com a mulher nandi e ou não se importou ou não pensou em se importar com o que aquela ligação significava para ele. Seu atual arranjo de vida era ainda mais escandaloso do que eu imaginava, porque ela ainda era casada. Talvez meu pai também fosse. Eu nunca prestara muita atenção naquele assunto, mas prestava agora, sentindo que o relacionamento dos dois era outra coisa que se tornara infinitamente mais complicada num mundo muito complicado.

— Quando a guerra vai acabar? — perguntei a meu pai. — No colégio, todos ficavam dizendo que a luta era só defensiva.

A luz clara do sol atravessava os vidros das janelas e cintilava na baixela simples de chá, na toalha de oleado, nas pedras da lareira e nos painéis de cedro. Cada objeto era igual ao que era antes, mas o ar em volta parecia diferente. Eu estava diferente.

— Dizem mesmo isso, não é? Mas as baixas continuam a subir. Vinte mil só na África.

— Você vai lutar?

Foi difícil manter a voz firme ao perguntar.

— Não. Prometo que não. Mas D se alistou.

— Quando? Por quê? Com certeza já há homens de sobra por lá.

Meu pai e a sra. O trocaram um olhar eloquente.

— Papai? O que aconteceu? D foi ferido?

— É Florence — disse a sra. O. — Ela ficou bem doente, não muito tempo depois da sua última visita. O coração não aguentou.

— Não havia nada errado com o coração dela! Ela sempre teve uma saúde de ferro!

— Não — disse meu pai, devagar, com muito cuidado. — Na verdade, ela estava doente há anos. Ninguém sabia, só D.

— Eu não entendo. Onde ela está agora?

Meu pai olhou para as costas de suas mãos. A cor desaparecera do seu rosto.

— Ela morreu, Beryl. Há seis meses. Ela se foi.

Seis meses?

— Por que vocês não me contaram?

— Não quisemos contar por telegrama — explicou meu pai. — Mas... não sei. Talvez tenhamos feito mal em esperar.

— Ela era uma mulher maravilhosa — disse a sra. O. — Eu sei que você a amava muito.

Só consegui olhar para ela, entorpecida. Empurrei a cadeira para trás e andei até o estábulo numa espécie de transe, me sentindo incompleta. Quantas horas eu tinha me sentado no tapete de Lady D, bebendo seu chá e sorvendo suas palavras, sem nunca saber que ela estava doente ou mesmo fraca? Talvez eu não a tivesse conhecido, não de verdade, e agora ela se fora. Eu nunca mais a veria. Nem ao menos pude me despedir.

No escritório malcuidado do estábulo, encontrei Buller cochilando e caí de joelhos, esfregando o rosto em seu pelo malhado. Ele estava completamente surdo agora e, por não ter me ouvido entrar, ficou assustado — mas também feliz. Cheirou-me toda e lambeu meu rosto, se contorcendo. Quando voltou a se deitar na terra batida, deitei a cabeça em cima dele, olhando em volta as coisas do meu pai — sua mesa com o grosso livro de registro de pedigrees dos cavalos, o cabo do chicote e seu capacete de equitação, um prato cheio de cinzas de cachimbo, jornais amarelados e o calendário na parede. Deviam ser datas importantes, as circundadas em vermelho. O estábulo deve ter vivido dias plenos de atividade, mas estava imóvel como um cemitério nandi. Eu tinha finalmente voltado de vez para casa e, no entanto, Green Hills mal parecia um lar. Voltaria a parecer?

Depois de algum tempo, meu pai chegou e olhou para nós ali no chão.

— Eu sei o quanto ela era importante para você.

Fez uma pausa.

— É coisa demais para absorver em sua volta para casa, mas, mais cedo ou mais tarde, tudo vai ficar bem.

Eu queria acreditar que ele estivesse dizendo a verdade, que nossos piores problemas tinham ficado para trás, que tudo o que havia se transformado em caos ainda poderia ser consertado. Queria aquilo mais do jamais quisera qualquer coisa.

— A guerra não vai durar para sempre, vai? — perguntei com a voz embargada.

— Não — respondeu ele. — Nada dura.

Parte Dois

8

Quando as chuvas de março caíram sobre as planícies e a face irregular da escarpa, seis milhões de flores amarelas desabrochavam ao mesmo tempo. Borboletas vermelhas e brancas, que pareciam pirulitos coloridos, brilhavam e revoluteavam no ar cristalino.

Mas, em 1919, as chuvas não vieram. Nem as inundações das tempestades de abril, quando uma nuvem carregada podia flutuar por horas derramando tudo o que continha, nem as pancadas de chuva diárias de novembro que caíam e cessavam como se fossem reguladas por um sistema de roldanas. Nada aconteceu naquele ano, e as planícies e campos ficaram cor de areia. Para onde quer que se olhasse, tudo parecia encolhido e endurecido, de tão seco. Ao longo das margens do lago Nakuru, a linha-d'água recuou e baixou, deixando uma marca verde de pó e estranhos cachos de líquen seco. As aldeias estavam em silêncio, os rebanhos emaciados. Meu pai sondava o horizonte como todos os outros agricultores interioranos a quilômetros de Nairóbi e não via uma única mancha de nuvem em lugar algum, nem ao menos qualquer sombra no sol.

Eu estava então com 16 anos e cheia de sentimentos apreensivos. Em seu gabinete, vi meu pai com o queixo apoiado nas mãos e os olhos inchados e vermelhos, fixos no livro-razão. Uísque antes do café da manhã, puro.

Debrucei-me nas costas de sua cadeira e enfiei o queixo entre seu pescoço e ombro. Ele cheirava a algodão quente, como o céu.

— Você deveria voltar para a cama.

— Ainda não fui para a cama.

— Aposto que não.

Na noite anterior, ele e Emma (comecei a chamá-la assim desde que voltei para casa) tinham sido convidados para uma pequena recepção em Nakuru, algo relacionado a corridas, eu achava. Não entendia como Emma se mantinha tão bem na fazenda. Embora com rugas e mais fina, sua pele ainda era clara. Ela era magra, e suas roupas se movimentavam bem quando ela andava — coisa que eu poderia ter aprendido se tivesse ficado na escola com as outras meninas em vez de estar ali, no meio do mato, de calças compridas e botas de cano alto empoeiradas.

— Você poderia se esforçar mais, Beryl — dissera Emma antes de partirem para Nakuru. — Venha conosco à cidade.

Eu estava melhor em casa. Depois que eles desceram a estrada de terra, rugindo no Hudson de papai, aconcheguei-me perto lareira para ler. Eu precisava e gostava do silêncio. Mas não muito tempo depois de eu ter ido para a cama, eles estavam outra vez em casa, sussurrando zangados um com o outro enquanto atravessavam o pátio, vindo do carro. Ele tinha feito alguma coisa, ou ela achava que tinha. As vozes foram ficando cada vez mais altas e mais tensas, e eu me perguntei o que os teria enfurecido. Às vezes, idas à cidade podiam se tornar explosivas, se Emma se sentisse posta de lado. Ela, há muito tempo, vivia abertamente como esposa consensual de meu pai, mas, à medida que eu crescia, passava a ver coisas que antes me eram invisíveis, como por exemplo, o fato de que ainda que ela e papai parecessem dispostos a desprezar as convenções ou, pelo menos, ignorá-las, a Colônia não pensava da mesma maneira. Muitas mulheres dos fazendeiros vizinhos haviam de fato fechado as portas para Emma. Mesmo na cidade, como eu soube por Dos, o arranjo entre ambos era visto como vergonhoso, pouco importando quanto tempo tivesse se passado, pouco importando o quanto parecessem conservadores sob outros aspectos.

Mas, se as tensões do mundo exterior agitavam as coisas em casa, ao menos Emma parecia disposta a desistir de qualquer bobagem a respeito de eu precisar de uma preceptora ou de escolaridade. Seus esforços concentravam-se agora nas minhas maneiras e aparência — assim como estavam. Ela vivia tentando fazer com que eu me lavasse mais, e que usasse vestidos em vez de calças. Luvas eram essenciais se eu quisesse manter as mãos bonitas, e por acaso eu não sabia que qualquer mocinha direita deveria usar chapéus ao ar livre?

Parecia também mais insistente do que nunca quanto a eu não passar mais tempo com Kibii ou qualquer outro rapaz da aldeia kip.

— Já era ruim o bastante quando você era criança, mas agora... bem, não é adequado.

Adequado?

— Não vejo razão para tanto estardalhaço.

— Emma tem razão — concordou meu pai. — Isto não se faz.

Embora eu continuasse a desafiar ambos por princípio, o fato era que eu pouco via Kibii. Quando voltei de Nairóbi para a fazenda, ele começou a andar três passos atrás de mim quando íamos aos estábulos, para galopar.

— O que você está fazendo? — perguntei, ao perceber pela primeira vez aquela atitude.

— Você é a moça da casa. É assim que deve ser feito.
— Eu sou a mesma que *sempre fui*, seu tolo. Pare com isso.

Mas nenhum de nós era o mesmo de antes, e eu sentia isso com tanta clareza quanto via as mudanças em meu corpo quando me despia à noite, o arredondamento e alongamento de minhas novas curvas. Os braços e pernas de Kibii estavam musculosos onde antes tinham sido macios e infantis, e seu rosto também estava mais duro. Sentia-me atraída por ele, pelo aspecto polido de sua pele e pelo comprimento forte de sua coxa sob o *shuka*. Ele era bonito, mas quando tentei tocá-lo sem fazer cerimônia, sondando o terreno, ele se esquivou.

— Pare, Beru.
— Por que não? Não está nem um pouco curioso?
— Não seja idiota. Você quer me ver morto?

Quando ele se afastou, senti-me ofendida e rejeitada, mas, no fundo, eu sabia que ele tinha razão. Em nenhum de nossos mundos teria sido permitido aquele tipo de contato entre nós nem por um minuto, e a situação poderia bem depressa se tornar terrível para nós dois. Mas eu sentia falta de Kibii. As coisas já tinham sido tão simples e boas entre nós, quando não tínhamos medo, quando caçávamos em perfeita sincronia. Eu me lembrava de correr quilômetros com *arap* Maina à procura de um buraco de porco selvagem e então me acocorar para amassar papel diante da entrada da toca. Era o que se fazia para chamar o porco, o barulho servindo para de algum modo irritar o animal; eu não entendia como, mas poucas vezes vi o método falhar. Kibii e eu fazíamos tudo o que *arap* Maina nos pedia e voltávamos para casa com um grande javali pendurado entre nós, como uma rede de carne. O pelo de suas ancas era como arame preto ondulado. Sua boca estava cerrada e congelada pela morte, com uma expressão de teimosia que eu admirava. A ponta da vara se enterrava com força em minhas mãos e aquilo parecia perfeito. Aquele era o peso do porco, era o peso do dia.

Meu Deus, como eu queria viver assim de novo! Queria ver *arap* Maina, segui-lo em silêncio em meio ao capim-elefante irregular, rir com Kibii de tudo ou de nada. Mas ele estava com quase 15 anos. Quando chegasse sua cerimônia de circuncisão, ele se tornaria o guerreiro que sempre estivera destinado a ser. Desde que o conheci, ele jamais deixara de sonhar e ansiar por esse dia, mas, de alguma maneira, quando o ouvia ao longo dos anos, eu dera um jeito de ignorar como a cerimônia levaria embora o menino que eu conhecera e também a orgulhosa menina guerreira que o amara. Já acontecera. As crianças não mais existiam.

9

Em seu escritório no estábulo, meu pai fechou o livro-razão e alcançou uma bebida, embora tivesse há pouco terminado o café da manhã.

— Você vai correr com Pégaso hoje?

— Quase dois quilômetros a trote. A cabeça dele tem estado um pouco baixa. Pensei em tentar o bridão de corrente.

— Boa menina — disse ele.

Mas seus olhos estavam vazios e distantes, enquanto eu fazia o resto das atividades matinais — quais cavalos estavam em dia de galope, quais descansavam ou estavam com botas de tendão, pedidos de comida feitos, entregas agendadas. Desde que eu falhara no internato, aquela era a minha vida. Ele organizava a reprodução e dirigia a fazenda, e eu era seu capataz. Queria ser indispensável, mas me contentava em ser útil.

O cavalariço, Toombo, tinha escovado o pelo de Pégaso até brilhar e me deu impulso para a sela. Aos dois anos, Pégaso já era enorme — um entalhe acima de 17 palmos. Eu também era alta — quase um metro e oitenta, agora — mas me sentia como uma folha na sela.

No pátio, a manhã estava clara como vidro — como nas últimas dez ou vinte ou cem manhãs. Passamos debaixo da grande acácia, na qual um casal de macacos de bigode cinza tagarelava num dos ramos mais baixos. Pareciam dois velhotes com suas mãos negras e rijas e rostos finos e desapontados. Desceram da floresta ou da escarpa em busca de água, mas nossas cisternas estavam desesperadamente vazias e não tínhamos o que lhes oferecer.

Acima da colina, a estrada de terra se estendia para baixo e além, através de campos terraplanados. Em dias melhores, nossas plantações se espalhavam em todas as direções, ricas e verdes. Quando se caminhava pelo milharal que chegava à altura do peito, os pés afundavam até o tornozelo na terra úmida. Agora, as folhas estão curvas e rachadas. O moinho ainda funciona sem parar, moendo *posho* que depois guardávamos em sacos de lona para honrar nossos contratos. Vagões cheios de grãos ainda partiam serpenteando de nossa estação em Kampi ya Moto em direção a Nairóbi, mas ninguém estava ficando rico com isso. Meu pai fez empréstimos a juros muito altos e depois tomou mais dinheiro emprestado. A rupia despencava como uma perdiz cheia de chumbo de caça. Onde estava agora, ninguém realmente sabia. Os credores pareciam estar sempre mudando de ideia, e as dívidas de meu pai subiam e desciam quase todos os dias. Mas nossos cavalos precisavam comer. Precisavam de aveia, farelo, cevada cozida — e não de um punhado de alfafas esbranquiçadas. Meu pai criava puros-sangues com amor, intuição e o grosso livro de capa preta com os pedigrees dos cavalos e suas listas de nomes que remetiam a garanhões que eram como príncipes magníficos. Aqueles eram os melhores cavalos que havia. Ele não deixaria que nada nem ninguém lhe tirasse mais um centímetro de terra sem lutar, não depois de tanto trabalho.

Quando Pégaso e eu chegamos à pista aberta, paramos e nos orientamos, e então soltei o freio. Ele disparou como uma mola, alongando-se pela pradaria, multiplicando os ritmos de seu passo — veloz e perfeito, quase num voo.

Eu fizera seu parto com minhas próprias mãos, quando estava com 14 anos e passava em casa as férias de primavera— observando Coquete tremer com as contrações e muito feliz por estar ali. Coquete havia parido potros saudáveis com poucos anos de intervalo, desde o terrível parto de Apolo e a chegada das formigas siafu, mas eu ainda não queria deixá-la sozinha nem por um instante e, nas últimas semanas, dormia em sua baia. Quando o potro enfim chegou, rompi com minhas próprias mãos a membrana translúcida e lisa da bolsa d'água e, com delicadeza, puxei-o pelas pequenas e perfeitas patas dianteiras para a cama de palha. Quase entrei em choque de felicidade e alívio. Aquela era a primeira vez em que eu fazia um parto sozinha e nada de ruim acontecera. Meu pai confiara em mim e não foi ao estábulo até que amanhecesse, enquanto eu segurava Pégaso no colo, um pacotinho de calor úmido e membros ossudos dobrados.

— Bom trabalho — disse ele, da porta do estábulo.

Parecia saber que nem mesmo a ponta empoeirada de sua bota na baia diminuiria o que eu tinha feito sem ele.

— Você o trouxe à vida. Suponho que agora ele seja seu.

— Meu?

Eu nunca possuíra coisa alguma ou pensara que deveria — feliz por cuidar, manusear, alimentar e me preocupar com os animais de meu pai durante anos. Mas de alguma maneira aquele animal extraordinário me pertencia: um toque de graça pelo qual eu nem sabia o quanto estava ansiosa.

Quando Pégaso e eu terminamos a corrida, voltamos para casa pelo caminho mais longo, contornando o perímetro norte do vale que se desenrolava numa curva infinita. Um vizinho arrebatara há pouco tempo o lote adjacente e agora eu via seus sinais. Mourões recém-instalados estavam postados como palitos de fósforo onde antes havia terrenos baldios sem limites. Segui a linha que demarcavam e logo alcancei o fazendeiro, sem chapéu e de peito largo, com um rolo de arame no ombro. Ele o amarrava com um martelo, pinça e grampos, os músculos dos braços tensionados quando ele puxava o arame duro para prendê-lo no mourão. Não parou de trabalhar até que Pégaso e eu paramos a um metro e meio dele. Então, sorriu para mim, o colarinho manchado com o suor fresco.

— Você está pisoteando meu pasto.

Eu sabia que ele estava brincando — ainda não havia pasto, ou qualquer outra coisa terminada — mas já se podia dizer que tudo *ficaria* maravilhoso um dia. Podia-se saber pela maneira com que ele dispusera tão bem os mourões.

— Não acredito que sua casa já esteja pronta — comentei.

Ele a fizera parecer mais adequada para a cidade do que para o campo, com uma cobertura de telhas em vez de palha e vidro de verdade nas janelas.

— Não se parece nem um pouco com a casa do seu pai.

Então ele já adivinhara quem eu era. Protegendo os olhos com o braço, ele me examinava.

— Eu o conheci há anos, quando fui hospitalizado perto daqui com os voluntários de Madras.

— Você foi ferido?

— Foi disenteria, na verdade. Toda a minha tropa sofreu com ela. Muitos morreram.

— Isso parece horrível.

— E foi.

Um leve sotaque escocês surgiu por trás de sua fala.

— Mas houve alguns prazeres. Um dia, alguns de nós fomos caçar no vale Rongai e você estava lá. Um bonito garoto nativo estava com você e os dois eram exímios atiradores.

Ele sorriu, revelando perfeitos dentes quadrados.

— Você não se lembra de mim.

Examinei seu rosto — a mandíbula quadrada, o queixo forte, os olhos de um azul arroxeado — em busca de traços familiares.

— Desculpe — admiti, afinal. — Havia tantos soldados por aqui naquela época.

— Você cresceu.

— Papai diz que nunca vou parar de crescer. Já faz algum tempo que estou mais alta do que ele.

Ele sorriu e continuou a me olhar de um jeito que me fez pensar se haveria algo mais que eu devesse fazer ou dizer. Não conseguia imaginar o quê. Tudo o que eu sabia a respeito de homens além da vida e do trabalho na fazenda eram os pensamentos confusos e intensos que eu tinha agora tarde da noite, de ser tocada ou seduzida, pensamentos capazes de deixar minhas bochechas quentes mesmo quando eu estava sozinha em meu chalé.

— Bem, foi bom vê-la de novo.

Ele pegou o rolo de arame sem tirar os olhos dos meus.

— Boa sorte — desejei, e depois tirei Pégaso dali, feliz por deixá-lo lá com seus mourões de cerca, por voltar para casa com o sol nas costas.

— Encontrei nosso novo vizinho — contei no jantar daquela noite, espetando com a ponta da faca uma fatia do rosbife de gazela do Thomson.

— Purves — disse meu pai. — Ele já trabalhou muito naquela terra.

— É o ex-capitão do qual você me falou, Charles? — perguntou Emma, da outra ponta da mesa. — É um camarada atraente. Eu o vi na cidade.

— É um sujeito trabalhador, eu diria.

— O que achou dele, Beryl?

Encolhi os ombros.

— É legal, imagino.

— Você não morreria se fizesse algum esforço social — disse ela. — Você conhece *alguém* da sua idade?

— Minha idade? Ele deve ter uns trinta anos.

— A vida na fazenda vai endurecê-la, você sabe. Vocês acham que serão jovens e lindas para sempre e que terão uma porção de oportunidades, mas não é assim que funciona.

— Ela só tem 16 anos, Emma — argumentou meu pai. — Beryl tem muito tempo.

— É o que você pensa. Você não está ajudando, mantendo-a o tempo todo aqui sem companhia. O colégio não adiantou muito... não que ela tenha passado muito tempo lá. Ela é selvagem. Não sabe manter uma conversa.

— Por que estamos falando de boas maneiras e vida social, quando há problemas reais com os quais devemos nos preocupar?

Empurrei o prato, frustrada.

— Um dia você *vai* querer atrair um homem — disse Emma, encarando-me de propósito. — Seu pai e eu precisamos prepará-la para isso.

— Emma acha que você deveria ter uma festa de debutante — explicou meu pai, equilibrando na palma da mão a base pesada de seu copo de uísque.

— Vocês só podem estar brincando. Debutante em quê?

— Você sabe muito bem que se fazem essas coisas, Beryl. Até aqui. É importante ser apresentada à sociedade e desenvolver alguma graça. Você pode achar que isso não tem valor agora, mas um dia vai saber que tem.

— Toda a sociedade de que eu preciso está aqui — retruquei, referindo-me a Buller e nossos cavalos.

— É só uma noite, Beryl.

— E um vestido novo — acrescentou Emma, como se isso fosse algum tipo de atrativo.

— Já reservamos o hotel — disse meu pai em tom definitivo.

E então eu soube que tudo já havia sido decidido há muito tempo.

10

Nairóbi crescera a passos largos desde que eu tinha estado lá, na escola. Dez mil pessoas se empoleiravam agora nos limites miseráveis das planícies Athy com lojas de telhado de zinco, bares e bazares barulhentos e coloridos. Até aquela pobre civilização era uma maravilha. A cidade se formara por acidente quando a via férrea de Uganda estava sendo construída entre Mombasa e o lago Victoria, em 1899. Uma frágil sede foi instalada, depois um barracão de lata que os operários chamaram de "Clube do Terminal", depois mais barracões e tendas e, quando a ferrovia foi enfim levada adiante, uma cidade foi deixada em sua esteira.

Mas nem mesmo naquela época alguém poderia imaginar o quanto a ferrovia se tornaria importante para o Império Britânico e para todo o continente. Abrir a estrada era dispendioso, e mantê-la ainda mais. As autoridades coloniais conceberam um esquema para atrair os colonos brancos para a região, oferecendo lotes de terra por quase nada. Militares reformados, como meu pai e D, receberam terras adicionais como parte de uma pensão. E foi assim que a Colônia cresceu, homem a homem, fazenda a fazenda, tendo Nairóbi como seu coração pulsante.

Em 1919, havia uma Casa Governamental com um salão de baile na colina central de Nairóbi, uma pista de corrida e três bons hotéis. Para chegar à cidade, só precisávamos embarcar no trem e viajar uns cento e oitenta quilômetros através do matagal empoeirado, lama vermelha de murra e um pântano de papiro. Um dia inteiro gasto na cambaleante e fuliginosa engenhoca de ferro para que eu pudesse ficar de pé num quarto alugado no hotel New Stanley, num vestido cor de creme de ovos.

O vestido devia ser muito bonito. Emma o escolhera e insistira que era perfeito — mas a renda dura subia demais pelo meu pescoço e me dava uma irritação que eu não podia coçar. Havia também uma coroa de rosas — minúsculos botões rosa-amarelados costurados juntos numa grinalda. Eu ficava me olhando no espelho, perguntando-me se estava bem e desejando que sim.

— O que você acha, de verdade? — perguntei a Dos, que estava atrás de mim, de combinação, puxando os grampos dos rolos de seu cabelo castanho.

— Você está linda, mas pare de se coçar, está bem? Todo mundo vai achar que você está com pulgas.

Dos ainda era estudante — agora no colégio da srta. Seccombe, na cidade — e não tínhamos mais quase nada em comum. Ela era cheia de curvas, morena e pequenina em sua roupa de renda azul, boa de conversa e versada nas brincadeiras habituais, desenvolta na companhia dos outros. Eu era muito magra, uma cabeça mais alta do que Dos, mesmo de sapatos sem salto — e muito mais à vontade falando com cavalos e cães do que com pessoas. Éramos tão incompatíveis quanto podem ser duas garotas de 16 anos, mas eu ainda gostava de Dos e estava contente com a sua presença.

Às dez horas da noite em ponto, conforme um tolo costume britânico, agarrei o braço do meu pai na escada. Eu só o tinha visto em roupas cáqui empoeiradas e capacete de sol, mas o fraque escuro e o peitilho branco pareciam naturais nele, lembrando-me da vida que ele levara antes, na Inglaterra. Lá, eu teria sido formalmente apresentada ao Rei na corte, numa procissão de outras moças bem-nascidas com pérolas, luvas e plumas de avestruz, fazendo mesuras com o coração na mão. Naquela distante colônia, onde a soberania era uma bandeira e uma ideia e, às vezes, alguns emocionantes versos de "Deus salve o Rei" levavam todos às lágrimas, eu era apresentada à sociedade num salão de baile de hotel cheio de rancheiros, ex-oficiais e africâneres, todos lavados e passados e um pouco constrangidos. Uma banda de cinco músicos tocou a abertura cadenciada de "If You Were the Only Girl in the World", a dica para que meu pai e eu fôssemos até a pista de dança.

— Vou pisar nos seus pés agora — avisei.

— Vá em frente. Não farei caretas, nem te abandonarei.

Ele dançava lindamente, e fiz o que pude para acompanhar, concentrando-me em seu fraque cinza de lã, que cheirava levemente à arca de cedro da qual fora retirado na véspera. Eu precisava me curvar um pouco para não ficar mais alta do que ele, e aquilo fez com que eu me sentisse ainda mais sem jeito do que já estava.

— Você sabe, eles não escrevem manuais para coisas difíceis — disse ele quando a banda diminuiu o ritmo. — Eu nem sempre soube o que fazer como pai, mas de algum jeito você se saiu bem.

Antes que eu pudesse entender direito o que ele havia dito, ou fazer durar aquele momento, ele se afastou com um gesto, passando minha mão direita para Lorde Delamere.

— Olhe só para você, Beryl. Bela como uma potranca — disse D.

Ele voltara da guerra parecendo muito mais velho. Havia rugas profundas ao redor de seus olhos e seu cabelo embranquecera num surto de febre, mas ele resistira. Eu pouco o via, agora. Ele ainda era dono do rancho Equador, mas tinha se mudado para outra operação pecuária a sudeste de nós, às margens calcárias do lago Elmenteita.

— Florence deveria estar aqui — disse ele por cima do meu ombro. — Ela teria ficado tão orgulhosa!

Senti um aperto intenso e profundo com o tom de ternura com que D pronunciou o nome dela e lhe disse que ainda pensava nela todos os dias.

— Não é justo que ela se tenha ido.

— Nem um pouco.

E então ele me deu um beijo no rosto antes de me passar com suavidade para o próximo da fila.

Foram necessárias muitas danças para levantar meu astral, mas meus parceiros não pareceram perceber ou se importar. Durante uma hora ou mais girei por uma sucessão de rostos quentes e barbeados, mãos fortes e mãos úmidas, bons dançarinos e outros com passos desajeitados. Provei e senti o champanhe na parte de trás da língua, enquanto um trompete solitário desfalecia os versos que eu conhecia, mas não cantei:

Num jardim do Éden só para dois
Sem nada a perturbar nossa alegria
Eu diria a você maravilhas
Poderíamos fazer maravilhas
Se você fosse a única garota no mundo

E então lá estava Jock — Purves, como meu pai o chamava — parecendo muito mais limpo do que quando enrolava arame na cerca e ainda mais atraente agora que estávamos cara a cara. Quando ele me puxou mais para perto, cheirava a pó de barbear e a gim, e apesar de não ter nem sombra de experiências com homens ou flertes, percebi pelo olhar de Dos, quando passamos outra vez pela sua mesa, que estava mais do que na hora de aprender.

Havia muitos homens como Jock na cidade — soldados que tinham dado baixa e usado seus loteamentos e se dedicado às plantações, tentando se reinventar de um jeito produtivo —, mas poucos eram tão bonitos. Ele tinha uma aparência forte e era todo anguloso, ombros, mandíbula e queixo. Era assim que deveria ser um homem, eu imaginava, se fosse possível construí-lo a partir do zero e recortá-lo como um novo pedaço de terra.

— Sua cerca ainda está de pé? — perguntei.
— Por que não estaria?
— Por uma série de coisas — eu ri. — A começar por elefantes saqueadores.
— Você me acha estranho.
— Não... — deixei minha voz falhar.
— Certo tipo de homem vem para a África e constrói cercas. É isso o que você pensa?
— O que eu sei? — despejei. — Eu só tenho 16 anos.
— Você nunca teve 16 anos.

Ele estava me bajulando, mas não me dei muita conta. Tinha tomado três taças de champanhe e tudo começava a parecer maravilhoso — o paletó escuro de Jock debaixo da minha mão, a banda num nicho em frente ao bar. A tuba era um borrão dourado. O trompetista parecia estar piscando para mim. E havia as outras meninas e seus pares velejando ao nosso redor em vestidos de seda, gardênias espetadas como estrelas em seus cabelos.

— De onde vieram todas essas garotas? Eu nunca vi nem a metade delas.

Ele olhou em volta.

— Você as ofusca.

Na fazenda, não havia ocasiões para flertar. Eu não aprendera como atrair um homem, então eu simplesmente dizia o que pensava, mesmo que aquilo me fizesse parecer insegura.

— Emma acha que eu não sei me maquiar direito.
— Todo esse ruge e pó de arroz vão desaparecer em algum momento. Talvez seja melhor não usá-los.

Dançamos em silêncio por meio minuto, e ele disse:

— De qualquer maneira, essas garotas da cidade vieram todas da mesma caixa de bombons. Acho que vou me casar com você, e não com elas.

— O quê? — respirei fundo, apanhada de surpresa.

Ele mostrou os dentes, claros, brilhantes e quadrados.

— Você está usando um vestido *branco*.
— Ah!

Recostei-me em seus braços e senti minha cabeça girar.

Algum tempo depois, sentei-me perto de Dos numa das mesas cobertas por toalhas. Seu queixo estava apoiado em uma das mãos. Um gin-fizz espumava na outra.

— Ele é encantador — disse ela.
— Dance com ele, então. Ele me deixa nervosa.
— Ele não olhou para mim nem duas vezes.

— Como você sabe?

Ela riu de mim.

— Francamente, Beryl. Você é tão burra!

— Por que eu *não* seria? — encarei-a. — De qualquer maneira, é tudo tão idiota. Metade dos sujeitos está molhada de suor e a outra metade olha em frente por cima do meu ombro, como se eu não estivesse ali. Bem, pelo menos os que são altos o bastante.

— Desculpe — disse ela, mais suave. — Eu só estava implicando. Você vai aprender.

Fiz uma careta para ela e puxei a gola do meu vestido.

— Quer fumar?

— Vai você. Pode ser a minha única chance de ter um pouco de atenção masculina.

— Você está ótima.

Ela sorriu.

— Parecerei melhor com você lá fora.

Na rua, a escuridão era como só pode ser na África. Respirei fundo, sentindo o cheiro de poeira e eucalipto, e passei pelas luzes borradas do alpendre. No pequeno parque do outro lado da rua tinham espalhado argila como se fosse açúcar de confeiteiro, e uma linha pontilhada de eucaliptos anões recém-plantados como decoração. Era Nairóbi tentando ampliar seus objetivos, mas um vazio maior se desenrolava adiante, pronto para engolir cada pedacinho de todos nós. Eu amava essa característica da África e esperava que jamais mudasse. Perambulando, senti a escuridão me puxar e uma coceira agradável por estar fora do meu vestido, até fora da minha pele.

— Você parece Diana — disse uma voz em inglês, me sobressaltando.

Um homem estava de pé na rua atrás de mim, num terno de noite bem cortado, paletó e calças brancos como a lua.

— Como?

— Diana, a caçadora — explicou ele. — Dos romanos.

Estava bêbado, percebi, mas, ainda assim, era agradável. Uma garrafa bojuda de vinho estava encostada à sua perna e, quando ele sorriu, vi que tinha um rosto maravilhoso, pelo menos no escuro.

— Sou Finch Hatton... ou talvez eu seja Virbius.

— Mais romanos?

— Com certeza.

Ele me olhou com mais atenção, esticando a cabeça. Era mais alto do que eu, quando tão poucos homens eram.

— Parece que você estava numa festa.
— Você também. Esta aí é para mim — estiquei o queixo na direção do hotel.
— Sua festa de casamento?
Eu ri.
— De debutante.
— Que bom. Nunca se case. Dianas não fazem isso, é uma regra.

Ele se aproximou um pouco mais, e pude ver melhor seu rosto sob a aba de seu chapéu-coco. Os olhos eram grandes, e as pálpebras, pesadas. As maçãs do rosto eram fortes, e o nariz, pronunciado e fino.

— Então você se sente pronta para a vida social? — perguntou ele.
— Não tenho certeza. Alguém pode afirmar quando se chega à idade adulta?

Outro homem vinha da esquina próxima ao hotel e caminhava decidido em nossa direção. Ele também andava como um príncipe e tinha um bigode grosso e penteado, cabelos ruivos e nenhum chapéu.

— Denys, finalmente! — exclamou em tom dramático. — Você me fez andar um bocado.

Fez uma mesura de um jeito que talvez pretendesse ser engraçado.
— Berkeley Cole, ao seu dispor.
— Beryl Clutterbuck.
— A filha de Clutt?

Ele me examinou.
— É, posso ver a semelhança. Conheço seu pai das corridas. Não existe homem melhor do que ele com os cavalos.
— A srta. Clutterbuck e eu estávamos discutindo os perigos do casamento.
— Você está bêbado, Denys — cacarejou Berkeley.

E se virou para mim:
— Não o deixe assustá-la.
— Não estou nem um pouco assustada.
— Viu? — disse Denys.

Levou a garrafa de vinho à boca, e depois limpou algumas gotas com as costas da mão.

— Vocês já viram estrelas assim? Não podem ter visto. Não fazem estrelas assim em nenhum outro lugar do mundo.

Acima de nossas cabeças, o céu era um baú repleto de tesouros. Algumas estrelas pareciam querer se soltar e pular em meus ombros — e, embora aquelas fossem as únicas que eu jamais conhecera, acreditei em Denys quando ele disse que eram as mais belas. Achei que poderia acreditar em qualquer coisa que ele dissesse, mesmo que tivéssemos acabado de nos conhecer. Era algo que havia nele.

— Você conhece alguma coisa de Keats? — perguntou Denys, depois de vários minutos de imobilidade.

E quando fiquei claramente confusa, explicou:

— É poesia.

— Ah, não conheço nenhuma poesia.

— Berkeley, diga-nos algo a respeito das estrelas.

— Hmmm — meditou Berkeley. — Que tal Shelley?

> *Envolve tua forma em manto cinza*
> *De estrelas rebordado!*
> *Cega com teus cabelos os olhos da Manhã;*
> *Beija-a até extenuá-la,*
> *Vagueia então sobre sua cidade, e mar, e terra,*
> *Em tudo pousando tua varinha de opiáceos...*

— Beija-a até extenuá-la — repetiu Denys. — É a melhor parte, não é? E Berkeley a diz tão bem.

— Maravilhoso!

Meu pai havia lido os clássicos para mim à luz da lareira algumas vezes, mas aquilo me parecera o colégio. Agora era mais como uma canção, e também como estar sozinha na natureza com seus pensamentos. De alguma forma, era ambos ao mesmo tempo.

Enquanto as palavras de Shelley ainda ecoavam, Denys começou a recitar outra coisa, baixinho, como se apenas para si mesmo:

> *É esta a tua hora, ó Alma, teu voo livre no não dito,*
> *Longe de livros, longe da arte, o dia apagado, a lição feita,*
> *Todo o teu eu emergindo, em silêncio, observando,*
> *ponderando os temas que mais amas*
> *Noite, sono, morte e as estrelas.*

As palavras eram tão naturais para ele que não exigiam esforço algum. Não se podia aprender aquilo, por mais que se tentasse. Até eu reconhecia isso, sentindo-me um pouco menor.

— É Shelley de novo?

— Whitman, na verdade.

Ele me sorriu.

— Eu deveria ficar constrangida por não ter ouvido falar dele? Eu lhe disse que não conheço nada de poesia.

— Só é preciso prática, sabe? Se realmente quiser aprender, pratique. Use um pouco de poesia diariamente.

— Como o seu quinino para malária — acrescentou Berkeley. — Uma dose de um bom champanhe também ajuda. Não sei o que há com a África, mas champanhe é absolutamente compulsório por aqui.

Sem qualquer cerimônia, Denys tocou o chapéu, e então os dois homens desceram a rua, virando numa esquina e desaparecendo de vista. Podiam ter ido em direção a outra festa ou montado em corcéis brancos à espera para levá-los a algum lugar encantado. Eu teria acreditado também num tapete mágico, ou em qualquer final de contos de fada. Eram tão encantadores, e agora haviam desaparecido.

— Você está bêbada? — perguntou Emma, quando entrei.

— Pode ser.

Ela mordeu os lábios com força, irritada, e se afastou exatamente quando Jock vinha na minha direção.

— Estive procurando você por toda parte — disse ele, pegando meu braço.

Sem uma palavra, peguei a taça de champanhe que ele segurava e bebi-a de um gole. Era um gesto dramático, mas havia pedaços de versos ainda girando em minha cabeça como rastros leitosos de estrelas. Havia a imagem de dois belos homens em paletós brancos nos limites indômitos da cidade, e a ideia de que o mundo era muito maior do que eu jamais imaginara e que todo tipo de coisas me aconteceria. Coisas já estavam acontecendo para mudar minha vida para sempre, mesmo que eu não soubesse o que significavam. Havia naquele momento apenas a promessa, tão estimulante quanto a sensação do champanhe borbulhando e dançando em minha língua. *Compulsório*, dissera Berkeley Cole.

— Vamos tomar mais um pouco disto — disse a Jock, erguendo o copo.

E então, enquanto andávamos até o bar:

— Você sabe alguma poesia?

11

Algumas semanas mais tarde, meu pai e eu tomamos o trem de Nairóbi na estação Kampi ya Moto, descendo a colina até nossa fazenda. O motor desacelerou e resfolegou com dificuldade, como um pequeno dragão de volta da guerra. A fumaça apitava e saía por trás, manchando o céu límpido, enquanto meia dúzia de homens se curvava ao longo dos fuliginosos vagões de carga, preparando uma rampa de madeira. Seis dos nossos cavalos voltavam vitoriosos para casa, vindos do Clube de Turfe da cidade — inclusive Cam, Bar One e o meu Pégaso. Cam ficara com a taça e um prêmio de cem libras, mas agora, na estreita plataforma à espera de que Emma chegasse com o Hudson, meu pai não queria falar de nossas corridas vitoriosas. Queria falar de Jock.

— Você gosta um pouco dele? — perguntou, olhando para o sol sobre a colina.

— Acho que ele é correto. Vai fazer aquela fazenda funcionar.

Por um instante, ele mordeu de leve o canto do lábio.

— Vai mesmo.

E depois:

— Ele tem intenções sérias em relação a você.

— O quê?

Virei para encará-lo.

— Mal nos conhecemos.

Ele deu um sorriso torto.

— Não tenho certeza de que isso atrapalhe um casamento.

— Por que todos insistem tanto em me arrumar um marido? Sou jovem demais para tudo isso.

— Nem tanto. Há várias garotas da sua idade que há anos sonham com maridos e famílias. Você quer que alguém cuide de você algum dia, não quer?

— Por quê? Estamos muito bem assim.

Antes que meu pai pudesse dizer mais alguma coisa, a buzina idiota soou sobre a colina. Ouvimos o baixo tilintar metálico do veículo motorizado e, quando ele apontou, vi Emma ao volante, saltando do assento de couro duro. Ela veio até nós, desacelerando.

— Onde está seu chapéu, Beryl? Você vai ficar cheia de sardas neste sol.

Eu não entendia muito bem como nosso sucesso em Nairóbi tinha esmorecido tão depressa, mas naquela noite, no jantar, meu pai estava silencioso e distante, enquanto Emma, impaciente, começava a tomar a sopa. Era um caldo ralo com linguado, batatas e pequenas rodelas de alho-poró.

— O peixe está ruim. Não acha, Charles?

Ela empurrou a tigela e levantou a voz para chamar o criado, Kamotho. Quando ele apareceu em seu jaleco branco e seu pequeno barrete de veludo, Emma lhe disse para retirar tudo.

— E o que vamos comer, pão com manteiga? —Meu pai ergueu uma das mãos para interromper o confuso Kamotho. — Não se meta, Emma.

— *Agora* você se importa com o que eu faço? Que ótimo!

Suas palavras retiniram no ar sobre a mesa.

— Do que se trata? — consegui afinal perguntar.

Meu pai parecia sofrer. Pediu a Kamotho que nos deixasse, e quando o rapaz saiu de fininho, agradecido, desejei poder me juntar a ele. Eu não queria ouvir o que viria depois.

— É a maldita rupia — disse ele, afinal, apertando as mãos. — Semana passada, fui para a cama devendo cinco mil, e agora são sete mil e quinhentos, com oito por cento de juros sobre tudo isso. Não tenho como sair dessa.

— Ele vai assumir um emprego de treinador em Cape Town — pronunciou Emma, gelada. — A fazenda está acabada.

— O quê?

Senti-me perigosamente tonta.

— A agricultura é um jogo, Beryl. Sempre foi.

— E Cape Town não é um jogo?

Sacudi a cabeça, mal conseguindo compreender o que estava acontecendo.

— Eles adoram cavalos por lá. Poderei recomeçar de verdade. Talvez a mudança traga sorte.

— Sorte — repeti, sem entonação.

Em meu quarto, naquela noite, diminuí a luz ao máximo e fiquei lá deitada, sentindo-me atordoada. Sombras rastejavam e suspiravam sobre a cama, contas e sacolas de ossos de animais emplumados ainda pendendo das colunas. Pensar na rapidez com que toda a minha vida poderia ruir sob meus pés me dava uma espécie de vertigem. Nossos estábulos ainda estavam cheios e funcionando perfeitamente — oitenta e quatro animais incomparáveis, que deram a meu pai uma reputação de ouro e uma sucessão de sólidas vitórias. Pela manhã, o sino do estábulo tocaria e acordaríamos como sempre. O moinho giraria, os cavalos sairiam a meio galope, pisoteariam o pasto e desarrumariam o feno solto em suas baias — mas nada disso seria real. Vivíamos numa fazenda-fantasma.

12

Quando a lua subiu acima das árvores de cânfora ao lado do meu chalé, a luz entrou pelas janelas abertas, amarelando o alto das prateleiras e caixas. Vesti depressa as calças compridas e uma camisa de mangas, calcei os mocassins e saí para a noite fresca e seca. Haveria um *ngoma* naquela noite, como em todas as luas cheias — uma dança tribal dos rapazes e moças kikuyus, no aterro logo no final da floresta. Fui para lá com Buller nos calcanhares, atenta a tudo que pudesse querer me fazer mal e pensando em meu pai.

Mais cedo, naquela mesma noite, encontrei-o atrás de sua mesa cheia de papéis, trabalhando nas listas que começara a fazer de compradores interessados nos cavalos. A rendição parecia ter feito novos sulcos em torno de seus olhos castanhos.

— Emma também vai para Cape Town? — perguntei.
— É claro.
— Eu vou?
— Se for o que você quiser.

Senti um arrepio na nuca.

— E o que mais eu faria?
— Ficar aqui e começar sua própria vida como mulher de um fazendeiro, imagino.
— Casar-me com Jock?

Minhas palavras saíram rápidas e instáveis.

— É óbvio que ele está pronto para sossegar, e ele quer você.
— Eu só tenho 16 anos.
— Bem — ele deu de ombros —, ninguém a está obrigando. Se você quiser ir, vamos começar tudo de novo, trabalhando para alguém.

Ele voltou para suas listas e eu estudei o alto de sua cabeça, a pele vulnerável e cor-de-rosa claro aparecendo debaixo dos cabelos castanhos que rareavam. Eu teria ouvido uma evasiva em sua voz? Ele dissera que a decisão era minha, mas alguma coisa em seu tom parecia estar gentilmente me afastando de Cape Town.

— Emma não quer que eu vá?
— Honestamente, Beryl — ele ergueu os olhos das listas, parecendo irritado. — Eu tenho muita coisa com que me preocupar agora. Isto não tem nada a ver com você.

Fui então para a cama, mas não tinha dormido muito ou sido capaz de pensar em qualquer outra coisa. Talvez as decisões difíceis de meu pai *não* tivessem nada a ver comigo, mas de qualquer maneira afetavam drasticamente a minha vida e me obrigavam a tomar minhas próprias decisões difíceis, decisões que eu esperara nunca tomar.

Antes de chegar à metade do caminho da ladeira, ouvi o *ngoma*. Tambores faziam o ar vibrar e atravessavam o chão sob meus pés como se alguma coisa abrisse túneis à força e em todas as direções ao mesmo tempo. A fumaça subia em espiral sobre o cume, e depois houve labaredas altas e brasas. Por fim, cheguei ao terreno plano e pude ver os dançarinos, animados com o movimento, e o círculo abrangente dos que assistiam, jovens demais ou velhos demais para participar. No centro do anel de terra batida, a fumaça também dançava, exalando um cheiro de queimado e desenhando brilhos em membros e rostos. As moças tinham a cabeça raspada enfeitada com colares de contas. Mais contas desciam em correntes compridas e onduladas sobre as justas correias de couro de suas roupas. Não eram muito mais velhas do que eu, mas pareciam mais adultas vestidas daquela maneira, e como se soubessem algo que eu não sabia, e talvez nunca viesse a saber.

Alguns rapazes usavam as longas peles brancas de servais em tiras de couro em torno da cintura. Quando as peles balançavam abaixo de suas nádegas, os pontos e manchas das peles dos animais brilhavam como se estivessem vivos, depois caíam entre suas pernas quando eles se inclinavam para frente e para trás conforme a dança. O chefe da tribo jogou a cabeça para trás e deu um grunhido estridente que senti atravessar todo o meu corpo. Os homens chamaram e as mulheres responderam, grito a grito espelhado, alto e gingado, enchendo e fatiando o céu. Camadas de suor refletiam a luz e as peles vibrantes do tambor. Minha respiração acelerou. Meu coração parecia deixar meu corpo, enquanto versos e refrões ganhavam velocidade girando como uma grande roda. E exatamente quando a canção atingiu seu tom mais estridente, olhei para o outro lado do círculo em chamas e vi Kibii.

Sempre fomos juntos para aqueles *ngomas* quando crianças, ficando até tarde e voltando depois para casa pela floresta, Kibii cheio de julgamentos a respeito de como os dançarinos poderiam ter sido mais graciosos ou mais apaixonados. Agora nós dois raramente ficávamos sozinhos e eu não conseguia me lembrar da última vez em que tivéssemos ficado à vontade juntos. Enquanto a luz do fogo pintava sombras em seu corpo, vi o quanto estava mais velho e mudado. Em vez do *shuka* habitual, usava um mais fino, amarrado sobre o ombro esquerdo e preso à cintura por um cinto de contas. Havia tiras de pelo de macaco brancas e pretas em volta de seus tornozelos e de sua garganta pendia a garra oca de um leão. Ele estava meio de lado para mim e seu perfil era o de um príncipe, como sempre fora, mas com contornos mais marcados. Finalmente, ele se virou. Seus olhos negros encontraram os meus acima das labaredas, e meu coração deu um pulo. Ele era um *moran* agora. Era isso o que havia mudado — ele se tornara um homem.

Afastei-me do círculo, sentindo-me magoada. Não tínhamos estado juntos por muito tempo, mas eu ainda não conseguia acreditar que Kibii pudesse cruzar o limiar mais importante de sua vida sem que eu ouvisse sequer uma menção a respeito. Vasculhei o local com o olhar, à procura de Buller, querendo sair dali o mais depressa possível, mas não o vi. Fui-me embora assim mesmo, e tinha chegado à borda do cume, preparando-me para a descida íngreme, quando ouvi Kibii me chamar. A lua iluminava o emaranhado de arbustos e grama que escondiam meus pés. Mesmo se eu corresse, ele poderia me alcançar de novo — então parei.

— Estão dizendo que seu pai vai sair de Njoro — disse Kibii ao se aproximar. — É verdade?

Fiz que sim.

— Para Cape Town.

Eu não queria falar sobre os problemas financeiros. Era vergonhoso demais.

— Há bons cavalos por lá, pelo menos foi o que ouvi dizer.

— Você se tornou um *moran* — eu disse, querendo falar de qualquer outra coisa. — Você está muito bem.

O luar mostrou a expressão de orgulho em seu rosto, mas havia também outra coisa. Percebi que ele não sabia mais como ficar perto de mim.

— O que você vai fazer agora? — perguntou ele.

— Na verdade, eu não sei. Fui pedida em casamento.

Achei que ele ficaria surpreso ou reagiria de alguma maneira, mas ele só encolheu os ombros como se fosse dizer "é claro", e depois repetiu uma frase nativa que eu já tinha ouvido: "Uma coisa nova é boa, embora seja um ponto sensível."

— Você está pronto para o casamento? — desafiei-o, não gostando da autoridade e da confiança em sua voz, como se ele já tivesse adivinhado cada peça do quebra-cabeças que fizera uma confusão na minha vida.

Ele deu outra vez de ombros... *por que não?*

— Primeiro vou rodar o mundo. Os *ndito* na minha aldeia não são para mim.

— O mundo é um lugar grande. Você sabe para onde vai?

— Meu pai me falou de muitos lugares para onde viajou. Ao norte até Kitale, ao sul até Arusha, e as ladeiras de Donya Kenya. Talvez eu comece andando por onde ele andou.

Os últimos passos de *arap* Maina tinham sido dados muito longe de lá. Desconfiei que Kibii estivesse pensando naquele lugar também, embora não o tivesse mencionado.

— Você ainda quer encontrar o soldado que matou *arap* Maina?

— Talvez — disse ele. — Ou talvez eu tenha aprendido a diferença entre os sonhos de um menino e os de um homem.

Ele fez uma pausa, e continuou:
— Quando eu me casar, meu pai viverá de novo em meus filhos.

Seu tom era tão arrogante, tão seguro de si. Aquilo me deu vontade de desafiá-lo, ou colocá-lo em seu lugar.

— O homem que quer se casar comigo é muito rico e forte. Ele mora perto daqui. Construiu sua casa em três dias.

— Uma casa decente ou um chalé? — ele quis saber.

— Uma casa de verdade, com telhas, um telhado inclinado e janelas de vidro.

Ele ficou em silêncio por alguns instantes e tive certeza de tê-lo impressionado, afinal.

— Três dias — comentou ele. — Não há sabedoria em tanta pressa. Essa casa não ficará de pé por muito tempo.

— Você não a viu.

O tom da minha voz crescia com a irritação.

— Que importância tem? — continuou ele. — Eu pediria a ele para levantar outra casa, só para você, e para tomar mais cuidado.

Ele se virou, despedindo-se de mim, e disse, sobre os ombros:

— Você precisa saber que agora eu tenho um nome de *moran*. Sou *arap* Ruta.

Eu sofri ao fazer o caminho de volta à fazenda, repassando as coisas inteligentes que deveria ter dito a ele, coisas que o magoariam e o fariam se sentir tão insignificante e tão inferiorizado quanto eu me sentia. *Arap* Ruta, ora, tenha paciência. Eu o conhecia desde que ele não era nem do tamanho de um porco selvagem e agora ele se tornara conhecedor do mundo e sábio depois de uma cerimônia de uma noite? Uma faca afiada e um copo de sangue coalhado de touro para beber?

Enquanto meus pensamentos zumbiam e se entrechocavam, eu me dei conta de que morreria se Ruta tivesse a mais ínfima noção do quanto eu estava apavorada com as próximas mudanças.

Mas eu *estava* apavorada, e cheia de dúvidas. Cape Town ficava a um mundo de distância e meu pai estaria ocupado e preocupado, concentrado em agradar novos proprietários e gerentes de estábulos. Eu poderia ir com ele, tentando não atrapalhar, ou ficar com Emma para arrumar a casa. Muito animador.

A Inglaterra seria outra opção, ou poderia ser, se eu fosse outro tipo de garota. Eu poderia considerar a hipótese de escrever para minha mãe e saber se havia lugar para mim com ela e Dickie — mas a Inglaterra parecia um mundo ainda mais estrangeiro e distante do que Cape Town, de certa maneira, e ela nem uma vez tentara me recuperar ao longo dos anos. Pedir a ajuda dela agora me custaria demais e seria abrir a porta para rastejar em toda aquela dor e mágoa. Não, isso nunca. Restava Jock.

Eu não fazia a menor ideia do que seria um casamento, e a única união feliz que eu tivera como modelo eram D e Lady D, uma lembrança nebulosa muito distante no tempo. A fazenda e nossos cavalos sempre me pareceram coisas melhores às quais unir meu destino. Nem ao menos me tinha permitido imaginar algo diferente, mas tudo se dissolvia agora, a cada instante. Eu mal conhecia Jock e, antes de qualquer coisa, não sabia por que havia chamado sua atenção, além do fato de ser boa caçadora e dele gostar da minha aparência. Mas casar-me com ele significaria poder ficar em Njoro, vendo as mesmas colinas e distâncias, levando o mesmo tipo de vida. Será que Jock se imaginava apaixonado por mim? Eu poderia aprender a amá-lo?

De repente, tudo estava tão sombrio. E parecia ainda mais injusto que, enquanto meu futuro se enredava de forma revoltante, o de Ruta se desenrolava exatamente como ele sempre sonhara. Durante dez anos ou mais, tínhamos brincado de superar um ao outro, exercitando o destemor, buscando mais. Os jogos haviam preparado Ruta para seu futuro, e deveriam ter-me preparado também para o meu. Sem dúvida, as manobras se tinham tornado mais arriscadas e mais difíceis, mas talvez todas fossem a mesma coisa quando se tem que enfrentá-las. Pular tinha me ensinado a pular, não tinha? Eu só precisava olhar para Ruta para saber que ele não era mais uma criança. Nem eu.

Na tarde seguinte, depois de ensaiar o discurso inúmeras vezes no meu chalé, para que minha voz soasse segura, eu disse a meu pai que ficaria em Njoro.

— Muito bem.

Ele fez que sim com a cabeça e cruzou os dedos, me inspecionando.

— Acho que é o melhor. Jock é sensato e não tem medo de sujar as mãos. Eu sei que ele tomará conta de você.

— Eu também sei tomar conta de mim — blefei, o coração latejando em meus ouvidos. — Posso ficar com Pégaso?

— Você o mereceu com louvor. Ele não é meu.

Ele se levantou para pegar uma bebida. O cheiro de turfa do uísque subiu e picou meu nariz.

— Eu gostaria de tomar um.

Ele me olhou, surpreso.

— Você vai ter que ficar com água.

Sacudi a cabeça.

— Tudo bem — disse ele. — Acho que você merece isto, também.

Ele me entregou o copo arredondado e pesado e nos sentamos em silêncio, enquanto o sol se punha. Eu já tinha tomado vinho e champanhe, mas aquilo era diferente. Fez com que eu me sentisse mais velha.

— Tivemos uma boa corrida aqui, não tivemos? — perguntou ele.

Fiz que sim, incapaz de encontrar palavras para qualquer coisa que sentia. Olhei dentro do copo, deixando o uísque me queimar por dentro.

13

Uma vez tendo me decidido a dizer sim a Jock, tudo se moveu numa velocidade incrível. Nossas roupas foram encomendadas, o padre agendado, convites de papel enviados por toda parte. Emma tinha ideias muito claras a respeito do meu vestido — cetim debruado de pérolas com rosinhas bordadas e cardos na cauda — e, como eu não tinha preferências, concordei com todas as suas escolhas. Botões de laranjeira e tule de seda para o longo véu, chinelinhos tão finos e delicados que eu não acreditava que durassem mais de um dia. Quando os presentes começaram a chegar — um pedestal de prata para bolos, anéis de guardanapos filigranados, uma jarra de cristal lapidado, vários cheques emitidos para sr. e sra. Purves — foram cuidadosamente guardados num canto da casa, enquanto as coisas pertencentes a papai e Emma eram embaladas em caixotes e dispostos em outros cantos. Era perturbador ver a fazenda se dissolver enquanto meu futuro era planejado, mas eu também compreendia que não poderia ser de outra maneira.

Jock e eu não passamos mais do que alguns momentos a sós durante as semanas de preparativos e manobras apressadas. Quando acontecia, ele apertava minhas mãos com força e me dizia o quanto seríamos felizes. Falava das mudanças e expansões que faria em nossa fazenda. No quanto era ambicioso em relação ao nosso futuro. Em como a prosperidade estava sem dúvida bem perto. Eu me agarrava aos sonhos de Jock, querendo me tranquilizar. Não era verdade que Green Hills começara do nada, há muito tempo? Da mesma maneira, nossa nova fazenda cresceria e seria maravilhosa. Eu precisava acreditar que era possível, assim como esperava sentir algo mais pelo próprio Jock.

— Você trabalha rápido — gritou Dos quando eu lhe dei a notícia. — A última coisa que ouvi foi que ele a deixava nervosa.

— Ainda deixa um pouco — confessei —, mas estou tentando não me incomodar com isso.

— Não é como se tivéssemos tantas opções por aqui — disse ela. — Imagino que, um dia, eu também me tornarei mulher de fazendeiro. Pelo menos, ele tem charme.

— Então você acha que tudo bem, mesmo eu não sendo louca por ele?

— Você *vai* ser, boba. Pelo menos vai ficar aqui onde é o seu lugar... e ele vai tomar conta de você. Mesmo que seu pai não fosse se mudar para Cape Town, ele não poderia cuidar de você para sempre — zombou ela. — Ou pelo menos é o que me diz o meu sempre que tem uma chance.

Nós nos casamos na Igreja de Todos os Santos, numa quarta-feira ensolarada de outubro, duas semanas antes do meu aniversário de 17 anos. A idade legal para o casamento era 18, naquela época, mas meu pai considerava que eu tinha idade suficiente e isso me pareceu o bastante. Na igreja, andei de braço dado com ele, os olhos fixos em Jock para me manter firme, como se estivesse indo lutar com ele. Funcionou até que eu chegasse ao lado dele e do reverendo de colarinho duro, e então meu coração começou a galopar. Preocupei-me com a ideia de que todos pudessem ouvi-lo, de que todos soubessem ou adivinhassem que eu não sentia amor algum por aquele homem. Mas o amor era dúbio, não era? Sem dúvida, não fizera muito bem à minha mãe e meu pai, ou a Emma e meu pai, aliás. Talvez ser objetiva fosse uma maneira de garantir que as coisas acabassem diferentes? Esperei que sim quando agarrei a mão de Jock, encontrando fôlego para dizer "sim" à longa sequência de perguntas difíceis do reverendo e, no final, "prometo".

Jock tinha um amigo dos Rifles Africanos do Rei que lhe serviu de testemunha — o capitão Lavender, alto, de aparência inteligente, olhos brilhantes e um topete que caía em sua testa como uma asa de cabelos dourados. Foi Lavender que nos levou de carro até o hotel Norfolk, na Bugatti amarela de Jock. Ele acelerou pelas ruas de Nairóbi, jogando-me em cima de Jock no banco traseiro de couro, a ponto de eu quase me machucar ao me chocar com suas coxas fortes. Devia significar alguma coisa o fato de ele ser tão forte, pensei comigo mesma. Ele seria capaz de me segurar e conduzir as forças em torno da minha vida quando meu pai se fosse. Agarrei-me a essa esperança e não a deixei fugir quando subimos a longa escadaria de madeira do hotel; todos sorriam para nós, meu vestido e véu dispostos como cobertura de bolo, nossa fotografia sendo feita para os jornais e para a posteridade.

Uma centena de convidados foi levada para a sala de jantar, que estava arrumada com o maior apuro possível para o lugar. O acontecimento animara o interior do país — fazendeiros que tinham virado soldados, depois outra vez fazendeiros. D estava lá, o cabelo comprido e rebelde sob um capacete de fitas. A bainha de uma espada balançava em seu cinto, golpeando o ar quando ele se inclinou para me dar um beijo. Ele nos dera um generoso cheque e me informou, um pouco emocionado, que, se eu precisasse dele, era só chamá-lo e ele estaria lá. Sua promessa me comoveu, e me deu um pouco mais de firmeza, enquanto eu ia de convidado a convidado, segurando metros de tule de seda para conseguir andar sem tropeçar.

Mergulhado em molho de manteiga, havia o onipresente bife de panela com rodelas de batatas e cebolas peroladas. Meu pai estava pagando por todo aquele champanhe, então bebi o quanto pude, a cada vez que um garçom se aproximava. Mais tarde, quando dancei, meus pés estavam um pouco dormentes e vibravam quando eu os apoiava no chão, conduzida por D e por todos os fazendeiros que conseguiam se afastar das esposas. Finalmente, cheguei a meu pai. Ele estava atraente naquela noite, mas também triste. Havia longos sulcos em torno de sua boca, e os olhos pareciam cansados e distantes.

— Você está feliz? — perguntou ele.

Fiz que sim sobre seu ombro e apertei-o com mais força.

Na madrugada, Lavender serviu-nos outra vez de motorista, dessa vez para o Muthaiga Country Club, para um quarto quadrado cuja única iluminação era um lustre de cristal. Uma ampla cama com colcha de chenile.

Desde o noivado, Jock e eu não tínhamos tido um só instante para nos conhecermos de verdade. Eu compreendia aquilo agora, observando a forma densa que ele ocupava no quarto e me perguntando, meio zonza, o que aconteceria quando nos deitássemos. Eu estava bêbada, e feliz por isso, quando as mãos de Jock agarraram meus seios. Sua língua passeou por dentro da minha boca, ambas amargas de vinho. Tentei imitá-lo, fazer a coisa certa — para tirar o atraso do que estava acontecendo. Seus lábios eram quentes no meu pescoço. Suas mãos desceram para apertar aqui e ali no meu corpo. Caímos na cama, e houve um momento absurdo quando ele tentou se espremer entre as minhas pernas, minha saia comprida e justa resistindo a ele, e eu tentando ajudar. Ri e na mesma hora percebi que não era o que deveria fazer.

O que eu sabia de sexo? Nada além do que tinha visto em nossas cocheiras ou ouvido de Kibii a respeito das brincadeiras que os rapazes e moças kip faziam no escuro. Não fazia ideia do que deveria fazer ou em que posição ficar para ser possuída — mas sabia que alguma coisa importante tinha mudado. Jock estivera rijo — eu sentira um volume tenso em sua virilha encostada à minha perna e quadril —, mas aquilo não existia mais. Antes que eu soubesse o que estava acontecendo, ele rolou para sair de cima de mim e deitou-se de costas, levantando o braço para cobrir os olhos como se houvesse no quarto uma luz ofuscante, em vez de apenas penumbra.

— Desculpe — consegui dizer.

— Não, não. Só estou cansado. Foi um longo dia.

Ele se apoiou num cotovelo para me dar um beijo estalado no rosto e depois se virou outra vez para ajeitar o travesseiro, socando-o para que ficasse no lugar.

Estudei o contorno de seu pescoço e ombros, minha cabeça zumbindo. O que eu tinha feito, ou não tinha feito? Era porque eu tinha rido dele — de nós? Enquanto ficava ali deitada, me sentindo atordoada e confusa, Jock começou a roncar de leve. Como ele podia dormir num momento daqueles? Era nossa noite de núpcias, e eu estava sozinha.

Chutei o vestido para me livrar dele e depois lavei o rosto na bacia, tirando a maquiagem e o batom oleoso, tomando cuidado para não me olhar no espelho. Eu só tinha levado uma camisola leve, uma coisa que Emma encontrara numa loja de rendas, e deixava meu corpo frio. De volta à cama, deitei-me ao lado do vulto imenso de Jock. Ele era uma montanha sólida, parecendo ocupar ainda mais espaço agora que estava inconsciente. Respirava pela garganta, sonhando seus sonhos desconhecidos, enquanto eu ficava ali, no escuro, desejando dormir.

Na manhã seguinte, na estação de Nairóbi, subimos a bordo do trem que nos levaria a Mombasa, e depois do navio que nos faria chegar à Índia, para a nossa lua de mel.

Eu era Beryl Purves — e ainda virgem.

14

Em Bombaim, o ar cheirava a especiarias e as cítaras soavam plangentes dos músicos de rua. Bangalôs brancos atulhavam as alamedas, com finas persianas que se fechavam às horas mais quentes do dia e voltavam a se abrir à noite, quando o céu se tingia de vermelho e roxo intensos. Ficamos na casa dos tios de Jock, depois do elegante Malabar Hill. Os pais de Jock e dois dos seus três irmãos lá estavam, presentes para ver se eu era lá essas coisas. Eu também queria dar uma boa olhada neles — na nova família que eu ganhara, como se fosse na loteria.

Durante a viagem, Jock me contara como sua família se mudara de Edimburgo para a Índia quando ele era pequeno, mas tive dificuldades para me lembrar dos detalhes das propriedades e das associações comerciais quando fiquei frente a frente com eles e os vi — um bando de escoceses vermelhos e ossudos num mar de seda indiana marrom. A mãe de Jock era a mais corada de todos, como um flamingo de seda brilhante. Ela usava o cabelo ruivo numa espiral alta que ia aos poucos sendo ocupada por tiras de puro branco. O pai de Jock, dr. William, era uma versão de Jock, com mãos de aparência forte e brilhantes olhos azuis que piscavam para mim, tentando me deixar à vontade, enquanto sua mulher me crucificava com perguntas que, na verdade, não eram perguntas.

— Você é muito alta, não é? — ela ficava repetindo. — Um tanto anormal, não acha, Will?

— Não acho que eu chegaria a dizer *anormal*, querida...

Seu sotaque derrubava o fim de suas frases — criando expectativas. Eu sempre achava que ele estava prestes a dizer mais alguma coisa, mas não era o caso.

Jock deu um tapinha no meu joelho, nervoso.

— Isso significa que ela é saudável, mãe.

— Bem, ela pegou muito sol, não foi?

Mais tarde, quando Jock e eu estávamos a sós em nosso quarto, nos vestindo para o jantar, examinei-me no espelho de corpo inteiro. Não estava habituada a vestidos e meias, ou aos sapatos de tiras e saltos altos, que eram moda na época. Minhas meias não ficavam alinhadas. Minhas novas roupas de baixo, compradas em Nairóbi segundo as instruções de Emma, me picavam a cintura e debaixo dos braços. Senti-me uma impostora.

— Não se preocupe — disse Jock. —Ele se sentou na cama, arrumando os elásticos de seus suspensórios. — Você está ótima.

Inclinei-me para trás, para esticar outra vez as meias.

— Sua mãe não gosta de mim.

— Ela só não quer me perder. Mães são assim.

— Ela me olha com desprezo — retruquei.

— Não seja boba. Você é minha esposa.

Ele se levantou e pegou minhas mãos, dando-lhes um aperto forte e tranquilizador — mas, assim que as largou, suas palavras desabaram no chão. Eu não me sentia com idade suficiente para ser a esposa de ninguém, nem achava que soubesse o suficiente ou tivesse vivido o suficiente, ou imaginado qualquer uma das coisas essenciais. E também não sabia dizer nada daquilo a Jock. Que eu tinha medo das promessas que havíamos feito. Mais tarde naquela noite, deitada ao lado dele na cama, senti-me sozinha e entorpecida, como se alguma parte de mim tivesse morrido.

— Por favor, me beije — pedi.

E ele me beijou, e embora eu me tenha encostado nele e tentado ir ao encontro do beijo e fazer parte dele, não consegui senti-lo de verdade. Eu não consegui *nos* sentir.

Eu nunca tinha passado tanto tempo à beira-mar e detestava o modo como o ar engrossava com o sal e pousava na minha pele, me fazendo ansiar o tempo todo por um banho. Eu me sentia muito mais à vontade com a poeira. Ali, a umidade encharcava tudo e se infiltrava pelas paredes, obrigando as janelas a serem fechadas. Esporos negros de mofo cresciam pelas paredes das casas, envelhecendo-as como couro.

— Parece errado — eu disse a Jock. — Bombaim se afoga, enquanto lá em casa poderíamos matar por um pouco d'água.

— Não é como se a Índia tivesse roubado a chuva de Njoro. Nós estamos aqui. Tente se divertir.

Jock parecia gostar de fazer o papel de guia de turismo, mostrando-me com orgulho os bazares brilhantes cheirando a *curry* e a *chutneys* de cebola; os sinuosos tocadores de cítara usando turbantes, os campos de polo no Clube de Turfe, que era tão rico e bem cuidado que seu gramado fulgurante envergonhava o nosso em Nairóbi. Eu segurava sua mão e ouvia, querendo esquecer todos os aborrecimentos em casa. Éramos recém-casados, afinal — mas quando a noite chegava tudo desmoronava. Estávamos casados há várias semanas, e eu podia contar nos dedos de uma das mãos o número de vezes que tínhamos feito sexo. A primeira fora na viagem para a Índia. Passei grande parte dela enjoada, sobretudo quando nos afastamos da terra no golfo de Aden e entramos no mar da Arábia. O horizonte se desfocava, quando eu conseguia ficar de pé e olhar para ele.

Antes que a náusea se instalasse, tínhamos conseguido fazer amor em meu beliche estreito, mas a coisa toda foi uma embolação de cotovelos, joelhos e queixos se batendo que eu mal entendi que a coisa estava acontecendo antes que acabasse. Depois, ele me beijou no rosto e disse: "Foi ótimo, meu bem." E passou do meu beliche para o dele, enquanto fui deixada me sentindo tão perdida e confusa quanto estivera em nossa noite de núpcias.

O modo como Jock bebia não ajudava. Todas as tardes, às quatro horas, enquanto estávamos em Bombaim, nos encontrávamos com o restante da família no alpendre para os drinques. Havia um ritual. Decorei bem depressa todos os detalhes, quanto gelo pôr no copo, quanto de limão, o ar se enchendo do sabor picante que eu sentida no fundo da garganta. O tio de Jock, Ogden, tinha o rosto vermelho e sempre começava o gim antes de qualquer pessoa exceto Jock, instalando-se em sua cadeira debaixo da árvore de jacarandá e das eternamente barulhentas gralhas negras.

— Estas aves tornaram-se nossas arrumadeiras pessoais na Índia — explicou Ogden com um estranho tom de orgulho na voz, apontando para um bando no pátio. — Não fossem as gralhas, as ruas estariam abarrotadas de lixo.

Observei uma delas depenar com delicadeza a carcaça de um camundongo e depois bicar um montinho de areia rosa-claro.

— O que ela está fazendo? — perguntei.

— Limpando a goela — explicou Ogden. — É mais ou menos como escovarmos os dentes depois do jantar.

Analisei o pássaro, e depois dois outros descendo para lutar por uma mancha de manga esmagada nas pedras, enfiando os bicos afiados na garganta uns dos outros, dispostos a competir até a morte. De alguma maneira, eles me entristeceram e minha saudade de casa pareceu maior do que realmente era. Havia novidades demais na Índia, e os dias não eram estáveis. Jock podia ter se encantado com a menina corajosa que eu era aos 14 anos, mas, na verdade, não me conhecia mais do que eu o conhecia. Éramos estranhos, e também unidos quase todo o tempo. Eu repetia para mim mesma que seria mais fácil quando estivéssemos em casa, na nossa própria fazenda, com trabalho a fazer. Tinha que ser.

Uma noite, na casa dos Purves, a mesa estava posta com um banquete que endureceu e esfriou porque a mãe de Jock bebeu tanto gim que se esqueceu de que o cozinheiro nos tinha chamado há muito tempo. Ela foi ficando no pátio que escurecia e acabou se encostando a uma palmeira plantada num vaso e fechando os olhos. Ninguém pareceu perceber ou se importar.

— Vamos subir e nos deitar — eu disse a Jock.

— O quê?

Ele tentou fixar os olhos injetados no meu rosto, e ler meus lábios.

— Estou exausta — expliquei.

— Vou daqui a pouco.

Atravessei a sala de jantar com uma mesa cheia de molhos de *curry* engrossados e talhados, os criados medrosos demais para tirá-los dali. No banheiro, entrei na banheira, forrada com azulejos estampados. Um dos desenhos representava um tigre, embora o tempo tivesse desbotado suas listras até um bege pálido. Em algum lugar da Índia, tigres de verdade perambulavam, famintos e rugindo como Paddy rugira uma vez. Era um pensamento horrível, mas, de qualquer maneira, eu sabia que preferia estar onde quer que estivessem os tigres, ou até de volta ao chiqueiro enlameado no qual passara várias noites quando tinha fugido da escola. Pelo menos naquela ocasião eu sabia contra o que estava lutando. Entrei na água escaldante e esperei ali por Jock até que ela esfriou, depois a enchi de novo. Por fim, fui para a cama e me encolhi em cima dos lençóis de seda cor de abricó, tremendo um pouco.

Querida Dos, escrevi num postal colorido no dia seguinte, *Bombaim é linda e glamorosa. Tenho ido quase todos os dias ao Clube de Turfe, onde Jock e os outros sócios me mostram como se joga polo de verdade. Você deveria ver tudo isto algum dia.*

Olhei para as palavras que tinha escrito, sabendo que deveria dizer a ela, ou a alguém, o quanto me sentia infeliz, mas não sabia como começar. E, se assim o fizesse, o que mudaria? Mastiguei a caneta, pensando no que poderia acrescentar. Por fim, assinei meu novo nome de casada e deixei o cartão para ser posto no correio.

15

Ficamos quase quatro meses em Bombaim e, quando voltamos, a África Oriental Britânica não mais existia. Os detalhes do armistício tinham enfim sido estabelecidos e o protetorado dissolvido. Éramos o Quênia agora, a partir de nossa montanha mais alta — uma colônia respeitável, como provavam os cemitérios. Africanos e colonos brancos haviam morrido às dezenas de milhares durante a guerra. A seca roubara mais alguns milhares, e a gripe espanhola outros tantos. A doença se espalhou por cidades e aldeias, levando os menores e mais magros, crianças e rapazes, e recém-casadas como eu. Fazendeiros e criadores de gado desmobilizados voltaram para casa desesperados, sem saber como recomeçar.

Eu me sentia da mesma maneira. Em Green Hills, esperava encontrar meu pai e Emma de malas prontas e às vésperas da partida. Tinha sido parte do meu plano — passar a pior parte do desmantelamento em Bombaim —, mas a fazenda ainda não tinha sido vendida. Meu pai não movera uma palha.

— Vou esticar as coisas por aqui ao máximo possível — ele tentou explicar. — Se eu conseguir ganhar mais algumas corridas, talvez atraia melhores compradores.

— Ah! — exclamei, enquanto dentro do meu peito tudo se movia e deslizava.

Eu tinha feito uma corrida desenfreada para me casar com Jock, acreditando não haver outra saída, mas agora ficava claro que poderia ter tido outro ano inteiro para pensar em tudo. Um ano para ficar em casa e me acostumar com a ideia, conhecendo Jock melhor, ou talvez — só talvez — para que outra coisa ou opção aparecesse. Só de pensar naquilo me deixava doente. Por que eu não havia esperado?

— Você e Jock querem vir jantar? — perguntou meu pai em tom casual, mas aquilo também me atingiu como uma bofetada.

Nunca mais eu seria mais do que uma convidada. Minha casa era em outro lugar.

Os poucos meses seguintes foram alguns dos mais difíceis da minha vida. A fazenda de Jock tinha quase as mesmas paisagens de Green Hills, e o mesmo ar —, mas eu não conseguia me convencer de que aquele fosse o meu lugar.

O sol se punha cedo em nosso vale — nunca um minuto depois das seis da tarde — e quando ele se punha, todas as noites, não importava o que acontecesse, Jock estava de banho tomado e dentro de casa, ao lado do carrinho de bebidas, servindo-se de um uísque. Quando ainda estávamos em Bombaim, eu dissera a mim mesma que a bebida era um hábito familiar que pertencia àquelas noites, como as gralhas e o cheiro de tamarindo, mas depois que voltamos para casa Jock seguira o mesmo caminho sozinho. Depois que a mesa do jantar era desfeita, ele fumava e se servia de uma segunda dose. Havia algo de ternura e quase de amor no modo como ele embalava o copo, como se fosse um velho amigo, uma coisa que sempre o apoiaria — mas apoiaria exatamente em que sentido?

Eu poucas vezes sabia o que Jock estava pensando. Ele trabalhava duro, tão duro quanto meu pai sempre trabalhara, mas a maior parte dele estava voltada para ele mesmo, como se houvesse uma tela presa logo atrás de seus olhos e nenhum meio de penetrá-la. Meu pai não era exatamente emotivo. Talvez todos os homens fossem difíceis de compreender, mas eu precisava conviver com Jock durante todas as longas noites, e o silêncio era quase sempre mortal. E se eu tentasse falar com ele ou, Deus me livre, pedir-lhe que fosse devagar com o uísque, ele explodia.

— Ah, cale a boca, Beryl! Tudo é fácil para você, não é?

— O que há de errado?

Mas ele me afastava com um gesto, dando-me as costas.

— Se há problemas... — eu dizia baixinho, tentando me aproximar.

— O que você saberia dessas coisas?

— Não saberia. Não sei.

Esperava que ele preenchesse as lacunas, mas ele não parecia saber como. Eu com certeza também não sabia. Ficava desejando que Lady D ainda estivesse por aqui para me dar coragem ou conselhos — ou mesmo Dos, me cutucando as costelas e dizendo "Vá em frente, você precisa falar com ele, faça mais um esforço". Deixada por minha própria conta, eu atiçava o fogo ou apanhava um livro, ou me voltava para o livro-razão, repassando as listas do dia seguinte. Enterrava a cabeça no trabalho e tentava não dar bola para as minhas dúvidas — como se isso as silenciasse. Mas não era apenas Jock que me deixava insegura. Havia os móveis à nossa volta. Havia contas a fazer e refeições a preparar, camas a arrumar e beijos a dar. *Assim era o casamento*, eu vivia me repetindo. As pessoas faziam aquilo todos os dias. Por que, então, tudo me parecia tão estranho e errado?

Em algumas noites, eu tentava vencer a distância e fazer amor com Jock. Em nosso quarto, sob o mosquiteiro, eu passava a perna sobre seus quadris amplos e buscava sua boca no escuro. Sua língua era quente e flácida, com gosto de uísque. Eu continuava assim mesmo, abrindo mais caminho com o beijo, cavalgando sua cintura, enquanto ele mantinha os olhos fechados. Eu os beijava e puxava sua camisa de algodão com as mãos, movendo-me para baixo, os lábios roçando o pelo grosso de seu peito, circundando seu umbigo. Eu respirava percorrendo a sua barriga, e ele dava um pequeno gemido. Sua pele era salgada e quente, e ele começava aos poucos a reagir aos meus beijos. Eu pairava sobre ele, pegando-o delicadamente com a mão e depois, mal ousando respirar, descia sobre ele. Mas era tarde demais. Antes mesmo que eu começasse a me mexer, ele amolecia dentro de mim. Eu tentava beijá-lo, mas ele não me olhava nos olhos. Por fim, eu abaixava a camisola e me deitava ao lado dele, humilhada. Ele também devia se sentir humilhado, mas não me deixava perceber.

— Sinto muito não ser bom, Beryl — disse ele. — Tenho muitas coisas na cabeça.

— O quê? Me diga.

— Você não compreenderia.

— Por favor, Jock, eu quero mesmo saber.

— Fazer este lugar funcionar é um fardo pesado, acredite. Se falharmos, será culpa minha. —Ele deixou escapar um suspiro. — Estou me desdobrando.

— Eu também estou.

— Bem, então, isso é tudo o que podemos fazer, não é?

Ele me beijou castamente, com os lábios secos.

— Boa noite, meu bem.

— Boa noite.

Tentei dormir, mas enquanto ele respirava fundo, já em outro mundo, eu era tomada por uma saudade infantil da minha cama em Green Hills. Eu queria estar no meu velho chalé com os móveis de caixas de parafina e as sombras que eu conhecia de cor. Queria que o tempo voltasse atrás e me deixasse num lugar que eu reconhecesse. Queria ir para casa.

— Eu queria saber o que fazer com Jock — confessei a Dos na cidade, alguns meses depois.

Ela estava ocupada e atormentada com a escola, mas eu a convenci a me encontrar no Norfolk para um chá e sanduíches.

— Achei que o sexo seria a parte mais fácil.

— Não sei coisa alguma a respeito. Não há rapazes nos domínios da srta. Seccombe. Os que eu encontro em bailes fazem avanços e me tocam, mas isso não leva a lugar nenhum.

— Nada acontece conosco também, é disso que estou falando. E nunca conversamos a respeito. Eu me sinto tão impotente em relação a tudo.

— Então ele não gosta de fazer?

— Como eu vou saber?

Observei Dos separar as cascas de seu sanduíche das partes gostosas — manteiga clara e presunto picado — pensando em como ela era sortuda em ter apenas as provas com que se preocupar.

— Você não deseja às vezes que ainda tivéssemos 13 anos?

— Céus, não! — ela fez uma careta. — Você também não.

— Era tudo tão mais simples — suspirei. — Jock já viveu o dobro de anos que eu e já esteve na guerra. Ele deveria saber das coisas e tomar a iniciativa, não é? — suspirei de novo. — É *isso* o que os homens fazem.

— Eu não sou exatamente perita — ela deu de ombros. — E não conheço Jock direito.

— Vá passar um tempo conosco — pedi. — Eu preciso de alguém do meu lado, e pode ser divertido. Como nos velhos tempos.

— Tenho provas para fazer, esqueceu? E depois, quando terminarem, vou para Dublin passar um ano com a família de mamãe. Você já sabe de tudo isso.

— Mas você *não pode* ir embora. Você é minha única amiga.

— Ah, Burl. Talvez as coisas não sejam tão ruins quanto parecem.

Mas ela não conseguiu continuar. Surpreendi a nós duas explodindo em lágrimas.

Nos meses seguintes, embora eu não estivesse mais envolvida com aquele trabalho, vi meu pai ganhar a Taça Naval e Militar, a Taça do Memorial de Guerra, a Myberg-Hiddell e a prestigiada Medalha de Ouro do Padrão da África Oriental — e mesmo assim muitos poucos bons compradores foram xeretar. Começaram a vazar boatos de que Green Hills estava acabada. Não parecia importar que meu pai tivesse sido pioneiro na Colônia, com excelente reputação; os mesmos jornais que antes louvavam suas vitórias estavam cheios de mexericos a respeito da falência. Diversos editoriais especulavam as causas, e o *Nairóbi Leader* chegou a publicar um poeminha debochado:

> *Falam de um treinador chamado Clutterbuck,*
> *Que tinha muita sorte e sabia todos os truques,*
> *E agora só tem vento nas carteiras*
> *E quer vender suas cocheiras.*
> *Na verdade, está pendurando as chuteiras.*

Meu pai parecia não dar importância, ou fingia não dar, mas eu estava mortificada por ver nossos erros em Green Hills tão publicamente expostos. Queria que alguém se lembrasse do que havia de maravilhoso em nossa fazenda, de como ela havia sido construída do zero, de como tínhamos sido felizes ali. Mas depois de 16 anos de trabalho absurdamente duro e de altos padrões, agora todos só queriam saber de sua falência. Green Hills tornara-se uma piada e meu pai, um exemplo a não ser seguido, alguém digno de pena.

O leilão se arrastou por vários meses exaustivos. Os compradores chegavam, discutindo sobre o preço de carrinhos de mão, de forcados e também sobre a aderência das selas. Como uma caixa de quebra-cabeças derrubada no chão, cujas peças eram levadas por estranhos, as dependências foram sendo desmanteladas, peça a peça, vareta a vareta — o chalé do cavalariço, os estábulos e a casa. Os cavalos foram vendidos a preços tão baixos que reviravam meu estômago; todos menos 16 dos quais Jock e eu cuidaríamos até que um preço justo pudesse ser acordado. E Pégaso, é claro.

— Você não pode deixar Cam ser vendido por menos de quinhentas libras — meu pai me recomendou no dia em que partiu.

Eu tinha ido até Nairóbi para me despedir. Na estação ferroviária, o gado era carregado e descarregado com comoção e nuvens de poeira vermelha. *Totos* arrastavam ou carregavam baús e caixas duas vezes maiores do que eles. Um deles lutava com uma presa de marfim amarelado girando como se dançasse com ela, enquanto Emma se preocupava com seu chapéu.

Depois de anos me bombardeando com conselhos e restrições, Emma não tinha mais nada a dizer. Nem eu. Mal conseguia me lembrar de por que a hostilizara tanto. Ela parecia tão perdida quanto eu. Apertando minha mão uma vez, ela subiu depressa os três degraus enferrujados do vagão, e isso foi tudo.

— Avise-nos se precisar de alguma coisa — disse meu pai.

Suas mãos amassavam a aba do chapéu, girando-o sem parar.

— Não se preocupe. Vou ficar bem — respondi, embora não tivesse a menor certeza de que isso fosse verdade.

— Algum dia você pode querer treinar para outros proprietários, talvez até para Delamere. Você tem instinto e uma boa base.

— Tirar uma licença de treinadora, você quer dizer? Alguma mulher já fez isso?

— Talvez não. Mas não há qualquer regra que impeça.

— Posso tentar... — deixei as palavras escorrerem.

— Cuide-se bem e trabalhe duro.

— Farei isso, papai.

Nenhum de nós dois jamais tinha sido bom em expressar sentimentos. Eu lhe disse que sentiria saudades e depois o observei subir no trem, ombros e costas desafiadoramente retos sob o paletó. Sua partida estava anunciada há muitos meses, mas, mesmo assim, eu não estava pronta. Será que ele sabia o quanto eu o amava? Como me sentia mal e desolada por ter perdido tudo o que tínhamos compartilhado?

Um carregador usando um casaco vermelho passou apressado por mim com uma pesada mala-armário e uma onda de lembranças passou pela minha mente. Aos quatro anos de idade, eu ficara olhando fixo para o vagão de trem que se afastava levando embora a minha mãe, a fumaça negra subindo, a distância entre nós aumentando a cada instante. Lakwet aprendera a lidar com a perda — a viver no mundo transformado pela sua partida, e a encontrar coisas boas, correr muito e crescer forte. Onde estava agora aquela garota determinada? Eu não sentia qualquer vestígio dela me instigando. E também não tinha como saber o quanto ainda seria obrigada a suportar — quando meu pai voltaria, ou mesmo *se* voltaria.

A locomotiva negra de fuligem roncou, de prontidão. Soou um apito agudo, e meu coração apertou de dor. Por fim, não tive escolha a não ser sair dali.

Quase no mesmo instante em que voltei para Njoro, começou a chover pela primeira vez em mais de um ano. O céu escureceu, abrindo-se num dilúvio que parecia que não iria parar. Caíram 15 centímetros em dois dias e, quando a tempestade enfim cessou, e nossa longa estiagem chegou ao fim, a terra estava verde outra vez. Flores brotaram pelas planícies em todas as cores que se poderiam imaginar. O ar pesava com os botões de jasmim e café, bagas de zimbro e eucalipto. O Quênia só estava adormecido, dizia agora a chuva. Tudo o que havia morrido poderia reviver — exceto Green Hills.

16

Em todos os anos vividos no campo, eu nunca contraíra malária ou qualquer outra daquelas terríveis febres ou pragas. Agora, estava acometida de algo tão grave quanto, embora ainda mais difícil de nomear — uma doença da alma. Não queria dormir ou comer, e nada me fazia feliz. Nada fazia sentido. Jock, enquanto isso, alvoroçava-se à minha volta, cheio de planos para nossa fazenda e para nós. Ele havia comprado o moinho de cereais de meu pai, uma das últimas coisas a ir a leilão, e o conseguira por uma ninharia. Embora ele parecesse encantado com o negócio, eu mal podia suportar a ideia de que estávamos nos aproveitando da falência de meu pai, de que nossos bens estavam sendo construídos sobre os restos de Green Hills.

Tudo o que eu sabia fazer era voltar minha atenção para os cavalos. Encontrei um livro-razão preto exatamente igual ao que meu pai tinha usado e comecei a registrar tudo o que acontecia nos estábulos dia a dia — as sessões de exercícios e horários de alimentação, os salários dos cavalariços e equipamentos a serem encomendados. Instalei um pequeno escritório num canto do estábulo, como meu pai — só uma mesinha, uma lâmpada e um calendário na parede com um círculo grosso em torno da data da corrida seguinte. Todos os dias eu me levantava antes do amanhecer para presenciar os galopes matinais — mas não era o bastante. Cada vez mais, um sino tocava dentro de mim. Aquilo me acordava cedo e, às vezes, ainda no meio da noite, provocando-me um calafrio que me percorria a pele. *O que eu tinha feito? Posso consertar? Posso me libertar?*

Na maioria dos dias, Jock e eu tínhamos objetivos opostos. Quanto mais eu trabalhava, mais ele se comportava como se eu estivesse tirando alguma coisa dele. Deduzi que ele acreditava que eu só poderia querer o que ele quisesse, que eu ficaria feliz em perseguir suas metas em vez das minhas próprias escolhas. Às vezes, depois de ele ter bebido um pouco demais, eu ouvia o fonógrafo ser ligado e soarem os primeiros acordes cadenciados de "If You Were the Only Girl in the World". Jock comprara o disco não muito depois do nosso casamento, dizendo que queria uma recordação da nossa primeira dança. Achei o gesto delicado, mas quando ele o tocava agora era para ressaltar o fato de que eu não era a garota com quem ele pensou ter-se casado. Eu não era mesmo, é claro, e também não sabia o que fazer a respeito.

Coloquei meu robe e fui para a sala principal, onde ele estava mergulhado em seus copos, cantarolando a letra da música, um tanto desafinado:

Num jardim do Éden só para dois
Sem nada a perturbar nossa alegria
Eu diria a você maravilhas
Poderíamos fazer maravilhas

— Você vai se sentir péssimo pela manhã. Desligue isso e venha para a cama.

— Você não me ama, Beryl?

— Claro — respondi depressa, sem emoção.

A verdade era que quando eu comparava Jock a meu pai ou a *arap* Maina, os homens que eu mais admirava, ele se revelava desastrosamente pequeno. Mas nem tudo era culpa dele. Sem saber como, achei que poderia me casar com um completo estranho e que tudo funcionaria como num passe de mágica. Assim como a casa em que vivíamos, minhas promessas para ele haviam sido construídas depressa demais para serem sólidas. Eu fizera uma escolha, e escolhera errado.

— Tome um pouco de café ou venha para a cama.

— Você nem mesmo tenta negar. — A música terminara e o disco chiava. — Você se importa mais com aquele cachorro — afirmou ele, e se levantou para levar a agulha de volta ao início.

Quase da noite para o dia, Buller se tornara velho e artrítico. Estava cego e surdo e se movia como se fosse feito de cristal. Meu pai o teria sacrificado e estaria certo. Eu não conseguia e, em vez disso, esperava junto dele, às vezes abaixando o rosto para apoiá-lo em sua cabeça nodosa e dizendo-lhe coisas que ele não podia ouvir, sobre o quanto havia sido e ainda era corajoso.

— Ele está *morrendo* — respondi a Jock, minha voz começando a falhar.

Mas, mesmo no limiar da morte, Buller demonstrava mais coragem do que eu. Por mais de um ano eu estava me escondendo por trás de minha decisão apressada, tentando não pensar no futuro ou no passado. Ambos estavam ali naquela sala conosco, e o terrível sino começava a tocar outra vez. Eu sabia que aquilo não silenciaria até que eu abrisse caminho para fora da confusão que tinha feito, não importava o quanto aquilo fosse terrível. Não havia outra saída.

— Quero ir trabalhar para Delamere — falei depressa, antes que pudesse mudar de ideia. — Lá eu posso aprender a ser treinadora. Meu pai fez essa sugestão antes de partir e acho que é uma atitude sensata.

— O quê? Nós temos nossos próprios animais. Por que ir para outro lugar?

— Não é só o trabalho, Jock. *Nada* está bom entre nós. Você sabe disso tão bem quanto eu.

— Estamos só começando. Dê tempo ao tempo.

— O tempo não vai adiantar. Você deveria ter uma mulher adequada, uma que queira cuidar de você e ter uma dúzia de filhos e tudo mais. Essa não sou eu.

Ele se virou com a bebida na mão e eu pude ver as arestas dentro dele, sua silhueta tão nítida e aguda como se ele fosse sua própria montanha distante. Eu o pegara desprevenido.

— Então você *não* me ama.

Seu tom era frio e claro.

— Nós nem ao menos nos *conhecemos* de verdade. Não é?

Seus lábios se comprimiram, lisos e brancos, antes que ele falasse.

— Eu nunca desisti de nada na minha vida. Não é assim que faço as coisas. O que iria parecer?

— O que iria parecer? Pareceria *honesto*, antes de tudo. Não é melhor admitir francamente as coisas?

Ele sacudiu a cabeça num gesto quase imperceptível, em movimentos curtos e rápidos.

— Eu seria a piada da cidade... feito de idiota por uma garota. Minha família ficaria horrorizada. Humilhada. Porque nós temos um nome a zelar, você sabe.

Foi uma óbvia alfinetada em meu pai e o escândalo da falência, mas eu não podia deixar que aquilo me impedisse de seguir em frente.

— Ponha toda a culpa em mim, então. Não me importo. Não tenho mais nada a perder.

— Não tenho tanta certeza.

Quando ele invadiu a cama naquela noite, eu ainda não sabia em que pé estávamos. Dormi diante da lareira, embalando-me para frente e para trás, sentindo frio demais ou calor demais. Achei que resolveríamos tudo pela manhã, mas a briga durou três dias. Todos os argumentos dele pareciam ter mais a ver com manchar sua reputação, e como a Colônia julgaria suas falhas, do que me perder. Eu compreendia. Ele tinha se casado porque era hora de se casar, e só por isso. Sua família esperava dele essa atitude, para completar o quadro de uma vida assentada e próspera. Ele, com certeza, não iria decepcioná-los agora. Era orgulhoso demais e sempre conseguira assumir o controle de qualquer detalhe instável de sua vida — tocos de árvores profundamente enraizados na terra, pedras onde deveria haver um jardim. Ele superava cada obstáculo com músculos e energia, mas não poderia simplesmente me dobrar pela força. Ou poderia?

Na terceira noite, Jock sentou-se, afinal, à minha frente, os olhos tão expressivos quanto uma lasca de pedra.

— Isto não é algo que se possa enterrar na areia e esquecer, Beryl. Vá trabalhar para Delamere, se é isso o que quer fazer, mas você vai como minha mulher.

— Vamos fingir, então? Por quanto tempo?

Ele deu de ombros.

— Não se esqueça de que você também precisa de mim. A metade dos cavalos de seu pai é minha agora, e você não pode cuidar deles com um salário miserável.

— Você vai manter meus cavalos como reféns? Pelo amor de Deus, Jock. Você sabe o quanto eles significam para mim.

— Então não me teste. Eu não quero parecer um maldito idiota, e você não tem meios para comprar a minha parte. —Sua voz soava como a de um estranho, mas era possível que nunca tivéssemos deixado de ser estranhos. De qualquer maneira, eu duvidava que pudesse chegar a conhecê-lo algum dia. — Você anda fazendo tanto alarde sobre honestidade — continuou ele. — Isto é honesto o bastante para você?

17

Quando saí da fazenda de Jock, uma semana depois, não levei nada que não pudesse amarrar à minha sela — pijamas, uma escova de dentes e um pente, um segundo par de calças compridas, uma camisa masculina de algodão pesado. Para Pégaso, carreguei uma manta grossa e uma escova, vários quilos de aveia e uma pequena e manchada faca de ferreiro. Era maravilhoso cavalgar pelos bosques e viajar com tão pouca bagagem, mas eu também estava deixando para trás muita coisa mal resolvida. Meu acordo com Jock era um pacto com o diabo. Ele possuía a minha liberdade e a única maneira de tirá-la dele seria conseguindo o certificado de treinadora. Aquilo viria primeiro, e depois trabalho duro e uma possibilidade, só uma possibilidade, de vencer. Tudo precisaria se encaixar com perfeição — um pensamento aterrorizante — para que eu conseguisse minha total independência. Eu precisaria esperar que isso acontecesse, e dar o melhor de mim.

Soysambu ficava à beira da grande curva ondulante do Rift, numa das regiões mais estreitas do planalto, entre Elmenteita e o lago Nakuru, onde o gado de Delamere tinha dez mil acres para pastar em relativo conforto e segurança.

D tinha se voltado em grande parte para os ovinos — ovelhas massai com pelo marrom escuro tão pesado e emaranhado que quase não pareciam ovelhas. No rancho Equador, uma década antes, o começo de seu trabalho com quatro mil animais fora reduzido a seis sobreviventes. Destemido, ele gastara ainda mais de sua herança (oitenta mil libras, afirmavam alguns) na reposição do rebanho, aprendera duras lições e agora era o maior criador de gado em grande escala de todo o Quênia.

Nem todos o admiravam. Na cidade ou nas pistas, muitas pessoas se mantinham a uma boa distância de D, tentando evitar uma discussão ou uma preleção sobre "o problema da Índia". Ele era mais enfático do que qualquer outro sobre como precisávamos cortar os laços com aquele país de uma vez por todas. Ele também era ambicioso em termos de terras e bastante arrogante, e era impossível discutir com ele — mas Lady D sempre vira o que havia de bom no marido, e eu também via. Ele trabalhava mais duro do que qualquer um que eu conhecesse — 12 ou 16 horas por dia, pastoreando seus rebanhos pelas colinas. Era apaixonado e indomável, e desde que eu o conhecia — minha vida inteira, na verdade — ele sempre fora bom para mim.

— Beryl, querida — gritou ele quando cheguei.

Tinha desmontado o rifle e estava polindo a coronha com terna precisão. Seu cabelo comprido era um emaranhado.

— Então você quer ser treinadora como Clutt, é isso? Não acredito que será uma vida fácil.

— Não estou atrás de vida fácil.

— Talvez não — ele me olhou direto nos olhos. — Mas eu nunca vi alguém tão jovem quanto você com uma licença oficial de treinadora. E imagino que não precise dizer que você será a única mulher.

— Alguém tem que ser a primeira em alguma coisa.

— Você não estaria fugindo de Jock, estaria?

A expressão de seus olhos abrandou. Descobri que era difícil encará-lo.

— Eu passei muito tempo casado, você se lembra. Sei como as coisas podem se complicar.

— Não se preocupe comigo. Tudo o que preciso é de um bom trabalho. E também não quero nenhum tratamento especial. Vou dormir na cocheira como todos os outros.

— Tudo bem, tudo bem. Não vou me intrometer e não vou mimar você, mas, se algum dia precisar de qualquer coisa, espero que saiba que pode contar comigo.

Fiz que sim.

— Eu posso ser um maldito dum velho sentimental, não é mesmo? Vamos lá, vamos acomodar você.

D me levou a um pequeno chalé de madeira depois do último pasto. Dentro, havia uma cama de armar, um piso arranhado de tábuas de madeira, e um único lampião pendurado num gancho na parede. O cômodo não era muito maior do que a baia em que Pégaso iria dormir, e também era frio. Ele disse quais os termos da minha estadia — *contrato* seria mais adequado — e onde e a quem me apresentar no dia seguinte.

— Você disse sem tratamento especial — explicou, olhando-me como se esperasse que eu me virasse e fugisse da raia.

— Vou ficar bem — prometi, e lhe desejei boa noite.

Depois que ele saiu, acendi um fogo, esquentei café amargo e depois comi carne enlatada, fria, com a ponta de minha faca. Por fim, me enrosquei na cama estreita, com frio e ainda um pouco de fome. Olhei para as sombras no teto e pensei em meu pai. Ele só me escrevera algumas cartas esparsas desde que se mudara para Cape Town, palavras quase insuficientes para caber numa colher de chá, que dirá no buraco enorme que deixara em minha vida. Ele me fazia uma falta medonha, era como se alguém tivesse morrido — e mesmo assim, agora, em meu catre frio, senti-me estranhamente próxima dele. Era a vida *dele* que eu queria conquistar ao vir para cá e, se não podia ter meu pai de volta, talvez nunca mais, poderia fazer a coisa certa ao olhar na mesma direção, ao acompanhar sua sombra com a minha. Eu não entendia coisa alguma de casamento ou de homens — isso já tinha ficado bem provado. Mas entendia de cavalos. Pela primeira vez em muito tempo, eu estava exatamente onde deveria estar.

18

Bridões. Prendedores de língua. Selagem para exercício e selagem para corridas. Havia ferração e bandagem, condicionamento e equipamentos. Decorei as superfícies de pistas e listas de prêmios e aprendi a calcular margens de peso. Precisei conhecer de trás para frente doenças e lesões — tendões arqueados e talas, esfalfamento, fissuras de canela, lascas de osso, fraturas de rótula e rachaduras de casco. Puros-sangues eram gloriosos e ao mesmo tempo frágeis de várias maneiras específicas. Muitas vezes tinham corações pequenos, e o esforço da corrida também os tornava suscetíveis a hemorragias pulmonares. Cólicas despercebidas poderiam matá-los e, se isso acontecesse, aquela morte seria culpa minha.

Havia coisas a buscar na conformação do animal, cabeça, pernas, peito e muitas outras coisas que não se podia ver, e que eram ainda mais importantes. Cada animal era seu próprio livro ou mapa a ser estudado e, depois, memorizado, para tomar as decisões apropriadas. Saber tudo o que havia naquela vida duraria uma eternidade, e talvez não fosse o suficiente. A simples escala e tal impossibilidade emprestavam pureza a meus dias em Soysambu. Eu caminhava do meu chalé até o pasto, os estábulos, a pista, e de volta ao chalé para ler gráficos e tabelas até os olhos não poderem mais.

Em troca da baia de Pégaso e da cama, D me deu dois cavalos para treinar. Ambos eram recalcitrantes e já tinham perdido o viço e o brilho dos olhos, mas eu estava tentando provar que era capaz. Teria que tratá-los como a realeza. Trabalhei em seus horários de exercícios e alimentação, preenchendo cadernos, tentando encontrá-los em seu próprio território e descobrir ou compreender algo inexplorado, algo que ninguém ainda tivesse visto.

Dynasty, uma égua de seis anos, tinha uma ulceração de cilha — bolhas doloridas e pele em carne viva ao longo da barriga que precisava de cuidados especiais. Seu cavalariço e eu tínhamos tentado todo tipo de cinta, mas as feridas nunca saravam por completo. Ele parecia constrangido por isso.

— Você está limpando direito a cinta — eu lhe disse. — Posso ver que está... e ela não está retesada demais. Você tem cuidado bem dela.

— Tenho, *memsahib*. Obrigado.

Fiquei de cócoras para examinar melhor as feridas — algumas já cicatrizando e outras recentes — e depois de pé para dar uma boa olhada nela toda.

— Pode ser só o jeito como ela é feita — eu disse ao cavalariço, apontando. — Veja como os ombros são estreitos e quadrados. Ela não tem muito espaço para respirar por trás dos cotovelos, por isso a cilha aperta demais. Deixe-a sem arreios por pelo menos uma semana, sem montá-la de maneira alguma, só uma corda para os exercícios. Você também pode experimentar um pouco disto.

Peguei um pequeno frasco em meu bolso, uma mistura de óleos que meu pai e eu sempre usávamos em nossos cavalos, aos quais eu acrescentara outros, tentando aperfeiçoá-la.

— Para nutrir a pele.

Quando me virei para deixar o cavalariço entregue a seu trabalho, percebi que o capataz do rancho de D estivera nos observando. Seu nome era Boy Long e sua aparência era exótica por aquelas partes, com seu cabelo negro e uma argola de ouro numa das orelhas. Seu estilo particular me fazia pensar num pirata.

— O que tem naquela mistura? — ele quis saber.

— Nada de mais.

Ele me olhou de cima a baixo.

— Não acredito em você, mas pode guardar seu segredo.

Alguns dias depois, eu estava junto à cerca do pasto observando o cavalariço exercitar Dynasty, quando Boy se aproximou. A égua já começara a melhorar, e seu pelo brilhava. Embora Boy nada fizesse além de ficar em pé a meu lado e em silêncio, senti sua atenção mais em mim do que no animal.

— Achei que D estivesse louco quando me disse que tinha contratado uma garota — falou ele, por fim.

Dei de ombros, sem tirar os olhos de Dynasty. Ela se movia bem, sem sinal de dor.

— Tenho feito isso a vida inteira, sr. Long.

— Posso ver que sim. Gosto que de vez em quando me provem que estou errado. Isso me põe no meu devido lugar.

Boy era bom no que fazia, logo descobri. Ele supervisionava os trabalhadores em ambos os campos de operação de D, cavalos e ovelhas, e parecia sempre saber o que acontecia e mesmo o que estava prestes a acontecer. Uma noite, acordei com um alvoroço perto do meu chalé e sentindo cheiro de fogo. Vesti-me depressa e saí, para descobrir que um leão tinha sido avistado no pasto.

A noite estava fria e meu coração apertou quando imaginei o leão castanho claro e robusto se esgueirando pelo campo, do outro lado da minha porta frágil.

— O que foi levado? — perguntei a Boy.

Ele estava cercado por cavalariços segurando tochas e lampiões. Um rifle lubrificado estava engatilhado em seu braço.

— Nada. Cheguei aqui a tempo.

— Graças a Deus. Então você estava acordado?

Ele fez que sim.

— Tive um pressentimento de que deveria ficar acordado. Você já sentiu isso?

— Às vezes.

Não era o caso daquela noite. Eu tinha dormido como um bebê.

— Você o pegou?

— Não, mas vou deixar um dos cavalariços de vigia, para ter certeza de que não voltará.

Voltei para o chalé e tentei dormir, mas um nervosismo tomava conta dos meus ombros e pescoço, e meus pensamentos não se acalmavam. Acabei desistindo e andei até o estábulo em busca de uma garrafa que deixávamos à mão no escritório. Boy estava lá, e já encontrara. Serviu-me uma dose e eu agradeci, e disse boa-noite.

— Por que não fica? — perguntou ele. — Podemos fazer companhia um ao outro.

Suas palavras saíram de improviso, mas seu olhar deixava claro o que ele pretendia.

— O que meu marido acharia disso? — perguntei.

Eu não queria que nenhum dos homens do rancho imaginasse que eu estava disponível, menos ainda aquele, com seu brinco cintilante e seus olhos audaciosos.

Boy só encolheu os ombros.

— Se você estivesse mesmo preocupada com seu marido, estaria em casa, não é mesmo?

— Eu estou aqui para trabalhar.

Mas aquilo não o satisfez. Suas pupilas escuras continuaram fixas nas minhas com ar de descrença, até que eu disse:

— A situação não é simples.

— Raramente é. Eu também tenho alguém, sabe? Lá em Dorking. Ela não é feita para o calor.

— Ela não sente a sua falta?

— Não sei — respondeu ele.

Com dois movimentos suaves, ele pousou o copo e cruzou a distância entre nós. Parou na minha frente, encostando as mãos na parede e inclinando-se mais, até eu sentir o cheiro de uísque e cigarro, seu rosto a poucos centímetros do meu.

— Isto não é uma boa ideia.

— As noites aqui podem ser muito longas.

Ele aproximou a boca do meu pescoço, mas me esquivei, os ombros retesados.

— Muito bem. Já vi tudo.

E então ele me deu um sorriso preguiçoso e me deixou sair do espaço entre os seus braços.

Quando voltei para o chalé e me deitei, fechando os olhos, o leão não ocupava mais a minha cabeça. Nunca conhecera ninguém tão direto quanto Boy. Era perturbador e também um pouco emocionante imaginar desejar e ser desejada de um jeito tão simples, sem qualquer reivindicação de amor ou promessas estéreis. Os homens eram um enigma para mim, mesmo depois de um ano de casamento. Eu não entendia nada de amor, menos ainda sobre ser amante de alguém — mas, no momento, até mesmo um beijo de Boy seria uma ideia perigosa.

* * *

Embora o Quênia fosse grande, era surpreendente como havia pouca privacidade em nossa Colônia. Todos pareciam saber da vida de todos, ainda mais quando se tratava de assuntos pessoais. Eu sempre fora capaz de ficar longe de tudo aquilo, jovem e inexperiente demais para que alguém me notasse, mas agora eu tinha me casado com um fazendeiro importante e deveria me comportar de acordo. E foi assim que, a cada poucas semanas, nas manhãs de sábado, eu ia para Njoro ser uma esposa.

D me ensinou a dirigir e me emprestou o carro caindo aos pedaços que usava para o transporte de cargas do depósito de ferramentas e dos galpões. Eu preferia a paisagem no lombo do cavalo, mas aprendi a gostar da velocidade do automóvel e até a ansiar por ela, e por uma certa sensação de perigo ao sacolejar ao longo da estreita estrada de terra, passando por cima de buracos fundos, dentes chacoalhando, cabelos cheios de poeira. Era preciso prestar atenção aos lodaçais, e havia lugares nos quais eu sabia que, se encalhasse, teria sérios problemas, mas também era emocionante — sobretudo nos primeiros vinte quilômetros. Quanto mais eu me aproximava de Ngoro, porém, mais fortes eu sentia as garras de Jock me prendendo. Eu não me pertencia. Não desde que decidira aceitar sua proposta, mas agora aquela realidade se manifestava com mais intensidade e parecia crescer à medida que eu lutava contra ela, como um pântano ou um terreno de areia movediça. Njoro sempre fora o meu lar, o lugar que eu mais amava. Agora, o esforço de passar alguns dias por mês na mesma casa que Jock para dar satisfações aos fazendeiros vizinhos e a qualquer outro que pudesse estar atento estragava o lugar para mim.

Quando eu chegava no carro de D, quase sempre recebia um beijo casto no rosto. Tomávamos um drinque no alpendre e falávamos sobre o que acontecera na fazenda enquanto eu estive fora, os criados girando ao nosso redor, felizes por me ver em casa. Mas, tão logo caía a noite e ficávamos a sós, o clima gelava depressa. Jock nunca tentava me tocar sexualmente — aquilo nunca funcionara para nós, afinal, nem mesmo no começo. Mas todas as perguntas que fazia a respeito do meu trabalho com D e de meus planos tinham um tom de proprietário.

— D está tomando conta de você? — ele queria saber. — Cuidando para que você não se meta em encrencas?

— O que você quer dizer com isso?

— Você sempre teve regras próprias em relação às coisas. Como aquele garoto com quem você corria por aí quando a conheci.

— Kibii?

— Isso mesmo.

Ele inclinou o copo e, com os dentes, sugou o uísque pela borda.

— Você sempre foi um pouco selvagem por aqui, não é?

— Não estou entendendo o que você quer insinuar. E, de qualquer maneira, você parecia admirar o fato de eu caçar com Kibii quando nos conhecemos. Agora eu sou selvagem?

— Só estou dizendo que o que você faz reflete em mim. A maneira como você foi criada aqui, correndo por aí, sabe Deus com quem e fazendo sabe Deus o quê... e agora você está longe, nas terras de D, uma mulher sozinha cercada de homens. Isso cheira a problemas.

— Eu estou *trabalhando*, não arrumando dezenas de amantes.

— Eu saberia no mesmo instante, se estivesse — afirmou ele, enfático.

Seus olhos piscaram e ele continuou:

— Você já me colocou numa situação difícil.

— *Eu* coloquei *você* numa situação difícil? Pois então me dê o maldito divórcio e vamos acabar com isso.

Antes que eu pudesse responder, houve um barulho dentro da casa e nosso criado, Barasa, entrou no alpendre, de cabeça baixa, para demonstrar que não queria nos perturbar.

— *Bwana* quer que o jantar seja servido aqui?

Quando o rapaz saiu, Jock me lançou um olhar penetrante.

— O que foi? — perguntei. — Os criados não vão sair falando.

— Não — concordou ele. — Em geral, não. Mas eles sempre sabem a verdade, não é?

— Eu não *ligo* para o que os outros sabem.

— Talvez não, mas deveria.

Fizemos a refeição num silêncio tenso, toda a mobília parecendo pesar sobre as paredes. Os criados iam e vinham sem fazer barulho, e era horrível estar sentada ali, querendo gritar, mas sem dizer coisa alguma. Jock morria de medo que eu o constrangesse — ou o constrangesse ainda mais. Era tudo em que parecia pensar agora, enquanto se inclinava e me prendia, passando grossos fios de arame em torno da farsa de nossa vida juntos. Ele sempre fora bom com cercas. Eu soube disso desde o começo, mas não imaginara o quanto ficaria desesperada ao me sentir presa dentro de uma delas.

Quando pude enfim pedir licença e me dirigir ao pequeno quarto de hóspedes em que estava dormindo, eu me sentia fatiada, exposta em carne viva. Mal consegui dormir naquela noite e, na manhã seguinte, embora costumasse ficar para o almoço, joguei-me no carro aos primeiros sinais da luz do dia.

* * *

De volta a Soysambu, os avisos e expectativas de Jock continuaram a me assombrar, mas só em momentos de fraqueza, quando eu me permitia pensar nele. Na maior parte do tempo, conseguia manter as preocupações fora da minha própria vida para me concentrar nos meus cavalos e na agenda diária de treinos. Eu me prendia a galopes matinais, listas de alimentação e detalhes do trato dos animais. Dynasty e Shadow Country, minhas duas incumbências, estavam ambos se saindo bem, mas sempre havia a possibilidade de conseguir ainda mais de ambos, de aperfeiçoá-los ainda mais. Pensar em como cuidar deles era minha maneira de conseguir dormir todas as noites, de desligar meus próprios medos e dúvidas com a mesma facilidade com que apagava um lampião. O trabalho era o que importava. A única coisa que me levaria adiante.

Quando o dia da prova finalmente chegou, D me levou de carro a Nairóbi. Sob o ronco do motor, falamos a respeito da próxima corrida, a Copa Jubaland, avaliando os riscos e a possível competição. Não falamos da prova propriamente dita ou de como meus nervos me tensionavam os ombros e pescoço, ou do quanto era imensa a falta que eu sentia do meu pai e pedia a Deus que ele pudesse estar lá. Não falamos de Jock ou do quanto eu *precisava* me sair bem naquele dia para me libertar dele. Não havia lugar para um sopro sequer de remorso ou insegurança, e por isso não fraquejei ao me apresentar para o teste e vi os olhos miúdos e indiferentes do inspetor. Ele era o representante da Associação Real Queniana de Corridas, e seu escritório era quente e mal ventilado. Enquanto ele me encarava, do outro lado de sua grande mesa, eu podia adivinhar seus pensamentos. Mulheres não eram treinadoras, não no Quênia ou em qualquer outro lugar. E, para piorar, eu ainda não tinha 19 anos. Mas aprendera a me superar quando os outros pensavam pouco ou nada de mim — como quando Kibii ou os outros *totos* na aldeia kip me olhavam de nariz em pé, incitando-me a fazer mais. Eu era ainda uma criança para o representante, sem dúvida, e era também uma mulher — mas se ele tinha certeza que eu fracassaria, aquilo era o suficiente para calar a última das minhas preocupações e me fazer pular mais alto, me empenhar mais e provar que ele estava errado.

Quando chegou o resultado dos exames, várias semanas depois, levei o envelope para um lugar onde eu pudesse ficar sozinha, o coração disparado, e quebrei o lacre. Dentro, em vez da notícia terrível de que eu não alcançara os pontos necessários, havia um documento oficial, datilografado e assinado. Fora concedida à SRA. B. PURVES uma licença de treinadora, válida até 1925. Passei os dedos pelo meu nome e a data, pelo rabisco irregular do secretário que o assinara e por todos os cantos e vincos. Ali estava uma declaração de legitimidade, minha permissão para competir num círculo do qual eu fora observadora durante a maior parte da minha vida, preparando-me para agir ao lado do meu pai. Se havia um momento em que ele deveria estar ali era agora. Eu ansiava por lhe dar a notícia e ouvir, mesmo em poucas e comedidas palavras, o quanto ele estava orgulhoso de mim. E ele ficaria orgulhoso. Eu dobrara uma nova curva e podia enfim ver uma faixa de terra com a qual, antes, só pudera imaginar e sonhar. Mas havia um sentimento instável e solitário — a falta que ele me fazia mesmo quando eu brilhava de esperança, o imenso desejo de tê-lo a meu lado mesmo que fosse impossível.

Naquela noite, D mandou seu cozinheiro preparar um jantar de comemoração: grossas costeletas de gazela assadas sobre fogo aberto, pêssegos em calda, e um manjar branco cremoso com aroma de amêndoas que tinha gosto de nuvens. Ele tocou sua música favorita, "All Aboard for Margate", inúmeras vezes, servindo-me conhaque até que a noite pareceu se equilibrar feliz num pé só.

— Você é a melhor treinadora que vejo em muito tempo — disse, dando corda no gramofone para que o disco tocasse outra vez. — Instinto puro e natural é o que você tem.

— Obrigada, D.

— Você não está *contente*, garota? Você é, provavelmente, a única mulher de 18 anos treinadora de cavalos do mundo!

— É claro que estou. Mas você sabe que eu nunca fui do tipo de fazer estardalhaço.

— Então eu vou fazê-lo por você. Os jornais vão querer seu nome, com certeza. Todo mundo vai falar disso.

— Se vencermos, vão falar. Se não, vão dizer que Delamere foi idiota o bastante para deixar uma garota inexperiente cuidar de seus cavalos.

— Temos seis semanas para nos preocupar com isso. Um pouco mais, na verdade.

Ele olhou para o relógio sobre a lareira.

— Hoje, vamos ficar bêbados.

19

Antes do nascer do sol, no dia da abertura da Copa Jubaland, saí a pé do estábulo Eastleigh, em Nairóbi, e passei pelas arquibancadas. O contorno de Donyo Sabuk destacava-se no céu pálido da manhã, e a grande montanha Quênia espargia cintilações azuis e prateadas. Às vezes, na longa estação da seca, o solo endurecia em longas rachaduras e ranhuras sob a relva, largas o bastante para prender um casco em alta velocidade e desequilibrá-lo, destruindo os tendões. Mas aquilo não aconteceria naquele dia. O gramado me parecia plano e firme. O poste tinha recebido uma nova demão de tinta branca com duas vistosas listras pretas, fazendo-o parecer uma boia fixa e imóvel num reluzente mar de esmeralda.

Embora a manhã estivesse tranquila e silenciosa, logo milhares de pessoas lotariam a área aberta e as arquibancadas. Dias de corrida eram magnéticos, atraindo gente não só de Nairóbi como das aldeias vizinhas — milionários e pés-rapados, as senhoras mais bem-vestidas e as mais simples, todos escrutinando o programa de corridas em busca de um sinal. Havia dinheiro que poderia se ganhar com apostas, mas aquilo nunca me interessara. Mesmo quando criança, tudo o que eu queria era me pendurar na grade perto de meu pai, longe do barulho da multidão nas arquibancadas, dos donos de cavalos em seus camarotes de elite, das cabines de apostas que sabiam quanto dinheiro mudava de mãos. Corridas não eram feitas para serem consideradas exibições ou festas. Eram testes. Centenas de horas de treino reduzidas a alguns momentos de respiração suspensa — e só então seria possível saber se os animais estavam prontos, qual se destacaria e qual tropeçaria, de que modo trabalho e talento se combinariam para levar aquele cavalo adiante, enquanto outro comeria poeira, o jóquei envergonhado ou surpreso, ou cheio de desculpas.

E em qualquer corrida havia também muito espaço para a magia, para a sorte e para a resistência, para a tragédia, se um animal caísse, para reviravoltas inesperadas na linha de chegada. Eu sempre amara tudo aquilo — mesmo o que não podia ser controlado ou previsto. Mas havia uma nova urgência agora que eu estava por conta própria e havia muito mais em jogo.

Revirando o bolso das minhas calças, puxei um telegrama que meu pai enviara de Cape Town quando lhe contei sobre minha licença. O papel do envelope amarelo claro já estava gasto pelos meus dedos, e as letras começavam a desbotar: BOM TRABALHO PONTO TUDO BEM AQUI PONTO GANHE ALGO POR MIM! Todo tipo de magia acontecia em dia de corrida. Mas se eu tivesse o poder de conjurar alguma coisa, seria para que ele surgisse de repente no meio da multidão para ficar a meu lado naqueles minutos bombásticos, vertiginosos. Significaria muito mais do que vencer — mais do que tudo.

Poucas horas depois, quando Dynasty sapateou para entrar na pista, senti meu coração acelerar. Seu pelo brilhava. Seus passos eram altos, ágeis e confiantes. Ela não parecia a égua de seis anos que D me enviara meses antes, e sim uma rainha. À sua volta, os outros competidores eram conduzidos ou levados a trote para o grid de largada. Alguns tinham gamarras para puxar suas cabeças erguidas, alguns calçavam botas de tendão, enquanto outros usavam antolhos para mantê-los com o olhar voltado para frente. Jóqueis acalmavam ou estimulavam com o cabo do chicote, quando seus cavalos davam marcha a ré entre as barreiras, nervosos e irritados, mas Dynasty deslizava em meio ao caos como se nada daquilo lhe dissesse respeito.

O juiz de largada ergueu a mão, depois parou; os cavalos mal se continham no grid, desesperados para fazer o que tinham ido fazer. O sino soou, os cavalos partiram num espasmo de cor e movimento, 12 animais únicos, desfocados e em transe. Uma partida limpa e arrojada.

Um baio castrado e veloz — o favorito — saltou na frente, o prado livre diante dele, todos tamborilando o gramado. Os da primeira linha entraram na pista, o som dos cascos criando um estrondo visceral. Eu o sentia nas minhas articulações, como os tambores dos *ngomas* da infância, levando meu coração em cavalgada. Quando o grupo apontou na reta, devo ter parado de respirar. Dynasty lá estava, em busca da linha de chegada, toda controle e músculos em fina sintonia. Nosso jóquei, Walters, não a pressionava ou forçava, deixando-a correr livre. Ela ganhava ritmo a cada tranco, misturando-se aos outros, deslizando pouco acima da relva lustrosa. Walters também flutuava, as sedas azuis e douradas de suas roupas como borboletas de luz sobre as ancas de Dynasty.

Na arquibancada, os gritos da multidão ecoavam mais altos e estridentes à medida que a pista pulsava em direção à chegada. Os animais eram como uma tempestade avançando coesa, e depois se dividindo, todas as estratégias esquecidas, toda cautela abandonada. Nos últimos duzentos metros, nada mais importava, senão pernas e comprimento. Dynasty deslizou por entre os competidores dianteiros e ultrapassou o favorito, que parecia ter se detido só para ela. Ela corria como se voasse. Como se sonhasse com a vitória ou fosse a vencedora no sonho alheio. E seu nariz cruzava a linha de chegada. A multidão explodiu. Ela conseguira.

E eu também conseguira. Lágrimas brotaram nos cantos dos meus olhos enquanto eu buscava alguém para abraçar. Alguns treinadores vieram me apertar a mão, dizendo-me palavras que teriam significado tudo para mim se viessem de meu pai. E, de repente, Jock estava a meu lado.

— Parabéns — disse ele, inclinando-se para me falar ao ouvido.

A pressão de seus dedos me conduziu por entre os corpos à nossa volta.

— Eu sabia que você conseguiria.

— É mesmo?

— O seu talento nunca esteve em jogo, não é?
Tentei ignorá-lo, mas ele insistiu.
— Isto vai ser bom para os negócios.
Nesse instante, esvaiu-se de mim toda a onda de orgulho e gratidão originada da vitória de Dynasty. Ele se aproveitava do meu sucesso. Quando Dynasty foi levada para o cercado dos vencedores e um dos jornalistas me pediu uma foto e perguntou meu nome, Jock se adiantou e, com cuidado, soletrou *Purves*. Sua mão permaneceu no meu cotovelo ou nas minhas costas como um cabresto imóvel, mas nada daquilo era por mim. Ele só pensava no que aquela grande notícia significava para a possibilidade de novos contratos de grãos ou adições à nossa criação de puros-sangues.

Mais tarde, me ocorreria que, por estranho que fosse, aquela vitória significara mais para ele do que para mim. Como treinadora de Dynasty, eu receberia um percentual de seu prêmio em dinheiro. Se eu, algum dia, conseguisse vencer com regularidade, poderia juntar uma renda mensal suficiente para conseguir minha independência financeira, mas isso era um sonho distante. Jock ainda tinha uma enorme influência quando surgia a meu lado, considerando alegremente seu próprio ganho como meu marido e protetor. Era chocante a rapidez com que nos tínhamos tornado adversários.

— Vocês acreditam que haverá algum dia treinadoras na Inglaterra? — perguntou um dos jornalistas.
— Nunca pensei nisso — respondi.
Posei para a foto, querendo dar uma boa cotovelada nas costelas de Jock — expulsá-lo do meu círculo e da minha luz. Em vez disso, sorri.

D sempre soube comemorar. Naquela noite, com bebidas sendo servidas à vontade e o rosto afogueado, ele fez brindes elaborados e levou para a pista de dança inúmeras mulheres bem-vestidas, enquanto uma banda de cinco músicos, subornados com um bom champanhe, tocava tudo o que ele pedia.

O clube Muthaiga era o melhor que Nairóbi tinha a oferecer. A quase cinco quilômetros do centro, era um oásis, com muros de seixos rosados como plumas de flamingo. Atrás deles, os sócios do clube sentiam-se no direito de estar ali, de serem recebidos com deferência num momento e, no seguinte, abandonarem quaisquer restrições. Podia-se tomar sol nas quadras de tênis com copos altos de gim e gelo picado, estabular seu melhor cavalo, jogar polidas bolas de *croquet* sobre gramados reluzentes e bem aparados, contratar um motorista europeu para dar uma volta de carro, ou apenas encher a cara numa das varandas de toldos azuis.

Eu gostava do clube como qualquer um — os salões com seus pisos de madeira escura, grandes sofás forrados de chita, tapetes persas e quadros de caçadas —, mas ainda estava de mau humor. Jock continuava tão agarrado a mim que eu não conseguia me divertir nem por um instante. Foi só quando D chegou com uma bela garrafa de uísque envelhecido para dividir com Jock que consegui fugir para o bar no outro salão, esgueirando-me, colada à parede para não ser vista.

Os corpos na pista de dança moviam-se frenéticos, como se todos tivessem medo de que a noite acabasse antes de conseguirem atingir sua cota de felicidade ou esquecimento. Dias de corrida sempre levavam as pessoas àquele estado e, como a festa se prolongava por grande parte do dia, garçons e porteiros pareciam exaustos. Quando cheguei ao bar, a fila era imensa.

— Você poderia definhar aqui à espera de um gim — avisou-me a mulher à minha frente.

Falava com um comedido sotaque britânico, era alta e magra, vestida com um traje de Ascot verde escuro e chapéu combinando com plumas de avestruz.

— Ainda bem que vim prevenida.

Ela abriu uma bolsinha de contas e tirou uma garrafinha de prata, que me ofereceu.

Aceitei, mas me atrapalhei com a minúscula rolha de prata, enquanto ela sorria.

— Aliás, belo espetáculo, o de hoje. Sou Cockie Birbeck. Nós nos conhecemos numa corrida, há anos. Na verdade, somos parentes distantes, pelo lado de sua mãe.

A menção à minha mãe me perturbou no mesmo instante, como sempre. Bebi um generoso gole e senti meu nariz e garganta queimarem, e então devolvi a bela garrafinha.

— Não me lembro de tê-la conhecido.

— Ah, isso foi há séculos. Você era uma criança e eu... mais moça. Você não *detesta* este clima seco? Ele racha e enruga tudo, e nos faz envelhecer dez anos a cada dois.

— Você é bonita — eu disse, sem rodeios.

— E você não é uma gracinha por dizer isso? Aposto que ainda quer ser mais velha, sobretudo no mundo em que vive, convivendo com homens fortes no *paddock*.

Ela riu e depois bateu no ombro do homem à sua frente.

— Você não pode acelerar as coisas, Blix? Estamos nos exaurindo aqui.

Ele se virou e lhe deu um sorriso, ao mesmo tempo juvenil e faminto.

— Isso soa vagamente sexual.

— Tudo é vagamente sexual para você.

Ele piscou.

— E você não adora isso em mim?

Seu corpo era atlético, o pescoço grosso e os ombros quadrados, e o rosto redondo ainda tinha algo infantil, mas ele deveria ter cerca de trinta anos ou mais.

— Bror Blixen, esta é Beryl Clutterbuck.

— É Purves agora — eu disse, constrangida. — Sou casada.

— Isso *parece* mesmo sério — disse Cockie. — Bem, não se preocupe. Você agora está em mãos muito competentes. —E, conspiradora, apertou meu braço e o de Blix. — O dr. Cambalhota nos deu uma receita — disse Blix — e, em termos de remédios, eu diria que estamos acima de qualquer suspeita.

— O dr. Cambalhota? — eu ri. — É o seu médico particular?

— O médico particular *imaginário* dele — disse Cockie, sacudindo a cabeça. — Mas uma coisa eu digo a favor de Cambalhota. Ele sempre acerta.

Quando encontramos um canto perto da pista de dança e nos instalamos, observei o redemoinho de rostos brilhantes e desejei que Jock estivesse bem entretido com a bebida de D para me dar mais alguns minutos de paz. Blix tinha conseguido que o garçom nos trouxesse três baldes de prata e três garrafas de champanhe *rosé*.

— Com isso, nenhum de nós precisa dividir, se não quiser — disse ele.

— Assim é sua leonina territorialidade — explicou Cockie. — Nosso Blix é um caçador maravilhoso. Porque possui os mesmos instintos que os animais.

— É melhor do que *trabalhar* — concordou ele. — Acabo de voltar do Congo Belga. Lá, em Haut-Uele, há lendas sobre elefantes com quatro presas. Eles lhes dão nomes especiais e há um sem número de histórias sobre os poderes misteriosos que possuem. Um dos meus clientes ricaços ouviu falar deles e me ofereceu o dobro do meu preço habitual, caso víssemos algum. Nem mesmo precisaríamos atirar, ele disse; só queria ver um deles na vida.

— E vocês viram?

Ele me lançou um olhar engraçado e deu um longo gole de sua taça.

— Esta moça não sabe ouvir histórias.

— Você precisa deixá-lo esboçar todo o quadro, querida. Caso contrário, não parecerá tão corajoso ou interessante.

— Exatamente.

Blix piscou para ela.

— Viajávamos há três semanas. Na floresta Ituri, perto dos pegajosos pântanos do Congo. Às vezes, pode-se passar meses sem ver elefantes, mas dessa vez encontramos dezenas, e três ou quatro machos grandes e pesadões, arrastando o marfim pelo chão. Eram espécimes perfeitos, posso afirmar, mas todos tinham duas presas. Enquanto isso, meu cliente ia perdendo a paciência. Quanto mais o tempo passava, mais certeza ele tinha de que tal coisa não existia e de que estávamos lá para tapeá-lo e arrancar seu dinheiro.

— Vocês *estavam* lá para arrancar o dinheiro dele, Blickie, querido.

— Com certeza. Mas, honestamente. Ou tão honestamente quanto possível.

Ele riu.

— Os tais elefantes existem mesmo. Eu vi fotografias de alguns, abatidos. O cliente também, mas permanecer tanto tempo na selva produz reações engraçadas nas pessoas. Ele acreditava cada vez menos em mim e me acusou de tudo, a não ser de querer matá-lo enquanto dormia. Um dia, simplesmente se encheu e cancelou a coisa toda.

— Um mês de caçada para nada? — exclamou Cockie. — Essa gente está ficando cada vez mais absurda.

— É, mas também mais rica, e é aí que está o problema. O dinheiro faz com que achem que tudo vale a pena. Mas eu tinha levado conosco cinquenta carregadores. Eles precisavam ser pagos de qualquer maneira, e eu receei que ele perdesse a noção e não quisesse pagar a conta quando chegasse a hora. — Ele balançou a cabeça. — Mas já fazíamos o caminho de volta quando avistamos a coisa mais estranha do mundo. Um macho solitário, sem qualquer companhia, à beira de um lago, dormindo com a cabeça apoiada num formigueiro gigante e roncando mais do que qualquer criatura viva.

— O fantasma de quatro presas — palpitei.

— Uma coisa ainda mais estranha.

Blix abriu seu melhor sorriso de menino sedutor:

— Um elefante de três presas. O único jamais visto, até onde sei. A presa esquerda crescera duplicada, veja só, da mesma raiz. Era extraordinário!

— Ele deve ter ficado extasiado.

— O cliente? Era o que se esperava, mas não. "Isso é um aleijão", ele ficava repetindo. *É claro* que era um aleijão... Algum tipo de má-formação hereditária, talvez. Mas ele estava tão furioso que nem ao menos quis fotografar o animal.

— Você deve estar brincando! — exclamou Cockie.

— Não. Foi exatamente o que aconteceu.

Ele deu um piparote na taça para sublinhar o que havia dito.

— Eles querem coisas selvagens *até certo ponto*. A natureza verdadeira os apavora. Ela é por demais imprevisível.

— Bem, espero que você tenha recebido o seu dinheiro — disse Cockie.
— Quase não recebo — explicou ele. — Mas então ficamos misteriosamente perdidos no caminho de volta à cidade, com muito pouca água.
— É claro! — riu Cockie. — Você conta histórias maravilhosas, querido.
— Você acha? Pois posso conseguir outras para você, já que gosta.
Ele a fitou com ar atrevido, e os dois se entreolharam de um jeito que me disse que, se ainda não eram amantes, seriam muito em breve.
— Vou me refrescar um pouco — eu disse.
— Mande o garçom aqui, está bem? Não quero ficar a seco.
— O dr. Cambalhota faz uma nova receita a cada vez — perguntei — ou a antiga vai servir?
— Ha, ha, eu gosto dessa aí — disse ele a Cockie. — Ela tem potencial.

Meu plano era voltar para Eastleigh sem que ninguém percebesse, mas mal me aproximava da porta quando me deparei com Jock me cortando o caminho, os olhos vidrados.
— Qual é a grande ideia, Beryl? — rosnou ele. — Estive à sua procura por toda parte.
— Só dei uma saída para pegar um pouco de ar. Qual é o crime?
— Estamos na cidade. O que vai parecer se fico girando os polegares à sua espera e você não está em lugar nenhum?
Ele avançou para o meu braço, apertando-o sem qualquer sutileza.
— Eu não fiz nada de errado. Este era o *meu* dia, afinal.
Desvencilhei-me dele, percebendo que diversas pessoas em volta nos lançavam olhares curiosos. Aquilo me deu mais coragem. Com certeza, aquela atenção iria fazê-lo recuar.
— Abaixe a voz — avisou ele, mas eu estava farta.
Quando ele agarrou de novo o meu braço, soltei-me com um safanão e quase derrubei Boy Long ao fazê-lo. Eu não o tinha visto.
Avaliando a situação com um rápido olhar que deslizou de Jock para mim, Boy perguntou:
— Está tudo bem por aqui?
— Estamos bem, não é, Beryl? — respondeu Jock.
Eu nunca o amara, era verdade, mas agora não conseguia nem sequer me lembrar de ter gostado de Jock. Eu só estava exausta, de tudo e todos.
— Vá para a cama.
Ele me encarou. Acho que ficou surpreso por eu o estar enfrentando.
— Você a ouviu — disse Boy. — Hora de encerrar a noite.
— Isto não é da sua conta.

Um nó se formou no queixo quadrado de Jock. Sua boca não passava de um risco.

— Acontece que sua mulher trabalha para mim, então eu diria que é.

Tive certeza de que Jock iria avançar em cima de Boy. Ele era muito mais alto e mais forte e poderia ter feito Boy em pedaços sem esforço, mas alguma coisa aconteceu dentro dele, como se um interruptor se desligasse, e ele mudou de ideia.

— É melhor você tomar cuidado, Beryl — comentou secamente sem desviar os olhos do rosto de Boy.

E saiu, furibundo.

— Encantador — disse Boy quando Jock se foi, mas pude perceber que sua voz não estava de todo firme.

— Obrigada por arriscar seu pescoço por mim. Posso lhe pedir para me acompanhar numa bebida? Eu, com certeza, preciso de uma.

Fomos até o bar em busca de uma garrafa e copos, e os levamos para um dos balcões. Sobre o muro cor-de-rosa texturizado, eu podia divisar os contornos do gramado de *croquet*, onde as extremidades dos aros pintados em cores fortes entravam de quando em quando na relva, e o mourão ficava à espera do malho brilhante de alguém. Pessoas entravam e saíam pela porta principal, porteiros e carregadores de luvas brancas, mas estávamos quase inteiramente no escuro.

— Nunca pensei que fosse me casar — comentei com Boy, enquanto ele nos servia. — O uísque caía nos copos baixos em ondas reconfortantes. — Eu deveria ter deixado as coisas como estavam.

— Você não precisa se explicar.

— Não sei se poderia.

Nos longos minutos em que ficamos sentados em silêncio, observei seu rosto e mãos. À meia-luz, estavam salpicadas de cinza e pareciam macias. Seu brinco era a única coisa que brilhava, como se tivesse absorvido a luz de outro tempo ou lugar.

— Parei de tentar entender as pessoas — disse ele. — Cavalos e ovelhas fazem muito mais sentido para mim.

Concordei. Achava o mesmo, desde sempre.

— Você acha que sou uma tonta por querer isto? Quero dizer, ter uma vida de treinadora?

Ele sacudiu a cabeça.

— Eu vejo você tentando ser durona, mas faz sentido. Como mulher, você precisa trabalhar duas vezes mais duro, em tudo. Não sei se eu conseguiria. —

Ele acendeu um cigarro e deu uma tragada, a ponta vermelha incandescente cintilava no escuro. Quando soltou a fumaça, me olhou. — Na verdade, acho você bem corajosa.

Eu era corajosa? Esperava que sim. Olhei-o de volta, suas pulseiras grossas de marfim, o pedaço de osso de aspecto indígena pendurado no pescoço por uma tira de couro, a camisa cor do mar quando todos ali usavam cáqui. Ele era mesmo uma figura, mas estava ali. E eu sabia que ele me queria. Tive uma fração de segundo para pensar no que estava fazendo antes de pegar seu cigarro e apagá-lo no muro rosa claro. Ele se inclinou para mim, abrindo minha boca com a dele, a língua macia e quente. Não pensei em resistir, ou em qualquer outra coisa. Uma de suas mãos roçou a frente da minha blusa. A outra escorregou por entre meus joelhos com uma pressão morna à qual não pude deixar de reagir. Uma ânsia de toque, *daquilo*, parecia vir das minhas entranhas. Talvez sempre tenha estado lá, dormindo como um animal. Eu não fazia ideia. Passei a mão pela sua coxa, contorcendo-me de encontro a ele, e apertei lábios e dentes em seu pescoço.

— Você é perigosa — sussurrou ele.

— Está falando de Jock?

— E muito jovem.

— Você quer parar?

— Não.

Não falamos mais naquela noite. De algum modo, a sensação de sua pele e de sua boca na minha não tinha nada a ver com o restante da minha vida. Não tinha preço, nem consequências — ou assim me parecia. Os sons da noite escalaram o ar gelado pelas paredes do balcão, e extinguiram-se quaisquer pensamentos de cautela.

20

Era tarde quando voltei para Eastleigh. Caí no catre me sentindo esfolada e beijada demais para conseguir dormir, mas adormeci. Logo depois da aurora, levantei-me para trabalhar, como sempre. Havia outra corrida para preparar e tudo o que havia acontecido com Boy e, antes disso, com Jock, precisava ser varrido para longe das minhas preocupações. De qualquer maneira, eu não saberia como lidar com aquilo.

Jock só reapareceu quando meu segundo cavalo, Shadow Country, correu e conseguiu uma respeitável terceira posição. Em vez de surgir de repente como fizera na véspera, apossando-se da minha ribalta, ele esperou que o clamor cessasse e então se aproximou de mim como se nada houvesse de errado entre nós, seguido por Cockie Birkbeck e um sujeito magro e de cabelos escuros que não se parecia nem um pouco com Bror Blixen. Disseram-me que era seu marido Ben.

Se lancei a Cockie um olhar de curiosidade, ela não pareceu se abalar. Em vez disso, parabenizou-me pela corrida do dia, e depois Jock explicou que Ben estava pensando em se dedicar mais seriamente aos cavalos e sugeriu que nós quatro tomássemos um drinque.

Eu ainda estava à espera da continuação do drama, que Jock quisesse se apossar de mim outra vez, que me ameaçasse ou prevenisse, ou fizesse alguma coisa — qualquer coisa — que desse a entender que ele de alguma maneira soubera de Boy Long. Mas parecia que aquele momento seria só de negócios.

— Quando Ben encontrar o cavalo certo, você deveria treiná-lo — disse Jock ao nos instalarmos num bar com os drinques.

— Se Delamere a emprestar — acrescentou Ben. — E também estou interessado pela sua região. Estou de olho num lote de terra perto de onde vocês moram.

Marcamos uma data para o casal ir dar uma olhada em Njoro, e então Cockie deixou claro que toda aquela conversa de negócios era enjoada e nós garotas nos desculpamos e nos transferimos para outra mesa.

Fora do alcance dos ouvidos masculinos, ela disse:

— Desculpe-me se Blix e eu a escandalizamos ontem à noite. Não ficamos a sós com frequência. Estar casada com outra pessoa faz isso. — Ela fez uma careta e tirou o chapéu sino, afofando o cabelo cor de mel. — Nós nos conhecemos quando ele nos levou, Ben e eu, num safári. Blix sempre seduz as esposas, se tiver tempo. Imagino que ele goste de tê-las tremendo de medo... à beira do perigo mortal — e ela ergueu uma frágil sobrancelha. — Não acho que ele pretendesse ficar comigo, mas isso foi há quase dois anos.

— É muito tempo para coisas tão complexas. Ben desconfia?

— Acho que sim; não que tenhamos o mau gosto de falar a respeito. Ele também tem seus próprios envolvimentos. — Ela me deu um sorriso confuso. — Você já ouviu a piada, não é? "Você é casado ou vive no Quênia?"

— É engraçado — sacudi a cabeça. — E também meio assustador. — Apenas na véspera, o humor negro de Cockie não me teria incluído, mas agora sim.

— Você acha que o amor é sempre tão complicado?

— Talvez não em todos os lugares, mas aqui as regras são diferentes. É uma espécie de pressuposto que ou se tem casinhos ou se enlouquece... mas a discrição ainda desempenha um papel essencial. Pode-se fazer qualquer coisa, contanto que as pessoas certas permaneçam protegidas. E o engraçado é que isso nem sempre se refere ao cônjuge.

Absorvi suas palavras devagar. Tudo aquilo era novo para mim, uma discreta espécie de aprendizado dos caminhos de um mundo que sempre se mantivera em algum outro lugar, exclusivo para outras pessoas.

— E você vai continuar assim?

— Você fala como se eu estivesse condenada. Não é tão ruim assim. —Ela pegou a garrafa na mesa entre nós e nos serviu de mais bebida. — Ben não é difícil de lidar, mas a mulher de Blix, Karen, gosta demais do título para se desfazer dele. Ele a fez baronesa — suspirou ela. — A coisa toda ficou um tanto *barroca*. Karen e eu somos amigas, ou éramos, de qualquer maneira. Blix pediu o divórcio e lhe disse que estava apaixonado por mim, talvez achando que isso fosse amenizar o golpe.

Ela balançou a cabeça.

— E agora ela não fala mais comigo.

— Por que alguém lutaria para ficar casado sabendo que o outro está louco para se separar?

— Não pretendo entender nada disso — suspirou Cockie —, mas Karen parece determinada a testar Blix a cada passo.

Eu nunca tinha sido boa em dividir meus pensamentos e sentimentos com alguém do modo como ela fazia com tanta naturalidade, mas sua abertura me fez querer tentar. E eu também queria o conselho dela... um pouco de experiência que pudesse me ajudar a enxergar através do emaranhado em que me sentia.

— Eu era criança demais quando me casei — contei, dando uma olhada para trás para ter certeza de que Jock e Ben ainda estavam distraídos um com o outro. — Agora, estou tentando cair fora, mas Jock não quer nem ouvir falar nisso.

— Deve ser duro — disse ela. — Mas, honestamente, se eu não tivesse tido a má sorte de me apaixonar, não posso dizer que iria querer um divórcio.

— Você não gostaria de ser livre, de ser só você?

— Para fazer o quê?

— Viver, eu imagino. Fazer suas próprias escolhas e cometer seus próprios erros, sem ninguém para dizer o que se pode ou não fazer.

Ela sacudiu a cabeça como se eu tivesse dito algum absurdo.

— A *sociedade* faz isso, querida, mesmo que não haja um marido dominador à mão. Você ainda não aprendeu isso? Não tenho certeza de que alguém consiga o que quer. Não de todo.

107

— Mas *você está* tentando isso agora. — Eu me sentia exasperada e um pouco confusa. — Você se faz de cínica, mas está apaixonada por Blix.

— Eu sei. — Sua testa se enrugou lindamente quando ela a franziu. — Essa não é a coisa mais idiota que você já ouviu?

Quando voltei para Soysambu no dia seguinte, e por muitas semanas, continuei a revirar na cabeça o que Cockie dissera, perguntando-me o que realmente significariam para mim sua situação e seus conselhos. Segundo sua avaliação, um caso era tão imprescindível para os colonos quanto comprimidos de quinino para a febre — um recurso para suportar ou esquecer por algum tempo a infelicidade matrimonial. Mas Boy não era um caso, era? O que ele oferecia era mais puro e mais animal do que o envolvimento de Cockie com Blix, ou assim eu me dizia. Além disso, a sensação era maravilhosa.

Depois de um ano de relações desastradas e constrangedoras com Jock, eu começava enfim a aprender o que era o sexo, e a saber que gostava. Boy ia ao meu chalé à noite e me acordava com a pressão de seu corpo contra o meu, suas mãos me percorrendo inteira antes que eu estivesse totalmente consciente. Ele não tinha nenhuma das preocupações de Jock, e descobri que eu também não me sentia intimidada por ele. Podia me mexer como queria, sem assustá-lo. Podia mandá-lo embora e não ferir seus sentimentos, porque nada daquilo tinha a ver com sentimentos.

Uma noite, ele me encontrou sozinha na cocheira e me levou para uma baia vazia, sem dizer palavra. Derrubando-me em cima de um fardo de feno, suas mãos subiram até minha camisa de algodão e a abriram sem cerimônia. Minhas costelas se chocaram com o fardo e pedaços de feno entraram entre meus dentes. Depois, ele se espreguiçou, nu e sem qualquer vestígio de modéstia, os braços cruzados por trás da cabeça.

— Você não parece a mesma garota que me esnobou por meses a fio.

— Para dizer a verdade, eu não sei mais que tipo de garota eu sou. — Pousei uma das mãos sobre seu peito, acariciando de leve o tufo de pelos escuros e crespos. — Eu cresci com os *kips*. Para eles, o sexo nada tem a ver com culpa ou expectativas. É uma coisa que se faz com o corpo, como caçar.

— Há quem diga que somos exatamente como os animais. Mesmos apetites, mesmas urgências. É uma bela ideia.

— Mas você não acredita nisso?

— Não sei — afirmou ele. — Alguém sempre parece sair ferido.

— Não deveria precisar ser assim. Nós temos os olhos abertos, não temos?

— Claro que temos. Mas o seu marido ainda está no caminho. Será que ele tem os olhos abertos?

— Agora você quer jogar isso na minha cara.

— Não mesmo — disse ele, enquanto me puxava com facilidade para cima dele. — Como poderia?

No sábado seguinte, quando fui para casa em Njoro, o automóvel de Ben e Cockie estava em nosso pátio, com bagagens amarradas à mala. Estacionei o carro de D atrás dele e contornei o alpendre, até vê-los sentados confortavelmente em volta da nossa mesa de vime à sombra, tomando drinques com Jock.

— Guardamos um pouco de gelo para você — disse Cockie.

Ela usava um vestido solto de seda e um chapéu com um véu transparente que caía sobre o nariz. Tinha uma aparência adorável e fiquei feliz ao vê-la. A presença dela e de Ben tornavam meu tempo em Njoro muito mais suportável do que de costume.

Jock me serviu um drinque — um licor Pimm's escarlate com fatias de limão e cascas de laranja sobre gelo picado, lindo como uma pintura —, mas tinha uma expressão estranha no rosto, e não tentou me dar o habitual e perfunctório beijo no rosto.

— Está tudo bem? — perguntei.

— Claro.

Ele não me encarou.

— Vocês realmente fizeram maravilhas com este lugar — disse Ben.

Antes de se voltar para a pecuária, ele tinha sido oficial dos Rifles Africanos Reais, e ainda havia nele algo militar, uma precisão e uma compostura contida. De cabelos escuros bem aparados e traços finos e retos, era consideravelmente mais bonito do que Blix — mas eu já poderia apostar que não teria o humor ou o senso de aventura de Blix.

— Jock é um fazedor de milagres — concedi. — Não há nada que ele não possa arar ou consertar com um martelo.

— Exceto talvez a minha esposa.

Ele falou com tranquilidade, quase alegre, como se a alfinetada fosse inofensiva. Ben e Cockie riram, e tentei acompanhá-los. Eu nunca tinha sido boa em interpretar Jock, e com certeza não o seria agora que vivíamos separados.

— Acabamos de comprar o lote vizinho — disse Cockie. — Teremos que jogar bridge nos fins de semana. Adoro baralhos — continuou ela. —Embora o Ben aqui prefira engolir facas.

Barasa apareceu para reabastecer nosso balde de gelo e todos tomamos outra rodada enquanto o sol subia um pouco mais no céu — mas eu não conseguia me livrar da nítida sensação de que havia algo de errado com Jock. Talvez ele me estivesse punindo pela cena no Muthaiga quando saiu um tanto furioso. Talvez toda a fachada de nosso arranjo começasse afinal a rachar e desmoronar. Fosse o que fosse que estivesse acontecendo, Cockie também percebeu. Quando nós quatro fomos admirar sua nova propriedade antes do almoço, ela agarrou meu cotovelo, deixando os homens se afastarem à nossa frente.

— Há algo que você queira me dizer? — perguntou em voz baixa.

— Não sei — respondi.

Mas quando nos instalamos junto ao fogo no final daquela tarde, tudo foi se esclarecendo. Jock bebeu demais no almoço, e seus olhos tinham um brilho perturbador. Reconheci aquilo como uma espécie de aviso — a primeira de uma série de pedras que viriam — e tive esperanças de que ele pensasse duas vezes, diante dos Birkbeck.

— Como você vai preparar sua vitória para a próxima corrida? — perguntou Ben do sofá, enquanto o fogo crepitava alegremente na lareira. — Importa-se em partilhar alguns de seus segredos?

— Compartilharei *todos*, quando estiver cuidando dos seus cavalos — respondi.

Ben deu um risinho. Era como se ele também tivesse percebido a tensão na sala, e agora tentasse encontrar uma maneira estratégica de nos fazer retomar o curso da conversa em segurança. Levantou-se e percorreu a sala.

— Olhe, Jock, tenho que admitir que isto aqui é uma beleza.

Falava da grande e acetinada porta em estilo árabe que Jock havia comprado para a casa, não muito tempo depois do nosso casamento. Como a vitrola, aquele era um sinal de prosperidade de que Jock se orgulhava. A madeira da porta era um intrincado labirinto de nós, com uma sobreposição de entalhes meticulosamente trabalhados pelo artesão.

— É linda — concordou Cockie. — Onde você a encontrou?

— Em Lamu — disse Jock. — Mas tenho pensado em melhorá-la.

— O quê? — riu ela. — É uma relíquia, não é? Você não tocaria nela.

— Eu poderia.

Ele pronunciou a última palavra num tom estranho, a língua grossa e descontrolada demais. Estava mais bêbado do que eu imaginara.

— Vamos jogar alguma coisa.

Peguei o baralho, mas Jock não estava ouvindo. Ele saiu da sala o tempo suficiente para que Cockie me desse um olhar de interrogação e voltou com um martelo de madeira. Era um utensílio de cozinha, destinado a amaciar carne, mas ele pouco se importava com usos adequados. Enquanto o observávamos, ele puxou uma cadeira e subiu para pregar uma pequena estaca de cobre no canto superior direito da porta, martelando com força.

— Cada vez que minha esposa cometer uma imprudência, eu vou acrescentar um prego — ele avisou à porta. Eu não conseguia ver sua expressão e não tive coragem de olhar para Cockie ou Ben. — Pode ser a única maneira de manter uma contagem.

— Santo Deus, Jock! — gritei, horrorizada.

Então, de alguma forma ele ficara sabendo de Boy, e era assim que se vingava, fazendo uma grande cena diante dos novos amigos. Quando se virou, os olhos esgazeados, o martelo balançou por um instante em sua mão, como um taco *rungu*.

— Desça daí.

— Foi só um, pelas minhas contas, está certo? —perguntou-me ele, e depois se virou para Ben. — A não ser que você também tenha dormido com ela.

— Pare! — berrei, enquanto o rosto de Cockie ficava mortalmente branco.

Um dos joelhos de Jock se dobrou e seu corpo se inclinou para fora da cadeira, fazendo-o desabar no chão. O batedor de carne voou para longe, passou de raspão pelo meu ombro esquerdo e saiu pelo caixilho da janela com um barulho ensurdecedor. Agradeci aos céus pelos meus bons reflexos. Tinha me abaixado no momento exato. Mais alguns milímetros ou uma fração de segundos e o martelo teria me rachado a cabeça. E então teríamos de fato algo para contar.

Enquanto Jock lutava para se pôr de pé, Ben chamou Cockie e os dois passaram à outra sala no instante em que Barasa chegou.

— Por favor, ajude *bwana* a ir para a cama — pedi, e logo os ouvi no outro cômodo, pés batendo e o ruído de roupas de cama sendo puxadas. Quando encontrei os Birkbeck, eles me disseram que voltariam para a cidade. Eu estava mortificada. — Pelo menos esperem amanhecer — pedi. — Será mais seguro.

— Se há uma qualidade que não nos falta é bravura — disse Cockie, em tom gentil.

Ela fez sinal para que Ben fosse empacotar as coisas e, quando ele saiu, me disse:

— Não sei o que você fez, querida, mas posso garantir que há coisas que os homens não querem saber. E conosco aqui, também... imagino que ele tenha tido necessidade de mostrar que ainda está no comando.

— Você não está querendo dizer que ele tinha justificativas para agir daquela maneira?

— Não — suspirou ela.

Mas me pareceu ser exatamente aquilo que ela estava dizendo.

— Sou um desastre no casamento, e agora não sei nem ao menos trair direito?

Ela deu um risinho discreto.

— Nada disso é fácil, eu sei. Você é muito jovem e, às vezes, cometemos erros enormes. Qualquer dia desses, você vai descobrir. Mas, por enquanto, vai ser preciso engolir alguns sapos.

Acompanhei-os até lá fora e, depois que os faróis hesitantes do Ford desapareceram de vista, fiquei sozinha com as estrelas do sul. Como, exatamente, eu chegara àquele ponto? Os sombrios montes Aberdare eram os mesmos de sempre, e também os sons da floresta, mas eu não. Eu me esquecera de mim mesma. Fizera uma escolha temerária, ditada pelo medo de outra, de algum modo achando que, por aquele caminho sinuoso e enlameado, conseguiria alcançar a liberdade. *Arap* Maina teria cacarejado e balançado a cabeça ao me ver. Lady D me teria encarado com aqueles seus sábios olhos cinzentos e dito... O quê? Que eu precisava engolir sapos? Acho que não. E quanto a meu pai? Ele me criara para ser forte e autossuficiente — e eu não estava sendo agora. Não, há muito tempo.

De algum lugar ali perto, uma hiena ganiu, alto e arfante, e outra respondeu. A noite me oprimia, de todos os lados. Pareceu-me que poderia entrar na casa de Jock, fechar a porta e continuar com aquele absurdo, ou mergulhar no escuro sem mapa que determinasse o que aconteceria depois. Jock poderia me perseguir com uma raiva cada vez maior por eu ter manchado seu nome. Amigos e vizinhos poderiam se afastar de mim lenta e sutilmente ou me tratar com rudeza por ter saído da linha, como fizeram com a sra. O. Eu poderia nunca mais ver meus cavalos ou ficar sem dinheiro algum tentando encontrar meu caminho sem a ajuda de Jock. Poderia fracassar de várias maneiras, mas, ainda assim, na verdade, não havia opção.

Quando tornei a entrar na casa, apaguei todas as luzes e, no escuro, fui, pé ante pé, até meu quarto. Sem ruído, embalei meus poucos pertences e antes da meia-noite estava fora de lá.

21

— *Você acha que* Jock virá atrás de mim? — perguntou Boy quando, de volta a Soysambu, contei-lhe toda a história. — Agora que ele sabe de nós?

— Por que viria? Todo o discurso dele foi sobre manter as aparências e evitar maledicências. Quando muito, ele vai dificultar a minha vida, ou se recusar a me dar o divórcio.

Estávamos no meu chalé, depois do anoitecer. Era uma noite fria e eu aquecia as mãos na manga do lampião. Boy continuava absorto em seus pensamentos. Parecia irrequieto e pouco à vontade, embora já tivesse estado dezenas de vezes em meu quarto.

— E quanto a nós? — perguntou ele, por fim.

— Do que você está falando? Demos boas risadas, não foi? Não vejo por que alguma coisa deva mudar.

— Só fiquei pensando. — Ele pigarreou e puxou o cobertor somali por cima dos ombros. — Há mulheres que esperariam que o sujeito se adiantasse e tornasse as coisas sérias em algum momento.

— É com isso que você está preocupado? Parece que não consigo me livrar do marido que arrumei e, seja como for, o que eu gostaria mesmo de saber é como eu me sentiria vivendo sozinha. Quero dizer, não como a filha ou esposa de alguém... mas sendo eu mesma.

— Ah! — Aquilo pareceu surpreendê-lo. — Não há muita gente que pense assim por aqui.

— É claro que há — retruquei, tentando abrir um sorriso. — Só que, em geral, quem faz isso são os homens.

Agora que não precisava mais fazer o papel de esposa aos fins de semana, eu tinha mais tempo e energia para meus cavalos e estava pronta para lhes dedicar o melhor de mim. O St. Leger era um evento para animais de três anos e a corrida mais importante do Quênia. D tinha alguns candidatos promissores, mas o melhor do lote era Ringleader, um capão de pelo negro acetinado e passada alta, e D me ofereceu a oportunidade de treiná-lo. Mas ele tinha um *handicap*, como se diz em linguagem equina. Antes de vir para Soysambu, fora treinado em excesso, e seus tendões se tornaram sensíveis, com tendência a inchar. No entanto, com cuidados intensos e paciência, poderia voltar à forma. Precisava de um solo macio e suave, então eu o levava para a costa de Elmenteita e o fazia galopar pela margem úmida, enquanto rebanhos de antílopes o observavam, curiosos, e bandos de flamingos se agitavam e se aquietavam na superfície do lago, repetindo incessantemente os mesmos gritos de alarme.

Num final de tarde, eu voltava de uma sessão de treino, roupas e cabelos salpicados com pedaços de lama seca, quando esbarrei outra vez com Berkeley Cole. Dois anos tinham se passado desde a minha festa de debutante, naquela noite em que ele e Denys Finch Hatton me recitaram poemas, usando paletós ofuscantemente brancos, os dois se comportando como se saídos de um livro sobre cavalheiros e galanteria. Agora, ele viera de carro com outros colonos para se encontrar com D e discutir algum recente disparate político.

Encontrei-o por acaso quando saiu para fumar, encostado a uma cerca, enquanto os restos de sol desapareciam por trás dele. Seu colarinho estava aberto e não havia chapéu sobre seus cabelos castanho-avermelhados soprados de leve pela brisa. Era quase como se alguém o tivesse desenhado ali.

— Da última vez que nos vimos, fazia pouco tempo que você deixara de usar rabo de cavalo — disse ele ao me reconhecer. — Agora seu nome está em todos os jornais. Sua Jubaland foi impressionante.

Senti que me contorci um pouco com seu elogio.

— Na verdade, nunca usei rabo de cavalo. Não conseguia ficar sentada imóvel o tempo suficiente.

Ele sorriu.

— Isso não parece lhe ter feito muito mal. E você se casou?

Sem saber bem como descrever minha situação atual, evitei me comprometer.

— De certo modo.

Nas muitas semanas seguintes ao terrível episódio diante dos Birkbeck e da porta árabe, eu não ouvira um pio de Jock. Escrevi-lhe, deixando claro que queria o divórcio e que não voltaria, mas ele não me respondeu. E talvez fosse melhor assim. Só o fato de estarmos em lugares separados já era um alívio.

— De certo modo?

Os lábios de Berkeley se retorceram num ricto que era ao mesmo tempo de estranheza e levemente paternal. Mas ele não me pressionou.

— No que D o envolveu?

Fiz um gesto em direção à casa. Pelo volume crescente da voz de D, as coisas pareciam um tanto instáveis.

— Receio que eu já saiba tudo a respeito. Blábláblá do Comitê de Vigilância.

— Ah! Talvez seja melhor você correr.

D havia criado o comitê alguns meses antes, parte de um novo esforço para combater o velho problema de quem tinha direito ao Quênia, e por quê. Os colonos brancos sempre defenderam o autogoverno, que evoluíra para algo mais próximo da dominação total do território. Hindus e asiáticos eram considerados intrusos, a serem combatidos com paus, se preciso fosse. Africanos eram bem aceitos, desde que tivessem a clara noção de sua inferioridade e não quisessem terras demais. Mas, havia pouco tempo, o Parlamento Britânico emitira o Relatório Branco de Devonshire, uma série de documentos destinados a rechaçar demandas gananciosas de colonos brancos e restaurar alguma ordem na Colônia. Tínhamos um novo governador, Sir Robert Corydon, e ele levava muitíssimo a sério o Relatório Branco. Embora fosse o mais britânico dos britânicos, desde o colarinho engomado aos reluzentes sapatos Oxford, ele era a favor dos asiáticos e africanos, e também importante e destemido defensor de ambos os grupos, enquanto o governador anterior havia sido maleável, despreocupado e benevolente. Já que durante tanto tempo tudo tivesse sido favorável para o lado dos colonos brancos, eles não poderiam deixar de estar, agora, furiosos e pensando em reagir, ainda que com o uso da força. Não era surpresa que D fosse o mais feroz de todos.

— Na verdade, estou aliviado por ter passado a maior parte do último ano fora do país — explicou Berkeley.

E me contou como fora a Londres consultar vários médicos a respeito do seu coração.

— Ah, não! E o que eles disseram?

— Nada de bom. A maldita doença vem me perturbando há anos.

— E o que você vai fazer agora?

— Viver até que ele me impeça, é claro. E só beber do melhor champanhe. Não há tempo para nada mais. — Seu rosto tinha uma aparência delicada e sensível, como a de um gato de raça. E tinha também intensos olhos castanhos que pareciam querer rir de qualquer ideia de tristeza ou autopiedade. Jogou longe o cigarro e limpou a garganta. — Vou me dar de presente uma festa de aniversário na semana que vem — disse ele. — Será uma das minhas muitas maneiras de assobiar para afastar os maus espíritos. Aposto que você é uma grande assobiadora, não é? Por favor, compareça.

Berkeley se instalara nas encostas mais baixas do monte Quênia, em Naro Moru. Construíra um grande bangalô de pedra nas curvas da montanha, de modo que a casa parecia pertencer àquele lugar e a nenhum outro. Havia cercados cheios de ovelhas bem alimentadas e um rio sinuoso cercado de lícios espinhosos, além de retorcidas hamamélis amarelas. Os rochedos do Quênia dominavam tudo, parecendo cerrar negras fileiras, ombreando e se impondo, e eram de alguma forma perfeitos — exatamente o que Berkeley deveria ter tomando conta dele, pensei.

D também foi à festa. Quando chegamos, vários automóveis abarrotavam o gramado e o pátio. Berkeley estava no alpendre, vestindo um elegante fraque branco, cantarolando trechos de uma música que não reconheci. Sua aparência era ótima e ele parecia estar em perfeita saúde, embora eu desconfiasse que, como seu lindo traje, aquilo fosse uma farsa. Era provável que fosse muito importante para ele agir como perfeito anfitrião e também parecer fascinante, não importando como as coisas realmente estivessem sob a superfície.

— Seu rio é maravilhoso — comentei, inclinando-me para beijá-lo no rosto em meio a uma nuvem de tônico capilar que cheirava a limpeza. — Fervilhava de peixes quando o atravessamos.

— Fico contente por você gostar de trutas. Não consegui um ganso adequado para o jantar — disse ele, piscando um olho. — Agora venha pegar um champanhe antes que Denys acabe com tudo.

Denys. Embora eu só o tivesse visto rapidamente na rua, em Nairóbi, por alguma razão meu coração deu um pulo ao ouvir seu nome. Atravessamos o alpendre e entramos no salão principal da casa, fervilhante de gente e do som de risos. E lá estava ele encostado à parede em lânguido desleixo, as mãos nos bolsos de uma bela calça branca. Era tão alto quanto eu me lembrava, e tão agradável de se olhar quanto antes.

— Beryl Purves — disse Berkeley —, você já conhece o honorável Denys Finch Hatton?

Senti meu rosto queimar ao lhe estender a mão.

— Há muito tempo.

— É claro. — Ele sorriu, as linhas ao redor dos olhos se aprofundando. Mas seu tom de voz era superficial e não demonstrava que ele se lembrasse de mim, ainda que vagamente. — Prazer em vê-la.

— Denys passou muito tempo em casa, em Londres — explicou Berkeley.

— O que vai fazer agora que está de volta ao Quênia?

— Ótima pergunta. Talvez alguma exploração agrária. Tich Miles acha que podemos formar uma empresa legítima — ele sorriu como se *legítima* fosse uma agradável surpresa naquele contexto. — E ando morto de vontade de caçar um pouco.

— Por que não? — intrometeu-se D. — O mundo clama por mais grandes caçadores brancos.

— Você deve saber — Denys riu com ele. — Você inventou o termo.

— É, bem, nunca imaginei que viriam aos pinotes para o Quênia, famintos por troféus. Duas ou três vezes por mês algum banqueiro rico atira na própria perna ou se oferece em banquete para um leão. É um absurdo.

— Talvez esses tipos mereçam o que recebem — opinei. — Quero dizer, se não fazem a menor ideia do que têm a enfrentar, ou mesmo do que significa matar um animal...

— É provável que você tenha razão — concordou Denys. — Até agora, só cacei por mim mesmo. Não tenho certeza de ter paciência para clientes.

— O que há de errado com a lavoura? — quis saber Berkeley. — É muito mais seguro, sem hienas irritantes ou seja lá o que for tentando mordiscar seu rosto no meio da noite.

— Mais seguro — repetiu Denys. — De repente, ele parecia um garoto de colégio, pronto para uma travessura. — Explique que graça há *nisso*.

Denys parecia alguns anos mais moço do que Berkeley, algo em torno dos 35, eu achava, e tão bem nascido quanto. Pela minha experiência, em geral aquele tipo de homem partia para a África atraído por terras virgens, grandes caçadas, ou pela sensação de aventura. Eram filhos de aristocratas britânicos, que haviam sido mandados para as melhores escolas e recebido todas as vantagens e toda a liberdade. Chegavam ao Quênia e usavam suas fortunas de primogênitos para comprar milhares de acres. Alguns eram sérios quanto a criar raízes e construir uma vida ali, como Berkeley, enquanto outros eram playboys que se entediaram em Sussex ou Shropshire e estavam em busca de alguma confusão. Eu não sabia a que grupo pertencia Denys, mas gostava de olhar para ele. Seu rosto era maravilhoso, um pouco rosado pelo sol, o nariz forte e aquilino, lábios cheios e olhos cor de avelã, debruados por muitos cílios. E havia nele, também, uma afabilidade e uma confiança que pareciam atrair toda a sala, como se ele fosse sua âncora ou seu eixo.

Depois que me afastei, bebericando meu drinque e ouvindo pedaços de mexericos aqui e ali, um bando de mulheres bonitas o cercou, a maioria elegante e reluzente. Usavam belos vestidos, meias e joias, e cabelos bem comportados. Eu podia ver que estavam todas atraídas por ele — mas isso não era exatamente uma surpresa. Eu também estava.

— Você deveria dar uma olhada em meu novo cavalo — disse Berkeley, vindo até mim com um novo coquetel. — Acho que é material para um Derby.

— Ótimo — concordei sem pestanejar.

E, antes que eu percebesse, tínhamos arrebanhado Denys e nos dirigíamos para a cocheira, onde havia meia dúzia de cavalos nas baias. O que tínhamos ido ver era Soldier, um grande e espadaúdo baio escuro com uma lua branca como resplendor. Não parecia tão orgulhoso ou fogoso como os puros-sangues que meu pai sempre adorou, mas vi nele uma beleza rude e, no mesmo instante, fiquei intrigada.

— Então ele é mestiço? — perguntei a Berkeley quando nos aproximamos da baia.

— Com pônei da Somália, acho. Não é de alta linhagem, mas pode-se ver que ele tem fibra.

Abrindo a portinhola, movi-me em direção a Soldier como havia aprendido quando criança, suave, mas firme. Meu pai me transmitira seu modo de agir com os animais — ou talvez eu tivesse nascido assim. Soldier sentiu minha autoridade e não se assustou, nem sequer recuou quando passei a mão em suas costas, lombo e jarretes. Era sólido e forte.

De seu lugar à porta, senti Denys me observando. A pele em minha nuca se arrepiou com a atenção, mas não ergui os olhos.

— O que você acha? — perguntou Berkeley.

— Ele tem potencial — fui obrigada a admitir.

— Quanto vale, para você?

Falida como estava, eu sabia que não deveria nem ao menos fingir barganhar, mas estava no sangue.

— Cinquenta libras?

— Gastei mais do que isso no champanhe que vocês estavam bebendo!

Embora ele e Denys tenham rido, percebi que Berkeley também gostava de negociar.

— Você deveria vê-lo correr. Deixe-me mandar um dos cavalariços tirá-lo daí para você.

— Não se incomode — respondi. — Eu mesma vou cavalgá-lo.

Não levei cinco minutos para pegar emprestado um par de calças e mudar de roupa. Quando saí da casa, algumas pessoas se agrupavam no gramado e, embora Berkeley risse ao me ver vestida com suas roupas, eu sabia que elas me caíam muito bem e que eu não precisava me sentir constrangida por cavalgar diante daquela plateia bem nascida. Estar no lombo de um cavalo era, para mim, tão natural quanto andar — até mais.

Cutuquei Soldier para afastá-lo dos espectadores e logo me esqueci de tudo o mais. Atrás do pasto de Berkeley, uma pista de terra atravessava algumas construções da fazenda com telhados de zinco e seguia ladeira abaixo até uma pequena clareira com tufos de vegetação. Encaminhei-me para lá e deixei Soldier em trote estendido. Suas costas eram amplas e seus flancos tão arredondados e confortáveis quanto uma cadeira coberta de chita. Não era evidente que pudesse realmente correr, mas Berkeley insistira nisso, então eu o cutuquei um pouco mais. No mesmo instante, seus membros traseiros e dianteiros aceleraram. A meio galope, seu passo era fluido e potente, e seu pescoço relaxado. Eu me esquecera de como podia ser divertido cavalgar um novo animal — sentir a energia passar às minhas mãos pelo arreio de couro e às minhas pernas pelo corpo de Soldier. Apressei-o ainda mais e ele se esticou, os músculos equilibrados, começando a voar.

Então, rápido como um elástico se partindo, o animal congelou. De repente, suas pernas dianteiras enrijeceram, e fui jogada sobre a cernelha como um chicote estalado. Antes que eu me refizesse, ele empinou e se retorceu, com um relincho agudo. Eu estava no ar. Atirada de lado com força, os dentes mordendo a língua, senti gosto de sangue, enquanto meu quadril explodia de dor. A meu lado, Soldier rinchou e empinou outra vez. Encolhi-me, sabendo que ele poderia me esmagar, mas, um instante depois, ele se afastou. Só então eu vi a cobra.

A uns cinco metros de onde eu caíra, enroscada sobre si mesma como uma fita negra e gorda, ela me olhava fixo. Quando estremeci, a parte superior de seu longo corpo disparou como um elástico, em velocidade estonteante. Seu pescoço listrado de claro se abriu numa espécie de capa. Era uma naja, eu soube. Não as tínhamos em Njoro, e eu nunca havia visto aquela espécie, com cores de zebra e cabeça em forma de seta, mas meu pai me tinha dito que diversas espécies de naja eram capazes de esticar o corpo todo num único arremesso. Algumas também cuspiam veneno, mas a maioria das cobras não gostava de confrontos.

Um pedaço retorcido de mogno estava a poucas polegadas da minha mão. Eu queria apanhá-lo e brandir o graveto à minha frente para bloquear o ataque, se ele viesse. Preparei-me, atenta ao movimento de sua cabeça. Os olhos vidrados e duros eram como pequenas contas negras. Pairando, a cobra também me observava, a língua pálida arremessando e sentindo o ar. Parei de respirar e, o mais devagar que consegui, avancei a mão em direção ao graveto.

— Não se mova — ouvi de repente atrás de mim.

Não houve passos, pelo menos não que eu ouvisse, mas a naja ergueu-se ainda mais. Metade de seu corpo saiu do chão, a barriga coberta de faixas amareladas. A capa se ampliou. Aquele foi o último aviso antes que ela avançasse como um chicote. Apertei os olhos e meus braços voaram para a cabeça, enquanto eu me arrastava para trás. No mesmo instante, ecoou um tiro. A detonação foi tão próxima que a senti vibrar em meu crânio. Meus ouvidos zumbiram. Antes mesmo que o som da explosão se desfizesse no ar, Denys avançou e atirou outra vez. Dois tiros certeiros, o segundo atingindo a cobra no pescoço, de modo que o corpo caiu de lado. Pedaços de carne foram cuspidos na poeira com borrifos de sangue brilhante. Quando ela se imobilizou, ele virou-se para mim, tranquilo.

— Você está bem?

— Acho que sim.

Quando me levantei, a dor subiu pelo lado do meu corpo e ao longo do quadril. Meu joelho latejava e não aguentava meu peso.

— Esta espécie não foge de problemas, você sabe. Foi bom você não ter feito nada estúpido.

— Como você me achou?

— Vi o cavalo voltar sozinho e pensei: "Aposto que ela não caiu à toa." E segui a poeira.

Ele estava tão calmo, tão frio.

— Você fala como se fizesse este tipo de coisa todos os dias.

— Não todos os dias — ele deu um sorriso de zombaria. — Podemos voltar?

Embora fosse provável que eu pudesse andar sozinha, Denys me disse para me apoiar nele. Encostada a seu corpo, senti o cheiro de sua camisa de algodão e de sua pele — e percebi o quanto ele era firme e sólido. E tinha sido tão ágil ao mirar. Não pensara, apenas agira. Não era sempre que eu via tal nível de autocontrole num homem.

Chegamos à casa cedo demais. Berkeley correu para fora, mortificado e assustado, enquanto D juntava as sobrancelhas com ar paternal.

— Que diabos você pensa que está fazendo, pondo em risco a minha melhor treinadora? — vociferou para Berkeley.

— Estou bem — tranquilizei-os. —Não foi nada de mais.

Denys também minimizou o acontecido — quase como se tivéssemos um acordo implícito. Nada disse a respeito da própria coragem e agiu como se toda aquela experiência angustiante tivesse sido banal. Aquilo me impressionou, e também o fato de, no resto do dia, não voltarmos a mencionar o acontecido. Mas a lembrança trouxe às horas uma carga palpável, como se, entre nós, houvesse um cordão ou um arame invisível. Falamos de outras coisas, do quanto ele ainda pensava em seus anos em Eton, de como fora parar por acaso no Quênia em 1910, resultando em sua mudança para a África do Sul.

— O que o atraiu? — perguntei.

— No Quênia? Quase tudo. Acho que sempre estive buscando uma rota de fuga.

— Fuga do quê?

— Não sei. Talvez de qualquer definição constritiva do que deveria ser vida. Ou de que papel eu deveria desempenhar.

Sorri.

— *Deveria* não é uma palavra que combine com você, é?

— Já fiz as pazes com isso. E você?

— Essa também nunca foi das minhas palavras favoritas.

Nossos olhos se encontraram por um instante e senti uma fagulha de perfeito entendimento. Então Berkeley se juntou a nós e os dois amigos começaram a falar da guerra. De como tinham se alistado num grupo de reconhecimento perto da fronteira com a África Oriental Alemã e o Kilimanjaro.

— Receio que não tenhamos sido muito heroicos — disse Denys, fazendo uma rápida descrição dos acontecimentos. — Grande parte de nossas baixas foram provocadas pelas tsé-tsés e por ensopados de rato.

Era uma espécie de dança, o modo como aqueles dois juntos eram divertidos e inteligentes — mais leves que o ar. Em pouco tempo, estávamos todos ligeiramente bêbados devido ao champanhe que entornávamos, e já era bem tarde.

— Vamos levar algumas garrafas para Mbogani — disse Denys a Berkeley, de repente. — A baronesa está sozinha hoje à noite.

Baronesa? A palavra soou desafinada. Cockie Birkbeck a usara em Norfolk no dia em que me falara da situação de Blix e sua esposa.

— Não posso abandonar minha própria festa — argumentou Berkeley. — De qualquer maneira, já está muito tarde e você não está em condições de dirigir.

— Eu *tenho* uma mãe, muitíssimo obrigado.

Denys deu as costas a Berkeley e me olhou fixo.

— Quer dar um passeio pelo interior, Beryl?

Berkeley sacudiu a cabeça, avisando-me para não aceitar. Fiquei imóvel por alguns instantes, perguntando-me até que ponto Denys falava sério, e se eles estariam de fato se referindo à esposa de Blix. Mas antes que eu pudesse me decidir ou dizer alguma coisa, Denys foi até o bar e voltou com três garrafas de champanhe nos braços e saiu porta afora. Berkeley riu. Fiquei sem fala.

— Boa noite — Denys cantarolou por sobre o ombro, antes de desaparecer de vista.

— Vamos tomar mais um trago e encerrar a noite? — perguntou Berkeley.

Eu ainda não tinha entendido.

— O que foi isso?

— Só Denys sendo Denys — foi a resposta misteriosa.

E Berkeley me pegou pela mão.

22

*D*e eu passamos aquela noite na casa de Berkeley — cobertos por grossas camadas de colchas tecidas pelos somalis, com um punhado de outros convidados alcoolizados. Sempre que eu virava de lado, sentia o ponto dolorido em meu quadril, e a imagem de Denys tremulava como um novo fantasma. Mas quando, no dia seguinte, chegou a hora de partir, ele ainda não havia voltado. De alguma maneira, aquilo me deixou ainda mais curiosa a seu respeito. Talvez aquele momento com a cobra nos tivesse unido de um modo estranho, ou talvez Denys fosse apenas uma visão mais agradável e confiante do que a maioria dos homens que eu já conhecera. Fosse como fosse, eu já pensava em como seria bom revê-lo.

— Você se despedirá de Denys por mim? — pedi a Berkeley, enquanto D foi buscar o carro para nós.

— Hmm? — ele me lançou um olhar curioso. — Por favor, me diga que você não é mais uma a se apaixonar por Finch Hatton, querida.

— Não seja bobo — retruquei, sentindo-me enrubescer. — Gosto dele, só isso.

— Seria a primeira — ele acariciou o bigode. — Nunca conheci uma mulher que conseguisse resistir a ele. Elas se apaixonam às dezenas, mas ele nunca parece se apaixonar por nenhuma.

— Nenhuma?

Ele deu de ombros.

— Sinto demais pelo problema com o cavalo, aliás. Espero que você não me queira mal por isso.

— Claro que não. Eu o compraria se pudesse, mas é Jock quem controla as finanças e estou tentando acabar com tudo isso. Com o casamento, quero dizer. Ainda não sei muito bem como.

— Andei me perguntando o que estaria acontecendo com vocês, como ele estava reagindo ao seu trabalho para D e tudo mais.

Sua voz soava gentil, de modo algum crítica, como eu temia.

— Suponho que não seja muito comum que as mulheres da Colônia negligenciem seus deveres.

Ele sacudiu a cabeça.

— Mande um bilhete se precisar de alguma coisa. Ou assobie — acrescentou ele, sorrindo.

— Farei isso — prometi.

E então D apareceu com o carro resfolegando, e fomos embora.

O treino de Ringleader avançava devagar. Ele tinha o *pedigree* certo para vencer, bem como os nervos. Se ao menos suas pernas se curassem direito... Continuei a exercitá-lo na lama macia das margens do Elmenteita, apreciando também ter aquele tempo para mim. Mesmo com os flamingos, ali era muito menos caótico do que no rancho. Eu sempre sentia que me acalmava quando me conectava com os movimentos de Ringleader, com seu passo e com a rica paisagem à nossa volta. O lago criava uma bacia rasa que se abria em todas as direções para a savana verde. Formações de colinas baixas e nodosas surgiam aqui e ali, além das arrebatadoras linhas da montanha que chamavam de Guerreiro Adormecido. Seus contornos às vezes se refletiam com perfeição na superfície plana do lago e ficavam cravejados de flamingos imóveis, como um leque de joias cintilantes. Era um belo recanto, e embora nada daquilo me emocionasse tanto quanto Njoro, Soysambu começava a se tornar importante para mim e chegava mesmo a parecer um lugar no qual eu poderia me sentir feliz.

Um dia, depois que eu levara Ringleader ao ápice de seu galope, encorajada por sua crescente força e confiança, vi um carro surgir a quilômetros de distância, encaminhando-se direto para Soysambu, em linha reta. Não sabia quem poderia ser ousado o suficiente para sair da estrada principal. Havia chovido por vários dias e os pneus levantavam pelotas de barro, fazendo um grande grupo de antílopes fugir ziguezagueando pelo bosque. Quando o veículo se aproximou, reconheci Denys.

Sua máquina era robusta como um rinoceronte, com pneus cobertos de lama pesada. Prendi Ringleader para que não se assustasse e, quando ele chegou ao lago, fui a pé ao seu encontro. O terreno da margem era pantanoso e, ao pararem, os pneus começaram a afundar. Denys não pareceu nem remotamente preocupado.

— A estrada hoje não estava boa o bastante para você? — perguntei.

— A gente nunca sabe com quem vai se deparar por aqui.

Ele desligou o motor e empurrou o chapéu para trás, me olhando de lado.

— Eu a vi voando pela margem quando cheguei ao alto da colina. Não sabia que era você, mas era bonito de ver. Emocionante, na verdade.

— Meu cavalo está mesmo começando a se destacar. Senti algo novo nele, hoje. Talvez tenha sido isso o que você viu.

Livres do chapéu, os cachos castanhos e ralos de Denys estavam empapados de suor. Havia pequenos salpicos de lama em sua testa e nas maçãs do rosto, e senti uma inexplicável vontade de limpá-los com a ponta dos dedos. Em vez disso, perguntei-lhe para onde ia.

— D tocou o alarme para uma de suas reuniões. Parece que Coryndon fez alguma coisa imperdoável, na opinião do comitê. D tem tudo pronto para amarrá-lo e jogá-lo num armário.

— Sequestrar o governador é no mínimo tão razoável quanto todas as outras ideias de D.

— Em geral, tento ficar fora disso. Mas o dia hoje estava tão bonito que resolvi dar uma volta.

— Com lama e tudo?

— Principalmente com lama.

Seus olhos cor de avelã reluziram, capturando a luz por um instante antes que ele recolocasse o chapéu, preparando-se para partir.
— Quem sabe eu o vejo na cidade? — falei.
— Não fico muito mais por aqui. Mudei-me há pouco para Ngong, para ficar com minha boa amiga Karen Blixen.
Ele sem dúvida falava da mulher de Blix, a misteriosa baronesa.
— É mesmo?
— Ela é maravilhosa. Dinamarquesa. Dirige uma fazenda de café sozinha, enquanto Blix fica perseguindo seu rinoceronte. Não sei como ela dá conta daquilo tudo, mas dá.
Sua voz vibrava de óbvia admiração.
— Imagino que você tenha conhecido Blix. Não há muitas mulheres bonitas que lhe tenham escapado.
— Conheci, sim. E essa foi a impressão que tive dele.
Era difícil saber o que Denys realmente dizia a respeito da baronesa. Estaria vivendo com ela, como marido e mulher? Ou seriam apenas bons amigos, como ele e Berkeley? Não havia como fazer uma pergunta direta, é claro.
— A fazenda é muito mais bonita que a cidade — continuou ele —, e o ar é como champanhe. Culpa da altitude, eu acho.
— Parece algo que Berkeley diria — observei.
— Imagino que sim — ele abriu outro sorriso. — Venha nos visitar qualquer dia. Adoramos ter companhia... e Karen tem agora uma casinha vazia em seu terreno. Você poderia ficar o tempo que quisesse. Mas venha com uma história — completou ele, ligando o motor. — É uma das nossas exigências.
— Uma história? Então vou ter que arrumar uma.
— Faça isso — disse ele, antes de ligar o motor e partir rugindo.

23

Poucas semanas depois, D me chamou no *paddock* e me entregou um telegrama endereçado a mim. Deduzi que fosse uma das raras migalhas de notícias de meu pai — ou talvez algum tipo de exigência de Jock —, mas o envelope trazia rabiscado um endereço de retorno em Londres. Afastando-me de D, quebrei o selo pegajoso com uma pontada funda de pavor. QUERIDA BERYL — eu li — HARRY MORREU E OS MENINOS E EU VOLTAREMOS PARA A COLÔNIA PONTO POR FAVOR PROCURE ALOJAMENTOS — NÃO CONHECEMOS NINGUÉM E DINHEIRO É POUCO PONTO MÃE.

Mãe? Só aquela palavra teve o efeito de uma bofetada. Há muito tempo eu empurrara a lembrança dela para o mais longe possível, mas agora aquilo voltava como um chicote. Meus olhos percorreram outra vez as poucas frases. Minha garganta estava seca como poeira.

— Tudo bem? — perguntou D.

— Clara está voltando para o Quênia — respondi, apática.

— Caramba! Achei que ela tivesse desaparecido para sempre.

— Parece que não. — Entreguei-lhe o papel sujo, como se aquilo explicasse alguma coisa. — Quem é Harry?

— Harry? — Ele ficou em silêncio por um instante, lendo, e então deu um suspiro fundo e passou as mãos pelos cabelos. — Vamos tomar um gole de conhaque, está bem?

Não foi fácil arrancar toda a história de D, mas a bebida ajudou a abri-lo um pouco, e a mim também. Depois de uma hora, consegui um esboço. Harry Kirkpatrick tinha sido um capitão que minha mãe conhecera em seu segundo ano no Quênia, num baile em Nairóbi, depois de uma corrida. Seu relacionamento deveria ter sido mantido em segredo, mas isso era difícil. Quando ela partiu com ele para Londres, levando Dickie a reboque, o escândalo explodiu na Colônia.

— É óbvio que ela se casou com ele em algum momento — afirmou D —, mas não sei dizer quando. Perdemos completamente contato.

— Por que ninguém me contou a verdade?

D segurou o copo de conhaque, pensando, antes de falar.

— Talvez tenha sido um erro. Quem poderia saber? Todos queriam protegê-la daquilo tudo. Florence foi quem mais se opôs. Ela insistia em que contar só pioraria as coisas.

Pensei no dia em que me debrucei sobre o mapa da Inglaterra de Lady D, ela dizendo que poderia me contar coisas a respeito de minha mãe, se eu quisesse. Teria planejado inventar uma lenda, uma versão adulterada da verdade? Ou teria começado a achar que já era hora de que eu compreendesse o que realmente acontecera? Agora, era impossível fazer mais do que conjecturas.

— Então toda a história sobre como as coisas eram *difíceis* para Clara não passava de baboseira?

— Sua mãe *era* terrivelmente infeliz, Beryl. Green Hills era um horror naquela época. Sugava cada gota de energia de Clutt. Acho que foi esse o motivo de ela ter se agarrado a Kirkpatrick. Talvez o tenha visto como sua única saída.

— Mas Clara tinha responsabilidades — retruquei. — Ela deveria ter pensado em nós também. — Em *mim*, era o que eu queria dizer. Com Dickie tudo bem, ele foi o escolhido. — Como era esse Harry, afinal?

— Bonitão, até onde me lembro, e muito atencioso com ela. Ela era uma mulher bonita, você sabe.

— Era?

Meu pai dera um jeito de esconder ou jogar fora todas as fotos, qualquer lembrança — sobretudo depois da chegada de Emma. Ele arrancara Clara de nossas vidas com tanta eficiência que ela poderia nunca ter existido, e eu compreendia o motivo. Ela se fora com outro homem, magoando-o e constrangendo-o, mais ou menos como eu fizera com Jock, mas, no nosso caso, não havia filhos em que pensar.

— Por que ele não foi capaz de me contar a verdade?

— Seu pai fez o que achou que seria o melhor. Às vezes, é difícil saber.

Engoli as lágrimas que subiam, odiando o fato de que minha mãe pudesse me fazer chorar — de que ainda pudesse, depois de todos aqueles anos. Mas meus sentimentos não se deixaram represar. Jorraram tão descontroladamente que fui obrigada a me perguntar se apenas havia *imaginado* sobreviver à partida de Clara quando era criança. E se toda a força e a invencibilidade que eu sentia na época — proezas audaciosas, caçadas de leopardos e corridas com Pégaso pela savana, os ouvidos zunindo com a velocidade e a violenta liberdade — fossem apenas uma finíssima camada de palha sobre um buraco? Fosse como fosse, eu agora me sentia sem chão.

— Espera-se mesmo que me comporte e passeie com ela por aí? Como se nada nunca tivesse acontecido?

— Ah, Beryl, eu não sei o que dizer. Ela cometeu erros como todos nós, imagino. — Ele se aproximou e segurou meus ombros com suas mãos avermelhadas pelo trabalho. — Você fará o que for certo para você.

Se D tinha certeza de que eu encontraria o caminho da clareza, eu tinha minhas dúvidas. O telegrama de Clara continuou a me aguilhoar, fazendo-me voltar no tempo. Era tão estranho saber só agora por que ela deixara a Colônia, tendo o ponto crucial da história ficado enterrado por décadas. E, ainda que não me surpreendesse o fato de meu pai ter escondido a verdade e seus sentimentos e seguido em frente com a vida na fazenda, eu não conseguia deixar de desejar que ele tivesse me contado tudo. Afinal, eu também fora abandonada. Sua partida mudou tudo, e agora ela voltava? Não fazia sentido. Por que ela imaginava poder se aprumar no Quênia, um lugar do qual fugira com tanta pressa? E como tinha coragem de pedir a minha ajuda? Como poderia aquilo ser minha responsabilidade?

Zangada e perplexa, eu estava mais do que tentada a dizer a Clara que se virasse sozinha — mas ela não era a única em quem eu precisava pensar. Ela não mencionara Dickie no telegrama, mas sua rápida menção aos "meninos" sugeria que ela e o capitão haviam tido filhos. Aqueles meninos estavam agora órfãos de pai e prestes a serem arrastados para um mundo absolutamente estranho. O que pensariam de tudo aquilo?

Enquanto eu me debatia diante do pedido de Clara, Denys me veio de repente à lembrança. Há menos de uma semana, ele mencionara a propriedade e a casa vazia da baronesa. Pensara em mim para uma visita amigável, mas eu não podia deixar de me impressionar com a coincidência, e com a sensação de perfeita sincronicidade. Embora eu ainda não tivesse me resolvido de todo quanto a *querer* ajudar Clara, suas necessidades e aquela solução pareciam misteriosamente conectadas e conciliadas, como se toda a situação estivesse sendo delineada há anos e anos. Como se estivéssemos sendo reunidos por mãos invisíveis. Parecia quase inevitável.

Eu disse a Boy e D que me ausentaria por alguns dias e fui selar Pégaso, sentindo-me melhor do que há muito tempo. Ainda não fazia a menor ideia do que significaria ter Clara de volta à Colônia e na minha vida, mas estava a caminho para rever Denys e talvez lhe contar uma história. A tarde estava quente, eu montava um cavalo belo e forte, e tinha um plano.

24

A fazenda de Karen Blixen ficava a cerca de vinte quilômetros a oeste de Nairóbi, por uma estrada esburacada em constante aclive. A altitude era de centenas de metros acima das terras de Delamere ou Jock e, contra o céu pálido, recortavam-se os cumes agudos da floresta ascendente. Um longo vale se estendia a partir de um dos lados da estrada, coberto por tapetes de lírios alaranjados, do tipo que brota por toda parte depois que chove. O ar tinha um cheiro adocicado, por causa deles e também das florezinhas brancas do café, que lembravam jasmim. Tudo parecia faiscar, como champanhe. Denys tinha razão.

Embora eu tivesse quase certeza de que a baronesa ao menos consideraria a hipótese de ceder a casa à minha mãe — afinal, o lugar estava vazio —, senti certo desconforto por chegar sem avisar. Os colonos estavam tão espalhados pelo Quênia que visitas eram em geral bem-vindas, onde e quando surgissem. Mas eu não sabia se Denys já falara com ela a meu respeito, ou qual era exatamente o relacionamento entre os dois. Minha curiosidade era enorme e meu sentimento era de expectativa — de estar à beira de algo interessante.

O enorme bangalô era de pedra cinzenta, encimado por telhas inclinadas e frontões de aparência sólida. Um longo alpendre circundava a casa, bem como um gramado amplo e bem cuidado. Dois grandes galgos afegãos tomavam sol na relva enquanto eu subia, cinza-azulados, com belos bigodes e focinhos pontudos. Não latiram nem pareceram se incomodar comigo, então desmontei e lhes ofereci a mão para cheirar.

Levantei os olhos quando uma mulher saiu da casa. Usava um simples vestido caseiro branco e era baixinha, de pele muito clara e cabelos escuros. O rosto era mais marcante, pelos ângulos e pelos olhos, fundos e encimados por leves sobrancelhas. Seu olhar e o nariz afilado lhe davam a aparência de um belo falcão. De repente, o constrangimento me invadiu.

— Desculpe-me, eu deveria ter avisado que viria — eu disse, me apresentando. — Denys está?

— Na verdade, ele está fora, num safári. Não o espero de volta antes de pelo menos um mês.

Um mês? Mas antes que eu pudesse me sentir decepcionada ou sem saber por onde começar, ela continuou, dizendo que Denys lhe tinha falado a meu respeito e que estava ansiosa por companhia.

— Parece-me que há dias não falo com ninguém além dos cachorros.

Ela sorriu e seus traços se suavizaram.

— E acabo de receber alguns discos novos para a minha vitrola. Você gosta de música?

— Gosto, embora não conheça muito.

— Eu mesma estou tentando conhecer mais. Meus amigos dizem que meu gosto é muito antiquado. — Fez uma pequena careta e suspirou. — Então, vamos cuidar do seu cavalo.

A casa de Karen me trouxe à lembrança minhas visitas a Lady D no rancho Equador, quando criança. Era a qualidade de suas coisas, a graça presente nos mínimos detalhes. Depois da grande porta de entrada, tapetes ricamente coloridos cobriam o assoalho de mogno, conectando e aquecendo os cômodos. Havia mesas de madeira sedosa, sofás almofadados forrados de chita, cortinas grossas em todas as janelas, flores em vasos e em tigelas. Prateleiras e mais prateleiras de livros em belas encadernações. Ao olhar para eles, tive plena consciência de meu pouco preparo. Passei a mão sobre uma fileira de lombadas. Meus dedos saíram sem poeira.

— Você leu mesmo todos eles? — perguntei.

— É claro. E salvaram a minha vida, muitas vezes. As noites podem se arrastar como lesmas por aqui, sobretudo quando os bons amigos se vão.

Perguntei-me se estaria se referindo a Denys, mas ela não entrou em detalhes. Em vez disso, levou-me a um pequeno quarto de hóspedes para que eu pudesse me lavar, e depois voltamos a nos encontrar no alpendre, para um chá. Seu criado, Juma, segurou a chaleira e nos serviu, as luvas brancas adejando em torno de seus pulsos finos e negros. Ofereceu-nos biscoitos e doces numa bandeja, com uma formalidade que eu não vira em muitos serviçais.

— Vim lhe pedir um favor — expliquei, quando Juma se retirou. — Mas talvez você já tenha imaginado.

— Então veio para ficar?

Seu sotaque se intensificava. Os olhos escuros eram bonitos, mas eu me sentia meio sem graça diante deles. Ela parecia mais observar do que apenas olhar para as coisas.

— Não, exatamente. Minha mãe está voltando para o Quênia depois de muitos anos fora. Imaginei que sua casa poderia ser um bom lugar para ela, se ainda estiver vazia. Ela pagará o preço justo, é claro.

— Por que não? Ninguém mora lá há muito tempo. Será um prazer para mim tê-la aqui, e para você também.

— Ela, na verdade, não é... — eu não sabia como explicar tudo aquilo. — Nós não nos conhecemos tão bem assim.

— Compreendo. — Mais uma vez aqueles olhos escuros se fixaram em mim, deixando-me pouco à vontade. — É muita gentileza sua ajudá-la, neste caso.

— Creio que sim — concordei, sem querer me aprofundar.

Acima da casa, na serra, cinco colinas de um azul profundo desenhavam uma linha sinuosa. Faziam meu olhar percorrê-las para cima e para baixo.

— Não são maravilhosas? — comentou Karen. — Eu as amo com um amor indecente. — Ergueu a mão fechada, para demonstrar que a forma da serra era como os nós de seus dedos. — Não há nada parecido com isso na Dinamarca. Nada parecido com qualquer coisa que tenho aqui.

Tirou do bolso uma fina piteira de prata e acendeu um cigarro, sacudindo o fósforo e tirando da língua um pedacinho de fumo, tudo sem tirar os olhos do meu rosto. — Sua pele bronzeada fica tão fantástica com o seu cabelo, sabe? — comentou, por fim. — Você é realmente uma das moças mais bonitas que já vi por aqui. E eu li a respeito do seu sucesso nas corridas, no jornal de Nairóbi. Não deve ser uma vida fácil para uma mulher, e a sociedade local não é exatamente gentil, não é?

— Está se referindo aos mexericos?

Ela fez que sim.

— Nairóbi é uma cidade muito pequena. Tão provinciana, o que é curioso, considerando a vastidão do Quênia. Seria mais provável acreditar que estamos todos acocorados uns ao lado dos outros, sussurrando pelas janelas, e não a várias centenas de quilômetros de distância.

— Odeio isso. Por que as pessoas ficam tão ansiosas para saber de tudo o que acontece de desagradável? Algumas coisas não deveriam ser privadas?

— O que os outros pensam perturba você tanto assim?

Seu rosto era inteligente e sombriamente belo — e seus olhos fundos de ônix tinham uma intensidade que eu não costumava encontrar com frequência. Imaginei que tivesse uns dez ou 15 anos a mais do que eu, mas era difícil ignorar o quanto ela era atraente.

— Acho que, às vezes, não consigo compreender muita coisa. Eu era jovem demais quando me casei.

— Se tivesse se casado com outro homem, com o homem certo, a idade não seria problema. A compatibilidade do casal muda tudo.

— Então você é romântica.

— Romântica? — ela sorriu. — Nunca me imaginei dessa forma, mas, nos últimos tempos, já não sei. Passei a pensar de modo diferente a respeito de amor e casamento. Não é uma filosofia adequada. De qualquer modo, não quero entediá-la. — Calou-se por alguns instantes, e uma corujinha de penas pontilhadas deslizou em sua direção por uma janela aberta no alpendre, como se ela a tivesse chamado em silêncio, e pousou em seu ombro.

— Esta é Minerva. Ela sempre vem em busca de companhia... ou talvez seja pelos biscoitos.

25

A fazenda de Karen se chamava Mbogani, o que significava "casa no bosque". Além do amplo gramado, árvores de frangipani floresciam em branco-amarelo e rosa forte. Havia palmeiras e mimosas, bambuzais, amoreiras silvestres e bananeiras. Seiscentos acres das encostas mais baixas da serra tinham sido preparados e nivelados para dar lugar a verdes e luzidios cafeeiros. Outro terreno da fazenda era mata nativa, em grande parte, grama lisa e perfumada, e havia ainda outro, lar dos *shambas* kikuyu, posseiros nativos que criavam gado bovino e caprino e cultivavam seu próprio milho, abóbora e batata doce.

Caminhamos por uma trilha aberta em meio a um emaranhado de videiras e plantas na altura dos ombros até Mbagathi, a casa que ela ofereceria a Clara.

Era apenas um pequeno bangalô com um alpendre minúsculo, mas havia muitas janelas e, nos fundos, um caramanchão e mimosas entrelaçadas para manter o frescor local. Tentei imaginar minha mãe ali, descansando à sombra, mas descobri que não conseguia evocá-la sem um arrepio de ansiedade.

— Bror e eu vivemos aqui, no começo — explicou Karen —, logo depois de nos casarmos. Ainda gosto demais deste lugar.

— Estive com seu marido uma vez, na cidade. Ele é encantador.

— Não é? — Ela deu um sorriso obscuro. — Isso já me impediu de estrangulá-lo inúmeras vezes.

No interior, havia três pequenos quartos, uma cozinha, um banheiro e uma sala de estar decorada com lamparinas e um tapete de pele de leopardo. O sofá era como uma cama espremida num canto, formando um ninho acolhedor. Ela me mostrou um belo relógio francês sobre a cornija da lareira, um presente de casamento.

Espanando-o com a manga do vestido, ela observou:

— Com certeza você já ouviu boatos a respeito do meu casamento, como eu já ouvi do seu.

— Só um pouco.

Ela balançou a cabeça, duvidando.

— Ora, pouco importa. Ninguém realmente sabe o que acontece com os outros. Esta é a verdade. E é nossa única retaliação adequada quando os mexericos começam a circular.

Pensei nas piadas e mexericos humilhantes que existiram nos dias finais de Green Hills, e em como pareceram destruir até o que havia sido bom.

— Talvez seja esse o segredo para sobreviver a todo tipo de problemas, quero dizer, saber quem somos, não importa o que aconteça.

— É verdade. — Ela pegou o relógio, revirando-o na mão como se para recordar seu significado. — Mas, como tantas coisas, é muito mais fácil admirar essa postura do que adotá-la.

Saímos de Mbagathi para visitar sua fábrica, onde havia dezenas de mulheres kikuyu diante de mesas compridas e estreitas sobre as quais secavam ao sol os grãos de café, indo do vermelho ao mais puro branco.

— Toda esta estrutura pegou fogo em janeiro. — Ela pegou um grão de café e rolou-o entre as palmas das mãos até que a película se partisse e caísse. — Uma das pequenas crueldades de Deus. Na ocasião, achei que aquilo fosse acabar comigo, mas ainda estou de pé.

— Como você consegue? A lavoura é tão difícil.

— Para ser sincera, às vezes nem eu sei. Arrisquei absolutamente tudo, mas também há tudo a ganhar.

— Bem, admiro a sua independência. Não conheço muitas mulheres que conseguiriam fazer o que você fez.

— Obrigada. Lutei pela independência, aqui, e também pela liberdade. Cada vez mais descubro que não são a mesma coisa.

No caminho de volta, começou a chover. Quando chegamos ao jardim de Karen, estávamos encharcadas, as botas cobertas até os joelhos da lama vermelha kikuyu. Rindo da nossa aparência, chegamos ao alpendre, começando a afrouxar as roupas molhadas. E lá estava Blix, com a barba por fazer e coberto de poeira. Escapara da chuva, ao que parecia, e agora tinha a seu lado uma garrafa de conhaque aberta.

— Cheguei bem a tempo. Olá, Beryl. Olá, Tanne, querida.

— Vejo que já se pôs à vontade — comentou Karen.

— Esta ainda é a minha casa.

— Como você insiste em me lembrar.

Suas alfinetadas tinham arestas desagradáveis, mas havia mais sob a superfície. Alguma parte do que quer que os unira ainda estava viva e bem. Era óbvio até para mim.

Karen e eu fomos mudar de roupa e, quando reaparecemos, Blix já se instalara mais confortavelmente e fumava um cachimbo. O cheiro do fumo era exótico, como algo que ele só encontraria se rastejasse pelos confins do continente.

— Você está muito bem, Beryl.

— Você também. O dr. Cambalhota tem feito um bom trabalho.

— Ele fez você entrar nessa brincadeira boba? — disse Karen antes de se virar para Blix. — Por onde andou desta vez?

— Uganda. E de volta por Tanganica, com um Vanderbilt... em busca de rinocerontes. Quase o perdi, aliás.

— O Vanderbilt ou o rinoceronte?

— Muito engraçado, querida. O Vanderbilt. Dois machos de aparência letal avançaram para matá-lo. A grande sorte do homem foi eu estar com a arma certa. — Ele se virou para mim. — Um rinoceronte não é algo que se queira ver no quintal. É como uma locomotiva maciça e bufante recoberta por um couro inexpugnável. Quando ameaçado, parte para cima de qualquer coisa, até aço.

— Não sentiram medo?

— Não muito — sorriu ele. — Eu tinha a arma certa.

— Se você passar algum tempo no Clube Muthaiga — disse Karen —, vai ouvir não sei quantos caçadores repetindo suas matanças. As histórias vão ficando maiores e mais angustiantes a cada relato. Bror é o único que conheço que transforma tempestades em copos d'água, e não o oposto.

— A não ser Denys, você quer dizer — corrigiu Blix.

— E Denys, é verdade.

Ela não pareceu absolutamente perturbada ao ouvir o nome de Denys sair dos lábios do marido. E Blix o pronunciara com tanta facilidade que eu não conseguia imaginar que Denys fosse amante de Karen. Ainda assim, a dança era fascinante.

— Você o viu por lá? — ela quis saber.

Blix sacudiu a cabeça.

— Dizem que ele foi para oeste, em direção ao Congo.

— Como é aquele país? — perguntei.

— Muito, muito escuro. — Ele bebericou o conhaque. — Eles têm todas as espécies de cobra por lá, e alguns dizem que há canibais.

— Você está tentando me apavorar? — Karen apertou os olhos.

— Não. Estou tentando inspirá-la. Tanne escreve histórias o tempo todo, você sabia, Beryl? E, na verdade, ela é muito boa.

— Vou lhe contar uma junto à lareira, uma noite dessas — prometeu ela.

E minimizou o elogio:

— Aliás, sou mais contadora de histórias do que escritora.

— Denys comentou que vocês adoravam histórias, aqui.

— Ah, gostamos mesmo — insistiu ela. — E Bror também é tremendamente talentoso. Talvez ele represente Sheherazade para nós hoje à noite.

— Desde que eu não precise me fingir de virgem — brincou ele, e todos rimos.

Naquela noite, jantamos no alpendre. As Ngong Hills estavam cor de ameixa e quase hipnoticamente imóveis enquanto Blix nos brindava com mais casos de seu safári Vanderbilt, que se sucediam uns aos outros. Havia dezenas e ele não se calou senão por alguns minutos de cada vez, enquanto o cozinheiro de Karen, Kamante, nos trazia uma série de pratos. Havia frango levemente empanado servido com creme de leite, legumes assados com ervas, um pudim de milho cravejado de cogumelos e tomilho, queijo curado, e laranjas. Blix manteve nossos copos cheios e, quando chegamos ao último prato, eu me sentia flutuar por causa do vinho e também pela surpresa do quanto eu gostava daqueles dois. Nada era simples em relação a ambos, e eu preferia assim, e confiava naquela sensação. Minha vida também não era simples.

Quando uma nesga da lua ia alta no céu e já tínhamos degustado o pudim, o Calvados e o café, Blix nos desejou boa-noite e empreendeu sua viagem de volta à cidade.

— Ele não está um pouco embriagado demais para dirigir? — perguntei a ela.

— Acho que ele não consegue dirigir de outra maneira. — Ela ficou em silêncio por alguns minutos, encarando a escuridão. — Ele me pediu o divórcio. Foi por isso que veio.

Eu sabia, por Cockie, que ele já o pedira mais de uma vez, mas sabia também que seria cruel deixar transparecer.

— E você vai concordar?

Ela encolheu os ombros.

— Como seria possível haver duas baronesas Blixen na Colônia? Não há espaço, entende? Uma delas seria empurrada para fora e esquecida.

— Não posso imaginar alguém se esquecendo de você — afirmei.

Não era um elogio gratuito. Era sincero, eu não podia mesmo.

— Bem, veremos.

— Como vocês conseguem continuar amigos?

— Éramos amigos antes de tudo. Eu estava interessada em seu irmão caçula, Hans. Isso foi há muito tempo, na Dinamarca. Bror tornou-se meu confidente quando Hans se casou com outra.

Karen fez uma pausa e sacudiu a cabeça, fazendo tintilar os longos brincos de prata.

— Irmão caçula? Então ele não poderia ter-lhe dado o título?

— Não. Só amor. — Ela deu um sorrido sombrio. — Mas não era para ser. E então Bror pensou num recomeço na África. Se pelo menos isso não tivesse acarretado muitas dívidas...

— Você ainda o ama?

— Eu gostaria de poder dizer que não. Mas a África nos leva a sentir coisas com as quais não estamos preparadas para lidar. Comecei a acreditar que poderíamos ter tudo, filhos, dedicação, fidelidade... — Fechou os olhos e reabriu-os, as pupilas negras faiscando. — Talvez ele não seja capaz de amar uma única mulher. Ou talvez seja, mas não a mim. Ele nunca foi fiel, nem mesmo no início, e é a isso que continuo voltando, como pude acreditar saber que tipo de acordo estava fazendo ao me casar com Bror, quando, na verdade, mal fazia ideia do que iria enfrentar.

Tomei um grande gole do Calvados.

— Isso descreveria o meu casamento. É exatamente como me sinto.

— E você, acha que vai conseguir o seu divórcio?

— Espero que sim. Mas tenho medo de pressioná-lo agora.

—Todos nós temos medo de muitas coisas, mas se você se deixar diminuir ou permitir que o medo a aprisione, então, na verdade, não estará sendo você mesma, não é? A pergunta que você deve se fazer é se você vai ou não arriscar o que for preciso para ser feliz.

Ela se referia a Jock, mas suas palavras também me fizeram pensar em outras coisas.

— Você é feliz, Karen?

— Ainda não. Mas pretendo ser.

26

Após uma série de telegramas, tudo ficou acertado bem depressa com Clara. Ela insistia em afirmar que a casa seria perfeita, e se desmanchava em agradecimentos. Mas até aquele excesso de intimidade me confundia. Eu não tivera mãe por mais de 16 anos, e não fazia a menor ideia de como me comportar em relação a ela, mesmo por telegrama. Debatia-me diante de cada frase, sem saber até que ponto deveria ser afetuosa ou distante. Não tinha prática naquilo — nem mesmo havia palavras para o que éramos agora, não éramos mãe e filha, mas também não éramos de todo estranhas. Era desconcertante.

Em uma das mensagens de Clara, soube que meu irmão, Dickie, passara muitos anos no Quênia e no momento estava mais ao Norte, em Eldoret, trabalhando como jóquei para uma boa coudelaria. Eu não podia acreditar. Dickie tinha estado aqui, no meu mundo, sem que eu soubesse? O que significava aquilo? Poderíamos de alguma forma voltar a nos reconhecer como família? Eu queria aquilo? Seria mesmo possível?

Eu ainda estava perdida em sentimentos conflitantes quando Clara chegou, em fins de maio. Quando fui ao seu encontro no hotel Norfolk, num automóvel emprestado por D, minhas pernas tremiam e minha garganta parecia cheia de nós. O suor brotava debaixo dos meus braços e por trás dos joelhos, como num surto de alguma febre misteriosa. Tudo o que consegui fazer foi não correr e me esconder quando ela e os meninos desceram para me encontrar no salão de chá. Eu tentara me lembrar de como ela era, mas não precisaria tê-lo feito. Tínhamos o mesmo rosto, testas idênticas e as mesmas maçãs do rosto salientes, os mesmos olhos azuis claros. Olhar para ela me provocou uma estranha sensação de vertigem — como se eu me deparasse comigo mesma na forma de um fantasma perdido — e me alegrei com o fato de os meninos estarem ali para me tirar daquela impressão. Sete e nove anos, louros, limpos, penteados e, à primeira vista, tímidos. Eles se esconderam por trás da mãe quando ela me abraçou. Pega de surpresa, bati com o cotovelo em seu chapéu e me afastei, magoada e confusa. Eu não queria o seu abraço, mas afinal o que eu queria?

— Como foi a viagem? — consegui perguntar.

— As ondas eram maiores do que tudo no mundo — disse Ivan, o mais velho.

— Ivan vomitou o navio todo — informou Alex, orgulhoso. — Duas vezes.

— Foi uma provação — confirmou Clara. — Mas aqui estamos.

Passamos a uma mesa estreita, na qual os meninos caíram sobre as travessas de doces, como se tivessem saído de uma jaula.

— Você é mesmo bonita *demais* — exclamou Clara. — E, pelo que entendi, está casada.

Eu não sabia como responder, e só balancei a cabeça.

— Harry era a alegria da minha vida.

Os lábios de Clara tremeram. Os olhos se encheram de lágrimas.

— Você não faz ideia de como tem sido difícil, com as dívidas e a incerteza. E agora estou outra vez sozinha.

Enquanto ela secava as lágrimas com um lenço, encarei-a, levemente atordoada. Por alguma razão, achei que ela tentaria se explicar ou se desculpar. Que perguntaria por Clutt com algum remorso, ou gostaria de saber como as coisas tinham se passado comigo. Mas ela estava muito presa à sua própria história triste, a mais recente, como se não houvesse qualquer outra.

— Mbagathi é lindo — eu disse, fazendo um esforço para seguir em frente. — Os meninos vão adorar. Poderão correr o quanto quiserem, e talvez até ir à escola. A baronesa encontrou uma professora para as crianças kikuyu de suas terras.

— Você realmente tem sido a minha salvação, Beryl. Eu sabia que poderia contar com você. — Ela fungou alto. — Sua irmã não é maravilhosa, meninos?

Eu era a irmã deles, e também uma estranha, fato que não parecia desconcertá-los tanto quanto a mim. Ivan ignorou Clara por completo. Alex levantou os olhos com os lábios cobertos de migalhas de biscoito, e depois voltou a comer.

Duas horas depois, saímos do hotel, os meninos cuspindo na poeira pelas janelas abertas do carro emprestado.

Clara repreendeu-os distraída, e disse:

— Não consigo deixar de me surpreender com o quanto Nairóbi mudou. É uma cidade decente, agora. Vocês deveriam tê-la visto naquela época.

— Bem, você partiu há muito tempo.

— Naqueles dias, não se podia andar, com tantos bodes. A agência dos correios era do tamanho de uma lata de feijão. Nenhuma loja de verdade. Não havia ninguém com quem conversar. — Bateu com o lenço nos meninos, que continuavam a cuspir, e voltou a olhar em volta. — Simplesmente não consigo acreditar.

Não parecia constrangida por falar do passado comigo. Na verdade, não parecia se lembrar de que eu *era* parte do seu passado na Colônia. Mas, quando penso nisso, talvez fosse melhor assim — que nos tratássemos com mais imparcialidade, como se nada houvesse do que se desculpar ou a explicar. Como se nada tivesse sido perdido. Então talvez não devessem existir mais dores a se enfrentar. Desejei que não, enquanto esmagava o volante com as mãos enluvadas, saindo da cidade pela estrada esburacada que levava a Mbogani.

Mais de um mês se passara desde minha última visita a Karen. Fui primeiro à casa principal. Karen estava na fábrica no alto da colina, mas ouviu o barulho do motor e veio correndo, cabelos ao vento, uma mancha de pó de café no rosto. Não havia sinal de Denys, em parte alguma. Talvez ele ainda estivesse fora — ou de novo.

— Peço desculpas pela minha aparência. — Karen estendeu a mão para Clara. — Hoje estamos ocupados com a colheita.

— Durante a vinda, Beryl explicou tudo o que você faz aqui. É admirável o que conseguiu. E sua casa e jardim são tão lindos. — Clara olhou em volta com ar apreciativo.

— Vocês desejam um chá... ou sanduíches?

Os meninos se animaram à menção de mais comida, mas Clara os calou.

— Já tomamos chá.

— Então vou com vocês até a casa. Só me deixem mudar de calçado.

Seguimos pela estrada sinuosa que levava a Mbagathi, com as árvores perfumadas fazendo o ar adocicado entrar pelas janelas do carro.

— Oh, que exótico! — exclamou Clara ao chegarmos. — Estaremos muito bem abrigados aqui.

— Você também vai ficar um pouco, Beryl? — perguntou Karen.

— Não tinha pensado nisso.

Fui evasiva, perguntando-me se me sentiria à vontade. Clara era uma estranha, e uma estranha complicada.

— Mas é claro que deve ficar. Ainda não conversamos direito. — Clara virou-se para os meninos, que já estavam no chão, observando um besouro-

-hércules se arrastar imponente, com um graveto entre suas pinças que pareciam chifres. — Digam o quanto precisamos dela.
— Com certeza — concordou Ivan.
Alex grunhiu, sem tirar os olhos do besouro.
— Então está decidido.
Karen nos emprestou o cozinheiro e o criado, e deixou com minha mãe os nomes de diversos *totos* kikuyu que poderiam estar lá no dia seguinte, prontos para trabalhar, se Clara quisesse ficar com eles.
Quando ela saiu, Clara observou:
— Eu não deixaria escapar uma só palavra enquanto a baronesa estava aqui, mas a casa é *bem* simples, não é?
— Creio que sim. Ninguém mora aqui há algum tempo.
— É muito menor do que imaginei.
— Há três quartos, e vocês são três.
— Não esta noite — esclareceu ela.
— Mas eu posso dormir em qualquer lugar. Não sou exigente.
— É uma qualidade excelente, Beryl. Você sempre foi a mais forte de todos nós.
Encolhi-me, sem querer, e me ajeitei na poltrona.
— Você disse que Dickie é jóquei?
— É, e muito bom. Você se lembra de como ele cavalgava?
Assenti, vagamente.
— Eu sei que ele gostaria de estar aqui agora, mas não se sentia bem. Ele nunca teve uma saúde muito forte, como você sabe.
Eu me lembrava de tão pouco... joelhos ralados quando a fazenda era agreste e cheia de obstáculos. Ele me chutando uma vez, com força, do lado, quando brigávamos por um brinquedo. Mas mesmo aquilo era demais, de certa forma. Teria sido mais simples ter me esquecido de tudo.
— Ele vai mandar dinheiro quando puder, é claro — continuou ela, começando a chorar de novo. — Perdoe uma mulher tola, Beryl. Perdoe-me.

Naquela noite, me revirei no sofá perto da lareira, perturbada com a presença de Clara e sua estranha combinação de carência e amnésia. Desejei não ter respondido a seu primeiro telegrama ou simplesmente que ela não o tivesse enviado. Mas ali estávamos agora, presas num curioso limbo.
Algum tempo depois da meia-noite, muito depois do fogo se extinguir, começou a chover. Ouvi o tamborilar dos pingos aumentar de intensidade e Clara apareceu, ajoelhando-se a meu lado. Usava camisola e robe e segurava uma

vela. Estava descalça e seu cabelo descia pelas costas, fazendo-a parecer muito jovem.

— Está caindo água.

— Tente ignorar. Temos chuvas fortes nesta época do ano.

— Não, estou dizendo que está chovendo dentro de casa.

Ela me arrastou para um dos quartos menores, onde os meninos se encolhiam juntos numa cama enquanto, por uma goteira no teto, a água pingava nos lençóis. A água caía bem em cima deles, mas os dois pelo menos tiveram o bom senso de se afastar.

— Vamos mudar a cama de lugar — sugeri.

— Está bem — disse Clara.

Ela jamais teria pensado naquilo sozinha. Era evidente. Os meninos desceram e Clara e eu empurramos a cama para a outra parede.

— Aqui também está molhado.

O segundo quarto estava um pouco mais seco. Encontramos baldes na cozinha e os distribuímos, aparando as gotas. Depois percorremos os cômodos, tentando encontrar o lugar mais seguro para os móveis.

— É inútil — exclamou Clara, erguendo os braços.

— É só uma chuvinha — suspirei. — Vocês meninos não se importam, não é mesmo?

Mas, de repente, eles também pareciam frágeis. Alex tinha um brinquedo amarfanhado, um ursinho de pelúcia. Dava puxões em sua orelha e parecia prestes a se esconder dentro de um armário.

— Só temos que aguentar esta noite — sugeri. — Amanhã veremos se os trabalhadores poderão consertar o telhado.

— Acho que aqui está mais seco — disse minha mãe, do sofá. — Você se importa se os meninos e eu ficarmos com o seu lugar?

— Nem um pouco.

Suspirei outra vez.

— Obrigada. E seria ótimo se tivéssemos a lareira acesa, não é, meninos?

A lenha estava úmida, fazia fumaça e foi preciso muito esforço para que queimasse. Quando afinal consegui, estava cansada demais para mudar outra vez as camas de lugar. Caí na primeira que encontrei, me encolhi em cima dos lençóis molhados e tentei dormir.

Choveu muito durante todo o dia seguinte. No meio da tarde, Clara estava desesperada. Karen fora até lá para tentar tornar as coisas mais suportáveis, mas as goteiras não acabavam e a chuva entrava por toda parte. Por fim, ela levou Clara e os meninos para a casa principal.

— Lamento muito todo este incômodo — Karen não parava de repetir.

— Não é culpa sua — garantiu Clara, prendendo com grampos as mechas de cabelo molhado.

Mas alguma coisa em seu tom de voz me dizia que ela *achava* que a culpa era de Karen — ou talvez minha.

Acredito que não tenha sido uma grande surpresa descobrir que havia nela muito pouca iniciativa ou capacidade de adaptação, mas ainda assim fiquei triste por ela. Como deveria ser horrível se deixar derrotar por qualquer coisa e se acovardar. Pela chuva, por exemplo, para não mencionar a perda de um marido. Ela estava tão deplorável que eu não deveria me deixar irritar por ela, mas não conseguia me controlar. Na hora do jantar, eu estava tão farta de toda aquela situação que fugi correndo para Soysambu e meus cavalos — para o trabalho, que nunca era misterioso e nunca deixava de me acalmar.

— Voltarei no fim de semana — afirmei, e saí dirigindo o carro de D pela lama vermelha e grossa.

27

Quando cheguei a Mbogani, três dias depois, Clara já não estava. Alugara um carro para ir buscá-la e levá-la com os meninos para Nairóbi, deixando apenas um rápido bilhete de desculpas pela inconveniência.

— Eu *cuidei* para que a casa estivesse limpa e preparada para eles — disse Karen. — Chuva é chuva. O que eu poderia ter feito?

— Espero que ela tenha, ao menos, deixado algum dinheiro.

— Nem uma rupia.

Fiquei terrivelmente constrangida.

— Deixe-me pagar-lhe alguma coisa.

— Não seja tola. Não é culpa sua. Mas você pode ficar e me alegrar. Tenho me sentido sozinha.

Mais tarde, naquela noite, a chuva recomeçou. Isso costumava acontecer em maio, e com frequência — tempestades sísmicas e enchentes, transformando as estradas em barrancos e os barrancos em torrentes intransitáveis.

— Você não pode voltar com este tempo — disse Karen na manhã seguinte, olhando do alpendre aberto para as incessantes e cinzentas trombas-d'água.

— D vai ficar preocupado comigo. Preciso arriscar.

— Ele é um homem sensato... às vezes. Você não pode voltar para casa a nado.

Antes que terminássemos de falar, um garotinho somali chegou correndo, quase nu, salpicado de lama vermelha até os quadris finos.

— Bedar está a caminho — anunciou o menino. — Vai chegar logo.

Bedar era Denys, claro. Pela expressão no rosto de Karen, eu soube o quanto a notícia a deixara feliz, enquanto ela levava o menino para dentro e insistia para que ele tomasse um banho, mudasse de roupa e comesse alguma coisa substancial antes de voltar.

— Os criados de Denys são totalmente devotados a ele — disse-me ela, limpando com um pano de algodão as pegadas molhadas que o menino deixara no assoalho. Havia empregados por toda parte, mas era evidente que ela gostava de fazer as coisas com as próprias mãos, e de ser útil. — Eles o respeitam como se fosse um deles. Acho que se deitariam na boca de um leão, se ele pedisse.

Senti-a baixar um pouco a guarda e avancei um pouco.

— Como vocês ficaram amigos?

— Numa competição de tiro, há muitos anos. Ele veio com Delamere, caiu com uma febre horrorosa e precisou ficar. Eu estava a ponto de desistir de encontrar qualquer tipo de boa companhia por aqui, mas então ali estava ele. — Ela levantou os olhos do que fazia. — Sinceramente, eu nunca tinha conhecido ninguém tão inteligente. Aquela foi a melhor surpresa do ano.

— Apesar da febre?

— É, apesar da febre. — Ela sorriu. — Mas então eu fui para casa, e depois disso ele também, e só mais tarde retomamos a amizade, veja você. Eu me sinto muito afortunada. — Levantou-se e limpou as mãos no avental. Além da porta aberta, o céu estava pesado e baixo, e a chuva continuava. — Vou mandar um dos meninos preparar seu cavalo, se você quiser. A não ser que reconsidere.

Pensei nas estradas escorregadias que levavam até Soysambu, e depois nos olhos cor de avelã de Denys e em seu riso. Eu queria vê-lo de novo e também saber como ele e Karen se comportavam juntos.

— Acho que sou obrigada a ficar — respondi. — Isto não vai passar.

Durante aquele dia, toda a atenção de Karen se concentrou na iminente chegada de Denys, elaborando cardápios para o jantar e fazendo os serviçais polirem a casa de cima a baixo. Enfim, o menino somali de Denys surgiu outra vez correndo e o próprio Denys apareceu logo depois, encharcado até os ossos, mas ainda assim alegre. Vinha a cavalo, imperturbável, enquanto Billea, seu criado somali igualmente destemido, o acompanhava a pé.

— É um pouco embaraçoso ser mantida aqui pela chuva quando você conseguiu se sair tão bem — confessei depois de nos cumprimentarmos.

— Ainda não lhe falei de quando meu cavalo esteve com água até o pescoço. — Ele piscou para mim, e então tirou o chapéu, a água escorrendo da aba. — Fora isso, é um prazer vê-la.

Karen levou-o para dentro, para que se pusesse à vontade antes do jantar, enquanto eu, de repente nervosa, ia para a biblioteca. Não sabia ao certo a razão, mas quando tentei folhear uma pilha de romances de Thackeray e livros de viagens que Karen separara para mim, vi-me lendo diversas vezes os mesmos trechos, sem me deter em coisa alguma, enquanto, de seu poleiro, a corujinha Minerva girava a cabeça e, com seus grandes olhos redondos, me olhava sem piscar. Ela tinha o tamanho de uma maçã emplumada, com um bico reluzente como um gancho. Fui até ela e tentei demonstrar que era inofensiva, dando-lhe palmadinhas com a ponta do dedo, como Karen fizera, até que, por fim, pareceu convencida.

Talvez meus sentimentos fossem apenas fruto da inegável insegurança, refleti, voltando a olhar para a grande pilha de livros. Denys e Karen eram tão inteligentes... e, juntos, poderiam me fazer sentir uma tola. Teria me matado permanecer na escola por alguns anos e acumular algum conhecimento que não tivesse a ver com cavalos, lavoura ou caçadas com Kibii? Eu ficara tão ansiosa por estar em casa, empurrando-me de volta para o que conhecia, que não conseguira pensar em qualquer parte do aprendizado em livros que me pudesse ser útil. Agora, provavelmente era tarde demais. Eu poderia tentar absorver algumas migalhas de Thackeray e talvez conseguisse dizer algo inteligente durante o jantar, mas isso seria como representar um papel, tentar ser uma versão de Karen.

— Idiota! — exclamei, irritada comigo mesma, enquanto Minerva esticava uma garra listrada de amarelo.

Para o bem ou para o mal, eu era quem era. Teria que servir.

Denys estava louco para falar, depois de tantas semanas no mato. Durante a refeição preparada com água perfumada de tomates, pequenas alfaces escaldadas e linguado com molho holandês que derretia na colher, ele nos contou que voltara pelo norte do país. Perto de Eldoret, parou em terras que possuía e lá viu e ouviu provas de turistas caçando animais selvagens com automóveis e deixando as carcaças apodrecerem.

— Meu Deus! — Eu jamais ouvira falar de tal coisa. — Isso é carnificina.

— Eu culpo Teddy Roosevelt — disse ele. — Aquelas fotografias dele escarranchado sobre elefantes abatidos como uma espécie de bucaneiro. São glamorosas demais. Tranquilas demais.

— Pensei que as caçadas dele fossem um esquema para coletar espécimes para museus — observou Karen.

— Não deixe a peça de museu enganá-la. Ele sempre foi um desportista. — Denys empurrou a cadeira para longe da mesa e acendeu um charuto. — Não é tanto Roosevelt que me enfurece, e sim o que ele começou. Aqueles animais não deveriam morrer a troco de nada. Só porque alguém se embebeda e carrega um rifle.

— Talvez algum dia possa haver uma lei — disse Karen.

— Talvez. Mas, enquanto isso, espero não dar de cara com um desses irresponsáveis, ou não responderei pelos meus atos.

— Você está tentando se agarrar ao paraíso. — Os olhos de Karen ardiam à luz das velas, intensos e profundamente negros. — Denys se lembra bem demais de como tudo era intocado nos primeiros dias — disse-me ela.

— É verdade. É difícil esquecer.

— A mãe de Beryl esteve aqui por pouco tempo — Karen explicou a Denys. E completou:

— Achei que ela ficaria em Mbagathi como inquilina.

— Oh! — reagiu ele. — Pensei que sua mãe já tivesse morrido.

— Tudo bem. Você não estaria muito enganado. Ela foi embora quando eu era muito pequena.

— Eu não poderia sobreviver sem o amor de minha mãe — disse Karen. — Escrevo toda semana para ela, aos domingos, e vivo para as cartas que ela me manda. Esta semana vou falar de você e dizer como se parece com a Mona Lisa. Você me deixaria pintar seu retrato? Você daria um quadro maravilhoso, exatamente como está agora. Linda, e também um pouco perdida.

Corei com sua descrição, sentindo-me esquadrinhada. Ela falava com tanta franqueza, e também havia seus olhos e o modo como nada lhes parecia escapar.

— Essas coisas não se mostram com tanta clareza em meu rosto, não é?

— Desculpe-me, tente não se importar comigo. As pessoas me interessam imensamente. São quebra-cabeças maravilhosos. Pense nisso. Metade do tempo não sabemos o que estamos fazendo, mas, ainda assim, vivemos.

— Isso mesmo — concordou Denys. — Na verdade, ir em busca de algo importante e errar o caminho parecem, por algum tempo, atitudes exatamente iguais. — Ele se esticou e se aprumou na cadeira como um gato desengonçado ao sol. — Às vezes, ninguém sabe a diferença, sobretudo os pobres coitados dos peregrinos. — E ele piscou para mim, quase imperceptivelmente. — E agora que tal uma história? Não há jantar sem um conto.

Eu tinha pensado no que poderia lhes contar e afinal me decidido por Paddy e aquele dia na fazenda dos Elkington. Querendo prender sua atenção, descrevi tudo o que eu lembrava, desde o começo e devagar — a cavalgada à estação Kabete e o que meu pai dissera dos leões. Bishon Singh e seu turbante infindável, as groselheiras e o estalido crepitante do *kiboko* de Jim Elkington. Depois de algum tempo, esqueci-me de que estava tentando interessar Denys e Karen e fiquei eu mesma absorvida, quase como se não mais me lembrasse do que iria acontecer e de como tudo acabara.

— Você deve ter ficado absolutamente apavorada — disse Karen quando terminei. — Não posso imaginar que muitos tenham saído vivos de uma coisa dessas.

— Fiquei, sim. Mas, mais tarde, passei a considerar aquilo uma espécie de iniciação.

— Aposto que foi importante para você. Todos nós temos momentos assim, ainda que não tão dramáticos. — Denys fez uma pausa, olhando para o fogo. — Acho que se destinam a nos testar e nos modificar. Para deixar claro o que significa arriscar tudo.

Ficamos em silêncio por algum tempo. Pensei no que Denys havia dito e observei os dois fumarem sem falar. Por fim, Denys puxou do paletó de veludo marrom um livro de bolso.

— Encontrei uma pequena preciosidade numa livraria, quando estava em Londres. Chama-se *Folhas de Relva*.

Abriu-o numa página marcada e estendeu-o para mim, pedindo que eu lesse para eles.

— Céus, não! Vou assassinar o texto.

— Não vai. Escolhi este especialmente para você.

Sacudi a cabeça.

— Leia você, Denys — disse Karen, salvando-me —, em homenagem a Beryl.

E ele leu em voz alta:

> *Creio que poderia ir viver com os animais,*
> *São tão plácidos e contidos,*
> *Paro e fico a olhá-los por horas e horas,*
> *Não se impacientam ou lamentam seu destino,*
> *Não se deitam acordados no escuro e choram seus pecados...*

Ele dizia as palavras com simplicidade, num tom nada teatral, mas elas possuíam sua própria gravidade e drama. O poema parecia falar do quanto os animais são naturalmente dignos e como suas vidas fazem mais sentido do que a dos humanos, cheios de ganância e autopiedade e falando de um Deus distante. Era algo em que eu sempre acreditara.

Ele encerrou com este trecho:

A gigantesca beleza de um garanhão, alerta e sensível a minhas carícias,
Cabeça de fronte erguida, ampla entre as orelhas,
Membros luzidios e maleáveis, cauda espanando o chão,
Olhos cheios de malícia faiscante, orelhas de fino talho e flexíveis movimentos.

— É maravilhoso — eu disse, baixinho. — Posso pegar emprestado?
— É claro.

E ele me estendeu o pequeno exemplar, leve como uma pluma e ainda guardando o calor de suas mãos.

Desejei-lhes boa-noite e fui para meu quarto, instalando-me debaixo de uma lamparina para ler mais poemas. A casa silenciou ao meu redor, mas depois de algum tempo pareceu-me ouvir sons vindos do vestíbulo. Mbogani não era tão grande assim e os ruídos — embora abafados — eram inconfundíveis. Denys e Karen faziam amor.

Desabei com o livro nas mãos, sentindo uma leve onda de adrenalina. Tinha tanta certeza de que eram apenas bons amigos. *Por que deduzira aquilo?* Blix mencionara Denys com tanta tranquilidade na noite em que estivera ali, mas talvez isso significasse apenas que ele passara a aceitar o lugar de Denys na vida de Karen. Na verdade, quanto mais eu pensava, mais óbvio parecia que os dois se sentiriam atraídos um pelo outro. Ambos eram bonitos e interessantes, cheios de águas profundas, como diriam os kips. E não importava o que Berkeley dissera sobre Denys ser inconstante no amor, entre ele e Karen havia uma inequívoca conexão. Para mim, era evidente.

Voltei ao livro, folheando-o até encontrar o poema dos animais que Denys lera para mim, mas as letras escuras se embaralhavam. Através das muitas paredes, os amantes se sussurravam coisas, os corpos entremeados de sombras, unindo-se e separando-se. Seu caso nada tinha a ver comigo e, ainda assim, eu não conseguia parar de pensar nos dois. Por fim, apaguei o lampião e apertei o travesseiro de encontro às orelhas, querendo apenas adormecer.

No dia seguinte, as nuvens se abriram, o céu exibiu um azul claro e profundo e saímos para uma pequena expedição de tiro. Avestruzes haviam entrado no jardim e arrancado a maior parte dos brotos de alface. Havia esterco e penas por toda parte, enquanto as aves cambaleavam pela horta pegando o que queriam.

Tanto Denys quanto Karen pareciam descansados e felizes, e minha noite de sono não fora agradável. Entretanto, mesmo um pouco constrangida pelo que ouvira à noite e cansada como eu estava, a autoconfiança e o desembaraço de Denys me impressionavam, como sempre parecia acontecer.

— Essas aves têm cérebros do tamanho de grãos de café — explicou ele, içando, sem esforço, sua fina Rigby sobre o ombro. — Se mirarmos longe delas, em geral saltam direto para onde foi o tiro.

— Por que não atirar para o alto?

— Não funciona bem. Elas precisam sentir o zunido do cartucho para se assustarem da maneira certa.

Ele ajustou a alça de mira e fez pontaria certeira. O grupo sobressaltou-se como um único animal e dispersou-se numa disparada barulhenta e desajeitada, como carrinhos de mão.

Rimos — era impossível não rir — e nos asseguramos de que a cerca estivesse outra vez segura. Depois, caminhamos até o alto da serra, para apreciar a paisagem de Karen. Sua cadela galgo-afegã, Dusk, seguia na frente, enquanto eu me deixava ficar um pouco para trás, pensando na leveza com que Denys se movia. Não havia nele o menor vestígio de insegurança. Ele sabia como parar e aonde colocar os braços e os pés, e como fazer o que precisava ser feito — e nunca parecia duvidar de si mesmo ou de qualquer parte do mundo em que se movesse. Eu compreendia por que Karen se sentia atraída por ele, mesmo que ainda gostasse de Blix e parecesse determinada a continuar a ser sua esposa.

— De onde você tirou esse olhar aguçado? — perguntei ao alcançá-lo.

— Dos campos de golfe de Eton, imagino — riu ele. — E o seu?

— Como você sabe que eu o tenho?

— E não tem?

— Aprendi com os kips nas terras de meu pai. Você deveria me ver com um estilingue.

— Contanto que eu esteja fora de alcance. — Ele sorriu. — Gostaria de ver.

— Bror me ensinou a atirar — disse Karen quando parou ao nosso lado. — No começo, eu não compreendia por que alguém poderia querer fazê-lo. Mas há uma espécie de êxtase nisso, não é? Não se trata de sede de sangue, mas de sentir uma poderosa conexão com tudo o que está vivo. Talvez isso soe cruel.

— Não para mim. Não se for feito com dignidade.

Eu pensava em *arap* Maina, em suas qualidades de guerreiro, mas também no seu enorme respeito até mesmo pela menor das criaturas. Eu o percebera com grande intensidade sempre que caçara com ele, mas também todas as vezes que andara a seu lado, como fazia agora com Denys. Por algum motivo, estar perto de Denys parecia me pôr em contato com aqueles anos em Green Hills. Talvez por ver nele um guerreiro gracioso e extremamente competente e ser lembrada da guerreira que havia em mim, o pouco da Lakwet que eu ainda trazia comigo.

Àquela altura, já havíamos chegado acima das plantações de café e das moitas espinhosas, e de um leito de rio sinuoso cintilante de quartzo. O morro se nivelava numa espécie de planalto e de lá tínhamos uma visão direta do vale do Rift com seus penhascos e picos, como pedaços de uma tigela quebrada. A chuva afinal cessara, mas um anel de nuvens encorpadas descansava ao sul, sobre o Kilimanjaro, seu topo plano pintado de neve e sombras. A leste e um pouco ao norte, a reserva Kikuyu estendia-se por uma longa campina até o monte Quênia, a 160 quilômetros ou mais de distância.

— Você pode ver por que eu não gostaria de estar em qualquer outro lugar — disse Karen. — Denys quer ser enterrado aqui.

— Um casal de águias tem um ninho em algum lugar por aqui — comentou ele. — Gosto da ideia de tê-los planando nobremente sobre minha carcaça.

Ele apertou os olhos para olhar para o sol, o rosto bronzeado e saudável, os membros longos criando sombras arroxeadas atrás de seu corpo. Havia um único fio de transpiração correndo pelas suas costas, entre as omoplatas, e as mangas da camisa de algodão branco estavam enroladas nos braços morenos e acetinados. Eu não era capaz de imaginá-lo senão assim: cada centímetro de seu corpo absoluta e completamente vivo.

— Os kikuyu entregam seus mortos às hienas — eu disse. — Se pudéssemos escolher, acho que também ficaria com as águias.

28

Em setembro, Ringleader correu o páreo da sua vida no St. Ledger e chegou em segundo, sem qualquer hesitação ou vacilo, sem inchaços, sem qualquer resquício de sua problemática história, como se tivesse sido reinventado. De pé junto ao cercado dos vencedores, observando D receber a taça de prata, fiquei contente com o trabalho que havia feito, por ter lidado com Ringleader da maneira certa e visto o que ele precisava para voltar a ser grande — como estava destinado.

Todos tinham ido à cidade para a corrida. Eastleigh transbordava de cavalariços e treinadores, então D conseguira que uma tenda de lona fosse armada para mim no gramado do clube, com meu nome numa estaca do lado de fora. Não era glamoroso. Eu precisava me dobrar em duas para entrar, rastejando pelo mosquiteiro, mas Berkeley achou que seria divertido tomarmos um drinque ali. Apareceu com uma garrafa gelada e nos sentamos em tamboretes fora da tenda.

Como sempre, ele vestia belas roupas, mas parecia pálido. Parecia também mais magro, mas, quando lhe perguntei como ia de saúde, esquivou-se.

— Está vendo aquilo ali? — E apontou para um pequeno chalé não muito distante, num pequeno bosque de eucaliptos. Era feito de estuque, com uma porta arredondada e um jardim em miniatura, como se tivesse saído de um livro de histórias. — Foi onde Denys morou por muitos anos... antes de se mudar para Ngong.

— Você deveria ter me contado a respeito de Denys e a baronesa. Os dois estão apaixonados, não estão?

Os olhos de Berkeley roçaram os meus.

— Deveria? Achei que não estivesse interessada. — Ficamos algum tempo em silêncio, enquanto ele completava o champanhe em nossas taças. Uma abundância de bolhas subiu numa espuma cremosa. — Em todo caso, não tenho certeza de quanto tempo vai durar.

— Porque Denys não pode ser domado?

— Existe a "acomodação", e existe Denys. Ele trouxe para ela da Abissínia um anel feito de um ouro tão maleável que pode se adaptar a qualquer dedo. Ela o usou por algum tempo, como anel de noivado, um tanto fora de propósito, é claro. Não que eu não goste de Tania — continuou ele, usando o apelido que Denys dava a Karen, — eu gosto. Mas ela não deveria se esquecer de quem é Denys. Tentar domesticá-lo não vai funcionar. Com certeza, não é esse o caminho certo para o seu coração.

— Se a rédea está curta demais, por que ele se mudou para lá?

— Ele a ama, sem dúvida. E isso facilita as coisas. — Ele penteou o bigode com a ponta dos dedos, distraído. — Ela tem tido algumas dores de cabeça bem brutais, ultimamente. Problemas de dinheiro.

— Você, com certeza, ouviu falar do fiasco com a minha mãe.

— Ouvi, sim. — Ele fez uma careta. — A viúva Kirkpatrick e o telhado gotejante.

— Ainda estou mortificada.

— De qualquer maneira, o aluguel de Mbagathi seria apenas uma gota no balde.

Seus olhos se iluminaram por um rápido instante com o trocadilho antes que ele continuasse.

— Como estão agora as coisas com sua mãe?

— E eu lá sei? Ouvi dizer que ela está em algum lugar da cidade. A situação toda é cada vez mais bizarra. Por que as pessoas são tão complicadas?

Ele deu de ombros.

— Como queria que fossem as coisas com ela... se pudessem ser como você gostaria?

— Sinceramente, eu nem saberia dizer. Importar-me menos, talvez. Ela ficou longe por tanto tempo que não imaginei que ainda pudesse me magoar, mas agora...

Deixei minha voz minguar.

— Meu pai morreu quando eu ainda era jovem. Todos nós pensamos, a princípio, que tinha sido melhor assim. Simplificava todo tipo de coisa. Mas, com o tempo... bem... Vamos só dizer que desenvolvi uma teoria de que só os desaparecidos deixam realmente sua marca. E ainda não sinto que tenha resolvido isso. Talvez nunca sobrevivamos às nossas famílias.

— Ah, meu querido. E com isso você pretende me animar?

Debaixo do bigode, seus lábios se distenderam num sorriso abatido.

— Perdão, meu amor. Pelo menos Tania não usou o mau comportamento da sua mãe contra você, tenho certeza. Vou cavalgar até lá para jantar, mais tarde. Venha comigo.

Sacudi a cabeça.

— Estou pensando em me recolher cedo.

— Você tem a energia de dez homens, e sabe disso. — Ele me encarou com ar de curiosidade. — Acho que você está sofrendo por Denys, e se estiver, querida, ele...

— Não, Berkeley — interrompi. — Chega de advertências, e chega de conselhos. Posso cuidar de mim mesma, muito obrigada. E se me jogarem pedras pelo caminho, darei um jeito de me desviar delas, está bem? Tenho ossos duros.

— Tem mesmo — concordou ele —, embora eu não tenha certeza se alguém seja duro o bastante. Não quando se trata deste tipo de coisa.

Terminamos a garrafa e ele foi para Ngong, enquanto eu acendia o lampião e me enfiava no catre em minha tenda, tirando da sacola o pequeno exemplar de *Folhas de Relva*. Eu o levara comigo meses antes, como uma ladra, e ainda não criara coragem para devolvê-lo, não por enquanto. Abrindo o livro, li: *Creio que poderia ir viver com os animais*. O que me emocionava no poema, percebi, era o fato de Denys ter me visto nele. A autossuficiência e o espírito livre celebrados por Whitman, a conexão com a vida selvagem e a rebeldia — aquilo era parte de mim, e também de Denys. Reconhecíamos essas coisas um no outro, não importando o que mais fosse verdade ou possível.

Uma brisa ergueu as abas e os suportes de lona. Através de um triângulo do mosquiteiro, a noite pulsava. Havia no céu uma infinidade de estrelas, todas próximas e brilhantes.

29

Em novembro, Karen organizou uma competição de tiro e me convidou para ficar alguns dias. Entre Boy, Jock e uma série de novos e perturbadores pensamentos a respeito de Denys, parte de mim se perguntou se seria sensato aceitar o convite — mas fui.

Quando cheguei, Denys e Karen revezavam-se no papel de anfitriões numa casa repleta de convidados, entre os quais Ginger Mayer, que eu nunca encontrara, mas de quem Cockie sempre comentara. Ao que parecia, ela fora amante de Ben durante muitos anos e, de alguma maneira, as duas mulheres continuaram amigas. Quando cheguei, as duas estavam no gramado e se entretinham com um jogo semelhante a golfe e a *croquet*, com raquetes de squash, malhos de *croquet* e até um chicote de equitação. Ginger usava um vestido fluido de seda, que amarrara entre as pernas para criar culotes. Era bonita, com suas sardas e o cabelo ruivo e crespo. Ela e Cockie poderiam ser irmãs correndo uma atrás da outra para bater na bola de couro costurado e puído.

— Como você está se sentindo aqui? — perguntei a Cockie quando ela se aproximou para me cumprimentar. — Achei que Karen não estivesse falando com você.

— Bem, tecnicamente ainda não está, mas há algum tipo de trégua no ar. Talvez porque ela tenha afinal conseguido o que queria.

Olhamos para o alpendre onde estavam Karen e Denys, ocupando-se de dezenas de garrafas de vinho, com toda a atitude de donos da casa.

— Como vão as coisas com Jock?

— Estamos num impasse, eu acho. Estou tentando pressioná-lo para conseguir o divórcio, mas ele não reage. Não de forma razoável, pelo menos.

— Sinto muito, querida. Mas tudo isso há de se resolver em breve, não é? Até as piores coisas chegam ao fim... É como seguimos em frente.

Quando ela se afastou dançando com a raquete, de volta ao jogo, entrei e vi que Karen se superara. Havia velas e flores por toda parte e a mesa estava posta com sua mais bela porcelana. Cada centímetro quadrado havia sido cenografado, arrumado com perfeição para proporcionar conforto e também admiração. Karen sabia escrever e pintar, mas aquilo era outro tipo de arte, e ela a dominava bem.

— Alguma ocasião especial? — perguntei.

— Não. Só que minha felicidade é tanta que não a quero guardar só para mim.

E se afastou para dar instruções a Juma sobre algum detalhe do cardápio, enquanto fiquei ali parada lembrando-me de algo que ela me dissera meses antes — que *pretendia* ser feliz. Eu ouvira total determinação em suas palavras e aqui jazia sua presa, como se ela a tivesse caçado e capturado. Ela se dedicara de corpo e alma ao páreo de sua vida e ganhara o grande prêmio.

Quando chegou a hora do jantar, os criados vestiram casacos e luvas brancas e nos serviram sete pratos, enquanto Karen, tranquila, coordenava tudo da cabeceira da mesa com um sininho de prata. Quando estive lá, sozinha, ela usara simples blusas brancas e chemisiers, mas agora vestia ricas sedas cor de ameixa. Uma faixa de strass suspendia seus cachos escuros. O rosto estava fortemente empoado e os olhos profundamente sombreados. Ela criara uma figura incrível, mas, com certeza, não era a mim que pretendia impressionar.

Eu levara para a cidade um dos dois vestidos que possuía, mas era bem provável que não fosse bom o bastante, e receei que me colocasse em posição de inferioridade. E aquela não era minha única desvantagem. Todos pareciam conhecer as mesmas anedotas e canções. Denys e Berkeley eram de Eton, e havia uma musiquinha que cantarolavam sem parar, uma espécie de tributo à canoagem que falava em *balançando juntos da popa à proa*, com Denys cantando mais alto com uma bela voz de tenor. Risos e vinho corriam soltos e eu não conseguia deixar de me sentir um pouco deslocada. Era, de longe, a convidada mais jovem, e a mais provinciana.

Karen resolvera se referir a mim como "a menina", como quando perguntou a Ginger:

— Beryl não é a menina mais encantadora que você já viu?

Ginger estava sentada à minha esquerda, à mesa de jantar. Tudo o que eu sabia a seu respeito era o que Cockie me dissera, que era amante de Ben.

Ela bateu a cinza de seu cigarro num cinzeiro de cristal lapidado e me disse:

— Você anda como um gato. Alguém já lhe disse isso?

— Não. É um elogio?

— Mas é claro que é. — E ela sacudiu a cabeça fazendo tremer seus cachos vermelhos. — Você não é nem um pouco como as outras mulheres por aqui, é?

Seus olhos azuis eram enormes e perspicazes. Mesmo me contorcendo um pouco sob seu escrutínio, eu não queria recuar.

— Só existe mesmo um tipo de mulher?

— É um pouco maldoso dizer isso, mas, às vezes, parece que sim. Acabo de voltar de Paris, onde todas, sem exceção, usavam o mesmo vestido de Lanvin e pérolas. Deixou de ser novidade em mais ou menos dois minutos.

— Eu nunca viajei — afirmei.

— Ah, mas você precisa — insistiu ela —, pelo menos para poder voltar para casa e vê-la como realmente é. Essa é minha parte favorita.

Uma vez terminado o jantar, quase todos se reuniram em volta da lareira de pedra em poltronas, bancos ou grandes almofadões acolchoados. Karen acomodou-se num canto, como uma peça de arte, com uma longa piteira de ébano numa das mãos e um cálice de cristal vermelho na outra. Denys sentou-se a seu lado e, quando me aproximei, pude ouvi-los discutindo Voltaire. Um se apressava para completar as frases do outro. Pareciam a mesma pessoa partida ao meio ou geminada, como se sempre tivessem estado sentados exatamente daquela maneira, com os olhos vivos.

Na manhã seguinte, acordei ao amanhecer para ir atirar com os homens. Abati mais patos do que todos, exceto Denys, e ganhei vários tapinhas nas costas por causa disso.

— Se eu não tomar cuidado, você vai acertar mais do que eu — disse Denys, pendurando o Rigby a tiracolo.

— E isso seria terrível?

— Seria maravilhoso, na verdade. — Ele apertou os olhos por causa do sol. — Eu sempre gostei de uma mulher que soubesse mirar bem e cavalgasse ainda melhor... do tipo que mantém os próprios pés bem plantados no chão e faz todos se sentirem inseguros. Os outros homens podem ficar com as comedidas.

— Sua mãe era assim? É daí que vem a preferência?

— Ela era uma mulher forte, sim. E poderia ter sido uma grande aventureira, se não tivesse tantos afazeres.

— Você não é muito fã da vida familiar.

Era uma afirmativa. Ele se tornava cada vez mais claro para mim.

— Ela é terrivelmente restrita, não é?

— A África é a cura, então, o oposto de ser enquadrado. Ela já o decepcionou? Quero dizer, você imagina este lugar começando a encurralá-lo?

— Nunca — foi a resposta pronta, sem hesitação. — É sempre tudo novo. Este lugar sempre parece estar se reinventando, não é mesmo?

— É verdade — concordei.

Era exatamente o que eu gostaria de ter dito a Ginger na véspera, foi o que pensei, sem ter sido capaz de me expressar direito. O Quênia estava sempre se desfazendo da pele velha e ressurgindo a seus olhos. Você não precisava navegar para longe para se dar conta disso. Só precisava olhar ao seu redor.

Quando Denys se afastou com aquelas pernas intermináveis, acompanhei seu passo com minhas botas cobertas de lama, com a forte sensação de que ele e eu éramos muito parecidos de várias maneiras. Eu não poderia competir com Karen em termos de refinamento e intelecto. Nunca seria capaz de... mas ela também não tinha o que eu tinha.

Ao voltarmos a Mbogani, dois belos automóveis estavam estacionados no pátio e dois novos casais haviam chegado para a festa — sr. e sra. Carsdale-Luck, o rico casal que dirigia o excelente haras Inglewood em Molo, ao norte, e John Carberry com sua bela esposa Maia, proprietários de uma plantação de café ao norte, perto de Nyeri, nas longínquas encostas dos montes Aberdare.

Carberry era, na verdade, um aristocrata irlandês, mas eu jamais adivinharia. Sua aparência era rude e ele era magro e louro, com um forte sotaque americano que assumira, segundo me disseram, quando renunciou à Irlanda e à sua herança.

Karen apresentou-o a mim como "Lorde Carberry", mas ele me deu um animado aperto de mão e corrigiu-a, quase tropeçando nas consoantes:

— JC.

Maia parecia fresca e adorável em rendas e meias de seda, com sapatos que quase a fizeram cair sobre a desalinhada e desgrenhada sra. Carsdale-Luck, que ficava se abanando e reclamando do calor.

— JC e eu viajaremos semana que vem para a América — explicava Maia a Karen e à sra. Carsdale-Luck. — Vamos completar lá minhas aulas de aviação.

— Quantas horas de voo registradas? — perguntou Denys, interessadíssimo.

— Apenas dez, mas JC diz que as fiz como um pato na água.

— Tenho muita vontade de pilotar — confessou Denys. — Tirei o brevê durante a guerra, mas depois não tive oportunidade de voltar a fazê-lo. Nem consegui um maldito avião, por falar nisso.

— Use o nosso — disse JC. — Mandarei um telegrama quando estivermos de volta.

— Você não precisaria de treinamento pesado? — perguntou Karen, cautelosa.

— É como andar de bicicleta — retrucou JC, animado, e os dois homens saíram para examinar um novo rifle.

Aeroplanos eram, para mim, uma completa novidade. Nas poucas ocasiões em que vira um lá no alto, alinhavando o céu azul claro com baforadas de fumaça, aquilo me parecera tolo e errado, um brinquedo de criança. Mas Denys estava claramente atraído pelas alturas, assim como Maia.

— Você não fica morta de medo de cair do céu? — perguntou-lhe a sra. Carsdale-Luck, incrédula, a mão ainda abanando o rosto e pescoço úmidos.

— Todos nós morreremos de alguma maneira — respondeu Maia com um sorriso, e uma covinha surgiu em sua face rosada. — Pelo menos cairei com o devido estardalhaço.

30

Kekopey era a propriedade rural do irmão de Berkeley, Galbraith Cole. Ficava a oeste do lago Elmenteita, próximo a uma fonte termal natural. Em massai, o nome significa "lugar onde o verde fica branco", e ali o bicarbonato de sódio borbulhava sem parar e se depositava nas margens, como neve. Aquilo colava na garganta e podia também causar ardência nos olhos, mas as águas eram tidas como medicinais. As pessoas se banhavam ali com frequência, enfrentando cobras e escorpiões. Eu não faria aquilo por nenhuma quantidade de água quente, mas fiquei feliz por cavalgar até lá com D no feriado de 26 de dezembro, pela mudança de cenário e por achar que poderia ser divertido.

Quando desmontamos, Denys e Berkeley já estavam instalados, tomando drinques junto à lareira. Ao que tudo indicava, tinham chegado no meio da noite, enfrentando a escuridão desde o rio Gilgil, depois que seu carro enguiçara. Karen ficara em Mbogani.

— Primeiro, tentamos emendar as molas com tiras de couro cru — explicou Berkeley, mas estava escuro demais para conseguirmos alguma coisa. Por fim, pusemos os patos nas costas e viemos a pé.

— Mais de vinte quilos de carne de pato — disse Denys.

— É mesmo um milagre vocês não terem sido atacados por leões — afirmou D.

— Foi no que fiquei pensando — confessou Berkeley —, ou tentando não pensar.

Ao nos cumprimentar, Denys beijou-me no rosto.

— Você está muito bem, Beryl.

— Não é? — concordou Berkeley.

— Berkeley tem uma intuição toda especial quanto ao que as mulheres precisam ouvir — disse Nell, a mulher de Galbraith.

Ela era baixa e bronzeada, assim como Karen, mas sem o pó de arroz e a maquiagem nos olhos, ou a inteligência aguçada.

— Beryl já sabe que é bonita — disse Denys. — Estava bonita quando se olhou no espelho hoje pela manhã. O que poderia ter mudado?

— Não complique as coisas — ralhou Nell. — Toda mulher gosta de um pequeno estímulo de vez em quando.

— E se não gostassem? E se apenas gostassem delas mesmas e ninguém precisasse se dar ao trabalho de bajulá-las? Não seria tudo bem mais simples?

— Só estamos falando de elogios, Denys — interveio Berkeley. — Não seja tão dramático.

— Compreendo os argumentos dele — retruquei. — E, honestamente, até onde nos levará a beleza? E quanto à força? Ou à coragem?

— Ah, céus! — Berkeley riu para Nell. — Agora os dois me puseram na berlinda.

Na sala de jantar, Nell arrumara fileiras de taças cheias de champanhe. Peguei uma e bebi depressa, sentindo as bolhas em meu nariz, e depois levei duas para Berkeley e Denys.

— "Champanhe é absolutamente *compulsório* na África" — citei, na minha melhor imitação de Berkeley.

Ele deu uma gargalhada, apertando os olhos.

— E isso quando pensei estar falando comigo mesmo.

Sacudi a cabeça.

— Feliz Natal.

— Feliz Natal, Diana — disse Denys, baixinho.

E aquele apelido atravessou o meu corpo como algo vivo.

Assaram um leitão em lenha defumada para o jantar, e havia outras iguarias que eu não via há séculos — molho de amora, castanhas assadas e *Yorkshire pudding*. Sentei-me diante de Denys, que parecia não conseguir parar de comer.

— Consegui uma licença especial para marfim e ficarei três meses em um safári, depois do Ano-Novo — explicou ele. — Poderia encher os bolsos com estas castanhas.

— Coitadinho do Denys! — exclamou D.

— Coitadinho do Denys, coisa nenhuma! Ele vai fazer uma fortuna — retrucou Berkeley.

— Aonde vai, desta vez? — perguntei.

— A Tanganica.

— É território massai — disse D.

— Eu sei. Não há muita coisa em termos de estradas, mas a brincadeira pode ser boa, se minha caminhonete aguentar.

— Você pode levar couro cru na bagagem, só como garantia — sugeri.

— Ahn! Sim. Farei isso.

E tornou a encher o prato.

Houve jogos após o jantar e depois cigarros em frente à lareira e conhaque — tudo se movendo, para mim, em duas velocidades distintas, prolongando-se como se o tempo estivesse congelado, e também quase evanescido. Eu não conseguia explicar direito o que acontecia, nem para mim mesma, mas não era capaz de me imaginar saindo dali ou perdendo a menor oportunidade de estar perto de Denys. Alguma coisa crescia dentro de mim, avolumando-se sob a pele — um sentimento que eu não conseguia definir.

Quando D se aprontou para ir embora, dei três desculpas diferentes para ficar. Acho que ele não acreditou em nenhuma, mas pegou o chapéu e se despediu de todos, lançando-me apenas um último olhar de dúvida antes de mergulhar na noite. *Não estou cometendo nenhuma temeridade*, pensei em garantir, mas claro que não era verdade.

Era *perigoso* me sentar sozinha com Denys junto à lareira depois de todos se terem retirado e imaginar como me aproximar ainda mais dele, quando ele pertencia a Karen. Temerário e errado e, ainda assim, era tudo em que eu conseguia pensar. Alguns pedaços de lenha carbonizada ardiam na lareira. A luz incandescente se refletia de forma hipnótica em suas mãos.

— Você fala de safáris como se algo essencial pudesse ser encontrado lá — eu lhe disse. — Talvez só lá. Eu costumava me sentir assim em relação à fazenda do meu pai, perto de Njoro.

— Bela região.

— A melhor de todas.

— Quando comecei os safáris, não havia caminhonetes abertas, como você deve saber. Os carregadores levavam tudo, e o caminho tinha que ser aberto a facão. E também havia histórias apavorantes... de caçadores e portadores de armas sendo espetados ou chifrados por animais. Um teve o rosto furado pelo chifre de um búfalo aterrorizante. Outro assustou um leão em Longonot e teve as entranhas arrancadas. Tudo era mais selvagem, e a terra também. Aventurar-se era como fazer apostas contra um baralho de cartas marcadas.

— Você não está se queixando de falta de chifradas, está?

Sorri, e quando ele sorriu de volta, a pele em torno de seus olhos vincou-se e a curva de seus lábios ergueu-se mais de um lado. Eu começava a ser uma especialista em seu rosto. Poderia fechar os olhos e vê-lo com a mesma clareza.

— Na última expedição que fiz, o cliente queria quatro tipos de vinho diferentes a cada refeição. Tínhamos também uma geladeira sacolejando conosco, e tapetes de pele de urso.

— Eu não iria querer nada disso, só as estrelas, obrigada.

— É do que estou falando. Se um cliente quer ir à selva, deveria pelo menos tentar senti-la. Vê-la como realmente é. Ele quer o troféu, mas de que vale uma prova se ele não esteve lá de verdade?

— Você me leva algum dia? Quero ver... antes que tudo se acabe.

— Tudo bem. Acho que você vai entender.

— Também acho que vou.

O serval de estimação dos Galbraith apareceu em busca de migalhas ou de algum carinho. Rolou no chão aos pés de Denys, revelando o tufo de pelos claros de sua barriga. A lareira estava quase fria, e a noite se esvaía. Denys levantou-se e se espreguiçou, e falei depressa, por puro instinto.

— Posso ficar com você?

Peguei-o de surpresa.

— Será uma boa ideia? Pensei que você e Tania tivessem se tornado amigas.

— Não vejo o que uma coisa tem a ver com a outra. — Não era verdade, mas eu não sabia como dizer o que realmente sentia, que eu queria aquela noite com ele. Uma noite e depois eu esqueceria de vez qualquer esperança de tê-lo para mim. — Nós também somos amigos, não somos?

Seus olhos encontraram e prenderam os meus e, por mais alegre que eu estivesse — ou tentasse estar —, senti seu olhar em minhas entranhas, revirando tudo. Levantei-me. Estávamos a apenas trinta centímetros de distância um do outro, e ele estendeu a mão para tocar meu queixo com a ponta dos dedos. Então, sem responder, ele se virou e caminhou pelo corredor em direção a seu quarto. Segui-o alguns minutos depois e, quando o fiz, tudo estava tão escuro que precisei entrar devagar pela porta que ele deixara entreaberta. Podia sentir as tábuas de madeira sob meus pés descalços, macias e silenciosas, e a escuridão acolchoada era como uma espécie de animal ao meu redor. Nenhum de nós falou ou emitiu qualquer som, mas senti onde ele estava e me movi naquela direção. Passo a passo, eu o encontrei, tateando o caminho.

31

Quando acordei, a escuridão era incrível. Denys estava a meu lado. Sua respiração era tranquila e regular e, quando meus olhos se adaptaram, pude vislumbrar a longa curva de seu quadril, uma das pernas abandonada sobre a outra. Eu já havia nos imaginado juntos — a força de seu abraço e o gosto que ele teria —, mas nunca pensara em como poderia ser depois, no que diríamos um ao outro,

em como aquilo poderia nos transformar, ou não. Como tinha sido tola. Dei-
-me conta de que, agora, estava mesmo em apuros.

Ele abriu os olhos enquanto eu estava ali deitada, olhando para ele. Tudo parou de girar e se imobilizou por um instante. Ele não piscou nem desviou o olhar e, quando me puxou para debaixo dele, seus movimentos foram lentos e deliberados. A primeira vez tinha sido apressada, como se nenhum de nós quisesse um instante para respirar ou pensar no que fazia. Agora, o tempo se imobilizou, e nós com ele. A casa estava em silêncio. A noite por trás da janela também se aquietara, e só existiam nossos corpos ondulados pelas sombras. Insistíamos em nos aproximar, em concretizar algo — mas, mesmo então, não pensei: *Este é o amor que vai mudar a minha vida*. Não pensei: *Não pertenço mais a mim mesma*. Só o beijei, sentindo-me dissolver, e tudo estava feito.

Quando Denys voltou a adormecer, vesti-me sem ruído, esgueirando-me para fora da casa até a cocheira de Galbraith para pegar um cavalo emprestado. Eu sabia que o empréstimo do cavalo poderia requerer alguma explicação no dia seguinte, mas não tantas quanto a expressão no meu rosto quando eu não pudesse ocultar o que havia acontecido. O pônei era um árabe de passo firme e, embora estivesse escuro quando saí, não tive medo. Alguns quilômetros depois, uma luz pálida começou a surgir e logo o sol nasceu puro e vivo, com a mesma cor intensa dos flamingos descansando nas águas rasas do Elmenteita. À medida que me aproximava da margem, podia vê-los começando a se mover em bando, como se estivessem todos juntos abaixo da superfície. Quando comiam, comiam em grupos de dois ou três, peneirando a água barrenta uns para os outros, com passadas sinuosas.

Eu já vira aquela cena centenas de vezes, mas naquele momento ela parecia querer me dizer algo mais. O lago ainda era como uma pele, como se aquela fosse a primeira manhã do mundo. Parei para que o pônei matasse a sede e, quando voltei a montá-lo, fiz com que andasse a meio galope, e os flamingos levantaram voo e oscilaram como uma onda. Contornaram a margem do lago, num uníssono de peitos pálidos e asas enfunadas, e voltaram como um só corpo, um turbilhão de cor cuja espiral me arrebatou. Percebi que tinha estado dormindo. Desde o momento em que meu pai me disse que a fazenda estava acabada, eu estivera adormecida, ou fugindo, ou ambos. Agora, havia o sol na água e o som de mil flamingos fustigando o ar. Eu não sabia o que aconteceria depois. Como seria com Denys e Karen, ou como todos aqueles meus sentimentos alterados se acalmariam. Não fazia ideia de quaisquer dessas coisas, mas, pelo menos, estava acordada. Pelo menos isso.

Quatro dias depois, D deu uma festa de Ano-Novo em seu hotel de Nakuru. Todos compareceram em seus melhores trajes para espantarem 1923 com cornetas de papel brilhante e trazer 1924 de onde aguardava, trazendo suas novidades como uma faixa de tecido imaculado. À grande banda de música foram prometidos caviar e todo o champanhe que pudessem consumir, se tocassem até o amanhecer. A pequena pista de dança de parquê era uma massa desenfreada de braços e pernas balançando.

— Como vai o seu coração? — perguntei a Berkeley quando dançamos.

Ele usava uma gravata natalina vermelho brilhante, mas havia manchas escuras sob seus olhos, e a pele estava acinzentada.

— Um pouco desanimado, mas ainda batendo. E o seu?

— Mais ou menos igual, na verdade.

Passamos valsando pela mesa em que Denys e Karen estavam sentados conversando, ele num terno branco brilhante e ela envolta em metros e mais metros de tafetá preto que desnudavam seus ombros pálidos. Olhar para eles fez meu coração doer. Eu não tinha estado com Karen desde a competição de tiro e não sabia como me comportar com naturalidade diante deles. Não havia mais naturalidade.

Quando a música parou, desculpei-me e fui em busca de um drinque. Levei séculos para abrir caminho até o bar e, quando cheguei, Karen já estava lá. Sua longa piteira de ébano esculpia o espaço entre nós.

— Feliz Ano-Novo, Beryl.

— Feliz Ano-Novo.

Inclinei-me para beijá-la no rosto. A culpa me atravessava em pequenas ondas.

— Como vai você?

— Até o pescoço. Meus acionistas querem que eu venda a fazenda.

— As coisas estão tão ruins assim?

— Quase sempre.

Seus dentes bateram na piteira de ébano quando ela puxou a fumaça, soltando-a devagar, sem revelar o que quer que fosse. Assim era Karen. Suas palavras eram tão intensas que nos faziam pensar que sabíamos tudo a seu respeito, mas aquilo era um truque de mágica. A verdade era que ela mantinha seus segredos mais ocultos quando os revelava sem rodeios.

— Ter Denys por perto deve ajudar — comentei.

Eu me esforçava por parecer natural.

— Ajuda, sim, significa tudo para mim. Você sabe que eu morro um pouco cada vez que ele se ausenta?

Senti meu coração apertar. Seu estilo poético era o mesmo de sempre, mas alguma coisa em seu tom fez com que eu me perguntasse se estaria de algum modo me alertando, ou reivindicando seus direitos. Através da fumaça palpitante, observei os ângulos de suas maçãs do rosto, pensando em quanto ela seria boa para decifrar pessoas. Eu era, para ela, "a menina", mas era possível que ela percebesse o que havia mudado. Que pudesse senti-lo no ar.

— Você consegue convencer seus acionistas a lhe darem uma última oportunidade?

— Já a tive. Duas vezes, na verdade. Mas ainda preciso fazer alguma coisa. Poderia me casar, por exemplo.

— Mas você já não é casada? — consegui perguntar.

— Claro que sou. Só estou pensando adiante. — Ela me olhou por cima de seu nariz anguloso. — Ou talvez eu desista de tudo e me mude para a China, ou Marselha.

— Você não está falando sério.

— Às vezes, eu... É uma fantasia que tenho, de recomeçar. Você também deve ter alguma.

— De deixar o Quênia? Nunca pensei nisso. Nada seria igual em outro lugar.

— Mas você pode mudar de ideia algum dia. Se doer demais.

Ela me imobilizou com um de seus olhares, as pupilas me atravessando como flechas, e depois se foi.

Nas horas seguintes, fiquei encostada à parede atrás da banda, juntando as peças do que Karen dissera e me perguntando se ela saberia o que acontecera com Denys. Ele, com certeza, não se arriscaria a vir falar comigo, mas parte de mim se alegrava por isso. Eu não tinha certeza do que poderia lhe dizer, nem mesmo do que queria. Para onde quer que eu olhasse, casais complexos se formavam e se separavam, como personagens de um melodrama. Vidas desmoronavam. Modificavam-se num instante... Esse era o tempo que levava para que algo começasse, ou terminasse para sempre. Algumas vezes, as duas coisas não pareciam tão diferentes. E o custo de ambas era muito alto.

Quase clareava quando deixei o hotel Nakuru com D e Boy Long. Eu caminhava entre os dois, aliviada pela noite ter enfim terminado. Só ficara frente a frente com Denys uma vez durante a festa, num momento no bar, quando nossos olhares se cruzaram e se prenderam. Então Karen pôs a mão em seu ombro e ele se virou, e foi tudo. Agora eu me sentia vazia e tinha os olhos turvos. Talvez por isso não tenha percebido logo o que estava acontecendo. Como Jock surgira do nada e viera cambaleando em nossa direção, atravessando a rua e gritando palavras que eu não compreendia. Vê-lo chegou a me fazer estremecer.

— Você deveria cuidar dela — disse ele a D, embaralhando as palavras. Seu olhar era feroz, sem se fixar em nada.

Senti Boy se encolerizar a meu lado. Ele fez menção de avançar sobre Jock, mas D foi o primeiro a dar um passo à frente, dizendo:

— Vamos conversar como homens e você vai se acalmar.

— Ninguém vai me fazer de idiota — cuspiu Jock.

E, antes que alguém pudesse dizer mais alguma coisa, ele girou o braço no ar com fúria, quase atingindo D, enquanto meu sangue enregelava. De algum jeito, ele soube de Denys — era só o que eu conseguia pensar.

D se esquivou, recuando e quase perdendo o equilíbrio. Senti que ele estava confuso e talvez também em pânico. A paciência de Boy se esgotou e ele fez um movimento para segurar Jock, mas Jock foi mais rápido, escapando do alcance de Boy e girando outra vez o braço. Desta vez, seu punho atingiu D no queixo, num soco abominável. D cambaleou e caiu sobre um joelho, como se todo o ar tivesse abandonado seu corpo. Boy lutou com Jock, mas ele agora dava socos para todos os lados, berrando alguma coisa sobre tomar satisfações.

Mas mesmo que meu caso com Denys tivesse vindo à luz, o que isso tinha a ver com D? Por que diabos se vingar de um velho, ainda mais inocente? Nada fazia qualquer sentido, e Jock estava tão bêbado que se tornara insensível — todo ossos, violência e fúria.

— Pare com isso! — gritei. — É D! D! Pare!

Puxei-o por trás, esmurrando suas costas, mas ele se livrou de mim com facilidade. Bati com força no chão e me levantei de um salto.

D tinha caído de lado na calçada e ali continuava encolhido, os braços protegendo a cabeça, enquanto Jock partia outra vez para cima dele.

— Pare, pare com isso! — eu continuava a berrar, de repente apavorada com a ideia de que Jock pudesse matá-lo.

Gritei para que Boy fosse buscar ajuda no hotel e ele finalmente voltou com alguns homens que se interpuseram entre Jock e D. Imobilizaram Jock de encontro à fachada de um prédio, e ele se debatia para se libertar, o rosto roxo de ódio.

— Sua puta egoísta! — ele me xingou. — Você achou que poderia fornicar por aí como uma prostituta imunda e que eu não descobriria? Que não revidaria?

Tomando impulso, ele se desvencilhou dos homens e disparou numa corrida cambaleante rua abaixo, mergulhando na escuridão.

D estava um trapo. Conseguimos levá-lo para a enfermaria, o olho inchado e fechado, boca e nariz pingando sangue. Um cirurgião foi chamado para atendê-lo e Boy e eu esperamos horas, enquanto davam pontos e aplicavam gesso. O braço estava fraturado em três lugares, o pescoço torcido e o maxilar quebrado. Quando o cirurgião descreveu a extensão dos ferimentos de D, afundei o rosto nas mãos, desesperada de vergonha. Minha imprudência acendera o pavio de Jock. Eu deveria saber do que ele era capaz. Aquilo era culpa minha.

— Ele vai se recuperar? — perguntei ao cirurgião.

— Com o tempo. Eu diria que devemos mantê-lo aqui por pelo menos algumas semanas e, uma vez em casa, ele precisará de uma enfermeira.

— Tudo o que for necessário — garantiu Boy.

Quando o cirurgião se afastou, pensei em Jock disparando noite adentro e em como sairia impune.

— Deveríamos ir à polícia, de qualquer jeito — afirmei a Boy.

— D não quer que isso venha a público. Ele está protegendo você... Protegendo nós dois, é provável, mas também a si mesmo. Como pareceria ao Comitê de Vigilância sabê-lo assim tão vulnerável a um ataque?

— Eu acho que... isso simplesmente não parece certo.

— Certo e errado nem sempre andam lado a lado em casos assim.

— Não mesmo, não é? — retruquei, pensando, dolorosa e amargamente, na minha parte de culpa naquilo tudo.

Quando pude enfim ver D, constatei com pavor seu queixo e testa roxos, as braçadeiras e os gessos, o sangue coagulado em seu cabelo branco, a expressão de dor em seu rosto. Segurei sua mão.

— Eu sinto tanto. — D não conseguia falar, mas meneou a cabeça de leve. As córneas estavam injetadas. E, além disso, ele parecia terrivelmente frágil e envelhecido. — Há alguma coisa que eu possa fazer?

Ele só virou a cabeça para o outro lado.

Ao se mexer, D engasgou e fez uma careta, até sua respiração voltar ao normal. Observei por muito tempo seu peito subir e descer, até que, por fim, caí num sono turbulento.

32

Nas semanas seguintes, atingiram-me, em Soysambu, mexericos vindos de toda a Colônia. Aparentemente, minha exposição no St. Ledger reavivara o falatório a respeito de Boy. Aquilo chegara aos ouvidos de Jock e ele achou que era demais. Os detalhes do meu casamento eram agora do conhecimento de todos. Talvez sempre tivessem sido — mas, felizmente, nada ouvi quanto à minha noite com Denys. De algum modo, aquele segredo estava bem guardado, ainda que nada mais estivesse.

D ficou na cidade, convalescendo, enquanto Boy se preparava para tomar as medidas que lhe cabiam. Pedira demissão da fazenda e reservara uma passagem para a Inglaterra.

— Vou afinal me casar com a minha namorada em Dorking — declarou, jogando no saco de viagem suas roupas espalhafatosas de pirata. — Eu me sinto meio estranho por abandonar você.

— Tudo bem — respondi. — Entendo por que quer ir.

Ainda que ele não tirasse os olhos da bagagem, percebi o quanto lutava com seu orgulho.

— Se você precisar de alguma coisa, espero que me procure.

— Em Dorking?

Lancei-lhe um olhar cético.

— Por que não? Somos amigos, não somos?

— Somos — respondi, beijando-o no rosto.

Depois da partida de Boy, minha consciência continuou a me atormentar, não me deixando dormir à noite. Eu sempre me dissera que deixar Jock e ficar com Boy não seria pior do que o que qualquer outra pessoa fazia na Colônia. Mas havia agora em Soysambu boatos entre os trabalhadores da fazenda de que Jock havia ameaçado atirar em Boy se o visse na cidade. Era a razão pela qual ele fugira para Dorking.

Eu me sentia sozinha e aflita, desejando muito que meu pai estivesse comigo. Precisava da força de sua presença e também de seus conselhos. Deveria ignorar as fofocas, ou havia algo que eu pudesse fazer para acabar com aquilo? E como lidaria com Jock, se me tornara uma criatura tão perdida e desesperada?

Quando D voltou para casa, estava muito frágil e abalado. Passaria seis meses de cama, até se recuperar.

— Sinto-me péssima pelo que Jock fez — afirmei, enquanto a enfermeira arrumava os lençóis da cama e trocava os curativos.

Já repetira aquilo dezenas de vezes, mas não conseguia parar.

— Eu sei.

D tinha um braço engessado até o ombro. Usava um colar cervical.

— Acontece que a comunidade me protege. Mais do que eu mesmo.

— O que quer dizer?

Ele pediu que a enfermeira saísse por um instante, e explicou:

— Tenho tentado manter seu nome fora disso, mas, quando a Colônia resolve se escandalizar, fica tudo mais difícil.

Senti uma pontada de humilhação e também de ultraje, uma mistura dos dois sentimentos.

— Eu não me importo com o que pensam de mim — menti.

— Eu não posso me dar a esse luxo. — Ele ergueu os olhos para suas mãos nas dobras perfeitas dos lençóis. — Acho que você deveria ficar fora das corridas por algum tempo.

— E fazer o quê? O trabalho é tudo o que tenho.

— As pessoas vão acabar se esquecendo, mas tudo acabou de acontecer. Querem sua cabeça numa estaca.

— E por que não a cabeça de Jock? Foi ele quem enlouqueceu.

Ele encolheu os ombros.

— Somos todos muito liberais até que alguma coisa nos põe em evidência. De alguma forma, todos compreendem a raiva de um marido ciumento bem mais do que as... indiscrições de uma esposa. Não é justo, mas o que é justo?

— Então você está me demitindo.

— Considero você uma filha, Beryl. Você sempre terá um lugar aqui.

Engoli em seco. Minha boca parecia cheia de giz.

— Eu não o censuro, D. É o que mereço.

— Quem sabe o que merecemos? Gostamos de bancar os juízes e jurados, mas, por dentro, somos todos podres.

Ele estendeu a mão e deu palmadinhas no meu braço.

— Volte quando a poeira baixar. E cuide-se bem.

Lágrimas escaldantes ameaçaram brotar, mas eu as engoli. Concordei com a cabeça, agradeci e saí do quarto com as pernas trêmulas.

Eu não sabia para onde ir. Minha mãe e Dickie estavam fora de questão. Cockie estava em Londres, visitando a família. Berkeley se preocupava demais comigo e era sensível demais, e eu jamais iria até Karen agora. Eu a tinha traído — essa era a única maneira de interpretar — e, se eu gostava dela e a admirava, não importando o que sentia por Denys, bem, aquele era um quebra-cabeças que eu teria de montar sozinha. De qualquer forma, era provável que eu já tivesse caído em seu conceito — e no de Denys também.

Era doloroso sentir como o respeito parecia importante agora que minha vida estava sob a mira alheia. A situação me fez pensar em Green Hills e no escândalo em torno da falência do meu pai. Ele era muito mais resistente do que eu, e o que diziam não parecia afetá-lo. Desejei de novo, com todas as forças, que ele estivesse aqui para me guiar. Sentia-me totalmente abalada, até os ossos. Tudo em que conseguia pensar era em sair da Colônia o mais depressa possível, para longe dos olhos curiosos e das línguas maledicentes. Nem mesmo Cape Town seria longe o bastante. Mas que lugar seria? Pensei e pensei, revolvendo o problema e revirando meus bolsos. Eu tinha, ao todo, cerca de sessenta libras, quase nada. Para onde tão pouco dinheiro poderia me levar? Até onde eu conseguiria ir?

33

Latas de castanhas e amêndoas açucaradas numa vitrine da Fortnum & Manson. Camisas de algodão listradas, gravatas e lenços quadrados de seda vestindo os manequins na Regent Street. Motoristas de caminhão apertando as buzinas, reivindicando o direito de passar. As visões e os sons de Londres eram vertiginosos e opressivos. E havia o frio. Eu saíra de Mombasa num dia esplêndido. De pé na grade do navio, observei a baía de Kilinidi se afastar, com o vento quente soprando meus cabelos e atravessando a minha blusa fina. Em Londres, a neve suja de fuligem preenchia os espaços entre os paralelepípedos. A calçada estava congelada, e minhas botas não eram adequadas, nem minhas roupas. Eu não tinha casaco, nem galochas, só um endereço no bolso para me guiar — até Boy Long e sua nova esposa, Genessee, em Dorking. Sob muitos aspectos, era estranho aparecer de repente na casa do meu ex-amante, mas, depois de tudo pelo que passamos, acreditei quando Boy me disse que poderia recorrer a ele. E confiava nele. Isso significava tudo.

Quando cheguei a Dorking, foi um certo choque descobrir que Boy, ali, era outra pessoa. Ele deixara o pirata no Quênia, e usava camisas por dentro de calças de *pied-de-poule* com suspensórios e belos sapatos Oxford bem encerados. Genessee chamava-o de Casmere, e não Boy, e eu passei a fazer o mesmo.

Por sorte, Genessee era uma pessoa amável e generosa, e alta. Ela me emprestou gentilmente algumas roupas para que eu pudesse sair sem chamar a atenção ou morrer de frio — e foi com seu costume de tricô e as indicações de Boy que cheguei de trem a West Halkin Street, no elegante bairro de Belgravia, em Londres, à procura de Cockie.

A tarde chegava ao fim quando apareci de surpresa em sua casa. Eu nada sabia quanto à situação da família de Cockie, mas era visível que ali havia recursos. Ela morava bem perto do Palácio de Buckingham, e a residência ficava numa longa e suntuosa rua de construções iguais, todas em pedra cor de creme, com balaustradas de ferro escuro e amplos pórticos. Juntei toda a minha coragem para bater à grande porta de entrada, mas não precisei de muita. Só a criada estava em casa. Ela me olhou de cima a baixo, sem casaco como eu estava, parecendo deduzir que eu fosse algum tipo de parente pobre que aparecera ali em busca de esmola. Olhei para os meus pés molhados sobre o mármore no vestíbulo e não soube que recado deixar. Por fim, voltei correndo para o frio sem sequer dizer meu nome à moça.

Eu não queria fazer toda a viagem de volta a Dorking, então vaguei pelo Hyde Park, Piccadilly Circus e Berkeley Square até meus dedos dos pés congelarem, e então encontrei um quarto não muito caro no Soho. Na manhã seguinte, voltei, mas Cockie tinha saído de novo, e ido à Harrods.

— Por favor, aguarde — disse a criada. — Ela me pediu que não a deixasse ir embora.

Quando Cockie afinal chegou, pouco antes do almoço, largou as sacolas no chão e me abraçou:

— Beryl! De algum modo, eu sabia que era você. Como chegou aqui?

— É uma história horrível. — Observei seu ar saudável, a bela saia, os lindos sapatos e o amplo casaco de pele salpicados de flocos de neve. A não ser pelo casaco, não parecia muito diferente da última vez que a vira em Nairóbi, e ainda assim, no que me dizia respeito, nada era igual. — Podemos tomar primeiro um gole de conhaque?

Passou-se um bom tempo antes que eu conseguisse expor toda a história sórdida — por partes — e, mesmo assim, havia pedaços nos quais eu não ousava tocar. Não falei de Denys, ou de como o relacionamento com Karen se complicara tanto. Por sorte, Cockie me ouviu em silêncio, guardando para o final as expressões de espanto.

— Com certeza D vai aceitá-la de volta, quando a poeira baixar.

— Não sei se ele poderia... Ele tem uma reputação a zelar.

— A vida é cheia de complicações. Os seus erros não são maiores do que os de ninguém.

— Eu sei disso... Mas seu ônus não caiu apenas em cima de mim. Por isso é tão difícil aceitar.

Ela assentiu, parecendo refletir.

— Onde está Jock agora?

— Da última vez que o vi, estava fugindo no meio da noite, em Nakuru. Não acho que vá considerar qualquer divórcio agora.

— Talvez não. Mas, enquanto você estiver casada, poderá conseguir apoio financeiro.

— O quê? Receber dinheiro dele? Prefiro morrer de fome.

— E de onde mais virá o dinheiro, então? — Ela olhou para as minhas roupas, que seriam passáveis no campo, mas nada adequadas em Belgravia. — Você não deve ter muitos recursos.

— Darei um jeito de trabalhar ou fazer alguma coisa. Honestamente, eu *vou* me reerguer. Parece que sempre consigo.

Não importava o quanto eu tentasse tranquilizá-la, Cockie estava preocupada comigo e disposta a ser uma espécie de anjo da guarda. Fiquei hospedada em sua casa nas semanas seguintes e deixei-a me levar a festas e me apresentar às melhores pessoas. Ela tentou também, com gentileza, me explicar como o dinheiro funcionava em Londres. Eu jamais entendera de fundos e só conhecia o sistema de vales. No Quênia, os lojistas davam crédito para tudo que se precisasse, vendendo fiado por vários anos, mesmo em épocas de crise. Mas, em Londres, ao que tudo indicava, nada se vendia a prazo, a não ser que se tivesse dinheiro em mãos.

— Se eu tivesse dinheiro, por que faria um crediário?

Ela sorriu e suspirou.

— Vamos precisar encontrar um belo benfeitor para você.

— Um homem? — gaguejei.

Mal conseguia pensar naquilo, depois do que tinha passado.

— Pense neles como patrocinadores, querida. Qualquer homem ficaria feliz desfilando com você pelo braço em troca de alguns presentes. Joias, de preferência. — Ela deu outro sorriso. — Isso pode ajudá-la.

Cockie era curvilínea e bem mais baixa que eu, então nenhuma de suas roupas me servia, mas ela me levou para fazer compras, e também à casa de uma amiga rica para saquear seu armário. Eu estava grata por ela querer tomar conta de mim e me ajudar a resolver meus problemas. Mas não me sentia à vontade em Londres. Na verdade, eu não me sentia cem por cento desde a viagem de navio de Mombasa, quando a náusea foi tanta que me deixou verde e presa ao meu beliche debaixo do convés. A vertigem ainda durou um bom tempo depois que pus os pés em terra firme — mas logo desapareceu quando cheguei a Belgravia, e foi substituída por um cansaço generalizado. Eu relutava em comentar isso com Cockie, mas ela logo percebeu e começou a me interrogar a respeito dos meus sintomas.

— Você deve estar gripada, querida. As pessoas morrem disso por aqui. Vá ver meu médico.

— Mas eu nunca tive nenhum tipo de febre.

— Tudo é diferente por aqui. Por favor, vá, está bem? Faça isso por mim.

Eu sempre evitara a medicina moderna e mais ainda desde que *arap* Maina contara a Kibii e a mim que havia loucos médicos *mzungu* que tiravam sangue do corpo de outras pessoas para curar doentes. Ele zombara daquilo, afastando com a mão a ideia ridícula dos homens brancos, e Kibii e eu estremecemos, pensando no sangue vermelho e grosso de outra pessoa percorrendo nossas veias. Como continuar a ser você mesmo, depois de passar por aquilo?

Cockie ignorou meus protestos. Arrastou-me até o consultório, onde o médico tirou minha temperatura, sentiu meu pulso, e me fez todo tipo de perguntas a respeito da viagem e de meus hábitos recentes. Por fim, disse-me que eu estava ótima.

— Um pouco de prisão de ventre, no máximo — afirmou.

E recomendou óleo de fígado de bacalhau em doses generosas.

— Não está satisfeita por ter se consultado? — Cockie me perguntou no táxi de volta para West Halkin Street. — Agora pode ficar sossegada.

Mas não foi assim. Havia alguma coisa errada comigo, e não era uma simples prisão de ventre. Agradeci por tudo e voltei a Dorking, ansiosa para descansar da agitação da cidade. Boy e Genessee foram tão calorosos e pacientes comigo quanto quando me receberam, mas chegou a manhã em que, deitada em minha confortável cama em Dorking, tudo fez sentido: náuseas, vertigens e cansaço. O modo como estava engordando debaixo daquelas roupas emprestadas. Tentei me lembrar de quando tivera minha última menstruação e não consegui. Pus as mãos sob a manta e medi minha cintura, que aumentara consideravelmente nas últimas semanas. Eu estava culpando os pães amanteigados e a grande quantidade de creme de leite — mas, agora, a verdade se revelava por completo.

Recostei-me no travesseiro, sentindo a realidade girar à minha volta como um carrossel. O controle de natalidade não era confiável. Desde o fim da guerra, os homens passaram a dispor de preservativos, mas eram duros e ásperos, suscetíveis a rasgos e rompimentos. A maioria deles tirava o pênis antes de ejacular, ou se tentava evitar os períodos mais perigosos do mês, como eu fizera com Boy, quando ainda estávamos envolvidos. Mas com Denys, tudo acontecera tão depressa que eu não tomara nenhuma providência. Agora eu estava em apuros. Se estivesse em casa, procuraria uma das nativas na aldeia somali e pediria um chá de poejo ou folhas de zimbro e esperaria que isso resolvesse tudo — mas ali, na Inglaterra?

Enrosquei-me ainda mais na cama e pensei em Denys. Era cruel o fato de que apenas uma noite em seus braços tivesse resultado naquele problema. E eu não podia me enganar acreditando que ele ficaria feliz ao saber que eu estava grávida de um filho dele. A vida familiar era opressiva demais para Denys — ele deixara claro desde o início. Mas o que seria de mim? Eu tinha 21 anos, sem marido com quem contar, sem pais com quem conversar, não em termos práticos, e a milhares de quilômetros de distância do mundo que eu conhecia — o meu lar. E o tempo não era meu aliado.

Naquele mesmo dia, desculpei-me com Boy e Genessee, agradeci toda a sua gentileza, e embarquei no trem de volta para Londres, apavorada.

O médico de Cockie pareceu surpreso por me ver de novo — e, na verdade, um pouco desconcertado. Ele me receitara óleo de fígado de bacalhau e ali estava eu de volta como um gato enxotado da porta. Mas algumas semanas a mais havia tornado o problema bem evidente. Enquanto Cockie aguardava na sala de espera, deitei-me na maca e fechei os olhos. Ele cutucou e esmiuçou, e eu me afastei mentalmente, pensando em Njoro — a curva de nossa estrada de terra até a colina dourada do milharal, o céu claro e impassível, o calor da manhã subindo com a poeira. Se pelo menos eu pudesse estar em casa, pensei, suportaria qualquer coisa.

— Sua gravidez está bem adiantada — disse o médico quando me sentei.

Ele pigarreou e se afastou, enquanto toda a sala girava.

— Como o senhor não viu isto *antes*? — Cockie quase gritou quando, no consultório, o médico repetiu o novo diagnóstico.

A sala estava inundada com a luz orvalhada de abril. Havia um mata-borrão azul escuro na grande mesa de couro. Perto dos meus pés cruzados, havia uma lixeira de osso entalhado que parecia nunca ter visto lixo de verdade.

— Esta não é uma ciência exata.

— Há cinco semanas, o senhor afirmou que ela estava com prisão de ventre! Nunca a examinou direito. Agora a situação está muito pior.

Cockie continuou a esbravejar com ele, e eu sentada, imóvel como uma lápide. Minha visão estava borrada nas extremidades, como se eu olhasse para o fim de um longo e indefinível túnel.

— Sabe-se que algumas jovens viajaram à França nessas... circunstâncias — sugeriu ele, sem nos encarar.

— Há tempo para ir à França? —perguntei.

— Talvez não — admitiu ele, por fim.

Com um pouco mais de insistência, ele entregou um endereço, dizendo:

— Nunca a mandei lá. Nunca a vi na vida.

Eu só conhecia as piores histórias a respeito do tipo de lugar a que ele se referia, onde mulheres em apuros eram "cuidadas". Estremeci, horrorizada, no táxi de volta do consultório, o pânico me esmagando o coração como uma couraça de metal.

— Não consigo imaginar de onde tirar dinheiro para isso — eu disse a Cockie.

— Eu sei. — Ela olhou pela janela, e depois suspirou fundo e apertou minha mão. — Deixe-me pensar.

Como ficou claro, quase não havia tempo a perder. Dois dias depois, fomos até uma salinha em Brook Street. Cockie não me pressionou com perguntas, não me demonstrou senão enorme carinho e gentileza, mas, no táxi, não consegui mais esconder a verdade.

— O bebê é do Denys — confessei.

Lágrimas dolorosas abriram sulcos em meu rosto, caindo na gola da minha roupa emprestada.

— Do Denys? Ai, querida! Eu não imaginava o quanto as coisas se tinham complicado. Você não quer contar a ele primeiro?

Sacudi a cabeça

— Não adianta. Você acha que ele se casaria comigo? E, além disso, Karen não faz a menor ideia do que houve entre nós. Isso arruinaria a felicidade dela... e também a do Denys. Eu não suportaria viver com isso.

Cockie deixou escapar um longo suspiro, concordando com a cabeça, e depois mordeu o lábio.

— Eu gostaria de diminuir a sua dor, ou tornar as coisas mais fáceis para você.

— Ninguém pode fazer isso. E, afinal de contas, eu sou a única culpada.

— Não seja boba, Beryl. Você ainda é uma menina.

— Não sou não — retruquei.

Não mais.

34

Recuperei-me — *se* essa for mesmo a palavra adequada — em Dorking, com Boy e Genessee. Disse-lhes que tinha sido derrubada por uma febre e deixei que me instalassem ao sol, perto de um enorme plátano. Bebi galões de chá inglês e tentei folhear revistas, sentindo-me de luto e com o coração arrasado. Embora meu lado racional soubesse que eu buscara a única solução possível, isso não me trazia qualquer consolo. Denys e eu havíamos criado a promessa, a essência de uma vida juntos, e eu a destruíra. Parecia-me ainda mais triste o fato de nunca ter havido a mais remota possibilidade de ele se alegrar com aquela gravidez e querer viver comigo. Não havia um só lugar no mundo em que eu pudesse demonstrar-lhe o quanto me importava ou o que realmente queria. Eu tinha plena consciência de que não me era possível sequer *sonhar* com tal lugar.

Várias vezes por dia eu percorria devagar o muro de pedras abauladas, descendo a colina até a cerca viva e voltando pelo mesmo caminho, tentando me encontrar, mas continuava presa aos mesmos pensamentos insolúveis. Denys jamais conheceria aquele segredo terrível, que eu engravidara dele. Karen também não saberia e, ainda assim, estávamos agora tão intimamente ligados, e de modo tão complexo, que eu não conseguia deixar de pensar nos dois. A luz em Dorking era difusa, não penetrante. Havia açores acima do plátano, não as magníficas águias de Ngong — mas no fundo da minha mente e do meu coração, eu passava boa parte dos dias viajando de volta para casa.

Por estranho que fosse, os jornais estavam também cheios de notícias do Quênia. Independente da agressividade com que haviam reagido o Comitê de Vigilância de D e outros, o Relatório Branco de Devonshire ganhara força, e crescia o descontentamento em relação aos direitos africanos. Quanto aos asiáticos, insistia-se agora em que poderiam vir a ter direito de voto e possuir terras nas regiões montanhosas. Eram novos e ameaçadores sentimentos que se manifestavam, e embora nada fosse ser decidido em breve, até mesmo a ideia de tal mudança era chocante.

— Você sabe — observou Cockie ao chegar de trem para me visitar no final de maio —, o *Times* continua a pisar na tecla do quanto nós, os colonizadores, somos ambiciosos, do quanto emporcalhamos e devastamos a Colônia que nos deram. Mas são obrigados a imprimir um mapa do Quênia toda vez que publicam um artigo. Ou os londrinos nem saberiam que o lugar existe.

Ela fechou o jornal.

— Não importa — respondi, entorpecida. — Ninguém consegue quantificar a África, nem mesmo defendê-la. Ela não pertence a ninguém.

— Exceto aos africanos, você quer dizer.

— Mais do que a quaisquer outros, imagino. Ou talvez sejamos todos loucos de pensar que possuímos sequer uma fração dela.

— Você vai voltar para casa? É no que está pensando agora?

— Como?

Olhei para a pradaria, sobre a qual um açor se movia lenta e lindamente planando sem parecer mover um só músculo.

— Se eu tivesse asas, talvez.

O muro de pedra que cortava o prado verdejante chegava à altura dos joelhos e jazia abandonado naquela região campestre da Inglaterra que pretendia ser encantadora, inclinada em alguns pontos e coberta de musgo. Levantei-me e caminhei devagar, arrancando um punhado de folhas secas e reduzindo-as a pó com as mãos. Naquela única noite com Denys, em Kekopey, ele havia sido gentil comigo e absolutamente verdadeiro. Ele me olhou nos olhos e eu me senti compreendida, senti que ele sabia quem e o que eu era. Eu também o compreendi — e soube que ele nunca pertenceria a ninguém. Mas aquilo não me ajudava agora. Meu coração fora chutado e escoiceado, e eu não esperava que algo pudesse curá-lo, a não ser a volta para casa. Precisava descobrir como fazê-lo.

Pouco depois, Cockie percorreu o prado para me alcançar. Sem falar, sentou-se na ponta do muro.

— Como você conseguiu o dinheiro? — perguntei. — Para o médico.
— Por que você quer saber?
— Não sei direito. Conte-me.
— Frank Greswolde.
— Frank?

Era um velho amigo da Colônia — outro criador de cavalos que meu pai conhecera bem quando eu era criança. Cockie e eu o tínhamos visto, um mês antes, numa festa em Londres, com um bando de exibidos ricaços londrinos. Ele não pareceu nem um pouco interessado em mim, exceto para saber como ia Clutt — e eu não sabia como ele ia.

— Frank tem bom coração.
— Ele tem os bolsos cheios, você quer dizer.
— Sinceramente, Beryl... Um homem pode ter ambos. Quando eu lhe disse, com muita discrição, o quanto você precisava de ajuda, ele fez questão de ajudar.
— Então foi isso o que você quis dizer com *patrocinador*. O que ele espera em troca?
— Não creio que ele tenha segundas intenções. É provável que só queira sair com você, quando estiver disposta. Não há nada de terrivelmente errado nisso.

Não havia para ela, era óbvio — mas eu odiava até mesmo a ideia de dever favores a um benfeitor, não importava de que tipo ou do que quisesse em troca. Eu não precisaria de *coisa alguma*, não se dependesse de mim. Mas eu também não via outra saída, não de imediato.

— Vamos voltar a Londres, então — decidi. — Quero ir em frente com isso.
— Não leve Frank a mal, querida. Tenho certeza de que você poderá fazer o que desejar, ou não fazer nada.
— De qualquer maneira, pouco importa — respondi. — Não tenho mais nada a perder.

Parte Três

35

O porto de Mombasa era um lugar agitado e incrível, cheio de cargueiros e barcos de pesca, os extensos deques abarrotados de carne de tubarão secando ao sol e baldes de enguias. A faixa litorânea pulsava com o calor, as carretas e as manadas de bois. Bangalôs cor-de-rosa e amarelos recobriam as encostas dos montes, os telhados de zinco verde-claros sobressaíam contra os grandes baobás, quase roxos. Os cheiros de peixe, poeira e esterco tomaram o ar como num assalto apaixonado enquanto eu me apoiava no parapeito, vendo minha terra natal chegar cada vez mais perto, maior, mais nítida e mais selvagem. Do meu pescoço pendia um colar de pérolas grandes e brilhantes. Eu usava um vestido de seda branco que se moldava ao meu corpo. Próxima à minha mão no parapeito havia a mão de Frank. Ele tinha esse direito. Eu me tornara a sua namorada.

— Vamos ficar uns dias em Mombasa? — perguntou Frank. — Ou vamos descer o litoral de carro?

Ele estava a meu lado, a barriga volumosa encostada à grade pintada de branco. Um carregador nos trouxera dois copos de vinho. Ele bebeu um gole e se virou para mim, de modo que pude ver o traço enrugado da cicatriz abaixo de seu olho direito, sob uma venda escura. Ele perdera o olho anos antes com uma arma de tiro e, embora aquilo lhe desse uma aparência austera, ele não era austero. Pelo menos, não comigo.

— Estou pronta para ir para casa — respondi.

— Acho que toda a confusão já terminou. Já se passaram seis meses.

— Isso é o tempo de uma vida na Colônia — retruquei, e esperava estar certa.

Um anel de ouro refulgia num dos dedos rosados de Frank, com um engaste quadrado e uma pedra de berilo azul-clara. Ele o comprara em Londres e ficara muito animado para me mostrar.

— O berilo puro não tem cor — explicou —, mas este era o mais bonito.

— É como o céu da África.

— E como você.

Mas, ainda que as palavras de Frank soassem românticas, não me comoviam mais do que a sua lealdade. Ela era mais importante do que qualquer outra coisa — e, também, sua confiança em mim. O que eu mais desejava — voltar ao Quênia e trabalhar — era o que ele queria para mim. A partir do momento em que Cockie nos aproximou, Frank não fez outra coisa senão insistir que me daria um estábulo repleto de cavalos. Eu poderia treinar sozinha, sem estar presa a ninguém, ele prometera. E, até agora, mantivera a palavra. Antes do anoitecer, embarcaríamos num trem que nos levaria a Nairóbi. Dali, iríamos a Knightswick, à fazenda de gado de Frank, no sopé do paredão Mau. Ali, eu poderia começar a trabalhar e voltar a treinar.

— Você está feliz? — perguntou Frank, enquanto o navio entrava na enseada.

O navio era um gigante em meio a destroços de naufrágios, cores e ruídos — a cacofonia de Mombasa, palmeiras encurvadas e areia vermelha, sob um céu alto e azul-claro. Os estivadores jogaram as longas cordas na amurada, cada nó da grossura de pernas de homens.

— Estou. Veja só, até o cheiro de casa faz com que eu me sinta mais eu mesma. As cores também. Se ao menos eu não precisasse ver ninguém, acho que me sentiria perfeita.

— Podemos ir direto para Knightswick.

— Parece covardia. Só fique perto de mim, está bem?

— Claro! — exclamou ele, e apertou minha mão.

Dois dias depois, entramos em Nairóbi no Ford Runabout de Frank. A cidade parecia a mesma de quando eu partira — ruas de terra vermelha margeadas por lojas e cafés com telhado de zinco, carroções carregados de mercadorias, árvores de eucalipto verde-claro elevando-se em troncos finos e descascados, as folhas tremulando com a brisa suave.

Passando pelo portão baixo e cor-de-rosa do clube Muthaiga, o caminho serpenteava por uma faixa de grama verde cuidadosamente aparada. Paramos diante da entrada principal, e um porteiro de luvas brancas se adiantou para me abrir a porta. Meu pés deslizaram com graça até o chão, em lindos sapatos novos. Meu vestido, meias e chapéu eram mais elegantes do que tudo o que eu jamais usara no clube, e pude percebê-lo intensamente ao atravessarmos o foyer mal iluminado. Frank segurava meu braço numa atitude de proprietário e me conduzia ao bar como se eu não tivesse estado ali centenas de vezes antes. Talvez não tivesse. Eu trocara de pele pelo menos uma vez desde que partira para Londres, ou talvez mais.

— Vejamos quem está por aqui — disse Frank.

Ele se referia aos *seus* amigos. Eu não os conhecia senão pelos mexericos, que não eram poucos. Pertenciam todos ao grupo de Happy Valley, os belos ricos que se aboletaram em grandes lotes de terra perto de Gilgil e Nyeri, onde se divertiam ou brincavam de fazendeiros sem levar em muita consideração as normas de comportamento ou civilidade que regiam os demais. Tinham suas próprias regras, ou nenhuma — o que pode acontecer quando se tem dinheiro demais ou muito tempo de sobra. Entretinham-se tomando emprestado esposas e maridos uns dos outros e fumando quilos de ópio. De vez em quando, um deles aparecia em Nairóbi, quase nu e em estado delirante.

Frank não pertencia exatamente àquele mundo, porque lhe faltava refinamento — se fosse essa a palavra adequada. Falava como um marinheiro e claudicava. Pelo que vi, os ricaços gostavam de tê-lo por perto porque ele sabia onde encontrar a melhor cocaína. Sempre carregava um pouco com ele, numa bolsinha de veludo marrom. Eu a vira uma ou duas vezes em Londres, mas nunca a toquei. Drogas não me interessavam em absoluto. A simples ideia de perder o controle me fazia sentir vulnerável demais. Frank respeitava isso e não tentava me convencer do contrário, ou fazer com que eu me sentisse uma puritana — pelo menos em Londres. Perguntei-me se agora seria diferente.

Estávamos no meio da tarde. As venezianas de madeira lustrada estavam fechadas para conter o calor, escurecendo o ambiente e deixando-o ligeiramente úmido, como uma caverna. Frank esquadrinhou o salão como um garimpeiro, mas não viu qualquer conhecido. Mesmo assim, tomamos um drinque, em paz e sozinhos, e depois ele voltou à cidade, para cuidar de negócios, e eu me instalei num canto do restaurante, onde almocei e tomei um café. Deixei-o ir porque ninguém havia tentado se aproximar de mim, nem sequer dera mostras de me reconhecer vestida daquela maneira. Comecei a achar que havia mesmo me *transformado* em outra pessoa, até Karen entrar, usando um grande chapéu branco e uma echarpe colorida.

Ela mal me olhou ao passar, e então parou de repente:

— Beryl. É você. Você voltou.

Pus o guardanapo de lado e me levantei para beijá-la.

— Você achou que eu não voltaria?

— Não, não... — E ela piscou como um gato exótico. — Só me perguntava como. Tudo parecia tão desesperador quando você partiu.

— E era. — Pigarreei e me obriguei a encará-la. — Na verdade, espero nunca voltar àquela situação. Como está D?

— Completamente recuperado. E irascível como sempre. Você o conhece.

— É... Espero ainda conhecê-lo. Seis meses é tempo suficiente para a poeira baixar, mas também para criar um afastamento maior. Sinto falta dele.

— E ele, sem dúvida, também sente a sua falta.

Seus olhos passearam pelo meu colar de pérolas e pelos belos sapatos novos. Era visível que estava cheia de perguntas relacionadas à minha mudança de aparência, mas duvidei que as fizesse.

— Fique e tome um drinque comigo.

— Tudo bem. — Ela se sentou e tirou o chapéu, ajeitando o cabelo, cortado curto, no novíssimo estilo liberal. Eu já o vira por toda parte em Londres, mas nunca imaginei que Karen fosse aderir à última moda. — Não é um absurdo? — disse ela, rindo. — Não sei bem por que fiz isso.

Mudando de expressão, perguntou:

— O que aconteceu com o seu divórcio? Você está enfim livre?

— Ainda não.

Cockie fizera questão que eu escrevesse a Jock, de Dorking, insistindo no divórcio, mas eu ainda não recebera qualquer resposta dele.

— Jock foi processado?

— Não por aquilo.

Ela pareceu séria, hesitante.

— Pelo quê, então?

— Houve outro incidente, há pouco tempo. Ninguém testemunhou, então é difícil saber exatamente o que aconteceu, mas parece que Jock bateu num carro em Nakuru. E ainda agrediu o casal que estava dentro do veículo, como se a culpa fosse deles. Os carros pegaram fogo.

— Meu Deus, alguém se feriu?

— Felizmente, não. Eles o processaram por perdas e danos, mas não houve sentença.

— Claro que ele estava bêbado.

— Só se pode deduzir.

Ela brincou com a ponta da echarpe, parecendo sem graça, e ficamos em silêncio por longos e constrangedores minutos.

Então, ela disse:

— Você está realmente muito bem, Beryl. Se eu a pintar, algum dia, deverá estar de branco. Com certeza, é esta a sua cor.

Em minha mão, o copo de bebida estava fresco e suave. Salpicos de espuma de gim e clara de ovo grudavam-se ao gelo picado. Eu tinha fugido do escândalo, mas ele ainda estava por ali, à minha espera. Havia muitas outras coisas não resolvidas, uma teia de verdades difíceis que não haviam sido ditas e não seriam desvendadas. E mesmo assim eu estava feliz por voltar a ver Karen. Sentira falta da sua companhia.

— Correu tudo bem? — perguntou Frank ao voltar.

Karen e eu já nos tínhamos despedido.

— Acho que sim. Mas ficar na cidade exige cuidado. Não deve demorar muito para que os mexericos a nosso respeito comecem a pipocar por toda parte.

— Havia mexericos em Londres, também. As pessoas adoram uma maledicência. Não conseguem se controlar.

— Bem, eu detesto. — Meu gim acabara há tempos. Remexi o que sobrara de espuma no copo. — Creio que poderia ir viver com os animais — falei, baixinho.

— O que foi?

— Nada... só um verso que ouvi uma vez. — Ele deu de ombros e eu me apoiei na ponta da mesa, decidida. — Estou pronta. Leve-me para casa.

36

Frank não se interessava muito pela agricultura e contratava mão de obra em épocas de colheita, a fim de passar o tempo atirando ou visitando amigos. Sua cabana de caça ficava a 16 quilômetros da casa principal em Knightswick, no vale Kedong. Ele passava a maioria das noites lá com seu guia Bogo, voltando alguns dias depois para me ver. Almoçávamos ou jantávamos, e então ele me levava para o quarto. Depois de me observar tirando a roupa, ele me deitava na cama. Adorava ouvir minha respiração, ver e sentir minhas ancas se movendo, minhas mãos agarrando os lençóis. Parecia preferir me dar prazer a se satisfazer, e acredito que isso fazia com que se sentisse tomando conta de mim. E estava, a seu modo.

Frank nunca se impôs como amante, mas, mesmo assim, não sei dizer se algum dia me senti atraída por ele. Ele caminhava de um modo estranho, meio rolando, como um urso amestrado, pés e mãos quadrados e achatados, e tinha uma barriga proeminente e rija como um tambor. No jantar, sua conversa era grosseira e tosca, mas nunca deixou de me perguntar como eu me sentia, o que fizera e no que pensava. Contava-me histórias das caçadas ou cavalgadas que tinha feito. Nunca me pedia para acompanhá-lo quando viajava, e eu achava bom. Já era bem suficiente ter sua companhia de vez em quando. Quando fazíamos sexo, via isso como uma espécie de transação física. Dávamos algo um ao outro, mesmo que não fosse exatamente afeto. Eu mantinha os olhos fechados, ou fixava-os nos pelos grisalhos e encaracolados do seu peito, e tentava não pensar no fato de ele ter a idade do meu pai. Ele era gentil. Preocupava-se comigo. Não me abandonaria.

Na escrivaninha do quarto de Frank havia um maço de notas cuja ponta ele dobrara, para que eu comprasse cavalos, ou o que eu quisesse. Eu muitas vezes abria a gaveta e olhava aquele maço de notas, sentindo-me estranhamente distanciada do mundo dos negócios, onde os xelins moviam o mercado. Eu passara tanto tempo sem dinheiro que deveria ter aproveitado a oportunidade, mas não o fiz. Eu era grata a Frank, acreditava em sua boa vontade e, mais do que qualquer outra coisa, queria voltar a me dedicar a treinar seriamente. Mas não estava pronta para comprar cavalos em sociedade com ele, ainda não. Alguma coisa não me parecia certo — e então eu saía sozinha para cavalgar Pégaso, ou andava pelos arredores num pijama de seda estampada que Frank me comprara em Nairóbi. Sua amiga Idina Hay usava o dela em todos os lugares, até mesmo na cidade, e ele achou que eu também pareceria igualmente glamorosa e indolente.

Quando fomos visitar Idina em Slains, sua propriedade perto de Gilgil, ele me implorou que o usasse, jurando que eu me sentiria mais à vontade, mas, em vez disso, pus meu vestido de seda branca, aquele que Karen afirmara ser a minha cor, meias, sapatos altos e as pérolas que encontramos numa loja em Belgravia pouco depois de Frank entrar na minha vida. Desconfio que eu queria que Idina e seus amigos me vissem como uma mulher respeitável, embora não saiba por que me importava.

Chegamos a Slains numa tarde quente de julho. A propriedade ficava plantada como uma pedra preciosa natural em meio a dois mil acres nas colinas acima de Gilgil, bem no sopé das Aberdares azuis. Sacolejamos por estradas cada vez mais estreitas e por fim chegamos à casa, construída em parte com tijolos e em parte com cascalho e ripas de madeira, numa mistura de cores e texturas que, ainda assim, parecia atraente.

Idina e o marido Joss haviam construído a casa, mas arrendavam a fazenda. Ele era, na verdade, seu terceiro marido e, como casal, pareciam saídos de uma revista de moda. Tinham a pele clara e os quadris estreitos, e ambos usavam o cabelo ruivo cortado curto e repartido do lado. Ele parecia feminino, ou ela parecia masculina. Fosse como fosse, eram como gêmeos radiantes ao nos darem as boas vindas, seguidos de perto por vários criados de barrete na cabeça e longas túnicas brancas. Os criados levaram nossas malas, enquanto Idina e Joss, descalços, nos conduziam pelo gramado para um local onde estava sendo servido um elaborado piquenique. Outro casal estava estendido na grama sobre um cobertor xadrez, ambos com chapéus de palha e bebendo uísque-sauers em cálices gelados. Para muitos, um piquenique significava um prato de sanduíches e água quente em cantis. Aqui, havia uma máquina de gelo ligada a um gerador. Fazia tanto ruído quanto a respiração de um morto. Um gramofone emitia espirais de jazz.

— Olá — arrulhou a mulher magra e bela que estava no cobertor xadrez.

Ela se sentou, cruzou as pernas e arrumou o chapéu. Tratava-se de Honor Gordon e o cavalheiro, Charles, era seu novo marido — um escocês pálido, de cabelos castanhos e vistoso que fora, alguns anos antes, rejeitado pela própria Idina. Todos pareciam grandes amigos agora, bem à vontade uns com os outros, e também com Frank, que puxou sua bolsinha de veludo marrom antes de terminar o primeiro drinque.

— Ah, Frank querido! — disse Idina. — Por isso o convidamos. Você tem os melhores brinquedos.

— E muito bom gosto para mulheres — disse Joss, pegando a bolsinha.

— Você é maravilhosa — concordou Idina. — Embora eu não possa imaginar como Frank conseguiu pôr as garras em você. Nada pessoal, Frank — continuou ela, revirando os olhos para ele e sorrindo. — Mas você não é exatamente um Sir Galahad.

— Frank tem sido um bom amigo — eu disse.

— O que seria de nós sem os amigos?

Idina recostou-se, deixando as pernas tombarem para um lado. A fenda de sua saia se abriu, revelando as coxas claras.

— Você está branca como um lírio! — exclamou Honor. — Por que não se bronzeia como todo mundo por aqui?

— Ela é um vampiro — riu Joss. — Não há uma gota de sangue dela mesma em suas veias, só sangue alheio. E uísque.

— Exatamente, meu leão — ronronou ela. — Por isso, serei imortal.

— Contanto que não me deixe sozinho — respondeu Joss, e debruçou-se para cheirar a carreira de cocaína que arrumara numa bandeja.

Segurava um canudo de papel enrolado e aspirou com força.

Continuamos naquela sombra mosqueada até que a luz do sol se alongou num tom dourado e fomos nos vestir para o jantar. O quarto de hóspedes destinado a Frank e a mim estava abarrotado de tapetes, almofadas e peças de mobília antiga muito pintada e elaborada. A cama era imponente, e havia pijamas de seda dobrados sobre os travesseiros redondos, presentes de Idina.

— Eu falei com você sobre os pijamas — disse Frank, saindo de dentro das calças de veludo cotelê. Suas pernas eram grossas e peludas acima das ligas das meias. — Eles são boa gente, não? Você me parece desnorteada.

— É tudo um tanto vazio. Qualquer coisa parece ser motivo de entretenimento para eles, sobretudo as pessoas. Eu realmente não compreendo esse tipo de esporte.

— Quem sabe bebendo mais você consiga relaxar.

— Eu não quero perder a cabeça.

— Isso nunca vai acontecer — riu ele. — Mas talvez você se divirta mais.

— Eu estou bem — insisti, querendo encerrar o assunto e que o dia terminasse logo.

Enrolei as meias e tirei o sutiã úmido de suor no momento exato em que a porta se abriu sem que ninguém batesse. Joss ficou parado na entrada.

— Olá, queridos — disse ele, com um sorriso largo e amistoso. — Vocês têm tudo que precisam?

Senti um calafrio me percorrer a espinha e resisti ao impulso de me cobrir. Esse tipo de pudor seria considerado excessivamente pedante por ali.

— Sim, obrigada.

— Idina quer falar com você antes do jantar, Beryl. Ela está no fim do corredor, última porta à direita.

Ele piscou e saiu, e eu lancei um olhar exasperado para Frank.

Ele deu de ombros e abotoou os botões de osso do seu pijama. Pude ver que estava bêbado pelo modo arrastado como se movia, e tive um lampejo de volta ao passado, como uma antiga assombração. Frank não tinha nada a ver com Jock, mas ainda assim eu não queria vê-lo daquela maneira.

— Afinal, não se pode culpá-lo — afirmou ele.

— Não? Então talvez eu culpe você em vez dele.

— Vejo que há alguém irritada.

Ele veio até mim e me abraçou.

— Por favor, Frank.

Afastei-me.

— É só um jantar. Vamos embora amanhã, se você quiser.

— Ninguém trabalha. Não consigo imaginar o que eles fazem com seu tempo.

— Imagino que, quando se tem muito dinheiro, a diversão pode ser eterna.

— O trabalho faz mais do que pagar pelo que se tem.

Minha própria intensidade me surpreendeu:

— Ele nos dá uma razão para continuar.

— Você precisa *mesmo* de uma bebida — foi seu comentário ao se virar para o espelho.

* * *

O quarto de Idina era três vezes maior que o nosso, com uma cama gigantesca coberta de peles acetinadas. Um enorme espelho dourado pendia acima dela. Eu nunca vira algo parecido.

— Estou aqui — Idina cantarolou do banheiro.

Encontrei-a numa imensa banheira de ônix verde escuro. Estava mergulhada até o queixo, a água perfumada enchendo o ar de fumaça.

— Ficou ótimo em você. — Referia-se ao pijama de seda. — Gostou dele?

— É lindo, obrigada.

Percebi que havia aspereza em minha voz pelo modo como ela me olhou e estendeu a mão para pegar a piteira preta, acendendo um fósforo com os dedos úmidos.

— Você não se importou com o que eu disse mais cedo a respeito de Frank, não é?

— Tudo bem. Eu só estou cansada.

Ela aspirou a piteira, e depois soltou uma nuvem de fumaça, sem tirar os olhos de mim.

— Eu nunca quis ser loura — disse ela. — Mas seu cabelo é lindo.

— É como crina de cavalo — retruquei, levantando e soltando uma mecha. — Não dá para pentear, não importa o que eu faça.

— Mas o efeito final é ótimo. — Ela tragou outra vez o cigarro e soprou a fumaça para longe. — Seus olhos também são bonitos, como lascas de vidro azul.

— E agora eu devo comentar seus traços?

— Estou elogiando você, querida. Você parece gostar quando os *homens* olham para você.

— Não gosto... a não ser quando é o homem certo.

— Conte-me — retrucou ela, rindo. — Estou *desesperada* por um pouco de indiscrição.

— Talvez você devesse ir mais à cidade.

Ela riu de novo, como se eu não estivesse sendo uma cretina insolente, e perguntou:

— Por quem você está apaixonada?

— Ninguém.

— É mesmo? Achei que pudesse ser por Finch Hatton. — E ergueu uma sobrancelha, esperando minha reação. Eu preferiria morrer a demonstrar alguma coisa. — Você não acha que Karen exige um pouco demais dele? Pobre Tania... como ela sofre quando ele parte.

— Eu nem sequer sabia que vocês se conheciam — respondi, querendo defender Karen.

— Mas é claro que sim. Eu a adoro. Só acho que não é ela quem vai conseguir segurar Denys. Não há selvageria nela.

— Ninguém admira apenas a selvageria. — Por alguma razão, eu não suportava ouvir Idina fazer Karen parecer insignificante. Ela podia ser muitas coisas, mas não aquela. — Eles têm inúmeros assuntos em comum.

— Você acha? Se pedir a minha opinião, ele é bom demais sendo solteiro. Por que escolher uma, quando se pode ter dez?

— É provável que ele tenha dezenas. — O calor me sufocava. Eu não falava de Denys há muito tempo, e nunca com uma desconhecida. — Mas isso nunca funciona para os dois lados, não é?

— Por que não? As mulheres também podem ter muitos amantes. Dezenas deles, contanto que sejam espertos e não abram o bico.

— Mas nunca acontece desse jeito. Alguém sempre descobre.

— Então não está sendo feito do jeito certo — sentenciou ela.

Com um som sibilante, ela se levantou. A água vitrificou sua pele rosada. Seu corpo perfeito era como uma obra de arte, ou um alimento cuidadosamente esculpido numa bandeja. Ela não fez qualquer menção de pegar a toalha, apenas ficou ali e me permitiu observá-la, sabendo que eu ficaria constrangida se desviasse os olhos.

Enrubesci, ressentida com ela e a vida que levava. Se ela era um modelo de discrição e polidez, eu não estava interessada.

— Talvez eu não queira fazer do jeito certo — respondi.

Seus olhos se apertaram, mas sem revelar seu humor.

— Não acredito em você, querida. Todos querem sempre *mais*. Por que outro motivo estamos aqui?

O jantar foi servido numa longa mesa baixa próxima à lareira. Sempre esfriava à noite nas montanhas, mas aquele fogo também pretendia ser decorativo. Iluminava todo o ambiente e também o rosto de Idina, entretendo todos, à cabeceira da mesa. A grande lareira ficava bem atrás dela, fazendo cintilarem as pontas de seus cabelos. Acima, um par retorcido de chifres de búfalo brotava de uma placa de madeira.

Havia algo em Idina que me lembrava um falcão ou outra ave predadora. Aquilo se revelava tanto em seus olhos argutos e brilhantes quanto em suas palavras — a expectativa de que todos fossem como ela, sempre famintos, sem se importar com quem se ferisse ao longo do caminho, ou como. Eu não compreendia por que Frank perdia tempo com aquela gente. Eram crianças malcriadas e entediadas, usando uísque, morfina e sexo como brinquedos. Pessoas também eram brinquedos. Idina me convidara para ir ao seu banheiro para me caçar como um rato, curiosa para saber se eu iria congelar ou correr. Agora ela começava um jogo, outra versão da mesma manobra. Era um jogo de salão em que cada um contribuía com uma frase para uma história que circulava entre todos. O tema era confissão.

Idina começou:

— "Era uma vez, antes do Quênia ser Quênia, em que eu ainda não conhecia meu leão e não sabia o quanto me apaixonaria e o quanto mudaria."

— Você é um doce comigo — disse Joss, dando um sorriso um tanto retardado à luz da lareira. — "Era uma vez, antes do Quênia ser Quênia, em que estive com Tallulah Bankhead numa banheira cheia de champanhe."

— Não fez cócegas? — riu Charles.

Idina nem piscou.

— Da melhor maneira — ronronou ele. — Agora você, Beryl.

— Eu bebi demais — respondi, tentando evitar entrar no jogo.

— Ora, bolas! — gritou Joss. — Você está mortalmente sóbria. Continue o jogo, por favor.

— Não podemos jogar cartas em vez disso? Eu não entendo as regras desse jogo.

— Você só precisa contar uma verdade do seu passado.

Só? O jogo era tranquilo e comportado e, óbvio, supostamente infantil. Mas a finalidade era ver se conseguiam forçar o rato encurralado a dizer a verdade. Eu não queria revelar a essas pessoas nada a meu respeito, especialmente a respeito de meu precioso passado.

Acabei falando:

— Era uma vez, antes do Quênia ser Quênia, em que botei uma cobra mamba negra na cama da minha governanta.

— Aha! Eu sabia que você escondia alguma sordidez! — exclamou Joss.

— Lembre-me de não a deixar zangada! — acrescentou Idina.

— Mostre-nos o que você faz com a mamba negra *do Frank* — cacarejou Charles, como um estudante idiota, e todos riram.

O jogo continuou girando — voltas e mais voltas — e eu achei que só conseguiria jogar ou mesmo sobreviver àquela noite se me embebedasse. Era difícil acompanhar aquela gente. Precisei me esforçar muito e, quando enfim consegui, eu me superei. O uísque me deixou mais sentimental, e para cada confissão que eu conseguia fazer em voz alta, outra revelação inconfessável ecoava dentro de mim e ameaçava me afundar. *Antes do Quênia ser Quênia, Green Hills existia e meu pai me amava. Eu conseguia pular tão alto quanto Kibii e andar pela floresta sem fazer barulho. Eu conseguia atrair um javali para fora de sua toca apenas com o ruído de papel amassado. Eu fui devorada por um leão e sobrevivi. Eu era capaz de fazer qualquer coisa, porque ainda vivia no céu.*

Por volta da meia-noite, quando todos já estavam com os olhos esgazeados e quase delirantes, Idina mudou para outro jogo. Fez-nos sentar em círculo e soprar uma pluma até o centro. Aquele de quem a pluma mais se aproximasse seria nosso companheiro de cama naquela noite. No início, achei que estivesse brincando, mas quando Honor soprou a pluma no colo de Frank, os dois simplesmente se levantaram e se afastaram pelo corredor, as costas largas de Frank ao lado da forma esguia de Honor, ninguém mais prestando atenção a eles. Minha cabeça rodava com o uísque. Tudo oscilava e afunilava como num túnel. Os sons me atingiam com ligeiro retardo. Agora Idina parecia rir porque Charles engatinhava e levava a pluma até ela entre os dentes.

— Mas eu sou muito velha para você, querido — dizia ela, fingindo bater nele com a piteira. — Não é possível que você me queira.

— Está tudo embaçado — riu ele. — Mostre-me de novo.

Quando os dois se embrenharam corredor adentro, olhei para Joss, me sentindo nauseada. Eu bebera demais. Minha língua estava grossa e pegajosa. Meus olhos estavam pesados e opacos.

— Vou para a cama — declarei.

Os olhos de Joss estavam vitrificados.

— Não é essa a finalidade?

— Não, não é. Eu não estou me sentindo bem.

— Eu tenho uma coisa para melhorar isso.

Ele afagou a parte interna da minha coxa, sua mão pesando como um ferro de passar sobre a seda. Ele se aproximou para me beijar e eu, instintivamente, me afastei. Quando ele me encarou de novo, seus olhos entraram em foco.

— Frank disse que você poderia ser um pouco fria no começo, mas que eu não deveria desistir.

— O quê?

— Não se faça de inocente, Beryl. Todos nós sabemos que você é muito rodada.

Eu não me surpreendi em absoluto com Joss, mas se Frank pretendera me atirar aos lobos ao me levar até lá, ele receberia algo em troca. Sem uma palavra, eu me levantei e entrei no corredor, mas a porta do nosso quarto estava trancada. Bati com a mão espalmada. Só risadas vieram lá de dentro.

— Frank! — gritei, mas ele não me respondeu.

O corredor estava escuro, e todas as outras portas estavam fechadas. Sem saber o que fazer, tranquei-me num dos toaletes e sentei-me no chão, esperando amanhecer. Eu sabia que a noite seria longa, mas havia coisas das quais me lembrar... coisas que eu não compartilhara mais cedo, nem por todo o dinheiro do mundo. *Antes do Quênia ser Quênia, atirei uma lança e usei um taco rungu. Amei um cavalo com asas. Nunca me senti sozinha ou pequena. Eu era Lakwet.*

37

Quando voltamos de Slains, dois dias depois, Frank retirou-se no mesmo instante para sua cabana de caça e eu fiz planos para deixá-lo. Não havia pânico nas minhas atitudes. Fiz as malas devagar e com cuidado, enchendo meu saco de viagem com coisas da minha vida anterior. Tudo que Frank me dera eu deixei no escritório — inclusive o dinheiro. Eu não estava zangada com ele. Não estava zangada com ninguém, só queria achar meu próprio caminho, e ter outra vez certeza do que toleraria.

Havia algumas pistas do que eu deveria fazer a seguir. Antes que eu deixasse Londres, Cockie mencionara Westerland, um estábulo em Molo. Seu primo Gerry Alexander era o administrador, e ela achava que o lugar me serviria para recomeçar. Eu não fazia ideia se os mexericos a meu respeito haviam chegado até o norte, nem sequer se Gerry estaria precisando de um treinador, porém confiava em Cockie para me ajudar a encontrar o caminho certo. Mas primeiro eu precisava ir para casa.

Depois de percorrer a estrada principal ao norte para Naivasha, dirigi-me para o leste pelo caminho menos usado, pegando um atalho pelo meio do mato. Pedras empilhadas e gramados dourados deram espaço a poeira vermelha, árvores espinhosas e uma savana inexplorada. O ritmo constante das ferraduras de Pégaso ecoava no ar. Ele parecia saber que não tínhamos saído para um passeio, mas não refugou nem o terreno, nem o silêncio aterrador. E nem mesmo quando, cem metros à frente, um gigantesco porco do mato surgiu de uma ravina, pisoteando o caminho com seus cascos achatados e fendidos, guinchando de raiva por ter sido assustado. Pégaso só abaixou a cabeça uma vez, depois continuou em frente, com passadas firmes e suaves.

Enfim voltamos a subir e avistar a borda verdejante da floresta Mau no outro extremo da escarpa, árvores densas e cumes pontiagudos, a natureza se transformando na paisagem que eu amava mais do que qualquer outra — Menengai, Rongai, as azuis e arredondadas Aberdares.

Encontrei Jock dentro da casa, mal terminando de almoçar. Pretendia pegá-lo desprevenido e conseguira, seu rosto empalidecendo antes que ele se levantasse da mesa, as mãos retorcendo o guardanapo de linho.

— Posso imaginar por que está aqui.
— Você não respondeu às minhas cartas.
— Pensei que você talvez mudasse de ideia.
— É mesmo?
Eu não conseguia acreditar no que ouvia.
— Não. Eu não sei. Nada aconteceu como eu planejei.
— Eu poderia dizer o mesmo — respondi. Parte de mim ardia de vontade de enumerar todas as perdas ao longo de nossa longa e cansativa batalha, dando nomes aos bois e fazê-lo saber o quanto me custara. Mas eu também contribuíra para tudo aquilo. Os estragos também eram responsabilidade minha. — Por favor, Jock. Só diga que vai me dar o divórcio. Isso já se arrastou demais.
Ele foi até a janela que dava para o vale.
— Eu deveria ter encontrado uma maneira de fazer dar certo. É nisso que fico pensando.
— Quando os papéis estiverem prontos, eu os mandarei.
Ele suspirou alto e fundo, e me olhou.
— Sim, está bem. — Seus olhos encontraram os meus por um instante, e naqueles círculos azuis e frios eu finalmente vi — depois de todo aquele tempo — uma sombra de arrependimento, de verdadeiro remorso. — Adeus, Beryl.
— Até mais — respondi.
E quando passei pela porta, sabendo que jamais voltaria, um grande peso caiu dos meus ombros, e subiu aos céus.

Segui direto para Green Hills, onde a grama alta crescera sem controle e o que sobrara dos estábulos e da casa principal começava irremediavelmente a ruir. O moinho desaparecera há tempos e os campos estavam abandonados, como se a terra retomasse tudo. Pensei no trabalho que meu pai fizera, e na felicidade que tivemos — mas por algum motivo não me senti vazia. Tive a intensa sensação de que jamais perderia o passado, nem me esqueceria do que significara. De um lado do atalho que ia dar na floresta, uma alta pilha de pedras marcava o túmulo de Buller. Parei Pégaso e segurei as rédeas, sentando-me por algum tempo, lembrando-me do dia em que o tinha enterrado. Eu cavara a terra dura até que a cova ficasse funda o suficiente para que nenhuma hiena o encontrasse. Nenhuma pedra se movera. Buller estava a salvo em seu último e longo sono — com suas cicatrizes e vitórias. Nenhum predador indigno poderia tocá-lo.
Descendo a colina, percorri o caminho até a aldeia kip e amarrei Pégaso à treliça de espinhos da *boma*. Ao entrar, uma jovem chamada Jebbta foi a primeira a me notar. Eu não a via há anos, desde que éramos meninas, mas não me

surpreendi quando ela se virou no quintal onde estava e percebi que havia um bebê amarrado ao seu quadril, redondo como uma cuia.

— Bem-vinda seja, *memsahib*. Venha.

Aproximei-me e toquei a faixa de seda que segurava a criança em sua cintura, e depois o ombro do bebê. Jebbta se transformara em uma bela mulher, com as tarefas de uma mulher. Era assim que as coisas funcionavam na aldeia kip. Nada mudara ali.

— Você só tem este filho, Jebbta?
— Este é o mais novo. E seus filhos, *memsahib*?
— Eu não tenho nenhum.
— Está casada?
— Não. Não mais.

Ela jogou a cabeça para trás e para frente, como se dissesse que compreendia, mas estava apenas sendo educada. Na fogueira ao ar livre, as chamas amarelas aqueciam uma panela escura, o cheiro dos grãos fumegantes fazendo-me sentir uma fome da qual já tinha me esquecido.

— Vim falar com *arap* Ruta, Jebbta. Ele está por aqui?
— Não, *memsahib*. Ele está caçando com os outros.
— Ah, sim. Pode lhe dizer que estive aqui procurando por ele?
— Sim. Ele vai sentir muito ter perdido a chance de rever uma grande amiga.

Molo ficava a trinta quilômetros a noroeste de Njoro, num planalto no topo do paredão Mau, a três mil metros mais perto das estrelas. A altitude tornava-o totalmente diferente da minha terra. Córregos e riachos gelados corriam em meio a densas samambaias; ovelhas felpudas pastavam em encostas baixas e nevoentas. Passei por fazendas, mas eram basicamente plantações de crisântemos, quilômetros e quilômetros de crisântemos brancos, que vicejavam nas regiões montanhosas e eram, depois de moídos, usados como inseticidas. Os arbustos estavam em plena floração, arredondados e brancos como bolinhas de neve. Havia neve de verdade nas montanhas, e me perguntei se estaria pronta.

A pequena aldeia era um amontoado de casas e lojas de madeira carcomida, telhados de zinco e de colmo, ruas frias e pisoteadas. Era um lugar mais agreste do que Njoro, Nakuru ou Gilgil e, no mesmo instante, percebi que gostar dali seria mais difícil. No primeiro café que encontrei, amarrei Pégaso e entrei para indagar a respeito de Westerland. Com poucas perguntas, descobri o que precisava, e também algo mais — que a propriedade vizinha, Inglewood Farm, pertencia ao sr. e sra. Carsdale-Luck, o casal formalíssimo que eu conhecera na competição de tiro organizada por Karen no ano anterior. Eu não havia me relacionado muito com qualquer um dos dois nos poucos dias em que convivemos, mas, ao me dirigir a Westerland, tentei imaginar como poderia aproveitar as duas oportunidades. A estratégia exigiria alguma argumentação, mas eu tinha experiência. Conhecia meu ofício e poderia prová-lo; só precisaria de tempo e de um pouco de fé.

O primo de Cockie, Gerry, revelou-se um sujeito caloroso e equilibrado. Cockie já me elogiara numa longa carta, e ele estava pronto a me deixar tentar treinar seu garanhão baio de dois anos, Baron, que possuía em sociedade com um investidor, Tom Campbell Black. Baron ainda precisava aprender muito, mas tinha brio e uma grande coragem. Estava certa de que poderia chegar a um bom resultado com ele, e também com Wrack, outro garanhão de um ano gerado por Camciscan, o astro da seleção de reprodutores da antiga fazenda de meu pai. Wrack pertencia aos Carsdale-Luck, que também concordaram em que eu o treinasse. Deram-me ainda uma potranca ágil, Melton Pie, uma cabana em suas terras e os serviços de um de seus homens como cavalariço.

— Com o sangue de Camciscan, Wrack tem com certeza o estofo de um vencedor — prometi aos donos quando vieram nos ver treinar.

George Carsdale-Luck fumava uns charutos perfumados que fizeram o estábulo cheirar a Natal e a cravos-da-índia. Sua mulher, Viola, estava sempre suada, mesmo no frio de Molo, com as golas sempre úmidas e vários leques de papel. Ela ficou de pé na beira da pista enquanto corri com Wrack a meio galope por quase dois quilômetros e meio, e depois disse, quando marchei com ele:

— Eu vi poucas mulheres fazerem esse tipo de trabalho. Não tem medo de que isso a endureça?

— Não. Nem penso nisso.

Havia muito de Emma Orchardson em Viola. Se eu a deixasse falar, pensei, ela seria capaz de sugerir que eu usasse chapéu e luvas, mas minha aparência não teria qualquer importância quando Wrack vencesse um páreo e ganhasse um bom dinheiro. Eu tinha poucos meses para treiná-lo — só até julho para prepará-lo para a corrida de Produce Stakes, que aconteceria em Nairóbi. Até lá, eu me esforçaria ao máximo e não me deixaria distrair.

Em Molo, concentrar-me no treinamento era fácil. Eu acordava antes do amanhecer, trabalhava duro o dia inteiro, e caía na cama exausta. Só às vezes, muito tarde da noite, eu me permitia pensar no que poderia estar acontecendo no clube Muthaiga, que piada estaria contando Berkeley, o que estaria bebendo, o que as mulheres estariam vestindo nos bailes ou na hora do chá, ou se alguém chegava a mencionar meu nome, mesmo de passagem. Se a noite se alongava e o sono não vinha, eu baixava a guarda e pensava em Denys. Ele talvez estivesse afundado numa das poltronas de couro de Karen junto à mesa de pedra, lendo Walt Whitman e ouvindo algum novo disco no gramofone. Ou em seu chalé de conto de fadas no Muthaiga, beberricando um bom uísque, ou viajando pelo Congo, ou no território massai, em busca de marfim, kudu, ou leões e, exatamente naquele instante, olhando para cima, para o mesmo emaranhado de estrelas que eu via da minha janela.

Como alguém está tão perto de nós, ainda que esteja o mais longe possível, nos confins do mapa. Como é inesquecível!

38

Numa manhã, Pégaso e eu saímos de Westerland para buscar mantimentos. Eu ia encolhida em cima da sela, com meu casaco de camurça, os dedos duros de frio, quando vi o capô de um automóvel aberto e dobrado, reluzindo na estrada. Um homem se debruçava sobre o motor, usando um macacão e mocassins como os meus. Não havia muitos automóveis em Molo, tão atrasada em relação a Nairóbi quanto Nairóbi em relação a Londres. Era um lugar de difícil acesso, de escarpas íngremes e desfiladeiros. E era também um local ruim para se quebrar o carro, então eu soube que deveria parar para ajudar.

— Há algo que eu possa fazer? — perguntei, de cima da sela.

— O que foi?

Ele se ergueu e saiu de debaixo do capô, limpando as mãos sujas de óleo num trapo preto de graxa. Era jovem, como pude ver, com um tufo de cabelos quase negros. Seu hálito saía em lufadas pelos lábios finos encimados por um bigode escuro e bem aparado.

— Você quebrou num lugar bem ruim.

— Ainda não desisti.

— Então deve entender de motores.

— Na verdade não, mas estou aprendendo. Este aqui parece estar querendo me desafiar, para ver se falo sério.

— Não me vejo tendo muita paciência com isso.

— Você não acha que ele a testa? — retrucou ele, apontando para Pégaso.

Eu ri e desmontei, segurando os arreios.

— Nós nos testamos mutuamente — concordei. — Mas faz parte da ordem natural. Homens e cavalos convivem há séculos. Eu às vezes acho que todos os carros quebrarão, serão abandonados, e nós os encontraremos como esqueletos à beira da estrada.

— É uma bela visão que está projetando, mas prevejo que será o caminho inverso. O automóvel é apenas o começo. A ponta do iceberg. Os homens sempre querem correr mais rápido e se sentir mais livres.

— Pégaso é suficiente para mim, obrigada.

Ele sorriu.

— Pégaso, é? Tenho certeza de que ele é muito veloz, mas se você algum dia voasse num avião, engoliria suas palavras... e talvez também o seu coração.

Pensei em Denys, JC e Maia — todos animados com a conversa sobre voos. Acima de nós, no céu, não havia nada, nem mesmo nuvens.

— Como é?

— Como quebrar quaisquer rédeas que um dia a contiveram. Não há barreiras lá em cima, nada que a impeça de seguir em frente. A África inteira a seus pés. Nada a prende a nada, nem pretende detê-la.

— Eu poderia apostar que você é poeta.

— Fazendeiro, na verdade — respondeu ele com uma risadinha. — Tenho um pequeno terreno próximo a Eldama. O que você faz por aqui?

Quando respondi, logo nos identificamos. Ele era o sócio investidor de Gerry, Tom Campbell Black; era o dono de parte de Baron.

— Você tem um cavalo excelente — afirmei. — Estou apostando que vencerá um grande prêmio em julho próximo. Talvez aí você possa comprar esse avião.

— Tem certeza de que pode garantir isso? — Ele voltou a se debruçar sobre o motor e fez uns últimos ajustes. — Segure seu cavalo. Vou dar partida.

Depois de meia dúzia de ameaças ofegantes, o motor pegou. Eu o observei fechar o capô e guardar as ferramentas no estojo, enquanto Pégaso batia os cascos no chão. Ele estava gelado. Eu também.

— Boa sorte! — gritei, acima da barulheira do motor, e nos despedimos acenando.

Poucos meses depois, houve imprevistos em Molo. Um dos portões do estábulo em Westerland tinha uma dobradiça enferrujada, e Melton Pie escapou tarde da noite, e entrou em pânico. Acabou se emaranhando no arame da cerca, e machucou feio o costado e os jarretes. Ela iria se recuperar, mas a conta do veterinário foi absurda. George e Viola ficaram furiosos e quiseram me atribuir a responsabilidade.

— Como uma dobradiça enferrujada poderia ser culpa minha? — perguntei, quando os dois me interpelaram em sua biblioteca de Inglewood.

— Ela estava sob seus cuidados! — esbravejou George. — Você deveria cuidar de *tudo*.

Olhei para Gerry para que ele me defendesse, mas continuou sentado, o pescoço rosado brilhando abaixo da barba aparada.

— Talvez você pudesse se oferecer para pagar a metade da conta, Beryl — ele acabou sugerindo.

— Com o quê? Eu não tenho dinheiro, Gerry. Você sabe disso. E, além do mais, por que eu deveria pagar pelo tratamento dela? Isso cabe aos donos. Eu, com certeza, não receberei nem uma moeda quando ela vencer.

— Ela não venceu coisa alguma — disse Viola, com secura.

— Vocês não me deram tempo.

— Não vejo como poderemos nos arriscar agora — sentenciou George, cruzando os braços sobre o colete apertado.

E assim a questão ficou resolvida, mas não a meu favor. Eu teria de pagar os custos, de algum jeito, e o casal Carsdale-Luck iria me dispensar. Eles me dariam uma semana para encontrar outro lugar para morar e sair de suas terras. Voltei para a minha cabana gelada naquela noite, sentindo-me desprezada e amaldiçoada. Gerry garantiu que não me tiraria Baron, mas eu precisaria encontrar mais cavalos, e um lugar para morar enquanto os treinasse. Fiquei acordada até tarde, fazendo contas, imaginando como levantaria o dinheiro para Melton Pie, quando ouvi passos do lado de fora da cabana. Não havia tranca em minha porta, e por um longo momento fiquei imóvel. Seria George Carsdale-Luck vindo me cobrar o dinheiro? Seria Jock, para me dizer que mudara de ideia quanto ao divórcio? Meu coração apertou e disparou em meu peito.

— *Hodi* — disse uma voz masculina do lado de fora.

— *Karibu* — respondi, indo em direção à porta, ainda sem reconhecer a voz.

Empurrei a porta de madeira e vi um guerreiro alto e musculoso com a *shuka* repuxada sobre um ombro. Havia uma espada curva na bainha de couro que pendia de seus quadris estreitos. O cabelo era raspado, a não ser pela trança pesada que partia da testa e atravessava o couro cabeludo. Os olhos eram negros e sem fundo e, quando os vi, tive vontade de chorar. *Arap* Ruta me encontrara. Ele me encontrara, mesmo ali.

Olhei para seus pés descalços, as tiras trançadas amarradas em torno dos tornozelos empoeirados. Ele viera a pé desde Njoro — atravessando o caminho como uma flecha atirada através de centenas de quilômetros de distância. Apesar de toda a vastidão do Quênia, era muito difícil desaparecer, mesmo que se quisesse. Éramos tão poucos que deixávamos trilhas tão nítidas quanto sinais de fumaça. Não era surpresa que Ruta tivesse conseguido me encontrar, e sim que ele assim tivesse desejado. Achei que tivesse me esquecido.

— Estou tão feliz por vê-lo, Ruta. Você parece bem. Como vai a família?

— O gado em casa adoeceu.

Ele se aproximou da luz da minha lanterna.

— É muito difícil alimentar muitos com muito pouco ou quase nada.

— Que triste! — respondi. — Há algo que eu possa fazer?

— Tudo mudou. Não há trabalho. Pensei que você pudesse ter serviço para mim.

Ele já era orgulhoso quando criança; como homem, imaginei que fosse ainda mais, e que não havia sido fácil para ele ir me pedir um favor.

— Você é meu amigo mais antigo, Ruta. Eu faria qualquer coisa para ajudá-lo, mas não creio que *exista* trabalho agora.

Ele me olhou, tentando interpretar minha expressão.

— Seu pai gostava de me ter trabalhando nos estábulos. Eu não esqueci o que aprendi a respeito de cavalos, e ainda sei cavalgar. Já fui capaz de cavalgar qualquer um.

— Sim, eu me lembro. Você quer entrar?

Ele assentiu, limpou o pó dos pés e sentou-se num banco de armar, enquanto eu tentava me explicar.

— As coisas estão difíceis. Um dia, haverá muitos cavalos para treinar, e muito dinheiro para todos, mas, no momento...

Minha voz sumiu.

— Eu sou paciente.

Seus olhos estavam límpidos, negros e firmes.

— Quando vencermos, poderá me pagar.

— Mas eu não sei quando vai ser isso. A melhor chance que tenho é Baron, na Produce Stakes, daqui a quatro meses. Ainda não consegui mostrar o quanto sou boa aqui.

— Acredito que poderemos vencer, *memsahib*.

— Você acredita? — Não pude deixar de sorrir. — Eu tenho feito tudo sozinha, mas a verdade é que não sei se acredito mais em mim.

— Nunca vi você demonstrar medo. Eu também não tenho medo. Vou mandar alguém buscar minha esposa. Ela vai cozinhar para nós.

— É um bom plano, Ruta, mas aonde vamos nos instalar?

— Nós somos sérios e queremos vencer corridas. Tenho certeza de que encontraremos um lugar.

Sentei-me, piscando, surpresa com o otimismo de Ruta e com o modo como ele fazia tudo parecer tão simples. *Nada* era simples, é claro — mas havia uma impressionante simetria no fato de Ruta aparecer aqui. Ambos precisávamos demais um do outro. Só isso já me parecia certo. Talvez *conseguíssemos* vencer um dia.

— Tome um pouco de café. Não está muito gostoso, eu acho.

— Você nunca soube cozinhar — disse ele com um meio sorriso.

— Não, eu nunca soube.

Servi o café na pequena mesa de cedro. Ele me falou a respeito de sua mulher, Kimaru, e do filho de dois anos, Asis. Expliquei que meu casamento acabara, sabendo que não entenderia ou, no mínimo, não aprovaria. Para os kips, as mulheres eram tratadas como propriedade, e o equilíbrio de poder era muito definido. Os homens eram os chefes da família, e suas esposas respeitavam isso, e os respeitavam, como lei.

— *Bwana* Purves não era como seu pai — ele se permitiu dizer depois que terminei minha história.

— Não — admiti. — Nem como o seu. — Ruta talvez nunca compreendesse de todo as escolhas que eu fizera, mas não precisávamos concordar em tudo para nos ajudarmos mutuamente. Ele tinha suas próprias razões para ter feito a longa viagem do vale até minha cabana em Molo. — Você não faz ideia do quanto precisei de sua ajuda, meu amigo. Nem eu mesma sabia, até agora.

— Estou satisfeito por ter vindo. Mas, diga-me, sempre faz tanto frio aqui?

— Receio que sim.

— Então vamos precisar fazer uma fogueira maior, Beru.

— Vamos — concordei.

Já a tínhamos feito.

39

Só a determinação nos ajudaria agora e, com Ruta a meu lado, eu era enfim capaz de me lembrar de como era esse sentimento. Enchi-me de coragem e busquei por toda parte cavalos para treinar e, no começo de abril, tinha um belo garanhão castanho e de ombros largos chamado Ruddygore, além de Baron — e também conseguira de volta Wrack e Melton Pie. O casal Carsdale-Luck vendera os dois a outro proprietário, que na mesma hora confiou em mim muito mais do que eles o haviam feito. Pude levar todos comigo quando me mudei de Molo para Nakuru — pois foi assim que Ruta e eu resolvemos nosso problema de moradia. Molo era frio demais e inóspito demais, portanto demos um jeito de alugar espaço na pista de corridas de Nakuru, não muito longe de Soysambu, em um terreno que eu conhecia bem. Ruta e sua esposa ocuparam uma pequena cabana de pau a pique atrás do *paddock* principal. Arrumei uma cama feita de caixotes no final da tribuna de honra, sob o telhado inclinado de metal. Havia um fardo de feno como mesa de cabeceira, outro para servir de cadeira e, apesar disso, senti-me imediatamente feliz e em casa. A vida voltara a ser suportável. Ruta e eu estávamos juntos, e tínhamos uma boa corrida se aproximando. O que mais era preciso?

Eu estava mais entusiasmada com Wrack. Ele tinha potencial desde o instante em que nasceu — conformação perfeita e a melhor linhagem. Mas potencial é algo que pode evoluir ou involuir, ou até mesmo desaparecer. Os arremates finais do treino de qualquer cavalo de corrida eram os mais importantes ao longo de todo o processo. Em poucos meses, eu o vi passar de um potro voluntarioso e arrogante a um animal magnífico. Cada músculo sob sua pelagem castanha ondulada exalava poder e graça. Suas patas eram pistões e o corpo brilhava. Ele era feito para correr, e para vencer, e sabia disso.

Wrack era nossa aposta — de Ruta e minha. Seria através dele que somaríamos forças naquele mundo difícil e deixaríamos nossa marca.

Uma tarde, poucas semanas antes da corrida, eu estava na cidade acertando um pedido de comida e decidi parar no hotel de D. Havia passado mais de um ano desde que estivera ali pela última vez, naquela noite traumática em que Jock atacou D e o fez em pedaços. Não teria sido difícil evitar o lugar, se eu não quisesse guardar as lembranças ou ter a chance de encontrar D, mas enfim me sentia pronta para revê-lo e saber em que pé estávamos. Amarrei Pégaso do lado de fora, tirei a poeira dos mocassins e ajeitei o cabelo, perguntando-me se estaria ao menos um pouco apresentável. Do lado de dentro, precisei de alguns segundos para que meus olhos se habituassem à meia-luz, mas quando consegui enxergar, vi que não era D quem estava na sala. Mas sim Denys — jogado em sua poltrona com um drinque, o chapéu empoeirado do lado. Acho que parei de respirar.

— Você está muito bem, Beryl — comentou ele quando me aproximei, mal sentindo os pés. — Como tem passado?

Havia muita história entre nós, muitas escolhas difíceis demais. Perdas que eu nunca conseguiria descrever.

— Vou indo — consegui responder. — E você?

— Razoável.

Ele piscou os olhos cor de avelã e, ao me dar conta do fato de estar diante dele, meu coração estremeceu e girou, como sempre acontecia quando ele estava por perto. Talvez fosse assim para sempre.

— Você esteve em Londres, como eu soube?

— Estive.

Apoiei-me no encosto de uma cadeira para me equilibrar.

— Eu também viajei, para o enterro da minha mãe.

— Sinto muito, Denys.

— Chegou a hora dela, imagino. Ou talvez isso seja apenas o que todos dizem.

— E você está trabalhando agora?

— Sim. Fechei o meu primeiro contrato profissional há alguns meses. Um bom sujeito... americano, na verdade. Aprendeu a usar um facão de mato e a carregar seu próprio equipamento.

— Está vendo? Eu sabia que você conseguiria ensinar bom senso a todos esses Teddy Roosevelts mimados.

— Não tenho tanta certeza. Blix teve um, há pouco tempo, que insistiu em levar um piano com ele.

— Ah, Blix, sinto saudades dele. — As palavras ficaram em suspenso entre nós por alguns momentos, como se pendentes de uma teia de aranha. — Como vai Karen?

— Foi à Dinamarca visitar a mãe, mas, pelo se que sabe, está bem.

— Ah! — Fiquei em silêncio, observando mais uma vez o seu rosto. Ele estava muito bronzeado, mas, sob aquela cor de saúde, pude perceber um pouco de exaustão, ou talvez fosse preocupação. — E Berkeley?

— Berkeley não andou muito bem, sinto dizer. Passou um mês de cama em Soysambu, quando seu coração quase parou de vez. O médico recomendou descanso absoluto, mas ele não ouviu.

— Típico de Berkeley. Onde ele está agora?

— Em casa. Não sei quanto tempo de vida lhe resta.

— Berkeley não pode morrer. Eu não permitirei.

— Talvez você deva lhe dizer isso em breve.

Tentei reprimir minhas emoções enquanto ficamos em silêncio por alguns minutos. Berkeley *precisava* se recuperar de alguma maneira. E quanto a Denys? Poderíamos voltar a ser amigos depois de tudo o que acontecera?

— Apareça em Mbogani um dia desses — disse Denys, quando fiz menção de ir embora. — Eu lhe ofereço uma bebida.

— Achei que você tivesse dito que Karen viajou.
— E viajou. Mas você é sempre bem-vinda.
— Ah! — foi tudo o que consegui dizer. — Então me aprumei e me inclinei sobre ele por um momento, roçando-lhe a pele suavemente escanhoada com meus lábios. — Boa noite, Denys.

No dia seguinte, cavalguei até Solio, chegando quase à hora do coquetel. Conhecendo Berkeley, meio que esperava vê-lo no jardim, uma garrafa de champanhe em cada mão, mas ele estava de cama. Partiu meu coração vê-lo ali, frágil e exangue, desamparado como uma criança.

— Você é um anjo, Beryl — disse ele quando lhe entreguei um grosso charuto que trouxera de Nakuru. — Acenda-o para mim, por favor. Não sei se tenho fôlego para isso.

— Eu não sabia que você estava tão doente. Teria vindo antes.
— Do que você está falando? — fingiu ele. — Estava tão pálido que mesmo seus lindos dentes pareciam acinzentados. A voz estava fraca. — Você sabia que a fazenda nunca deu tanto lucro? Estou agora tomando pé das coisas. Bem a tempo. — Tentou se sentar e aproximei-me para ajudar, juntando os travesseiros para levantá-lo enquanto os criados somalis nos observavam com gravidade. — Eles não têm certeza de que você deva me tocar — sussurrou ele. — Em geral não há mulheres bonitas na minha cama.

— Não acredito nisso, nem por um segundo. Você é um príncipe, Berkeley. Você é, de verdade, o melhor de todos.

— Exceto por uns pequenos defeitos. — Ele olhou para o charuto que coloquei em sua mão, a fumaça prateada elevando-se em ondas até se perder no teto. — Mas vou embora como os grandes poetas, não é? Cheio de fogo e sons profundos.

— Você não vai a lugar algum, seu peste. Por favor, não faça isso.
Ele fechou os olhos.
— Tudo bem. Hoje, não.

Encontrei taças para nós e ele me disse onde encontrar o melhor vinho, atrás de um armário perto de sua cama.

— Esta garrafa é um Falernian. — Ergueu-a contra a luz. — É um dos poucos vinhos que têm o selo dos antigos romanos. Alguns dizem que é o melhor vinho do mundo.

— Então você não vai querer desperdiçá-lo comigo.
— Pobre e linda Beryl! Tem certeza que não quer se casar comigo? Poderia ficar com minha fortuna quando eu morrer e fazer escândalos como minha jovem viúva.

— Pobre e lindo Berkeley! Você está sempre brincando, mas, confesse, a quem pertence seu coração?

— Ah, isso... — Ele tossiu um pouco, cobrindo a boca com o punho da camisa. — Este é um enorme segredo. — Através dos cílios escuros, seus olhos castanhos tinham um brilho afogueado, como se ele já soubesse o que o esperava, sair desta vida para a próxima. — Pegue um livro e leia alguma coisa para mim, sim? Sinto falta de poesia.

— Eu tenho algo — respondi baixinho, e comecei a recitar os versos de Whitman, da "Canção de mim mesmo", que eu conseguira guardar comigo há vários anos.

Achei que não poderia continuar olhando para ele e dizer o poema, então me fixei em suas pálidas mãos sobre o cobertor branquíssimo, nas meias-luas azuladas das unhas bem cortadas, nas pequenas cicatrizes, nas veias salientes.

Quando terminei, ficamos algum tempo em silêncio. Ele girava o vinho dentro da taça.

— Este é o mais lindo tom de âmbar, não é? Como leões na relva.

— Exatamente assim.

— Agora repita o seu poema, mais devagar desta vez. Eu não quero perder nenhuma palavra.

Recomecei, do início, enquanto sua respiração ia se abrandando, seus olhos piscando e depois se fechando. Havia um leve sorriso em seus lábios cor de cera, e os cílios espigados eram como frágeis samambaias sobre as faces. Como eu poderia me despedir dele? Não podia, não iria me despedir. Mas eu o beijei antes de sair, com gosto de vinho Falernian.

40

Os longos dias de chuva começaram, com imensas tormentas caindo a cada poucos dias, mas o dia do enterro de Berkeley estava límpido como cristal. Ele queria ser enterrado em casa, às margens do seu rio, por onde corriam, como ele sempre jurara, as águas puras das geleiras que descem do monte Quênia. Ao longo de uma curva com a forma de uma cintura e quadril femininos, o rio cantava sobre pedras de basalto negro e camadas de turfa. Naquele ponto, vimos Berkeley descer à terra, enquanto estorninhos e papa-moscas entoavam escalas cristalinas através do toldo.

Dezenas de amigos lá estavam. Blix veio de Somalilândia, ainda coberto de camadas de poeira amarela. Os olhos de D pareciam sombrios sob seu capacete de sol, mas assim que as últimas palavras foram ditas e a terra lançada sobre o caixão de Berkeley, ele se aproximou de mim, apertou de leve as minhas mãos e não as soltou por um bom tempo.

— Eu me senti péssimo por tê-la despedido, sabia? — confessou.
— Você não tinha escolha — respondi. — Eu compreendi.

Ele pigarreou rispidamente, e balançou a cabeça, um longo cacho do cabelo quase branco tocando o colarinho.

— Se você algum dia precisar de alguma coisa, quero que me procure. Você ainda é muito jovem. Eu me esqueci disso, algumas vezes. Quando Florence e eu tínhamos sua idade, não tínhamos juízo suficiente para assentar nosso próprio rabo.

Nossos olhos se encontraram e senti se esvair o quer que restasse da minha humilhação. Eu aprendera lições muito duras, mas foram importantes.

— Farei isso, D. Muito obrigada.

Do longo alpendre sombreado de Berkeley, ouvi acordes lentos e melódicos vindos do gramofone. Denys estava de pé diante do reluzente cone e da agulha sibilante, e D e eu entramos para encontrá-lo.

— Você não detesta Beethoven? — perguntou D.

Um leve rubor de emoção subiu às faces de Denys.

— Berkeley não detesta.

Por um longo tempo celebramos o requinte de Berkeley e sua vida, detendo-nos em cada história que sabíamos dele, até que o céu se cobriu de nuvens cinzentas e a luz do dia começou a diminuir.

Quando a maioria dos convidados já havia partido, Denys disse:
— Volte para Ngong comigo.
— Estou com Pégaso.
— Posso trazê-la de volta para pegá-lo.
— Tudo bem — respondi, como se aquilo fosse muito natural, e eu não estivesse desmoronando por dentro, cheia de confusão e dor, desapontamento e desejo, tudo se movendo em círculos descontrolados dentro de mim.

Na estrada, conversamos muito pouco. O céu ameaçador acabou se abrindo, e uma lenta e constante chuva equatorial começou a cair. O para-brisa foi lavado e gotas suaves tamborilavam na capota de couro. Ele não segurou minha mão, não disse uma palavra do que queria, nem eu. Havia tantas coisas não ditas entre nós que não conseguíamos formular as frases mais simples.

Quando nos aproximamos da fazenda de Karen, ele logo desviou da estrada principal, em direção a Mbagathi, e eu entendi. Ele não ficaria comigo na casa dela, com seus objetos por testemunha. Aquele era um lugar só deles. Precisávamos criar um lugar que fosse novo e só nosso.

Denys desligou o motor e corremos até a casa, encharcados, mas lá também estava molhado. Mais de um ano se passara desde a tensa visita de minha mãe, e o telhado estava ainda menos confiável. A chuva caía por toda parte, e nos esquivávamos e desviávamos das goteiras, enquanto acendíamos a lareira. Com a lenha úmida, o fogo crepitava e soltava fumaça. Ele achou uma garrafa de um bom conhaque e bebemos no gargalo, alternando-nos. Mesmo com a chuva e a madeira de cedro ciciante na lareira, eu podia ouvir nossa respiração.

— Por que Berkeley nunca se casou? —perguntei.

— Ele se casou, ao modo dele. Havia uma mulher somali em sua casa, com quem ele esteve envolvido durante anos. Eram muito dedicados um ao outro.

— O quê? Durante anos? E ninguém sabia?

— Há tolerância na Colônia para algumas coisas, mas não para isso.

Agora fazia perfeito sentido a razão pela qual Berkeley se mantinha distante das mulheres da Colônia, o modo como se retraía quando eu lhe perguntava a respeito de relacionamentos amorosos. Fiquei contente por saber que ele tivera um amor, mas a que custo? Que difícil fora guardar aquele segredo!

— Você acha que algum dia haverá lugar no mundo para esse tipo de relacionamento? — perguntei.

— Eu gostaria de acreditar que sim — respondeu ele, — mas as probabilidades não me parecem boas.

Quando o conhaque estava quase no fim, ele me levou até o pequeno quarto nos fundos e, sem uma palavra, tirou minhas roupas, beijando minhas pálpebras, as pontas dos dedos tocando de leve meus pulsos. Deitamo-nos, sentindo o calor dos nossos membros. Ele enterrou o rosto entre meu cabelo e o pescoço, movendo-se com tanta delicadeza que eu quase desmaiei. Desesperada como estava por aquela proximidade, eu me sentia assombrada pela última vez que estivemos juntos e por todos os dias desde então. Meu coração estava disparado. Tive medo que explodisse.

— Não sei o que há entre nós — consegui dizer, afinal. — Talvez não tenhamos nada além deste momento. — Toquei-o, seu tórax e peito subindo e descendo com a respiração. Nossas sombras se projetavam na parede. — Mas eu gosto muito de você, Denys.

— Eu também gosto de você, Beryl. Você é uma mulher extraordinária. É claro que você sabe disso.

Parte de mim queria esclarecer tudo — contar a verdade sobre tudo o que aconteceu em Londres. Perguntar-lhe a respeito de Karen, e que sentido tudo aquilo fazia para ele. Mas, por outro lado, não acreditava que algo se resolveria com conversas ou explicações. Tínhamos feito nossas escolhas, em conjunto e individuais, não tínhamos? Éramos quem éramos.

Ajoelhando-me, percorri as reentrâncias de suas clavículas, recortando os sombreados, o pescoço largo, ombros e antebraços. Decorava seu corpo com as mãos.

— Se você pudesse viver outra vida — perguntei-lhe — mudaria alguma coisa?

— Não sei. Talvez nossos erros nos façam ser quem somos.

Ele se calou por alguns minutos, e depois disse:

— A única coisa que realmente temo é me afastar da vida, não alcançar o *objetivo*... Você entende?

— Acho que sim. — Botei a mão sobre seu coração. Seu palpitar reverberava na minha palma. Era verdade que muitas das reviravoltas que me levaram àquele quarto foram dolorosas e difíceis, mas eu nunca me sentira mais viva. Estava apavorada, mas não queria me afastar dele. Não me afastaria... não se pudesse evitar. — Denys?

— Hmm?

— Estou contente por estarmos aqui agora.

— Sim — respondeu ele, os lábios nos meus, enquanto a chuva estrondeava.

Por mim, o telhado poderia desabar sobre nossas cabeças. Eu estava nos braços de Denys. Teria me afogado feliz.

41

Dos primeiros clarins ao tiro de largada e ao esvaziamento das arquibancadas, corridas são rápidas e efêmeras. Dez cavalos galopando e dando tudo de si. Três quilômetros, nenhum tempo, ainda que com tempo suficiente — encolhidos, aprumados e esticados como o ato de respirar — para ganhar e perder a corrida, muitas e muitas vezes.

Na Produce Stakes, Wrack correu como o vento e com absoluta e desinibida coragem, disparando na frente de todos. Eu o observava pelos binóculos, com medo de perdê-lo de vista ainda que por um instante. Ruta ficou ao meu lado, imóvel como uma oração, enquanto a dianteira era roubada de Wrack, um pelo de cada vez. Ele nunca cedeu, nunca deixou de se esforçar. Mas, na reta final, um castrado ágil cruzou a linha de chegada e eu finalmente voltei a respirar, arrasada.

— Você viu como foi por pouco? — disse Ruta, quando a poeira baixou e meu coração voltou a pulsar. — Da próxima vez que correr, Wrack vai se lembrar disso e fazer melhor.

— Não creio que funcione assim com cavalos, Ruta.

Eu tentava me recompor, também pensando na próxima vez — se o dono de Wrack, Ogilvie, nos deixasse continuar a treiná-lo.

— Por que não?

— Não sei. Eles não têm memória como nós. Cada corrida é como se fosse a primeira.

Mas quando fomos falar com Ogilvie, ele estava mais inclinado a pensar como Ruta.

— Você viu como foi por pouco? Ele vencerá da próxima vez.

E venceu.

Até o final de 1925, meus cavalos venceram e se classificaram bem o suficiente para que o mundo fechado das corridas em Nairóbi parecesse, enfim, pronto para me aceitar e acreditar que aquele era o meu lugar. D me convidou para voltar a Soysambu, dizendo que, agora ou depois, sempre haveria um lugar para mim em seus estábulos. Ben Birkbeck me escreveu dizendo que estava ansioso para me entregar seus cavalos e que eu parecia estar a ponto de superar a reputação de meu pai na Colônia. Num dos meus eventos, avistei minha mãe com um alto chapéu de plumas, me acenando. Eu não a via há mais de um ano, e senti um baque doloroso e complexo. Eu ainda não sabia quem ela era na minha vida, ou como me comportar perto dela sem me sentir atacada. Talvez nunca soubesse.

— Fico orgulhosa vendo-a tão bem-sucedida — disse ela, ao falar comigo depois da corrida. — Parabéns!

Observei-a bebericar um coquetel cor-de-rosa e ouvi suas novidades. Estava morando perto de Eldoret com Dickie e os meninos, e tentando ajudar Dickie a pagar as contas, mas sem muita sorte.

— Lamento que as coisas estejam difíceis — respondi, e surpreendi-me ao perceber que era sincera ao dizê-lo.

Talvez Berkeley estivesse certo em relação a famílias — talvez nunca sobrevivamos a elas, ou a qualquer pessoa que amemos. Não da forma mais verdadeira. Meus sentimentos por Clara enroscavam-se desde a raiz, insolúveis. Gostasse ou não, eu carregaria para sempre o fantasma da sua partida. Mas também não me parecia certo virar-lhe as costas e ignorar suas necessidades.

— Há algo que eu possa fazer?

— Daremos um jeito — afirmou ela, curiosamente estoica.

Terminou o drinque e preparou-se para sair, dizendo:

— É mesmo *maravilhoso* ver você conquistar o que merece.

* * *

Com aquela sequência de vitórias, pude afinal começar a pagar a Ruta o que ele merecia e agradar sua esposa comprando-lhe novos sapatos e panelas. Eu poderia, também, comprar uma cama melhor para a minha tenda sob a arquibancada e guardar dinheiro para comprar um carro — mas não me deitaria sobre os louros ou confiaria na duração da boa sorte.

Eu sentia o mesmo em relação a Denys. Cada hora passada com ele era doce e secreta. Comecei a pegar emprestada uma motocicleta de Karen para visitá-lo quando ele estava em Mbogani — e, de certa forma, a emoção de guiar a motocicleta, saltando pela poeira vermelha da estrada, escapando de buracos e pedras, equivalia à sensação de estar perto dele. Ambas eram perigosas, ambas uma transgressão ousada e indesculpável. Karen teria morrido mil vezes se soubesse que eu estive em Mbagathi sob o telhado vazado, nos braços de seu amante, enquanto ela estava na Dinamarca — mas eu não podia pensar nisso, ou nela. Se pensasse, não teria nada, o que seria muito pior.

Karen logo chegaria em casa. Quando Denys começou a falar de uma viagem de reconhecimento que faria perto de Meru e sugeriu que eu poderia acompanhá-lo, eu soube que, na verdade, ele estava dizendo que aquela poderia ser nossa última oportunidade de estarmos juntos.

— Você poderia ir a cavalo e me encontrar.

Havia uma logística a ser resolvida. Eu cavalgaria até Solio, a antiga fazenda de Berkeley. Poderia deixar Pégaso lá e continuaríamos, juntos, no Hudson, o carro de Denys. Quando voltássemos, cada um seguiria seu destino.

Combinamos de nos encontrar em fevereiro. Antes, ele partiria num longo safári, com um rico cliente da Austrália, e eu estaria preparando Wrack para o St. Ledger, a corrida mais importante do Quênia. Com seus recentes sucessos, Wrack era o favorito, e planejei fazer o máximo possível para assegurar que ele corresponderia ou mesmo superaria todas as expectativas.

Na tarde em que eu deveria encontrar Denys, o céu se abriu num estrondo e a chuva começou a cair com violência, como se nunca mais pretendesse parar.

Ruta olhou pela porta do estábulo e viu o aguaceiro.

— E agora, vai ficar, *msabu*?

Ele conhecia meus planos. Eu não tinha segredos para ele, como nunca tive.

— Não, eu não posso fazer isso, mas vou me atrasar. Você não aprova que eu esteja com Denys. Eu sei disso.

Ele encolheu os ombros e suspirou, mencionando um conhecido provérbio nativo:

— Quem pode compreender as mulheres e o céu?
— Eu o amo, Ruta.
Depois de tudo, eu ainda não admitira aquele sentimento, nem para mim mesma.
Seus olhos escuros perscrutaram o ar carregado e a chuva.
— Faz diferença se eu aprovo ou não? De qualquer maneira, você vai ao encontro dele.
— Você está certo. Vou mesmo.

O dia todo observei a chuva e as torrentes de lama vermelha. Quando houve, afinal, uma pequena brecha no horizonte e pude ver nuvens mais claras e uma leve insinuação de raios de sol, montei Pégaso e parti. Solio ficava no lado extremo das Aberdares, 56 quilômetros a leste. Em condições ideais, eu teria poupado Pégaso e cavalgado em torno da montanha até o norte. Agora, eu estava tão atrasada que pensei em cortar horas de viagem escalando a montanha por uma pequena trilha sinuosa.

Estar sozinha a cavalo no meio da noite não me assustava. Eu já cavalgara no escuro antes, em condições menos ideais. Pégaso me levaria até lá. Sempre teve muito bons instintos nas montanhas, tão firme em seus cascos quanto uma cabra montês.

No princípio, fizemos um bom tempo. O céu clareara e o ar da noite era suave. À medida que a senda estreita subia cada vez mais em ângulo agudo, as luzes da cidade se acendiam aqui e ali abaixo de nós. Mercadores dormiam em camas de armar e as crianças se amontoavam no chão em esteiras, dormindo a sono solto. Eu mal poderia começar a imaginar aquele tipo de vida tranquila com Denys. Nenhum de nós fora feito para a monotonia ou a rotina, as tenazes da vida doméstica — mas havia aquela noite, e a seguinte. Beijos roubados. Uma felicidade doce e aterradora. Para ficar mais uma hora em seus braços, eu sabia que faria praticamente qualquer coisa.

Estávamos talvez a meio caminho de Solio quando comecei a sentir o cheiro de água. Em breve eu também ouviria o rio, logo adiante. Pégaso e eu nos aproximamos devagar, só com um luar fraco a nos mostrar o caminho. Ao chegarmos mais perto, pude ver o movimento da corrente, sombras fantasmagóricas retorcendo-se e redemoinhando. As margens eram íngremes e limpas. Não havia como Pégaso descer com segurança e, mais, qual seria a profundidade do rio? Ele conseguiria nadar ou atravessar? No escuro, não havia como saber. Viramos então para o norte, examinando a margem para poder cruzar o rio, e depois voltamos a virar para o sul.

Afinal divisamos os indistintos contornos de uma ponte. Ao nos aproximarmos, vi que era feita de bambu e corda grossa retorcida, não muito extensa, do tipo que as tribos locais construíam para seu próprio uso. Eu não tinha como verificar a resistência, mas aquelas coisas costumavam aguentar bois e pequenas carretas. Era provável que conseguíssemos.

Desmontei e segurei as rédeas, e começamos a descer, Pégaso escorregando um pouco nos pedregulhos. Ele relinchou, estancando. A ponte tinha o piso firme, mas as cordas eram soltas, fazendo-a balançar com nosso movimento. Aquele vai e vem me enjoou e eu sabia que Pégaso também não estava muito contente.

Passo a passo, nós a atravessamos. Ouvi o rugido da água, talvez a seis metros de profundidade. A espuma branca se movia sob o luar, parecendo viva, e a água mais escura saltava, prateando as margens. Quando vislumbrei a margem do outro lado, o alívio foi grande. Comecei a pensar que tínhamos ido longe demais e nos arriscado demais, mas estávamos quase chegando. Quase em terra firme.

As cordas rangiam, com um som entrecortado, e de repente o bambu começou a estalar. Pégaso cambaleou e caiu. Ele relinchou ao perder o equilíbrio e, por um momento, achei que o tivesse perdido, então a ponte estremeceu quando ele parou. Suas pernas tinham atravessado as tábuas de bambu. Ele estava preso até o peito, seguro apenas pelas ripas. Abaixo de nós, o rio rugia e emitia sons medonhos. Era provável que eu também estivesse correndo perigo de cair, mas só conseguia pensar em Pégaso e na confusão em que eu o tinha metido.

Puros-sangues são nervosos por natureza, mas Pégaso sempre teve uma ótima cabeça. Era corajoso e calmo, mesmo naquela situação, fixando em mim os grandes olhos no escuro, confiante de que eu encontraria a saída. E porque ele acreditava que eu conseguiria, eu também acreditei, e comecei a pensar em um plano. Eu tinha uma corda amarrada à sela, que deveria ser longa o bastante para puxá-lo para fora, se conseguisse prendê-la bem.

Senti a ponte ceder e se contorcer à medida que me movia para frente, absolutamente consciente da descarga de adrenalina e de minha respiração curta. Alcancei a margem oposta e encontrei uma acácia bem enraizada e inclinada para o lado. Era uma árvore jovem, mas era o que eu tinha, e torci para que meu plano desse certo. Voltei até Pégaso, que me aguardava com paciência épica. Passei um laçada pela ponte de seu nariz e outra em volta da cabeça, num cabresto improvisado. A corda não funcionaria se escorregasse. Minha ideia era ancorá-lo até o amanhecer. Não havia como ele escalar para sair das ripas, não sem uma alavanca, e seria muito perigoso tentar sozinha no escuro. Eu poderia perdê-lo, e a isso eu jamais me arriscaria.

Assim que consegui firmar o cabresto e prender a outra ponta na acácia, encostei-me em seu pescoço, para descansar.

— Esta será uma história e tanto — eu lhe disse no escuro, suas orelhas aveludadas se movendo para frente, me ouvindo.

Amarrando um cobertor de lã sobre os ombros como uma capa, acomodei-me a seu lado, para me aquecer. Mal poderia acreditar que dormiria um pouco quando ouvi um estalar de moitas e um estrondo. Uma manada de elefantes sentira nosso cheiro e se aproximara. Eles agora giravam e bramiam nas margens, aterrorizando Pégaso. Eu não sabia se viriam em nossa direção e partiriam a ponte em pedaços, junto conosco. Por instinto, fiquei de pé. Pégaso lutava, dando estocadas nas ripas, rolando seu peso de um lado para outro. Fiquei apavorada, achando que ele cairia, mas, de alguma maneira, ele conseguiu puxar uma pata para cima e depois duas. Esticou-se até a beirada da margem que conseguiu alcançar, puxando-se para frente enquanto a ponte cedia e balançava. Era como se tentássemos caminhar sobre uma jangada de palitos de dente com movimento próprio, ou torrões de caramelo, ou nada.

De algum modo, como um herói, Pégaso conseguiu se equilibrar e vencer as ripas restantes. Mas estávamos num ângulo horrível. Seu peso derrubou parte da margem íngreme que estava atrás dele, e ele estava exausto. O barro arenoso estava amolecido, e achei que o perderia ali de qualquer forma. Os elefantes não estavam muito longe. Eu podia ouvi-los bramir seus alarmes, e o inconfundível trombetear de um macho. Esses animais tinham péssima visão, mas eu sabia que poderiam nos encontrar só pelo olfato.

Instigando Pégaso, fiquei de pé junto ao arbusto e agarrei a corda com as mãos, usando todo o meu peso, dobrada ao meio, puxando com toda a minha força. Finalmente, estávamos ambos em terra firme. Eu podia ver os cortes de bambu no peito de Pégaso, e grande parte de suas pernas estava em carne viva. Tínhamos sorte de estarmos os dois de pé, mas ainda não estávamos a salvo. Os elefantes estavam por perto, e sabe-se lá o que mais. Pégaso cheirava a sangue, e estávamos cansados. Isso nos transformava num alvo extremamente fácil para qualquer predador. Precisávamos seguir adiante.

Quando enfim chegamos a Solio, quase amanhecia. Os fiéis criados somali de Berkeley ainda cuidavam do lugar até que a família encontrasse um bom comprador. Eles me conheciam e, embora não fosse uma boa hora, me receberam e prepararam uma baia seca para Pégaso.

Com cuidado, limpei e enfaixei suas feridas e vi que não eram tão sérias quanto eu temera. As ripas haviam causado ferimentos superficiais em seu peito e patas, mas não havia sinais de infecção, nem sangramento. Ele iria se curar sem problemas — graças a Deus. Enquanto isso, onde estava Denys? Talvez a chuva também o tivesse atrasado? Eu não fazia ideia das condições em que ele se encontrava e, ao me acomodar para dormir, esperei que tudo estivesse bem.

Quando acordei algumas horas depois, tomei um café da manhã leve, todo o tempo atenta aos sons da aproximação de Denys. Ele chegaria em seu jipe barulhento. Eu conseguiria ouvi-lo a um quilômetro de distância, e então estaríamos sozinhos por seis dias. Nunca tínhamos ficado tanto tempo juntos, e eu me sentia zonza com a ideia de sua proximidade, seu cheiro, suas mãos, seu sorriso. Ele me mostraria lugares e coisas que amava, e aproveitaríamos ao máximo cada instante que tivéssemos juntos. Se ele ao menos chegasse.

Finalmente, depois do almoço, vi um dos jovens kikuyu de Denys subir correndo a estrada até a casa, num ritmo imutável, como se pudesse correr para sempre. Meu estômago embrulhou ao vê-lo, porque eu sabia o que aquilo significava.

— Bedar disse que ele não virá, *msabu* — disse o rapaz quando me alcançou.

Ele havia percorrido cerca de trinta quilômetros ladeira acima, naquele dia. Seus pés descalços estavam grossos e calejados. Ele não estava sem fôlego.

— Não vem mesmo?

— Eles não encontraram marfim.

Então Denys ainda estava trabalhando. Seus dias não lhe pertenciam, e ele não poderia ir, ainda que quisesse. O que não significava que eu não me sentisse desapontada. Observei o criado de Berkeley dar água e comida ao rapaz, e depois o vi partir ao encontro Denys, seguindo destemido em direção ao norte, fazendo a curva da estrada. Quando ele desapareceu de vista, meu ânimo sucumbiu. Pégaso e eu poderíamos ter morrido naquela montanha no escuro, e por nada. Eu não veria Denys. Não teríamos nossos dias juntos, e eu me arriscara tanto para vivê-los, para estar ali. Esses pensamentos quase me deixaram doente.

Arrumei minhas coisas e depois desci até o rio onde estava o túmulo de Berkeley. Meses se tinham passado e, aqui e ali, o montículo de terra começava a afundar. Nivelei-o com as mãos e a ponta das botas, para fazer algo por ele e me sentir mais uma vez próxima dele. Acima de mim, um casal de estorninhos cortava o ar, gritando um para o outro, num elaborado sistema de observações e respostas. Como joias, seus peitos e cabeças cintilavam em tons iridescentes de verde, azul e cobre. As folhas estremeciam à volta deles, mas o resto da floresta estava imóvel.

— Ai, Berkeley, eu me dei muito mal desta vez — admiti. — O que vou fazer?

Nada me respondeu, nem mesmo os pássaros.

42

Quando Karen voltou da Dinamarca, tentei não saber notícias dela, mas era impossível. A vida na Colônia era por demais restrita e propícia a expor detalhes de todos os acontecimentos. Ela esteve doente e acamada por algum tempo. Naquele ano, a safra de café não foi boa, e suas dívidas aumentavam vertiginosamente. Também soube que Denys fora à Europa sem dizer nada a ninguém, mas, como ele não se comunicara comigo, eu não sabia o motivo. Acabei esbarrando com Karen no clube Muthaiga, em fins de março. Ela tomava chá com Blix, e ao vê-los, quase caí em cima deles. Assim eram as coisas na Colônia. Era preciso ter amigos, não importava o quão intrincado fossem os relacionamentos, ou o quanto nos custavam.

— Beryl — exclamou Blix, apertando-me os ombros. — Todos andam comentando como seus cavalos podem levar todos os prêmios. Isso não seria maravilhoso?

Karen e eu nos beijamos, um pouco hesitantes. Ela parecia mais magra. A pele em torno de seus olhos estava repuxada, e as maçãs do rosto fundas e escuras.

— Denys voltou para Londres — disse ela quase no mesmo instante, como se não conseguisse pensar em outra coisa. — Tivemos duas semanas. Duas semanas juntos, depois de 11 meses longe. E, ainda assim, devo me sentir grata. Devo ser corajosa e seguir em frente.

Uma parte de mim quis gritar *Sim* para ela, alto e forte. Ela teve vários dias sozinha com ele, enquanto meu tempo com Denys me havia sido roubado. Embora eu também soubesse como ela estava triste. Eu sentia o mesmo. Agora ele deixara outra vez o continente.

— Por que Londres, desta vez?

— O pai dele está morrendo. Ele e os irmãos precisarão encontrar um comprador para Haverholme. A propriedade está na família de Denys há centenas de anos. Imagino como será difícil para todos eles. — Ela balançou a cabeça e seus cachos curtos despencaram. O cabelo crescera e perdera o corte. — Eu sei que deveria estar preocupada apenas com a família de Denys num momento como este, mas eu o quero de volta.

Blix tossiu de leve, um alerta ou uma advertência.

— Você está cansado de me ouvir dizer isso, eu sei — disparou ela. — Mas o que eu deveria fazer? Sinceramente, Bror, o quê?

Percebi que ele não iria começar a discutir com ela sem necessidade.

— Com licença — foi sua resposta, empurrando a cadeira. — Vi um amigo do outro lado do salão.

Quando Blix se afastou, Karen suspirou fundo.

— Eu finalmente concordei em lhe dar o divórcio. Acredito que ele deveria ser mais agradecido.

— Por que agora? Ele o vem pedindo há anos, não é?

— Não sei. Comecei a me sentir muito mal por lutar tanto para prendê-lo. Eu só queria ter *alguém*, você percebe? Houve um tempo em que achei que Denys se casaria comigo, mas isso parece cada vez mais improvável.

Engoli em seco, para firmar a voz, determinada a parecer à vontade conversando com ela.

— As coisas ficarão mais difíceis na fazenda agora com a saída de Blix?

— O quê, você está falando de dinheiro? — Sua gargalhada soou soturna. — Bror sempre deu um jeito de gastar o dobro do que tinha. E então me pede outro empréstimo... como se eu tivesse.

— Sinto muito. Você merece coisa melhor.

— Suponho que parte de mim sabia no que eu estava me metendo com ele. Talvez sempre saibamos. — Ela emitiu um som baixo, como se engolisse ar, ou um fato intransponível. — Bror nunca foi bom em expressar seus sentimentos, mas Denys não é melhor do que ele, que Deus me ajude. O que eu posso fazer? Ele me arruinou ao me deixar. Essa é a questão.

A cor deve ter fugido do meu rosto enquanto ela falava. Eu estava perdendo a batalha com a normalidade, e me era difícil equilibrar a xícara ou manter as mãos firmes.

— Ele sempre aparenta se sentir tão feliz na fazenda.

— E por que não se sentiria? Ele só aparece quando quer. E nunca lhe custa nada. Minhas lutas importam, sim, mas não são dele.

Ela estava falando de compromisso — ela o queria por completo, e pelo resto da vida — mas não parecia entender até que ponto aquilo se transformaria numa prisão para Denys. Ela não poderia obrigá-lo a fazer uma promessa. Ou ele entraria em sua vida por espontânea vontade, ou não entraria de modo algum. Depois de tudo o que eu passara com Jock, Denys e eu pensávamos da mesma maneira.

— Por que você continua insistindo nisso?

— Porque, quando ele está aqui, eu me sinto feliz como nunca. Sua presença torna todo o resto suportável. Venho andando pelo gramado e ouço a música do seu gramofone, ou entro pela porta e vejo seu chapéu pendurado, e meu coração volta à vida. O resto do tempo é como se eu estivesse dormindo.

— Você parece bem viva para mim.

— Só porque você não me conhece. Não como Denys.

Fiquei ali ouvindo as belas e tristes palavras de Karen, querendo odiá-la — suas vistosas poltronas e tapetes. Seus raros lírios brancos, e o pó de arroz, e os olhos dramaticamente delineados em negro. Ela errava ao tentar manter Denys preso a uma corrente, mas eu não o queria para mim? Éramos iguais naquele aspecto, mais próximas do que irmãs, e ao mesmo tempo diametralmente opostas.

Antes de sair do hotel, fui até o bar me despedir de Blix.

— Como você está, de verdade? — perguntou-me ele.

Havia em seu tom de voz mais delicadeza do que eu jamais percebera nele.

— Ainda resistindo. — Encolhi os ombros para que não se preocupasse comigo. — Você sabe, Cockie me salvou em Londres.

— Ela é maravilhosa.

— Ela é esplêndida. Se você não se casar com ela, eu caso.

— Está certo. — Ele riu e seus olhos se enrugaram. — O plano é assinar os papéis quando ela voltar. Se ela ainda não tiver caído em si. — Ele riu mais uma vez, olhando por cima do copo. — Eu serei aquele vestindo branco.

— E o dr. Cambalhota? Suponho que ele também estará presente.

— Sim. Ele prometeu conduzir a noiva até o altar.

43

Treinei Wrack freneticamente. A St. Ledger acontecia no início de agosto — eu tinha poucos e preciosos meses para colocá-lo no auge da forma — e então aconteceu o pior. Os últimos sucessos de Wrack deveriam ter feito Ogilvie sentir-se confiante em seu cavalo, mas seus amigos começaram a sussurrar em seus ouvidos. Como poderia confiar numa garota para fazer Wrack atingir o sucesso? Para qualquer velha corrida em Nakuru, tudo bem, mas para a St. Ledger? Ele gostaria mesmo de correr aquele risco?

E, então, menos de três meses antes da corrida da minha vida, eu não tinha mais cavalo. Eu mal conseguia entender ou pensar direito. Durante o ano em que treinei Wrack, eu fizera despertarem nele todas as suas qualidades. Sua habilidade, coragem, ousadia e momentos de glória vieram graças a mim — eram meus — havia a minha marca em cada batida de casco e corrida relâmpago. Agora, sua perda me tirara tudo. Eu estava vazia.

— O que faremos? — perguntei a Ruta.

Estávamos sentados sobre um amontoado de feno no alto da arquibancada, o sol e o dia de trabalho já estavam indo embora. Uma noite aveludada se aproximava, suave e mortal.

— Ainda temos meia dúzia de cavalos que podem disputar.

— Em páreos menores, sim. Sei que podemos usar alguns, mas e para o clássico, a única corrida que importa?

— Precisamos pensar — respondeu ele, fitando o céu escuro. — Ainda há muito que não sabemos.

— Todos os outros proprietários saberão que Ogilvie me tirou Wrack. E se, por acaso, ele vencer sem nós, eles o cumprimentarão dizendo como foi esperto, como teve visão de momento.

Suspirei e me revirei, puxando meu cabelo, até Ruta ir embora para casa e para sua mulher.

Quando voltei a ficar sozinha, ouvi o zumbido pulsante dos insetos e os ruídos mais afastados do estábulo, sabendo que, se Denys estivesse em algum lugar do continente, qualquer lugar, eu iria correndo até ele, só para sentir seus braços ao meu redor, para entre eles recuperar meu equilíbrio e saber que eu seria capaz prosseguir de alguma maneira, descobrindo força e coragem ao longo do caminho. Mas ele não estava. Não estava em lugar algum onde eu pudesse encontrá-lo.

Alguns dias depois, Ruta trotava com Melton Pie quando Eric Gooch entrou no estábulo. Era um proprietário que eu não conhecia muito bem — alto, de aparência nervosa, e seu tique era ajeitar a gravata a cada cinco minutos. Mas eu conhecia uma de suas potrancas. Wise Child vinha de uma das melhores éguas reprodutoras de meu pai, Ask Papa. Como Pégaso, ela fora parida em minhas mãos, um pacote de promessas, morno e escorregadio. Trazia nas veias o sangue certo para ser uma séria candidata ao grande prêmio, mas outro treinador exigira demais dela, esgotando-a. Seus frágeis tendões foram machucados no tipo errado de pista, resultando em distensões graves. Agora, por mais perfeito que fosse seu pedigree, ela mal conseguiria aguentar o peso de um jóquei.

— Suas pernas poderiam ser recuperadas — disse Eric. — Com o cuidado adequado.

— Talvez possam — concordei. — Mas em 12 semanas?

— Ela é uma lutadora. E eu não sei. — Ele ajeitou outra vez a gravata, enquanto, acima dela, o pomo-de-adão fazia um ridículo movimento de vai e vem. — Tenho um palpite de que você saberia o que fazer com ela.

Ele se referia ao meu sucesso, anos antes, com o cavalo de D, Ringleader, que tinha uma distensão parecida. Treinei-o nas praias de Elmenteita, e ele voltou a correr e a vencer. Mas naquela ocasião não havia urgência, e minha carreira não estava em jogo.

— Não quero prometer o que talvez não possa cumprir — ponderei. — A verdade é que ela talvez jamais recupere seu potencial, muito menos vencer algum clássico. Mas há uma possibilidade.

— Você a aceita, então?

— Vou tentar. É tudo que posso fazer.

No dia seguinte, Wise Child chegou com sua focinheira macia, seu espírito bravio e aquelas pernas que quase me partiram o coração. Os erros em seu treinamento tinham sido seriíssimos, e ela agora precisava de muitos cuidados especiais. Não poderíamos cometer erro algum nas próximas 12 semanas.

Como Elmenteita, o lago Nakuru tinha uma margem de areia rica e lamacenta, que cedia bem. Levamos Wise Child para lá, a fim de acertar seu passo. Às vezes, Ruta a cavalgava, às vezes eu — levando-a do trote ao cânter e ao galope. Uma onda rosada de flamingos se elevou à nossa volta, fazendo ecoar seus gritos tolos. Dezenas de milhares de pássaros alçaram voo juntos e retornaram, pousando com clamor, só para levarem outro susto. Tornaram-se nossos cronometristas. Só eles testemunharam uma espécie de mágica começar a acontecer à medida que Wise Child se tornava mais forte e confiante. Ela havia sido machucada, por pouco não se fraturou. Ainda era visível o medo que sentia a cada manhã ao tentar as primeiras passadas cautelosas, como se a lama escondesse facas. Mas sua coragem era a de uma guerreira. Ao desabrochar, agora, era possível perceber nela confiança e vontade, e algo mais do que mera velocidade.

— Este músculo — disse Ruta na sua baia, ao pentear seu corpo baio sedoso e compacto. — Este músculo pode mover uma montanha.

— Acho que você tem razão, Ruta, mas isso também me assusta. Ela está no auge da forma. Nunca esteve tão pronta, mas, mesmo assim, seria preciso muito pouco para que essas pernas falhassem. Pode acontecer num dia de corrida. Pode acontecer amanhã.

Ruta continuou a penteá-la, a escova ágil percorrendo todo o seu pelo reluzente como um líquido.

— Tudo isso é verdade, mas Deus está dentro dela. Seu coração é como uma lança. Como um leopardo.

Eu sorri para ele.

— Qual dos dois, Ruta? Uma lança ou um leopardo? Sabe, às vezes você fala como quando éramos crianças, gabando-se de como conseguia saltar mais alto do que eu.

— Ainda consigo, Beru — riu ele. — Mesmo hoje em dia.

— Acredito em você, meu amigo. Eu já lhe disse como estou contente por você estar aqui?

Eu sabia que Ruta e eu estaríamos sempre juntos, até o fim. Mas não importava a lealdade, ou Deus, ou a magia que nos acompanhara durante as semanas em que treinamos Wise Child, a fragilidade humana e o medo eram mais fortes. Três dias antes da corrida, Eric apareceu. Sua esposa nos vira conversando próximos demais no clube certa noite, considerando as possibilidades de Wise Child, e agora ela lhe dera um ultimato.

— É você ou ela — disse ele, a voz sufocada, apertando aquela gravata até eu sentir vontade de arrancá-la de seu pescoço.

— Mas não há nada acontecendo entre nós! Você não pode lhe dizer isso?

— Não vai adiantar. Ela quer se sentir mais importante do que a égua, ou qualquer outra coisa.

— Não seja estúpido! Estamos quase conseguindo. Tire-a depois da corrida, se precisar.

Ele sacudiu a cabeça, engolindo em seco.

— Você não conhece a minha mulher.

— Isso vai me arruinar, Eric. Eu me matei pela sua égua. Esta corrida é minha. Você sabe muito bem que me deve isso.

Ele ficou vermelho até as orelhas e depois se acovardou, balbuciando palavras de desculpas.

Quando, no final daquela manhã, Sonny Bumpus chegou com um auxiliar para levar Wise Child, eu estava enfurecida. Eu já usara Sonny como jóquei antes, e nos conhecíamos desde criança, desde os anos terríveis que passei no colégio interno na cidade. Alinhávamos as carteiras para brincar de corrida de obstáculos. Agora ele era um dos melhores jóqueis da Colônia, e não era preciso muito para que eu adivinhasse que Eric lhe pedira para correr com Wise Child, e que ambos, Sonny e minha égua, estavam sendo entregues ao novo treinador.

— Diga-me por que isso está acontecendo, Sonny? Você sabe o quanto eu me esforcei.

— É a pior das vergonhas, Beryl. Se eu tivesse escolha, não a pegaria. Eu estava confirmado para montar Wrack, mas ele se machucou. Voltará a correr, mas não agora.

— Wrack está fora do páreo?
— Por enquanto, sim.
— Então com certeza Wise Child vai ganhar. Que droga, Sonny! Eu preciso disso!
— Eu não sei o que dizer, garota. Não é provável que Gooch mude de ideia. — Ele cerrou os dentes, fazendo saltarem os músculos do rosto. — Mas vou dizer uma coisa, todo mundo na pista saberá distinguir. Você fez todo o trabalho com ela. Tudo o que vou fazer é montá-la.

Depois que ele se foi, fiquei encarando a parede, o coração disparado. Houve épocas na minha vida em que eu talvez merecesse aquele tipo de revés. Não podia negar. A mulher de Eric, sem dúvida, ouvira um monte de fofocas a meu respeito, mas eu não encostara um dedo no marido dela. Eu me preocupara com Wise Child, cuidara dela e a ninara, eu a amara. E agora ela tinha sido levada do meu estábulo, tirada das minhas mãos.

Nem mesmo Ruta poderia falar comigo.

44

No grid de largada, dez cavalos se agitam e batem os cascos, os jóqueis leves e brilhantes como plumas. Estão prontos para correr, loucos para correr, e quando o juiz dá o sinal, eles partem. Ruta está atrás de mim no camarote de Delamere. Ambos sentimos Wise Child na pista, vibrando como música. Todos os cavalos são esplêndidos. Cada um tem uma história e vontade, sangue e músculos magníficos, pernas ágeis e rabo esvoaçante — mas nenhum é como ela. Nenhum deles tem sua força.

Sonny sabe como tirar o máximo de nossa potranca, mas pouco a pouco. Uma só batida de cada vez. Ele intui quando instigá-la ou segurá-la, ou fazê-la esperar, num intervalo infinitesimal. Ela tem velocidade e fluidez, e uma reserva de algo mais, algo indefinido... mas será o bastante?

Logo, todos na tribuna se põem de pé, esticando a cabeça para ver nesgas de seda colorida acima das patas em movimento, fossem as apostas altas ou irrisórias. Nada disso importa. O dinheiro vem depois, algo com que brincar, conchas sobre a mesa. Mas os cavalos... Os cavalos vivem, e Wise Child tem mais alma e vida do que jamais teve ou terá. Ela ultrapassa um garanhão preto, depois um castanho, depois uma potranca bege. Flanco e cerca, sombra e sedosa graça animal. Na última curva, ela está à frente. Primeiro um nariz, depois um corpo. Dois.

Ruta coloca a mão sobre meu ombro. Meu estômago salta até a garganta, até as orelhas. Não se houve um som na multidão de milhares de pessoas, nada que se possa ouvir. Em algum lugar, Eric Gooch está assistindo ao lado da mulher, morrendo um pouco ao ver seu cavalo na dianteira. Mas ele não vê o que eu vejo. Ninguém sabe distinguir, a não ser eu, Ruta e Sonny. Como Wise Child se mantém à distância da cerca. Um sopro, uma falha, um movimento que se resume a menos de uma fração de segundo. Suas pernas aguentam. Estão no melhor de sua forma.

A pista se fecha sobre ela e eu cambaleio para trás, sobre o peito de Ruta. Sinto com todo o meu corpo seu coração palpitando firme, a batida de um antigo *ngoma*, o bater do punho de *arap* Maina contra o couro esticado do seu escudo, e é assim que consigo suportar o resto, quando quero chorar e gritar e ir abraçá-la, interrompendo a corrida. Tudo. Como o mundo não consegue ver que ela se jogou com tudo nessa pista, e que aquilo não basta?

Então, de algum jeito, de algum lugar além da noção de estratégia, ela avança, liberta das falhas e maravilhas do seu corpo. Só a coragem faz com que cubra a distância que falta. Só a garra. Quando seu focinho toca a fita, a multidão explode, na emoção de um único aplauso coletivo. Mesmo os perdedores triunfaram com ela, porque ela lhes mostrou algo mais que uma corrida.

Há no ar um borrão brilhante de bilhetes atirados para o alto, corpos se aglomeram em direção às grades e ao portão. A banda começa a tocar. Só Ruta e eu estamos imóveis. Nossa garota fez mais do que vencer. Com aquelas pernas, com nada além do que seu coração, ela bateu o recorde de St. Ledger.

45

Mesmo quando já estava muito velho, e os cavalos já eram parte do passado, e também a África, Sonny Bumpus levava com ele a cigarreira de prata que mandei gravar para ele com o nome de Wise Child e a data da nossa St. Ledger. Adorava tirá-la do bolso e esfregar o polegar na tampa quente e brilhante, pronto para contar a quem quisesse ouvir a história da corrida de sua vida, e de como eu tinha conseguido recuperar Wise Child de um estado de quase invalidez para produzir uma das maiores vitórias da história do turfe.

Sonny era uma boa pessoa. Ele teve aquele momento de prova perfeita, mas me atribuiu a maior parte da glória. E, embora Eric Gooch nunca tenha voltado rastejando para me devolver Wise Child, ou sequer para me agradecer, a maioria das pessoas da Colônia estava pronta para elogiar minhas conquistas. No final da temporada, Ruta e eu tínhamos conseguido uma série de vitórias valiosas. Welsh Guard triunfou em Eldoret, Melton Pie levou o Grande Prêmio de Natal, categoria *handicap*, e nosso Pégaso obteve medalha de ouro em três gincanas de corrida.

Em fevereiro, comecei a treinar Dovedale, um cavalo de Ben Birkbeck, e quando o encontrei no hotel de D, em Nakuru, para conversar sobre nossa estratégia, Ginger Mayer o acompanhava. Eu não a vira muito desde a competição de tiro de Karen, mas ela parecia adorável e contente, o fulgurante cabelo ruivo puxado de lado por uma presilha de pedras preciosas, sua pele branca imaculada. Na mão esquerda, trazia um grande anel de pérola. Ao que tudo indicava, ela e Ben estavam noivos. E ela trabalhara depressa; o divórcio dele e Cockie se regularizara poucos meses antes.

— O casamento será aqui no hotel — disse Ginger, tamborilando a clavícula com a ponta dos dedos, logo acima do decote do vestido de seda turquesa.

Eu não deveria me surpreender. A vida na Colônia era tão medíocre e confinada que as mesmas pessoas apareciam em diferentes combinações. Claro que Ginger se casaria com Ben. Quem mais havia por ali, afinal? Mas se algum dia eu tive paciência para me ajustar ao modo como as coisas funcionavam por ali, eu já a estaria perdendo. Era como observar a roda da fortuna girar várias e várias vezes — ejetando corpos que lutavam para voltar ao centro, agarrando-se à vida. Eu já fizera minha parte caindo fora, e me sentia exausta. Além disso, eu não estava muito bem. O clima estava tão seco nos últimos tempos que atacara minha garganta, e doía quando eu engolia. Meus ouvidos pareciam cheios de flocos de algodão. Meus olhos ardiam.

— Você deveria ir ao meu médico em Nairóbi — insistiu Ginger depois.

— Bobagem — respondi. — Ficarei bem quando voltar a chover.

— Você agora trabalha para mim — riu ela, fingindo um ar sério. — Só me prometa que irá ao médico.

Quando cheguei a Nairóbi, eu ardia em febre. Tremia com os calafrios, perguntando-me se a malária acabara por me prender em suas garras, ou se seria tifo, ou febre amarela, ou quaisquer dessas outras doenças mortais que atacaram os colonizadores no Quênia por cinquenta anos. O médico de Ginger quis, no mesmo instante, me mergulhar numa banheira de água gelada. Parecia ser amigdalite, e ele queria me operar.

— Não gosto de médicos — afirmei, pegando meu casaco. — Vou ficar com meu próprio sangue, muito obrigada.

— A infecção não vai passar. Você será vítima de uma septicemia, se continuar assim. Você não quer ser a garota que morreu por causa de amígdalas inflamadas, quer?

E então ele me operou. Só resisti um pouco quando o cone de papel encharcado de éter foi empurrado sobre meu nariz. Tudo girou, caí num buraco negro e, quando por fim recuperei os sentidos, voltando à consciência como se atravessasse um nevoeiro, vi o rosto familiar de Denys, a luz embaçada criando uma espécie de halo esfumaçado à volta dele.

— Você voltou — grasnei.

Ele tocou sua própria garganta, para me dizer que eu não deveria tentar falar.

— Ginger me fez jurar que eu viria vê-la. Acho que ela ficou com medo de que o médico a matasse. — Ele deu um sorriso triste. — Estou feliz por ver que ele não fez isso. — Atrás dele, uma enfermeira com um chapéu de três pontas engomado arrumava a cama de outro paciente. Desejei que ela fosse embora e nos deixasse a sós. Queria perguntar como ele estava, e se sentira minha falta, e o que aconteceria agora. Naquele momento, eu mal conseguia engolir. — Tania teria vindo, mas não tem estado bem — disse ele. — A fazenda está cheia de problemas e ela está tão frágil que tenho medo de que possa se fazer mal.

Ele viu meus olhos se arregalarem, e explicou:

— Ela já tentou antes. O pai dela morreu assim, sabe? — Ele fez uma pausa, pensativo, e eu podia ver sua luta para escolher as palavras. Denys não ficava à vontade com assuntos sentimentais e, além disso, havia o complexo quebra-cabeças de relacionamento entre nós três. Ele não queria falar sobre Karen comigo, mas, por outro lado, meu envolvimento emocional com os dois era grande. — Combinei com uma vizinha, Ingrid Lindstrom, para que ficasse com ela durante meus safáris — continuou ele. — Tania não deve ficar sozinha agora, e não deveria se preocupar com coisa alguma.

— Ela não pode saber sobre nós — arrisquei-me a sussurrar. — Eu entendo. Claro que eu entendia.

Ele desviou o olhar para a sombra projetada na parede irregular pela grade da minha cabeceira. As escuras linhas verticais eram como as barras de uma cela de prisão.

— Acho que eu nunca sei o que dizer a você, Beryl.

— Adeus, então.

— Por enquanto.

Fechei os olhos, sentindo os tentáculos da exaustão querendo me puxar para baixo, para um sono anestésico. Sempre soubera que não poderia ter Denys — ele não poderia *ser* de ninguém. Seu espírito era livre demais para isso. Eu compreendia muito bem, mas ainda assim acreditara que poderíamos continuar como antes, roubando quanto tempo pudéssemos, vivendo cada instante maravilhoso à medida que surgisse. Mas estava acabado. Precisava acabar.

— Beryl — eu o ouvi dizer, mas não respondi.

Mais tarde, quando acordei, o quarto estava escuro e ele havia partido.

Ginger foi me buscar na semana seguinte e me levou para meu quarto em Nakuru, para que eu não tivesse de suportar a viagem de trem. Minha garganta doía, e meu encontro com Denys me deixara triste e em carne viva. Casando-se com Karen ou não, a ligação entre ambos era por demais complicada e envolvente para que se separassem um dia. De algum modo, eu precisava encontrar forças para desejar que fossem felizes. Eu realmente me importava com os dois, por mais confusa que fosse a situação.

— Você ainda não está em forma, não é? —perguntou Ginger. — Eu estava calada, observando a estrada subir e descer diante do carro, as rodas afundando em veios tão fundos que às vezes faziam meus dentes bater. — Eu não deveria me envolver — ela continuou a falar, com delicadeza. — Denys é uma pessoa tão adorável, não é?

Eu a olhei de lado, imaginando o que poderia saber, e através de quem.

— Somos bons amigos, é claro.

— Ele se esforça tanto com Tania. — Ela apertou o volante com as luvas de pelica amarelo pálido. — Mas não tenho certeza de que consiga colocar outra pessoa em cena.

Sinceramente, Ginger me surpreendia. Eu só a ouvira falar de trivialidades: rendas e cinturas, noivados e pudins. Preferia aquela conversa mais verdadeira.

— Muitas pessoas não conseguem — respondi. — Será que o amor só pode ser exclusivo, para valer a pena?

— Você é muito mais compreensiva em relação a tudo isso do que eu jamais conseguirei.

— É mesmo? Você e Ben não tiveram exatamente um namoro convencional. — Engoli e senti pequenas fisgadas, querendo um pouco de gelo ou mingau gelado para minha garganta, ou que não houvesse tanta poeira. — Desculpe. Não quero parecer mesquinha. Desejo o melhor para vocês.

— Tudo bem. Esperei muito tempo por ele, sem saber se ele um dia estaria livre. Isso é estupidez ou coragem?

— Eu não sei — respondi. — Talvez ambas.

46

Depois que Ginger e Ben se casaram, ela começou a brincar de anfitriã em sua fazenda, Mgunga, e parecia especialmente interessada em todos os novos hóspedes e visitantes que chegavam à África. Adorava oferecer jantares, sempre perfeita num vestido de seda e uma fieira de pérolas que quase lhe chegava aos joelhos. Eu tinha algumas roupas que poderia vestir nessas ocasiões, mas, de modo geral, em vez disso, usava calças compridas e uma camisa masculina de tecido cru. Foi o que escolhi para uma festa que ela ofereceu em junho, pensando mais no quanto era estranho voltar a Njoro como convidada. A propriedade ficava a menos de dois quilômetros de Green Hills e, enquanto percorria aquela estrada familiar em meu novo carro, a saudade veio ao meu encontro. Pouco havia mudado e, ao mesmo tempo, tudo.

Sir Charles e Mansfield Markham eram irmãos. Foram ao Quênia em busca de uma casa de inverno para sua mãe milionária, que se cansara da umidade gelada de Londres. Encontraram uma mansão aprazível muito perto do vale Rongai, onde Ginger os conheceu. Depois que ela terminasse de recepcioná-los como convinha, partiriam num safári, para caçar elefantes com Blix.

Mansfield tinha 22 anos, era bem barbeado e educado. Sua pele era macia como manteiga, as mãos leitosas, sem qualquer sinal de desgaste. No jantar, percebi que ele me olhava, enquanto o irmão parecia distraído pela travessa repleta de bifes de gazela. Não me senti inclinada a dizer a Charles que tínhamos muito pouca variedade de comida e que era muito provável que não fosse comer outra coisa durante meses e meses.

— Minha família é de Nottinghamshire — informou-me Mansfield, as unhas bem aparadas deslizando pela pesada base do copo d'água. — Como Robin Hood.

— Você não me parece muito fanfarrão.

— Não? Eu tento ser. — Seu sorriso revelou belos dentes. — Ginger me contou que você treina cavalos. Isso é incomum.

— Isso é um modo educado de dizer *masculino*?

— Bem... não.

Ele corou.

Mais tarde, vi-me sentada diante dele tomando um conhaque na ampla sala de estar de teto rebaixado, onde ele começou a explicar o que dissera antes.

— Não sou tão masculino assim, na verdade. Quando pequeno, fui muito doente e passava muito tempo com o jardineiro, aprendendo o nome das plantas em latim. Meu passatempo é a jardinagem. No Natal, minha mãe me presenteia com caixas de lenços brancos, enquanto dá rifles a Charles.

— Lenços são úteis.

— São. — Seus olhos se enrugaram. — Embora talvez não no Quênia.

— O que escolheria, em vez deles?

— Para mim? Não sei. Talvez o que vocês todos têm aqui. Este maravilhoso país. Tenho a sensação de que faz brotar o melhor de cada um.

— Eu nunca quis estar em qualquer outro lugar. Cresci bem do outro lado da montanha. Meu pai tinha a melhor fazenda de cavalos. Era a minha vida.

— O que houve com ela?

— Problemas financeiros. É grosseiro falar dessas coisas, não é mesmo?

— É verdade. Também acho.

Eu não sabia o que havia em Mansfield que me deixava à vontade, mas logo me vi contando a ele uma história a respeito de como um garanhão enfurecido atacara Wee MacGregor enquanto eu estava montada nele. Os dois se atracaram como se eu não estivesse ali. Parecia uma questão de vida ou morte e então, de repente, os dois se afastaram.

— Você não teve medo?

— Claro que tive... mas também fiquei fascinada. Senti como se estivesse assistindo a algo particular e raro. Os animais se esqueceram de mim.

— Você é muito mais parecida com Robin Hood do que eu, não é? —perguntou ele depois de me ouvir com atenção.

— Lenços brancos me salvariam?

— Espero que não.

No dia seguinte, quando os irmãos Markham partiram ao encontro de Blix, fui a Nairóbi de carro por alguns dias para tratar de certos assuntos. Consegui me hospedar no clube e ao voltar para lá, na primeira noite, encontrei Mansfield no bar com a melhor garrafa de vinho que conseguira achar.

— Aí está você — exclamou ele, visivelmente aliviado. — Achei que tivéssemos nos desencontrado.

— Pensei que *você* tivesse ido caçar elefantes.

—E fui. Mas mal chegávamos a Kampi ya Moto quando eu disse a Blix para dar meia-volta. Eu precisava encontrar uma garota.

Senti-me enrubescer.

— Você leu isso num livro?

— Desculpe. Não quero parecer presunçoso. Não conseguia parar de pensar em você. Já tem planos para o jantar?

— Eu deveria mentir e dizer que tenho. Serviria para você aprender.

— É possível — sorriu ele. — Ou eu poderia ficar por aqui mais um dia e convidá-la de novo.

Por mais presunçoso que ele fosse, descobri-me gostando de Mansfield. Ele nos instalou no canto mais escuro do salão do restaurante e, à medida que os pratos eram servidos, completava meu copo antes que chegasse à metade, e se inclinava para acender meu cigarro assim que eu pensava em fumar. Sua gentileza me lembrou Frank, mas ele não tinha nem sombra da grosseria do outro.

— Adorei suas histórias da outra noite. Acho que eu seria uma pessoa totalmente diferente se tivesse crescido aqui, como você.

— O que houve de errado com a sua criação?

— Eu fui muito mimado, para começar. Preocupavam-se demais comigo, se isso faz algum sentido.

Assenti.

— Às vezes, acho que receber um pouco menos de amor do que os outros pode criar pessoas melhores, em vez de estragá-las.

— Não posso imaginar que alguém não a ame. Quando eu me mudar para o Quênia, seremos grandes amigos.

— O quê? Você vai se mudar para cá, simples assim?

— Por que não? Estou vagando há anos, perguntando-me o que fazer com a minha herança. Isso me parece uma ótima solução.

A palavra *herança* ficou pairando sobre a mesa.

— Eu nunca soube como lidar com dinheiro — confessei. — Não sei se compreendo isso.

— Eu também não. Talvez seja por isso que ele fica grudando em mim.

Peguei o copo de conhaque e rolei o bojo nas mãos.

— Só problemas grudam em mim, com alguma regularidade... Mas estou aprendendo a achar que isso também pode formar uma pessoa.

— Você vai me forçar a dizê-lo, não é?

— O quê?

— Que o seu corpo tem uma forma admirável.

Depois do jantar, ele me acompanhou até a varanda e acendeu meu cigarro com um pesado isqueiro de prata no qual se liam suas iniciais, MM, em baixo-relevo. Aquilo era, sem dúvida, parte dos mimos por ser um Markham de Nottinghamshire. Mas podia-se ver que ele também crescera com beleza. E cultura. Tinha maneiras perfeitas e o tipo de otimismo que deriva do fato de saber que, se em determinado momento a vida não correr exatamente como se espera, será possível mudá-la no momento seguinte.

Quando ele se inclinou para acender o próprio cigarro, observei o movimento suave de suas mãos, havia nele algo absurdamente familiar. Então, dei-me conta. Ele me lembrava Berkeley, em sua firmeza e naquela comedida e velada compostura. Suas atitudes cultivadas e suaves. Eles eram feitos da mesma matéria.

Ele me olhou.

— O que foi?

— Nada. Você tem belas mãos.

— Tenho?

Ele sorriu.

Para além da varanda rosada, o alpendre se estendia, uniforme, fresco e escuro. Vagalumes deslizavam por ele, em plangentes e bruxuleantes palpitações de desejo.

— Eu gosto tanto daqui. É um dos meus lugares favoritos.

— Eu tenho um quarto — disse ele, olhos fixos na ponta acesa do seu cigarro. — É o ambiente mais encantador que já vi. Um pequeno bangalô isolado com ótimos livros de alguém por toda parte e uma mesa feita com presas de marfim. Você gostaria de ir até lá para um último drinque?

O chalé de Denys. Ele não o frequentava mais, mas senti um aperto na garganta ao pensar que aquele lugar pudesse pertencer a outra pessoa, mesmo por uma noite.

— É gentil de sua parte, mas receio ser obrigada a recusar. Pelo menos, por hoje.

— Estou sendo presunçoso de novo, não é?

— Talvez sim — respondi. — Durma bem.

Na tarde seguinte, Markham me convidou para ir a Njoro, de carro.

— As estradas são péssimas — eu o preveni. — Isso vai levar o dia todo.

— Melhor ainda.

Ele não perdeu o bom humor mesmo quando um dos pneus do automóvel furou na estrada fazendo um enorme estrondo, como um tiro de revólver. Era evidente que ele jamais trocara um pneu, então eu o fiz, enquanto ele observava, tão surpreso quanto se eu tivesse tirado o estepe do bolso em vez da mala do carro.

— Você é uma mulher admirável — declarou ele.

— Na verdade, é muito fácil.

Procurei algo para poder limpar as mãos sujas de graxa, e acabei tendo que me contentar com minhas próprias calças.

— Falando sério, Beryl. Nunca encontrei alguém como você. Isso me dá vontade de fazer algo impensado.

— Como aprender a trocar um pneu — provoquei.

— Como comprar uma fazenda para você.

— O quê? Você só pode estar brincando.

— De modo algum. Todos deveríamos recuperar o que perdemos, se for possível. E, de qualquer maneira, não seria só para você. Eu adoraria levar este tipo de vida.

— Nós acabamos de nos conhecer.

— Eu lhe disse que queria fazer algo impensado — insistiu ele. — Mas devo lhe avisar também que sou muito sério. Não sou do tipo de sujeito que fica dando voltas quando vê algo que quer.

Entramos no carro e seguimos por vários quilômetros em silêncio. Eu não sabia o que pensar sobre o que ele havia dito, e isso logo ficou óbvio.

— Eu a deixei constrangida — observou ele, depois de algum tempo.

— Por favor, não me interprete mal. Estou, sem dúvida, lisonjeada.

— Mas? — interrompeu ele, dando-me um sorriso de lado, sentado atrás do volante. — Sinto que há uma série de restrições. Tenho uma especial intuição para essas coisas.

— Sou apenas uma pessoa muito orgulhosa. Não importa o quanto eu adoraria ter uma fazenda como Green Hills, não poderia aceitar um presente tão grande vindo de você ou de qualquer outra pessoa.

— Eu também sou orgulhoso — retrucou ele — e também muito teimoso. Mas me parece óbvio que queremos a mesma coisa. Podemos ser sócios numa grande empreitada. Sócios igualmente independentes e igualmente *teimosos*.

Fui obrigada a abrir um sorriso ao ouvir aquilo, mas não disse nada até chegarmos à estação de Kampi ya Moto e começarmos a subir a ladeira íngreme. Nada restara da nossa fazenda além de algumas edificações agora abandonadas e cercas de pastagens — mas a vista da nossa colina era a mesma.

— É tão bonito — disse ele, parando o carro e desligando o motor. — E tudo isso era seu?

Ali estavam as minhas Aberdares, abrindo-se em azul contra o azul mais claro do céu. E a ponta íngreme da cratera Menengai, e a sombria floresta Mau, borbulhante de vida. Mesmo as ruínas da velha casa de meu pai não me entristeceram quando olhei para tudo aquilo.

— Era, era sim.

— Ah, quase me esqueço! — exclamou Mansfield, de repente. — Esticou-se para trás e puxou um balde de gelo que escondera ali, apoiado no banco traseiro.

Estava cheio de água morna e a garrafa arredondada há muito perdera qualquer esperança de frescor. — Deve estar horrível agora — disse ele ao tirar a rolha.

— Não importa — respondi. — Um amigo querido disse uma vez que champanhe é absolutamente compulsório no Quênia. No fim das contas, você deve mesmo fazer parte deste mundo.

— Está vendo?

Ele serviu a bebida nos copos simples que trouxera.

— A que vamos brindar?

Olhei para além dele, pela janela, para a vista que ficara para sempre gravada no meu coração.

— Eu nunca me esquecerei deste lugar, sabe, mesmo que algum dia ele se esqueça de mim. Fico feliz por você ter vindo.

— Green Hills é um nome adorável. Como será o nome da nossa fazenda?

— Você vai continuar a insistir nisso até me convencer, não é?

— Vou, este é o plano.

Olhei para ele, tão parecido com Berkeley com suas mãos macias e um lindo corte de cabelo e, de repente, tive uma vontade irresistível de beijá-lo. Quando o fiz, senti seus lábios tenros. Sua língua tinha gosto de champanhe.

47

Mantendo a palavra, nos meses seguintes, Mansfield pouco a pouco acabou com minhas dúvidas e defesas. A fazenda era uma coisa — e, afinal, eu sempre desejara encontrar um meio de substituir Green Hills em minha cabeça e no meu coração —, mas logo percebi que ele estava determinado a se casar comigo.

— Meu divórcio de Jock acabou de sair. Você não vai achar que sou louca a ponto de tentar outro casamento?

— Tudo será diferente — ele me garantiu. — *Nós somos* diferentes.

Mansfield parecia ser um tipo raro de homem. De modo algum se parecia com Jock, Frank ou Boy Long, e também ouviu todas as histórias do meu passado espinhoso sem piscar. Decidi nada ocultar dele — nem mesmo a respeito de Denys e Karen. Eu não poderia, se pretendia que nosso relacionamento desse certo. Isso eu já aprendera, e da maneira mais dolorosa.

— Você ainda está apaixonada por Denys? — ele quis saber.

— Ele escolheu Karen. Não há o que eu possa fazer para mudar isso. — Percebi uma pequena nuvem passar sobre o rosto e o humor de Mansfield. — Você tem certeza que quer se envolver comigo? Meu coração sempre foi inquieto, e não posso prometer me sair bem em quaisquer das rotinas indigestas, cozinhar, ou seja o que for.

— Eu poderia adivinhar essa parte — disse Mansfield, sorrindo. — Estou procurando tanto uma companheira quanto uma amante. A vida tem sido bastante solitária, às vezes. Diga-me, você gosta de mim, Beryl?

— Gosto. De verdade. Eu gosto muito de você.

— Eu também gosto de você. Então começaremos daí.

Nós nos casamos quatro meses depois de Ginger nos ter apresentado, em setembro de 1927. Meu buquê era uma braçada de lírios e cravos brancos que Karen ajudou a escolher, como um presente, mas a escolha do vestido foi minha — um elegante modelo feito com crepe da China com mangas que se ajustavam aos meus braços e um longa franja prateada que caía sobre a saia como uma rede de estrelas. Cortei o cabelo para o dia do casamento, num penteado bem curto, que decidi por impulso, gostando no mesmo instante de como meu pescoço se sentiu livre e fresco sem aquele peso.

D substituiu meu pai para me conduzir ao altar e chorou ao fazê-lo, secando as lágrimas nas mangas úmidas. Houve depois um excelente almoço no Muthaiga, e ao longo de tudo aquilo tentei não me demorar em pensamentos que envolvessem Denys. Ele viajara para Tsavo, e depois Uganda. Telegrafei o convite, e não houve resposta. Eu queria acreditar que fora o ciúme que o mantivera em silêncio e ausente, mas era também provável que minha mensagem não tivesse chegado até ele.

Deixei meus cavalos fora das competições, despedi-me de Ruta, e partimos então para vários meses de lua de mel na Europa. Em Roma, ficamos próximos à escadaria da Piazza di Spagna, no hotel Hassler, que me pareceu um palácio do século XIX. Nossa cama era enorme e envolta em cortinas de veludo dourado. A banheira era de mármore italiano. O assoalho de parquê havia sido encerado para brilhar como um espelho. Eu queria me beliscar para acreditar que não era algum tipo de sonho.

— O George V, em Paris, é ainda melhor — disse Mansfield.

Quando chegamos, e fiquei boquiaberta olhando através da nossa janela para a Torre Eiffel e a avenida dos Champs-Elysées, ele me disse para esperar para ver o Claridge, em Londres. E também tinha razão. Chegamos no Rolls-Royce de Mansfield, um carro bonito o bastante para fazer todos os porteiros saltarem. As atenções e o mármore reluzente, os vasos cheios de flores e as cortinas de seda ajudaram a dispersar os fantasmas da minha viagem anterior a Londres e do quanto eu me sentira deslocada. Não era a mesma coisa. Sempre que eu começava a divagar e o passado voltava com demasiada clareza à minha mente, eu olhava para o rastro das nossas malas Louis Vuitton.

Comemos *escargot* em Paris. Chucrute com ramos de alecrim fresco. Espaguete com mexilhões e tinta de lula em Roma. Ainda melhores do que as refeições eram os pontos altos culturais em cada cidade: a ópera, a arquitetura, as paisagens e os museus. E a cada novo cenário ou vista deslumbrante, quando eu pensava, *Denys deveria estar aqui*, eu tentava ignorar aquela voz. Era desleal, para começar, e também impossível. Denys fizera a sua escolha e eu fizera a minha — e Mansfield era um bom homem. Eu o respeitava e admirava cada vez mais, e se o amor que eu sentia por ele não era exatamente do tipo capaz de me fazer subir uma montanha a cavalo no meio da noite, era sólido e tranquilo. Ele ficava ao meu lado. Ele segurava minha mão e me beijava várias vezes, dizendo:

— Eu estou tão feliz por termos nos encontrado. Mal consigo acreditar que é verdade.

Mansfield sempre fora apegado à mãe, um relacionamento que eu tentava compreender, mas como eu poderia? Ele queria que ela gostasse de mim, e achava importante que começássemos nos dando bem.

— Ela terá alguma expectativa de como você deva ser — disse-me ele.

— O que quer dizer?

— África é África. Quando terminarmos aqui, podemos nos esconder e agir como quisermos. Mas minha mãe e seus amigos não têm visões muito avançadas.

Achei que ele estivesse falando de política até chegarmos à loja da Elizabeth Arden. Ele agendara para mim um dia inteiro de embelezamento e deixou-me diante daquela porta vermelha antes que eu pudesse protestar. Ele foi para Bond Street, e de lá para a Harrods, enquanto eu era espetada e vestida com luxo como jamais fora na vida. Minhas sobrancelhas foram arrancadas e desenhadas com um lápis preto. Meu buço e pernas foram depilados com cera e meus lábios pintados com o batom mais vermelho que eu já vira.

— Como você espera que isso agrade à sua mãe? — perguntei-lhe no fim de todo o processo.

Eu me sentia nua maquilada daquele jeito. Queria me esconder atrás das mãos.

— Está perfeito. Você está maravilhosa. Ela não poderá resistir a você, não percebe?

— Eu estou preocupada... Não que ela não vá gostar de mim, mas que isso tenha tanta importância para você. Toda essa encenação.

— Tudo vai dar certo — ele me assegurou. — Você verá.

Partimos para Swiftsden, a mansão onde a mãe de Mansfield morava com seu segundo marido, o coronel O'Hea. Ele era 15 anos mais moço que ela, e nenhum dos irmãos Markham tinha muita paciência com ele. Achei-o gordo e calado, enquanto a sra. O'Hea era rechonchuda e cheia de opiniões a respeito de tudo. Quando tentei apertar-lhe a mão, ela só aceitou as pontas dos meus dedos.

— *Enchantée* — murmurou ela, embora não parecesse em absoluto encantada, e acomodou-se na melhor poltrona para dissertar sobre os feitos de seus premiados cães de raça.

Nesse primeiro chá, eu não conseguia parar de imaginar qual teria sido a reação da mãe de Mansfield se me visse no dia em que apareci na casa de Cockie, sem casaco, as mãos secas e azuladas, e os dedos dos pés quase congelados. Em Paris e depois Milão, Mansfield me levara aos melhores costureiros. Eu tinha todas as roupas adequadas agora. Meias de seda, uma estola de pele, um bracelete de diamantes que escorregava para cima e para baixo no meu braço como a antiga *kara* de Bishon Singh. Mansfield tinha sido muito generoso. Achei que ele quisesse me comprar coisas lindas *porque* eram lindas, mas agora que eu passara pela tortura na loja de Elizabeth Arden e estava na caixinha de joias da sala da mãe dele, era obrigada a cogitar se cada um daqueles presentes não teria sido, na verdade, para ela.

— Ela mal consegue acreditar que eu pertença à sociedade — disse a ele, quando ficamos a sós no quarto. — Ele estava sentado na beirada da cama com uma coberta de seda lisa, enquanto, numa longa penteadeira, eu esfregava a nuca e meu cabelo curto com uma escova de cabo de prata. — Para que tudo isso? Minhas pobres sobrancelhas nunca mais crescerão.

— Não se crucifique, querida. Isto é temporário, e depois vestiremos nossas velhas roupas de volta e teremos uma adorável vida nova.

— Eu me sinto uma impostora.

— Mas você não é, não percebe? Isto não é elegância. Você *é* elegante vestindo qualquer coisa.

— E se eu usasse minhas calças compridas? E se me comportasse como eu mesma? Ela me jogaria na rua?

— Por favor, tenha paciência, Beryl, mamãe não é moderna como você.

Eu não queria discutir, então disse a Mansfield que iria tentar. Mas, no fim, a única forma de conseguirmos sobreviver ao tempo que passamos em Swiftsden foi dividir para conquistar. Mansfield cuidava da mãe, e o motorista cuidava de mim. Fui levada a Londres para longas excursões e para visitar todos os locais turísticos: a Ponte de Londres, a Abadia de Westminster e o Big Ben. Assisti à troca da Guarda Real no Palácio de Buckingham, sentinelas de casacos vermelhos entrando e saindo como se tivessem rodinhas nos pés. Depois, fui ao cinema assistir "A batalha do Somme", o projetor e a ilusão da vida deixando-me tão atônita quanto Londres — luzes elétricas e chaleiras elétricas, música inundando a Oxford Street a partir de um alto-falante Magnavox. Mas as imagens de guerra do filme eram terríveis. Homens acocorados em trincheiras, acovardados pela dor e pelo horror, que me fizeram pensar em *arap* Maina, pedindo a Deus que ele não tivesse morrido dessa maneira. Senti falta de Ruta, e desejei que ele pudesse estar ali do meu lado no cinema escuro, embora, sem dúvida, ele fosse ficar tão surpreso com tudo aquilo quanto eu, ou ainda mais.

Alguns dias depois, Mansfield saiu do lado da mãe o tempo suficiente para me levar a Newmarket para vermos um garanhão. Mansfield achou que poderíamos querer sangue novo para iniciar nosso negócio.

— Quero que sejamos verdadeiros parceiros nisso — disse ele. — Vamos encontrar um terreno onde você quiser, e encheremos nossos estábulos com os melhores cavalos que pudermos encontrar. Você me mostrará tudo. Quero aprender tudo e tomar parte das grandes decisões.

Fiquei aliviada ao ouvir aquilo. Nosso sonho conjunto de ter uma fazenda de cavalos nos unira desde o início — mas em Swiftsden, sob o olhar imperioso de sua mãe, eu começara a ter dúvidas. A opinião dela parecia importar demais para ele. Ele se empertigava quando ela estava por perto, quase como se ela fosse uma grande titereira, e ele feito só de pano e barbante. Entretanto, em Newmarket ele apertava minha mão enquanto caminhávamos em direção aos estábulos. Claro que ele queria uma vida nova no Quênia tanto quanto eu queria Green Hills de volta. Ele queria ser dono de sua própria vontade, conquistar novos territórios, e fazer tudo isso comigo a seu lado. Até esse dia chegar, eu precisaria confiar nele, e em mim também.

Messenger Boy era um alazão ruano alto com rabo e crina cor de trigo e havia uma espécie de fogo brilhante que palpitava dentro dele. Ele era o maior garanhão e um dos mais bonitos que eu já vira. Sua parelha, Fifinella, era uma vencedora de corridas de cavalos e de obstáculos; seu pai Hurry On era invicto, e um dos grandes procriadores de cavalos de corrida no mundo. Embora Mansfield e eu nos tivéssemos entusiasmado com ele de imediato, seu treinador, Fred Darling, tinha uma história mais realista para contar.

— Ele não vai ser fácil de lidar — disse Fred. — Não posso mentir a respeito.

A verdade é que ele machucara Fred uma vez, a ponto de precisar ser hospitalizado. Não muito depois, matara um cavalariço, encurralando-o no estábulo e atacando-o com seus cascos e dentes poderosos. Aquilo era homicídio, puro e simples. Se Messenger Boy fosse humano, teria sido mandado para a guilhotina; como cavalo que era, fora banido das corridas na Inglaterra. O Quênia, no entanto, poderia lhe dar uma segunda chance.

— Ele pode ser adestrado? — perguntou Mansfield.

— É difícil dizer. Eu não faria isso.

— Quero tentar — decidi, observando o modo como o sol fazia cintilar uma chama vermelha nas narinas largas do garanhão.

— Você não tem medo? —perguntou Mansfield, segurando minha mão.

— Tenho. Mas não podemos deixá-lo aqui para ser acorrentado como um cachorro. — Por alguma razão, Messenger Boy me fazia pensar em Paddy, da complexa linha que separa a natureza selvagem do mundo civilizado. — Ainda há nele algo de bom. Qualquer um pode ver isso.

Mansfield apertou minha mão. Eu sabia que ele estava emocionado com o que tínhamos ouvido.

— Ele vencerá corridas?

— Se Ruta estivesse aqui, ele diria: "Suas pernas são poderosas como as de um leopardo" ou "Seu coração é como de um gnu" — respondi, tentando levantar os ânimos.

— Muito bem, então, quanto valem as pernas do leopardo? — Mansfield perguntou a Darling, tirando do bolso o talão de cheques.

48

Denys e Mansfield nunca haviam se encontrado. Quando fomos a Mbogani numa tarde seca e ensolarada, logo depois de retornarmos da Inglaterra, eu estava um pouco ansiosa, pensando em como poderiam avaliar um ao outro. Havíamos trazido o novo Rolls-Royce amarelo. Meu vestido era da Worth, o colar de pérolas, da Asprey. De um modo perverso, eu queria que tanto Denys quanto Karen vissem tudo aquilo — e eu — em primeira mão. Eu não era mais um animalzinho abandonado, ou uma criança. Mas quando chegamos, só o mordomo de Karen, Farah, estava em casa.

— Eles foram caminhar, *msabu* — informou ele, cordial. — Até Lamwia, o local de suas tumbas.

— Eles ainda estão bem vivos — expliquei a Mansfield, quando ele me lançou um olhar curioso. — Só têm esse lado excessivamente romântico.

— Tudo bem — respondeu ele. — Adoro romance.

Ele abriu a porta traseira do carro, e os três cães que viajavam conosco rolaram para o gramado, um borzoi, um belo setter irlandês e uma jovem galgo-afegã azulada que levávamos de presente para Karen. Os cães pulavam e latiam, felizes por estarem livres, enquanto eu não conseguia tirar os olhos das montanhas, imaginando se Karen e Denys conseguiam nos ver, e quando chegariam.

— Você está ótima, Beryl — disse Denys mais tarde, no alpendre. — Àquela altura, meu vestido já amassara, de tanto eu ficar sentada, e eu me sentia cansada e um pouco nervosa por vê-lo. Ele me deu um rápido beijo. — Parabéns.

Mansfield era bem mais baixo que ele, mas Berkeley também tinha sido. Eu me peguei desejando que Denys visse o que eu vira em Mansfield e também o que Mansfield vira em mim.

— Fomos à National Gallery — contei, sentindo-me enrubescer — e assistimos ao Balé Bolshoi em Roma.

Eu estava louca para contar a ele tudo o que tínhamos feito e como eu estava mudada.

— Que maravilha — exclamou ele várias vezes, no mesmo tom, enquanto eu falava sem parar. — Que bom para vocês dois.

Mas não havia verdade por trás de suas palavras. Ele parecia reagir a tudo com cortesia e indiferença.

Karen estava claramente encantada com a nova cadela, que tinha lindos olhos cinzentos e um tufo de bigodes espetados no longo focinho.

— Ela é maravilhosa. Vocês são uns amores por terem pensado em mim, ainda mais agora, quando tenho me sentido tão sozinha sem Minerva. — Parecia que apenas um mês antes, a linda coruja domesticada voara de encontro às persianas de madeira, se enroscara nos cordões e morrera enforcada. — Não deveríamos nos apegar tanto aos animais — disse ela. — É perigoso.

— Tenho certeza de que os animais não se preocupam conosco — afirmou Denys, ajeitando-se na cadeira.

— É claro que se preocupam — retrucou ela, tocando o focinho macio e úmido do cachorro. — Minerva gostava demais de mim, como meus cachorros.

— Tocamos o gongo do jantar e eles vêm correndo até nós. Isso é bom senso, e não amor. E também não é lealdade.

— Ele está num dos seus dias de mau humor — ela nos explicou, como se ele não estivesse ali.

— Para onde é a próxima viagem? — perguntei a Denys, louca para mudar de assunto.

— Para Rejaf. Vou levar alguns clientes para descer o Nilo.

— Que exótico! — disse Mansfield, puxando a fumaça de seu charuto. — Parece um filme de Hollywood.

— Os mosquitos o fariam mudar de ideia.

— Eu sempre quis ver o Nilo — afirmei.

— Não é exatamente um alvo que se mova — respondeu ele.

E se levantou para ver alguma coisa dentro da casa.

Karen ergueu as sobrancelhas para mim. *Mau humor*, dizia seu olhar, mas eu me senti esbofeteada. Imaginara aquele encontro dezenas de vezes no navio de volta ao Quênia, perguntando-me como me sentiria ao rever Denys, agora que minha situação era outra. Eu estava casada, e também transformada de outras maneiras. Eu queria muito ser feliz e queria que ele compreendesse isso — mas seu comportamento era estranho demais e ele tratava todos com frieza. Nada acontecia como eu planejara.

— Vocês vão comprar terras, então? — Karen nos perguntou.

Sua voz soou tensa.

— Vamos, talvez perto de Elburgon.

— Tão ao norte da Colônia?

— O preço é correto e há um belo jardim. Mansfield adora um bom jardim.

— Isso é verdade, gosto mesmo. — Ele sorriu e se levantou para nos servir conhaque de uma garrafa de cristal, à vontade entre os adoráveis objetos de Karen. — Vou procurar Denys. É provável que ele precise de um drinque.

— Você é Lady Markham agora — considerou Karen depois que ele se afastou. — Como se sente com seu título?

Eu podia perceber algo novo em seu olhar, talvez uma pergunta oculta quanto a ser o meu casamento com Mansfield autêntico ou uma farsa. Fosse o que fosse, aquilo me constrangeu.

— Sem problemas, acho. Nunca ninguém me chamou assim, a não ser você.

— Bem, você está com ótima aparência.

— São as pérolas — respondi.

— Você já usou pérolas antes.

Ela se referia a quando estive com Frank Greswolde, não que ela jamais tivesse tido o mau gosto de mencioná-lo. Mas ela com certeza via que Mansfield não era qualquer homem pronto a pagar por mim. Não era um *patrocinador* — aquela palavra medonha de Cockie —, e sim meu marido.

A cadela choramingou dormindo, como se sonhasse aos pés de Karen, encolhendo e contraindo as patas.

— Fazemos misteriosos pactos por amor, não é mesmo?

Fazemos? — pensei, enquanto Karen acalmava o animal com uma das mãos, como uma mãe com seu bebê. Mas não respondi.

49

Cento e noventa quilômetros ao norte de Nairóbi, Elburgon era fresco pela manhã, com um revigorante céu cristalino e nuvens brancas altas e achatadas. Depois da chuva, a névoa se acomodava em fendas ao longo das encostas, e eu procurava absorver tudo o que havia, saindo a galope às primeiras horas do dia, lembrando-me que nada era emprestado ou havia sido maculado. Ninguém poderia tentar estragar tudo ou tirar aquilo de mim.

Nossa fazenda chamava-se Melela, com uma casa sobre paliçadas, com cascatas de buganvílias azuis e dourados cipós-de-são-joão. Maracujás roxos cobriam a cerca de trás, e ipomeias se empilhavam sobre o alpendre e o caramanchão. Para onde quer que se olhasse havia uma nova explosão de cor, e o ar cheirava a vida. Não muito tempo depois de nos mudarmos, eu mandara instalar um pesado sino de latão do lado de fora do portão principal do estábulo, e todos os dias Ruta o tocava antes de amanhecer para acordar a fazenda, como nosso cavalariço-chefe, Wainina, costumava fazer em Green Hills. Ruta e a família moravam num chalé perto dos estábulos, e ele tinha seu próprio escritório perto do meu, embora em geral acabássemos dividindo a mesma mesa, estudando o mesmo livro de registros, lado a lado.

— E se trouxéssemos Clutt de Cape Town para treinar para nós? — perguntei a Mansfield, uma noite, já na cama.

Eu vinha pensando naquilo há semanas, e gostava cada vez mais da ideia, e tudo o que significaria. O dinheiro mantivera meu pai longe, e também a mancha em sua reputação. Mas eu estava em condições de lhe oferecer um emprego e um lugar de prestígio na Colônia, dignos dele e de seu talento.

— Você acha que ele aceitaria a proposta?

— Acho que sim. Se for atraente.

— Com dois Clutterbuck num só estábulo, não creio que o resto do Quênia consiga nos superar.

— Você não imagina o quanto isso me faria feliz, o quanto me parece a coisa certa a se fazer.

Mandei no mesmo instante um telegrama e, antes de dois meses, tive meu pai de volta. Estava envelhecido, o cabelo mais grisalho e ralo, o rosto mais atormentado — mas, só de vê-lo, me senti curada por dentro. Eu era tão jovem quando ele partiu, desesperadamente acabrunhada pelo casamento e pela perda da fazenda. Quase oito anos tinham se passado, com mais estragos emocionais do que eu poderia avaliar para ele, ou mesmo para mim. Mas não havia qualquer necessidade de lhe contar minhas histórias tristes, ou mesmo as alegres. Eu só queria ficar ao lado dele no portão do *paddock* e observar um de nossos garanhões correr tudo que podia. Trabalhar ao seu lado por um objetivo em comum. Ser outra vez sua filha — é, seria perfeito.

Emma, é claro, também envelhecera e parecia mais amortecida do que suavizada. Mas percebi que ela não me tirava do sério como antes. Eu me tornara a dona da casa. Ela era nossa hóspede em Melela, então que importância tinha se agora me achasse muito grosseira ou cabeça-dura? Sua opinião não tinha o mesmo peso do que a minha, ou a de Mansfield.

E afinal, Mansfield e Emma se deram bem. Os dois gostavam de jardinagem e logo podiam ser vistos ajoelhados juntos, com grandes chapéus de sol, falando de fungos de raízes ou geadas que queimavam as folhas, enquanto eu fugia para o estábulo, que era meu lugar.

— Como foram as coisas em Cape Town? — perguntei a meu pai numa das primeiras manhãs depois de sua volta.

Apoiamo-nos na cerca, observando um dos cavalariços exercitar Clemency, uma nova e bela potranca.

— Quentes. — Ele sacudiu a poeira das botas, apertando os olhos por causa do sol. — Competitivas, também. As vitórias não vinham sempre.

— Se não tivéssemos pedido que voltasse, você teria ficado por lá?

— Suponho que sim. Mas me alegro por estar aqui. Isto é ótimo.

Como sempre, meu pai economizava palavras e sentimentos, mas não me preocupei. Eu sabia que ele se orgulhava de mim e de tudo que eu conquistara. Eu podia senti-lo enquanto estávamos ali lado a lado, olhando para o verdor do vale que se abria à nossa frente.

— É a mesma paisagem que tínhamos em Njoro — eu disse. — Um pouco mais ao norte, mas todo o resto é igual.

— Acho que é — respondeu ele. — Você se saiu bem.

— Mais ou menos. Nem sempre foi fácil.

— Eu sei.

Em sua expressão estavam todos os anos que passamos separados, as decisões que tomamos, o passado difícil que não precisávamos mencionar — tudo embrulhado e deixado para trás como uma pedra pesada quando ele suspirou e disse:

— Vamos voltar ao trabalho?

Pouco tempo depois, o nome da sra. Beryl Markham começou a aparecer nas colunas de turfe, como treinadora e também como proprietária. Isso era uma incrível novidade. Clutt e eu traçávamos planos e esquemas, construindo nossa operação comprando a prole dos cavalos da velha fazenda em Njoro, animais cujos primeiros dias ele supervisionara. Era uma maravilhosa sensação, a de recuperar e colher o fruto das sementes plantadas naquela época. Havia também um sentimento de equidade nas noites em que todas as nossas cabeças se juntavam sobre o grosso livro preto de registro do *pedigree* dos cavalos, sonhando com grandezas, ousando prever o futuro: de Clutt, Ruta, Mansfield e meu.

Todas as manhãs, antes mesmo do início dos galopes, eu cavalgava Messenger Boy. Saía sozinha com ele, embora aquilo deixasse Mansfield preocupado. Messenger Boy não era um animal qualquer. Ainda não confiava em mim. Qualquer um podia ver isso no balanço agressivo de sua cabeça e no modo como encarava os cavalariços que ousavam tocá-lo. Ele sabia que era um rei. E quem éramos nós, afinal?

Em uma manhã, eu mal cruzara o pátio quando Messenger Boy se assustou. Não vi o que houve, só senti o tremor dos músculos quando ele corcoveou, retorcendo-se de repente. Mesmo assustada, firmei-me na sela, mas ele não se acalmou. Aguentei mais três guinadas violentas antes que ele pinoteasse junto ao cercado de cedro e me desmontasse à força. Por sorte, aterrissei do outro lado da cerca. Do contrário, ele poderia ter me esmagado e matado sem qualquer esforço. Foram necessários quatro cavalariços para segurá-lo. Meu nariz e queixo sangravam, então eu o deixei por conta deles e fui para casa me lavar e fazer um curativo. Meu quadril doía, e eu sabia ter me contundido feio, mas foi com Mansfield que realmente precisei me preocupar.

— Meu Deus, Beryl! — exclamou ele no instante em que me viu. — E se ele tivesse matado você?

— Não foi tão ruim. De verdade. Caí de cavalos a vida inteira.

— Esse animal é um paiol de pólvora. E se ele tivesse realmente machucado você? Eu sei que você quer ser a pessoa que conseguiu domá-lo, mas vale a pena o risco?

— Você acha que é por orgulho que insisto em Messenger Boy?

— E não é?

— Você sabe que treinar cavalos é o que faço de melhor. Eu sei o que ele pode ser e como fazê-lo chegar lá. Posso ver isso, e de modo algum pretendo desistir dele.

— Tudo bem, mas por que tem que ser você? Ensine um dos cavalariços, ou mesmo Ruta.

— Mas é o *meu* trabalho. Eu realmente posso domá-lo, Mansfield, e vou conseguir.

Furioso e infeliz, ele saiu do quarto, enquanto eu terminava de cuidar dos meus ferimentos. Quando voltei ao celeiro, os cavalariços haviam maneado e prendido Messenger Boy entre dois grossos postes. Eles o tinham encapuzado e seus olhos pareciam coléricos e assassinos. *Você nunca conseguirá me domar*, era o que diziam.

Poderia ter ordenado aos cavalariços que o soltassem, mas o fiz sozinha, obrigando-me a manter todos os meus movimentos calmos e lentos, enquanto os outros me olhavam, ansiosos. Meu pai não tentou me impedir, nem Ruta, mas os dois me observavam a distância, enquanto eu devolvia Messenger Boy à sua baia. Durante todo o processo, ele pisoteava, ameaçador, repuxava a guia e, mesmo atrás da porta da baia, pisava firme, girando e me encarando, me desafiando. Parecia arrogante e cheio de ódio, mas eu apostava que debaixo de tudo aquilo havia muito medo e autopreservação. Ele não queria que eu o modificasse ou o transformasse em algo que não era. Ele não seria coagido a se render.

— Você vai voltar a montá-lo — ouvi Mansfield dizer.

Ele tinha estado me observando da casa e entrara no estábulo sem que eu percebesse.

— Amanhã. Hoje ele ainda está zangado comigo.

— E por que não você está zangada com *ele*? Sinceramente, Beryl. É quase como se você quisesse que ele a machucasse.

— Isso é um absurdo. Eu só não o culpo por agir conforme a sua natureza.

— E meus sentimentos não contam?

— É claro que contam. Mas preciso continuar a treiná-lo. É disso que é feita a vida na fazenda, Mansfield. Não são apenas cortinas na janela e lindos vasos floridos.

Com isso, ele saiu, outra vez furioso, e vários dias se passaram até que eu conseguisse convencê-lo de que, na verdade, eu não estava apenas sendo obstinada, e sim também obedecendo à minha natureza — porque eu precisava. Nenhuma outra coisa pareceria correta.

— Eu não imaginei que fosse tão difícil assistir você trabalhar — confessou ele, depois de se acalmar. — O que vai acontecer quando um dia tivermos filhos? Você diminuirá o ritmo?

— Não vejo por que deveria. Foi bom para mim ter crescido numa fazenda. Isso me tornou quem eu sou.

— Suponho que eu seja mais convencional do que imaginava — concluiu ele.

— E também mais teimoso do que me preveniu.

E então eu o beijei, querendo fazer as pazes.

Em março, Mansfield e eu fomos a Nairóbi e encontramos todos no clube falando em Maia Carberry. Apenas dois dias antes, a bela e jovem esposa de JC dava uma aula de voo a seu aluno Dudley Cowie quando o avião girou em parafuso a baixa altitude, caindo no final da estrada Ngong, perto do aeroporto Dagoretti, em Nairóbi. O irmão gêmeo de Dudley, Mervyn, acabara de ter sua própria aula e viu tudo, o impacto, a explosão, e a cortina de fogo que nada deixou de identificável nas duas vítimas. Dudley tinha apenas 22 anos. Maia tinha 24, e deixou uma filha de três anos, Juanita. JC estava com a filha em sua fazenda em Nyeri, deprimido demais para falar com alguém ou mesmo se levantar da cama.

Quando encontramos Denys e Karen no clube, pareciam ambos atordoados. E também preocupados em saber como poderiam ajudar a família.

— Aquela menina nunca saberá quem foi a mãe — disse Karen, ansiosa, repuxando o xale de algodão sobre os ombros. — Nem mesmo se lembrará da mãe, não é?

— Talvez isso seja a maior bênção — respondeu Denys, soturno. — É JC quem vive o verdadeiro drama.

— Surpreende-me que ela quisesse voar quando tinha tantas coisas pelas quais viver, tantas pessoas dependendo dela — disse Mansfield, me encarando, como se fosse possível eu não entender o que queria dizer.

Mas eu não discutiria com ele num dia triste como aquele. Nossas pequenas tensões pessoais dificilmente faziam sentido naquele momento.

— Aviões podem ser mais seguros do que automóveis — disse Denys. — Não acredito que ela tenha considerado voar como algo muito imprudente.

— Seus pontos de vista não seguem estritamente o padrão, Denys — retrucou Mansfield, seco. — Diga-me, você vai descer outra vez o Nilo em breve?

— Não exatamente — respondeu Denys.

— Então vocês não souberam? — surpreendeu-se Karen. — Elburgon fica *bem ao norte*, não é?

O que ela queria dizer, logo descobrimos, era que uma visita real estava sendo preparada. O herdeiro do trono, Edward, príncipe de Gales, deveria visitar o Quênia no final de setembro com seu irmão Henry, duque de Gloucester. Denys fora consultado quanto a levá-los numa caçada.

— Um safári real? —perguntei.

— Um fiasco real, é mais provável. Você não faz ideia da quantidade de preparativos.

— É a grande oportunidade de uma vida inteira— interrompeu Karen, ríspida. Seu xale era vermelho e azul escuro com fios entrelaçados. Ela o segurava firme diante do peito, como um escudo. — Se você não quer mesmo o trabalho, então passe-o para Bror.

Mansfield tirou um fiapo quase imperceptível de suas calças, visivelmente perturbado com as notícias a respeito de Maia Carberry. Denys não abriu a boca. Karen se sentia menosprezada, e eu não consegui adivinhar a razão até que Mansfield e Denys entraram para reservar uma mesa para nosso almoço.

— É um dos momentos mais importantes da nossa história e ele não o leva a sério.

— Ele jamais gostou de pompa e circunstância — respondi. — Imagino que haja dez comitês ou subcomitês diferentes querendo ajustar todos os mais ínfimos detalhes.

— Não é só o safári que importa. Trata-se do acontecimento social da década. Talvez do século.

— Você sabe que ele nunca se importará com festas.

Mas eu não percebia o ponto mais importante.

— Bror está recém-casado. Eu sempre me preocupei com o fato de haver outra baronesa Blixen, e isso está acontecendo no pior momento possível. Mulheres divorciadas não serão bem-vindas ao Palácio do Governo para as principais festividades. Você percebe como é tudo insuportável.

Ela abria e fechava as mãos. Os nós dos dedos estavam sem cor.

— Você quer que Denys se case com você — observei em voz baixa, compreendendo enfim o problema.

— Ele se recusa. — Ela deu uma risada gelada, um som terrível. — Se ele não o fizer agora, por isto, por mim, nunca mais o fará.

50

Nos meses seguintes, tentei pensar apenas em nossos cavalos — sobretudo em Messenger Boy, que parecia resistir a mim um pouco menos a cada dia. Ninguém o classificaria como dócil, mas em algumas manhãs, ao cavalgá-lo, eu sentia na suave curvatura de suas ancas algo muito parecido com tolerância. Ele podia ainda não gostar de mim ou nem sequer me aceitar, mas eu começava a acreditar que ele compreendia o que eu desejava dele, e que poderia em breve também querer o mesmo.

Certo dia, eu acabava de entregar Messenger Boy ao cavalariço para descansar quando encontrei Emma com um chapéu quase do tamanho de uma sombrinha.

— Você está bem? — perguntou ela, com uma expressão estranha.

Típico de Emma. Nem ao menos me dera bom-dia.

— É claro — respondi.

Mas naquela noite, enquanto Mansfield estava na cidade tratando de alguns afazeres, senti uma onda de náusea e mal consegui sair da cama antes de vomitar. Quando Mansfield chegou, encontrou-me no chão, dobrada ao meio, fraca demais para ficar de pé.

— Devemos ir à cidade, ver o médico? — reagiu ele, preocupado.

— Não. Foi alguma coisa que eu comi. Só preciso me deitar.

Ele me pôs na cama, colocou panos molhados na minha testa, e fechou as cortinas para que eu descansasse. Mas depois que ele beijou a palma da minha mão e saiu do quarto, passei um bom tempo olhando para a parede, pensativa. Eu estava grávida, sem dúvida. A sensação era a mesma de antes, em Londres. De alguma maneira, Emma suspeitara antes que eu mesma me desse conta.

Eu sabia que precisava contar a Mansfield, mas depois do incidente com Messenger Boy e do modo como ele reagira à morte de Maia Carberry, fiquei apavorada de medo de mencionar o assunto. A gravidez só intensificaria suas preocupações comigo. Isso estava claro. E se ele quisesse não somente me refrear, mas me reprimir? O que aconteceria?

Enquanto fiquei presa num ciclo de preocupação e dúvidas, Mansfield acabou por adivinhar.

— Você não está feliz, querida?

Ele me apertava as mãos e me olhava nos olhos.

— Estamos só começando aqui — tentei explicar. — Há tanto a ser feito para que uma fazenda funcione direito e os cavalos estejam no ponto.

— Que mal faria se afastar um pouco? Quando você puder voltar, os cavalos estarão aqui.

Estávamos deitados em nossa cama, no escuro. O paletó branco de seu pijama parecia flutuar e pular diante dos meus olhos.

— Eu não quero parar de trabalhar, Mansfield. Por favor, não me peça isso.

— Com certeza você vai parar de cavalgar... pelo menos até o bebê nascer. Você precisa se cuidar.

— É *assim* que cuido de mim mesma, você não percebe? Se tivermos essa criança, precisarei fazer o mesmo trabalho de antes. Não consigo viver de outra maneira.

— *Se* tivermos essa criança? — Ele se afastou e seu olhar endureceu. — Quanto a isso não há a menor dúvida.

Recuei.

— Só estou com medo das mudanças.

— *É claro* que haverá mudanças. Estamos falando de um filho, Beryl. Um adorado menino ou menina que precisará de nós para tudo. — Seu tom de voz assumira uma intensidade que fez minha cabeça girar. Ele não parecia compreender que me aterrorizava a ideia de abrir mão da vida que eu mais conhecia em benefício de qualquer outra. Havia mulheres que jamais pensariam duas vezes antes de se entregar à vida doméstica, às necessidades de seus maridos e filhos. Algumas ansiavam por esse papel, mas eu nunca tivera mais do que um vislumbre daquele tipo de vida doméstica. Conseguiria vivê-la? — Você aprenderá a ser uma boa mãe — disse ele, depois de um longo silêncio. — Podemos aprender todo tipo de coisas.

— Espero que você tenha razão.

Fechei os olhos e coloquei a mão em seu peito, sentindo, além dos botões lisos da camisa e da perfeita borda de algodão, a bainha feita com tanto cuidado e competência, que jamais iria, ou poderia, descosturar.

51

O mundo inteiro leria a respeito da visita real — como a estação de trem de Nairóbi estava repleta de rosas e faixas de boas-vindas pintadas. Centenas de bandeirinhas. Milhares de pessoas de todas as raças possíveis, em trajes cerimoniais multicores, com cocares, barretes, toques e chinelos de veludo. Nosso novo governador, Sir Edward Grigg, berrou seu discurso ao megafone antes que os dois jovens príncipes desaparecessem no Palácio do Governo na colina para a primeira de uma série de grandes festividades, banquetes e bailes majestosos e exclusivos.

Durante um mês, toda mulher branca num raio de cem quilômetros ensaiou reverências e torceu as mãos de preocupação com o que vestir. Houve uma enxurrada de nobres — todos os honoráveis e baronetes, primeiros ou terceiros condes sabe-se lá de onde surgiram em seu melhor estilo. Eu estava grávida de quatro meses e ocupada demais para me preocupar com tudo aquilo — e também não estava pronta para compartilhar minha novidade com terceiros. Para ganhar tempo, começara a usar blusas soltas e saias de malha — eu, que estava sempre de calças compridas. Vi aquelas roupas como a única solução, além de me esconder o máximo possível, mas Mansfield insistia que estivéssemos presentes a tudo.

— Vamos contar às pessoas, querida. De qualquer maneira, todos logo ficarão sabendo.

— Eu sei... mas me parece algo tão pessoal.

— Como? — reagiu ele, franzindo a testa. — É uma ótima notícia, bobinha.

— Você não pode ir sozinho às festas? Não me sinto bem.

— Você não pode estar falando sério quanto a se esquivar. É uma *honra* ser convidado, Beryl.

— Você está falando igualzinho a Karen.

— Estou? — ele me deu um olhar estranho. — Suponho que isso queira dizer que você está falando como Finch Hatton.

— O quê? — encarei-o. — O que você está sugerindo?

— Nada — foi sua resposta gelada, antes de sair do quarto.

Acabei por acompanhá-lo, para manter a paz. No primeiro jantar de gala, o príncipe Henry estava sentado à minha esquerda. À cabeceira, sentava-se o futuro Edward VIII: Edward Albert Christian George Andrew Patrick David, vistoso herdeiro da monarquia. Em situações informais, ele era chamado de David, e seu irmão Henry, duque de Glouscester, era Harry, e estavam ambos ansiosos por diversão.

— Eu a vi caçando com cães em Leicestershire, no ano passado — disse-me Harry, sobre tigelas de sopa fria de limão. — Ele se referia à nossa estada em Swiftsden com a mãe de Mansfield —, embora nunca tivesse havido uma apresentação formal. Ele era mais alto e mais moreno do que seu irmão David, e só um pouco menos bonito. — Você fica maravilhosa montada num cavalo, sobretudo de calças compridas. Acho que todas as mulheres deveriam usar calças compridas.

— Coco Chanel desmaiaria de horror se o ouvisse dizer isso — disse a muito empertigada Lady Grigg, avançando sobre o cotovelo de Harry, numa tentativa de participar da conversa.

Harry ignorou-a.

— Você quase provocou uma comoção naquele dia em Melton — disse ele.

— Foi minha parte favorita.

Eu não poderia deixar de sorrir.

— Sim, parece que os nobres de Leicestershire nunca viram uma mulher montar um cavalo em vez de usar uma sela lateral.

— Muito revigorante ver a velha guarda levar um choque. Mas pararam de falar assim que a viram saltar os obstáculos com tanta coragem. Uma mulher bonita com bons instintos constrói sua própria defesa.

Agradeci, rindo, enquanto Lady Grigg voltava a esticar o pescoço para nos ouvir. Ela era a digna esposa do nosso governador, mas ali, com o príncipe Harry, assombrava-se a cada palavra que dizíamos. Tive a impressão de que ela achou que ele estivesse flertando comigo. É possível que estivesse.

— Talvez o senhor possa encontrar um tempo antes do safári e ir ver nossos cavalos em Elburgon — sugeri. — Temos os melhores puros-sangues da região.

— Parece uma ótima ideia. — Ele estava sempre sorrindo sob o bigode castanho escuro bem aparado. Tinha olhos cinzentos, que me encaravam sem disfarces. — Se fosse por mim, não iríamos caçar. David é quem quer derrubar um leão. Eu preferiria subir no topo da montanha mais alta que encontrasse e olhar a paisagem, para todos os lados.

— Pois faça isso — repliquei. — Quem poderia impedi-lo?

— Você pensa assim, não é? Mas eu não comando o espetáculo. Na verdade, não sou muito mais do que uma fachada.

— É um príncipe.

— Um príncipe na linha de sucessão — sorriu ele. — Por mim, tudo bem, na verdade. O pobre David é quem está com a corda no pescoço.

— Bem, mesmo que não se interesse por caçadas, terá a melhor pessoa para levá-lo numa delas.

— Finch Hatton. Sim. Ele me parece um camarada esplêndido.

— É o melhor que existe.

Olhei para onde Denys estava sentado, ao lado do príncipe David, ambos cercados de admiradores. Karen não fora convidada, como suspeitava. Haveria um inferno à espera de Denys quando voltasse a Mbogani, embora não se soubesse quando seria. Ele andava tão preocupado com os preparativos para o safári que há meses eu não o via, nem mesmo rapidamente.

Sob alguns aspectos, Denys e eu estávamos ambos num período de recesso. Não havia como aquele safári não mudar a vida dele. O tempo e a privacidade pelos quais ansiava seriam engolidos por essa nova notoriedade, e eu sabia que parte dele abominava aquilo: a parte mais pura, que só desejava uma vida simples, de acordo com seu próprio código. Como eu compreendia aquilo. Dentro de muito pouco tempo, minha barriga ostentaria um inequívoco volume e meus seios estariam túmidos e inchados. Primeiro, o meu corpo se transformaria, e depois tudo mais mudaria. Eu ainda gostava de Mansfield, mas também me sentia como se tivesse embarcado num trem destinado a seguir numa direção e que agora, irrevogavelmente, se encaminhava para outro lugar. Toda aquela situação me deixava desesperada.

Com arrebatadores e apaixonados violinos, um quarteto de cordas começou a tocar Schubert.

— Diga-me, sabe dançar, Harry? — perguntei a ele.
— Como um pateta.
— Excelente — retruquei. — Reserve-me uma dança.

Na semana seguinte, David e Harry foram a Melela, como eu havia sugerido, e cavalgaram em nossa pista de exercícios. Não foi grande coisa. David era compacto e de porte atlético, mas não era um cavaleiro muito hábil. Ele montou Cambrian, Harry ficou com Clemency e, por cerca de dois quilômetros, os irmãos correram emparelhados, enquanto uma grande comitiva os saudava. Cambrian corria muito melhor; estava invicto, na verdade, até aquele dia.

— Gentileza sua não mencionar como cavalgo mal — disse David, enquanto caminhávamos de volta ao *paddock*, os olhos azuis cheios de carisma.

Por toda a cerca, mulheres casadoiras faziam pose, dispostas a matar ou tirar as calcinhas por um sopro da atenção do príncipe.

— Esteve ótimo — respondi, rindo. — Bem, seja como for, o garanhão esteve.

— Quem é este camarada? — perguntou ele ao nos aproximarmos de Messenger Boy. — Temos aqui um belo animal.

— Ele teve uma história um pouco conturbada, mas começa a se aprumar. Gostaria de vê-lo correr?

— Eu diria que sim.

Pedi a um dos cavalariços que me preparasse Messenger Boy — pensando não só que ele causaria uma magnífica impressão no príncipe, mas também que aquela seria uma ótima oportunidade de mostrar a Mansfield que eu pretendia continuar lidando com nossos cavalos como antes. Era provável que houvesse ali uma obstinação de minha parte, mas pensei em como seria fácil explicar que David insistira em ver Messenger Boy mostrar seu desempenho.

Porém, quando o dia terminou e desapareceram os últimos vestígios da comitiva, Mansfield me disse o quanto eu o deixara infeliz.

— Você está deliberadamente tentando colocar esta gravidez em risco, Beryl, e, além disso, me constrangendo. Os dois são famosos playboys, e ninguém poderia deixar de perceber seu flerte.

— Não seja tolo. Eu estava apenas sendo gentil, e todos sabem que sou casada.

— O casamento não a impediu de se meter em confusão antes.

Senti-me esbofeteada.

— Se está zangado por causa do cavalo, diga isso. Não tente jogar o passado na minha cara.

— Não há dúvidas de que você está sendo voluntariosa quanto a cavalgar, mas parece não se dar conta de quanto mexerico acaba provocando.

— Você está exagerando.

— Minha mãe lê cada *palavra* das colunas sociais, Beryl. Eu morreria se qualquer sopro de escândalo voasse até minha casa. Você sabe como ela é difícil de lidar.

— Então, para que tanta reverência e escovação para amolecê-la?

— Por que alimentar, de propósito, boatos e especulações? — Ele mordeu com força o lábio inferior, como fazia quando estava zangado. — Acho que deveríamos voltar à Inglaterra até o nascimento do bebê — continuou ele. — É um lugar muito mais seguro, por muitos motivos.

— Por que viajar para tão longe? — indignei-me. — O que eu faria lá?

— Cuidar-se, para começo de conversa. Ser minha mulher.

— Você está duvidando de que eu o ame acima de qualquer outra coisa?

— Você me ama, eu creio... tanto quanto consegue. Mas, às vezes, me pergunto se ainda não está à espera de Finch Hatton.

— Denys? Por que você está dizendo tudo isso agora?

— Não sei. Parece que, nos últimos tempos, estamos vivendo numa espécie de jogo. — Ele me olhou bem de perto. — Estamos, Beryl?

— Claro que não — respondi, com firmeza.

Mais tarde, porém, ao tentar dormir, senti uma onda de culpa e apreensão. Eu não estava exatamente querendo brincar com Mansfield, mas *tinha* flertado com os príncipes. De certo modo, não conseguira me conter. Tinha sido bom sorrir e fazer Harry sorrir, também, ou caminhar de determinada maneira e saber que os olhos de David me seguiam. Foi infantil, e também fútil, mas, naqueles momentos, pude acreditar que era outra vez independente e sedutora, como se ainda tivesse algum controle do mundo.

Perguntei-me como Mansfield e eu havíamos chegado àquele impasse tão depressa. Começamos tão bem, nos comprometemos em ser aliados e amigos leais. Eu não tinha sido perfeita, mas agora aquela gravidez nos empurrava para campos opostos. Eu não sentia a menor vontade de ir para a Inglaterra para acalmá-lo, mas qual a alternativa? Se nos separássemos agora, eu ficaria sozinha com uma criança para cuidar. Também poderia perder a fazenda... e isso, para mim, estava fora de questão. Querendo ou não, eu seria obrigada a ceder.

52

A data de partida do safári foi marcada, e Karen oferecia um jantar real, que Denys a ajudou a conseguir — sem dúvida uma concessão para manter a paz. Ela não podia ir ao Palácio do Governo devido ao protocolo social, mas os príncipes podiam muito bem ir à sua casa. Ela fez com que valesse a pena para eles, servindo uma refeição incomparável com tantos pratos e pequenas iguarias que logo perdi a conta. Havia presunto embebido em champanhe com minúsculos morangos que pareciam joias e picantes e roliças sementes de romã, uma massa folhada de cogumelos com trufas e creme. Quando o cozinheiro de Karen, Kamante, entrou com a sobremesa, um rotundo babá-ao-rum perfeitamente dourado, pensei que fosse sair voando de orgulho.

Também observei Karen com atenção, certa de que ela vivia aquela noite como um dos seus melhores momentos, mas debaixo do pó de arroz e do delineador negro, havia rugas e exaustão em seus olhos. O planejamento do safári evoluíra e agora Blix também ia, como braço direito de Denys. Um safári se desmembrara em vários, começando com uma incursão em Uganda, outras viagens posteriores à Tanganica — e Cockie fora convidada para ir junto, como mulher de Blix e anfitriã do safári, assegurando que haveria água quente para os banhos no final do dia, e o dr. Cambalhota telegrafara receitas para estoques de gim. Karen havia sido excluída, e estava furiosa, eu logo percebi.

O ápice da noite foi um *ngoma* kikuyu, o maior que já vi. Vários milhares de dançarinos vindos de tribos de toda a área, os chefes juntando forças para dar aos príncipes uma demonstração que jamais esqueceriam. A fogueira central chegava ao céu. Diversas fogueiras menores a circundavam, como raios brilhantes em torno do eixo incandescente. O som dos tambores subia e descia num intenso e ondeante crescendo, enquanto a cada batida os dançarinos, homens e mulheres, lançavam seus corpos em movimentos rítmicos, por demais ancestrais e complexos para serem descritos.

Eu assistia a tudo aquilo recordando os *ngomas* da minha infância, quando Kibii e eu nos esgueirávamos para fora até o amanhecer, paralisados e também confusos com a sexualidade que os dançarinos despertavam em nós, sensações para as quais ainda não tínhamos nomes. Eu mudara muitas vezes desde aquela época, sempre trocando de pele. Ainda reconheceria Lakwet, se ela saísse das sombras e parasse diante da fogueira, mas será que ela me reconheceria?

Em seu alpendre, Karen pendurara dois faróis acesos, lanternas de navios que trouxera da Dinamarca para Berkeley, devolvidos depois que ele morreu. Assistindo ao *ngoma* a distância, Denys estava debaixo de um deles, apoiado num dos pés, a outra perna dobrada, o ombro apoiado num pilar de pedra azul. Mansfield estava de pé perto do outro — os dois dispostos com tanta simetria quanto portais para dois mundos distintos. Era impossível não me impressionar com o pensamento de que o destino alterara tudo. Em outro tempo, ou em outro plano, Denys poderia ter sido meu marido, e este filho seria dele. E, então, eu me sentiria diferente em relação a tudo, feliz e entusiasmada com o futuro, em vez de preocupada e deprimida. Mas, aqui e agora, os dados haviam sido lançados. Ainda que, Deus me ajude, alguma parte oculta de mim ainda esperasse que Denys me amasse, que deixasse Karen e me quisesse ao seu lado, o que importava? Não era para ser.

Desviei o olhar dos dois homens e voltei à fogueira novamente, onde as chamas se elevavam, em cobre e ouro, azul e branco, fagulhas arremessadas para o alto e caindo como cinzas de estrelas cadentes.

Alguns dias depois, me vi batendo à porta do chalé de Ruta e Kimaru, depois do fim do dia de trabalho. A cozinha cheirava a condimentos e carne cozida. Asis estava agora com quatro anos, e tinha a mesma testa alta e quadrada do pai e a mesma autoconfiança. Gostava de ficar de pé junto à mesa, no chão de terra batida, e pular o mais alto possível no ar, tão parecido com Kibii que meu coração quase parou.

— Ele será um excelente *moran*, não acha? — perguntou Kimaru.

— Ele será perfeito — concordei, e então enfim confessei a Ruta que logo teria um filho também.

— Sim, Beru — disse ele, em voz suave. — Claro que ele já sabia. Era ridículo eu achar que não soubesse. — E nossos filhos brincarão juntos como nós, não é?

— Brincarão — concordei. — Talvez possam até caçar. Nós dois nos lembramos como... Eu me lembro.

— Um *moran* nunca esquece — observou ele.

— Você é minha família, Ruta. Você, e também Asis e Kimaru. Espero que saibam disso.

Ele assentiu, com olhos expressivos e escuros. Eu tinha a sensação de que se eu olhasse profundamente dentro deles, poderia ver todos os anos de nossa infância, um dia maravilhoso de cada vez. E, naquele momento, senti uma nesga de esperança em relação ao bebê. Nada seria fácil, mas, se Ruta estivesse ali para me lembrar de quem eu realmente era, tudo daria certo. Ainda precisaria enfrentar a Inglaterra e a mãe de Mansfield, sem a companhia dele — mas, no verão, traríamos o bebê para casa. Melela seria a Green Hills de meu filho. Pensando assim, o futuro não seria tão assustador.

— O que seu pai disse? — perguntou Ruta.

— Ele ainda não sabe.

— Ah — fez ele, e repetiu uma frase suaíli com que me desafiara anos antes. *Uma coisa nova é boa, embora seja um ponto sensível.*

— Assim me disseram — respondi, e deixei-o jantar.

53

Confinamento é uma dessas curiosas palavras antigas que significam muito mais do que pretendem. Vivi o meu em Swiftsden com a mãe de Mansfield que, por um lado, tornava tudo mais fácil para mim, e, por outro, transformava tudo num pedaço personalizado do inferno. Eu dormia em um belo quarto, tinha uma criada pessoal e não levantava um dedo, nem mesmo para servir o chá. Era óbvio que ela queria proporcionar àquela criança tudo que merecia por ser um Markham. Eu não era exatamente uma Markham, e ela deixava isso bastante claro, sem precisar dizer uma palavra.

Embarquei sozinha no navio em Mombasa, deixando Ruta e meu pai encarregados dos cavalos. Mansfield foi ao meu encontro em janeiro, e lá estava no dia do nascimento, 25 de fevereiro de 1929, um dia tão gelado que os canos rangiam e ameaçavam estourar na maternidade na Eaton Square. As janelas que davam para a rua estavam cobertas de gelo, ocultando o mundo, e me vi olhando fixo para aquela superfície opaca enquanto dava à luz. Ministraram-me gás hilariante e algum tipo de sedativo. Ambos me fizeram tremer e acreditar que poderia ser feita em pedaços. Dores atrozes e inclementes vinham em ondas que eu não podia controlar. Meus joelhos balançavam. Minhas mãos tiritavam sobre os lençóis úmidos.

Horas depois, num nauseante impulso final, Gervase foi expulso do meu corpo. Ergui o pescoço para vê-lo, e só consegui vislumbrar de relance seu rosto enrugado e o minúsculo peito besuntado de sangue antes que os médicos o levassem. Eu ainda estava tonta, sob o efeito das drogas. Não fazia ideia do que estava acontecendo e só conseguia ficar ali deitada, imobilizada pelas enfermeiras.

Ninguém me dizia nada — nem por que levaram meu bebê nem se estava vivo. Lutei com as enfermeiras, e esbofeteei uma delas, e por fim me sedaram. Quando voltei a mim, Mansfield estava no quarto, pálido e exausto. O bebê não estava bem, ele começou a explicar. Era perigosamente pequeno e havia partes faltando. O ânus não se formara, nem o reto.

— O quê? — eu ainda me sentia grogue e sedada. — Como?

— Os médicos dizem que isso às vezes acontece.

Ele andara mordendo o lábio outra vez. Eu podia ver uma mancha arroxeada se formando.

— Mas e se isso foi o resultado de você ter cavalgado, Beryl?

— Poderia ser? É no que você está pensando?

— Mamãe tem certeza que isso não deve ter ajudado.

— Ah! — As palavras dele ecoavam no fundo da minha cabeça. — O que pode ser feito por ele?

— Há uma cirurgia. Se ele tivesse forças, poderiam ser várias, na verdade. Mas ele não está forte agora. É pequeno demais. Sua respiração não é boa. Eles dizem que devemos nos preparar para o pior.

Quando Mansfield saiu do quarto, puxei os lençóis e as cobertas, mas não conseguia me aquecer. Nosso filho poderia morrer. O simples pensamento me fazia tremer de novo — perdida, enjoada e absolutamente impotente.

Em meus dias de Lakwet, estava no *shamba* kip quando nasceu um bebê aleijado. Ele tinha um pequeno coto onde deveria haver uma das pernas, a pele rosada e fina, malformada. Ninguém tentou esconder aquela tragédia de Kibii ou de mim. A criança viveria ou não — era uma decisão dos deuses. Naquela noite, a mãe colocou o recém-nascido do lado de fora da porta de sua cabana e dormiu, como toda a tribo, sem atender ao choro da criança. Havia a tese de que, se o boi não a pisasse, a criança estaria destinada a viver. Mas, naquela noite, veio um predador e a levou — talvez um leopardo ou uma hiena. E isso também foi considerado a vontade divina.

Gervase sobreviveria à cirurgia, ou mesmo à sua primeira noite? Algum deus me puniria levando-o embora — ou tudo que nos acontecia na terra é apenas um lance cego de dados, sem qualquer razão ou planejamento além do acaso? Eu não sabia no que acreditar e nunca aprendera a rezar. E também não sabia como me render ao destino — então, enquanto esperava, entoei baixinho uma antiga canção africana que falava de coragem... *Kali como Simba sisi... Askari yoti ni udari*. Fortes como o leão nós somos, valentes são todos os soldados.

54

Surpreendentemente, Gervase sobreviveu aos seus primeiros precários dias de vida. Os médicos acondicionaram uma estranha espécie de bolsa à sua barriga, e alimentavam-no por meio de minúsculos tubos sinuosos presos ao seu nariz. Ele ganhou meio quilo, e depois perdeu um. Contraiu icterícia, e colocaram-no sob lâmpadas brilhantes. Na maior parte do tempo, não podíamos vê-lo, porque não podia ser exposto ao menor risco de contato com germes. Eu só o vi duas vezes, enquanto me recuperava na maternidade, e nas duas vezes senti um soco no coração. Ele era tão frágil e indefeso — como um pássaro ferido.

Na véspera da cirurgia de Gervase, Mansfield foi ao meu quarto pálido e deprimido.

— Eu sei que é cedo demais para falar a respeito mas, se Gervase sobreviver à cirurgia, quero que ele vá convalescer em Swiftsden. Mamãe pode garantir que ele receba os melhores cuidados.

— Claro, se os médicos aprovarem.

Por mim, eu detestava Swiftsden, mas Gervase vinha em primeiro lugar.

— E o que você vai fazer? — continuou ele. — Quando receber alta do hospital?

— Do que você está falando? Quero estar onde Gervase estiver, é óbvio.

— Supus que quisesse voltar para casa.

— Um dia, sim. Quando pudermos voltar todos juntos. Do que se trata, Mansfield?

Ele se virou e foi até a janela, andando antes de um lado para outro, os pés se arrastando pelas tábuas escuras do assoalho. O clima ainda estava horrível e as cortinas esverdeadas davam à pele de Mansfield um aspecto fantasmagórico. Ele me parecia diferente, agora que estávamos na Inglaterra — não só mais pálido, mas também mais fraco de espírito — quase como se tivesse regredido à personalidade infantil, àquele inválido que passara grande parte da juventude na cama, estudando os nomes das flores em latim.

— Não tenho certeza se voltarei ao Quênia — declarou ele. — Isso me parece cada vez mais claro... como somos diferentes. Sinto-me um pouco tolo a respeito.

— Tolo por ter se casado comigo? Por que você está dizendo isso agora? Nós construímos uma vida juntos. Você pretende jogar tudo fora?

— Eu quis uma nova chance, e consegui. Mas talvez eu só estivesse representando um papel. Ou talvez você estivesse.

Senti o quarto sair de prumo.

— Eu não compreendo. A fazenda é toda a minha vida. E agora temos Gervase. Estamos presos a ele.

— Eu sei disso — concordou ele, deprimido.

E foi falar com o médico, enquanto tudo o que havíamos dito — e não dito — ficou pairando no quarto como uma névoa fria.

Eu mal conseguia pensar. Mansfield e eu nos desentendemos algumas vezes, e nunca fomos um casal ideal — mas queríamos as mesmas coisas e tínhamos sido amigos. Agora qualquer afeto parecia ter desaparecido tão depressa quanto o sol. Vivíamos numa outra estação ali, e não sob um único aspecto.

Enquanto ainda me afligia com tudo isso, ouvi um rumor de passos do outro lado da porta. Pensei que fosse Mansfield voltando com notícias do médico, mas quem entrou foi o príncipe Harry.

— Pensei que estivesse num safári — eu disse, absorvendo o choque de vê-lo ali.

Seu belo terno cinza parecia ter sido confeccionado sobre o corpo. Seu lugar não era numa maternidade na Gerald Road.

— Tudo terminou mais cedo. Imagino que você tenha estado muito ocupada aqui para saber, mas meu pai contraiu uma infecção pulmonar. Era questão de vida ou morte, mas ele se recuperou. E você? Eu nem sabia que estava grávida, e eis que seu nome estava no *The Times*. "Nasceu um filho de Beryl Markham, na Gerald Road." Você é ardilosa.

— Eu não estava pronta para que todos soubessem. Agora o bebê está também em estado crítico.

Senti meu rosto se contrair e me perguntei se choraria diante da realeza. Aquilo também apareceria no *The Times*?

— Desculpe-me. Eu soube. O que posso fazer para ajudar?

— Se realmente quer ajudar, pode garantir que o cirurgião seja o melhor possível. Deve conhecer os melhores médicos daqui, e em quem se pode confiar. Ele ainda é muito pequeno. Já o viu?

Harry fez que não com a cabeça no momento em que duas enfermeiras entraram e fingiram se ocupar com alguns lençóis. Era óbvio que estavam estupefatas por haver alguém da realeza por ali e queriam ver aquilo de perto.

— Será um prazer encontrar o melhor cirurgião — afirmou ele, ignorando-as. — E, por favor, não hesite em me telefonar se precisar de mais alguma coisa, qualquer coisa.

— Obrigada. Estou tão preocupada.

— É claro que está.

Ele segurou minha mão e a apertou, e então se inclinou e encostou os lábios no dorso do meu pulso. Foi um gesto inócuo, feito apenas para demonstrar preocupação, mas as enfermeiras se viraram e ficaram boquiabertas. Seus chapeuzinhos quadrados se inclinaram na nossa direção como flores, ou megafones.

55

Fraco como era, Gervase tinha o coração de um jovem *moran*. Sobreviveu à primeira cirurgia, em meados de março, e melhorou um pouco. Criaram uma abertura onde antes só havia um pouco de pele. No mês seguinte, houve outra cirurgia para criar um reto a partir de um tecido retirado do cólon, e depois mais uma, para juntar tudo, como pontos ligados num tosco livro infantil de quebra-cabeças. Nunca sabíamos se ele sobreviveria ao procedimento ou à anestesia. Havia sempre o risco posterior de septicemia, hemorragia e choque.

Os médicos recomendaram não levá-lo para Swiftsden naquele momento. Ele continuou no hospital, enquanto Mansfield e eu nos hospedamos no Grosvenor, em suítes separadas. Não comentávamos, por enquanto, o destino de nosso casamento. Mal nos falávamos.

Um dia, Ginger Birkbeck foi me visitar no hotel. Ela e Ben estavam em Londres, porque ela precisava se operar para retirar um tumor benigno em algum lugar "feminino" que ela era delicada demais para mencionar. E, de qualquer maneira, não era disso que queria falar... e sim de Harry.

— Por toda a cidade há falatórios a respeito de vocês dois — afiançou-me ela. — Dizem que você está no Grosvenor porque fica em frente ao Palácio de Buckingham, e que ele vem e vai de sua suíte por uma passagem secreta subterrânea.

— Isso é um absurdo. Somos apenas bons amigos, e ele tem sido muitíssimo gentil comigo.

— Mesmo assim, deveria se precaver. Tudo isso é muito sério. Perdoe-me por dizer, mas sua reputação nunca foi exatamente imaculada. E as colunas de mexericos sempre chegam à conclusão mais fácil.

— Que falem, então. Já não me importo mais.

— Então você *está* envolvida com Harry?

— E quem *diabos* tem alguma coisa a ver com isso, se eu estiver? Ou se não estiver?

Andei de um lado para o outro no carpete de pelúcia — tons de verde e vermelho entremeados, numa mistura de Natal com a Sotheby's. Meu Deus, como eu estava cansada!

Ginger arregalou os olhos. De seu lugar no sofá, perguntou:

— Então você não pretende confirmar nem negar?

— Você não está entendendo! Eu estou tentando lhe dizer que não importa. Ninguém vai acreditar em mim se eu desmentir os boatos.

— Isso pode arruiná-la, Beryl — retrucou ela. — Você já pensou nisso?

Fechei os olhos e voltei a abri-los.

— Sinceramente, se eu pudesse ter minha vida de volta e me deixassem em paz, não tenho certeza se me importaria tanto.

— Estou tentando ajudar, você sabe. Só quero o melhor para você.

— Acredite ou não, eu também.

Houve uma série de batidas à porta e Harry entrou com seu belo corte de cabelo, intenso perfume de pinho e calças bem vincadas.

— Olá! — disse ele. — O que temos aqui? Como está Gervase hoje?

— Mais fortalecido, pelo que soube.

— Isso é excelente. Realmente excelente.

Ele atravessou depressa o quarto, abraçou-me e depois me deu um beijo na testa, enquanto o rosto de Ginger ficava carmesim.

Nos primeiros dias de maio, os cirurgiões decidiram enfim liberar Gervase para que fosse para Swiftsden. Embora eu soubesse que teria uma batalha a enfrentar, achei que já era hora de também trazer o Quênia à tona.

— Ele jamais sobreviveria à viagem — declarou Mansfield, sem rodeios, na biblioteca fria e opulenta de seu irmão Charles, em Connaught Square.

— Não agora, é claro. Mas no ano que vem?

— Eu não vou voltar, não do modo como estão as coisas. E Gervase terá uma vida melhor aqui.

— Como você pode nos desenraizar desta maneira, sem ao menos considerar outra solução?

— Você pode fazer o que quiser — respondeu ele, sem emoção. — Só estou pensando em Gervase agora. Ele terá o cuidado constante de enfermeiras, babás e os melhores cirurgiões possíveis. Ele nunca será uma criança muito saudável. Você ouviu o médico.

— Ouvi, ouvi sim. Ouvi tudo o que os médicos disseram. — Encarei-o. — Você sabe que o problema de Gervase poderia ter acontecido com qualquer um? Que o fato de eu ter cavalgado nada teve a ver com isso?

Um músculo de seu maxilar se contraiu, e ele desviou o olhar.

— Isso não importa agora, não é?

— Não. Não acredito que importe. — Por várias semanas, eu me sentira culpada, acreditando que meu comportamento pudesse ter prejudicado Gervase — mas, no fim, era irrelevante culpar qualquer lado. Seu futuro dependeria de força e recursos. A mãe de Mansfield jamais gostara de mim. Ela faria de tudo para me tirar da vida do meu filho, e Mansfield se tornara muito severo e fechado em relação a mim. A porta entre nós se transformara num muro, e Gervase estava do outro lado. — Ele também é meu filho. Como é possível que eu não tenha direito algum, que não tenha voz ativa?

Ele deu de ombros, apertando os lábios.

— Você fez tudo isso acontecer. Agora há boatos de que este filho é do duque.

— Mas isso é ridículo. Eu estava grávida em junho. Harry só chegou ao Quênia em outubro, quando minha gravidez já estava adiantada.

— Harry? David? Os boatos incluem ambos. Sinceramente, Beryl. Um príncipe não seria o bastante? Você precisava se oferecer aos dois?

Eu o teria esbofeteado se me tivessem restado forças para revidar ao insulto.

— Esses mexericos me enojam.

— Então negue o que afirmam.

— Eu não deveria precisar negar, sobretudo não para você! E o que importa agora o que as pessoas pensam? Danem-se todos.

Continuamos discutindo, enquanto os criados ouviam, com certeza, por trás da porta, prontos para contar tudo à revista *Tatler*. Mansfield tentava me obrigar a fazer uma declaração esclarecendo tudo ao *The Times*. A mãe dele estava quase fora de si com o escândalo.

— Pense no bom nome dela — implorou Mansfield. — As convenções sociais significam tudo por aqui.

— Estou tão cansada das coisas feitas em nome das convenções sociais que poderia morrer — exclamei. — Eu quero ir para casa.

— Não passe dos limites, Beryl. Eu posso limpar meu nome me divorciando de você e indiciando o duque como corréu. Você perderá qualquer dinheiro que jamais imaginou receber de mim. Perderá Gervase, também.

— Você pode, honestamente, dizer que não pretende tirá-lo de mim, aconteça o que acontecer? — Ele me olhou impassível. A louça do serviço de chá retiniu do outro lado da porta. Eu estava prestes a chorar, e me sentia vazia, como se tivesse vivido tudo aquilo antes, inúmeras vezes, com palavras diferentes indicando os mesmos crimes hediondos, por ser mulher, e por ousar pensar que poderia ser livre. Mas agora não havia apenas o meu destino na berlinda. — Ataque-me com tudo o que puder, então — desabafei. — Mostre seu pior lado.

O que aconteceu a seguir seria cochichado e passado adiante durante décadas e, em grande parte, vilipendiado à medida que era recontado, como a brincadeira da infância do telefone sem fio, em que a mais simples mensagem se torna confusa, estranha e irreconhecível. Alguns disseram que Markham invadira o palácio com um maço de cartas de amor do duque. Outros insistiram em que sua mãe implorara uma audiência no Camarote Real em Ascot. Advogados da rainha Mary foram acordados ao raiar do dia, ou talvez tenha sido Sir Ulick Alexander, o Guardião do Caixa Real. A velha senhora fora ultrajada, aterrorizada, desconsiderada, e fazia ameaças. Ninguém poderia citar um príncipe de sangue real numa ação de divórcio, mas ainda assim ela pagaria para garantir que aquilo jamais acontecesse, dez mil libras, ou trinta mil, ou cinquenta mil, num valor que geraria uma pensão anual pelo resto da minha vida. Se eu fosse embora para o inferno.

Boatos e especulações criavam vida própria, e nada do que foi dito poderia me surpreender. De qualquer maneira, eu me sentia por demais vazia. Gervase foi para Swiftsden, como eu sempre soube que iria, e começou a se recuperar. Seu corpo estava curado. Ele balbuciava e arrulhava em seu lindo bercinho, gostando de ouvir a própria voz. Talvez fosse se lembrar de mim diante dele, tocando a dobrinha do seu queixo. Eu esperava que sim. Ele tinha os olhos de Mansfield, enquanto eu não via nada meu nele. Nada, a não ser o modo como lutara para estar ali, vivo.

Ao longo dos anos, eu voltaria a Swiftsden para visitá-lo, sempre observada pela mãe de Mansfield e diversas babás, como se temessem que eu fugisse com ele para a África. Pensei nisso, sem dúvida, ao menos para que ele pudesse conhecer as cores daquele lugar — a grama dourada como os leões e o pico coberto de neve do Kilimanjaro — e também me conhecer melhor. Em vez disso, eu lhe contava histórias a respeito de Njoro — de Kibii, Buller e Wee MacGregor. Noites de leopardos, noites de elefantes, o céu para sempre harmônico.

Ao me despedir, eu sempre dizia a mesma coisa:

— Um dia, iremos lá. Mostrarei tudo a você.

56

Permaneci na Inglaterra até o final de 1929, frequentando muitas vezes o aeroclube em Piccadilly. Havia algo tranquilizante e até mesmo balsâmico em observar os aviões riscarem o céu azul sobre Shellbeach, agulhas prateadas cintilando num bordado. Foi ali que me deparei com Denys, num dia de outubro. Ele usava uma bela jaqueta de couro, um cachecol de aviador em volta do pescoço e vinha na minha direção atravessando o terraço do café, perto de um dos grandes hangares. Por um instante, mal pude acreditar — foi como se sonhasse com ele. Então, corremos um para o outro, sem pensar, sem estranhar, como se nos tivéssemos encontrado no fim do mundo.

— Meu Deus, como é bom vê-lo! — Agarrei a mão dele, incapaz de soltá-la. — O que faz aqui?

— Vim obter meu brevê. Aquele fiasco real me deu os fundos para enfim comprar o aeroplano que eu queria. É um adorável Gipsy Moth dourado. Vou mandá-lo de navio para Mombasa, se ainda estivermos de pé daqui a seis meses.

Ele se referia a ele e ao avião. Depois da tragédia de Maia, surpreendia-me ouvi-lo falar com tanta coragem, mas assim era Denys.

— São belas máquinas. — Olhei para cima onde um luzidio De Havilland balançou e voltou a se aprumar. — Eles me fazem pensar em graça.

— Você passou por maus bocados, aposto.

— Você jamais gostou de Mansfield, não é? — arrisquei. — Sempre nos tratou com frieza.

— Eu queria que você fosse feliz... Sempre quis. Mas surpreendi-me quando você se casou com ele. Sinceramente, sempre pensei que você fosse independente demais para qualquer tipo de confinamento. Que fôssemos iguais, nesse sentido.

— Talvez tenha sido isso que estragou tudo desde o começo. Quem pode saber? Mas agora está tudo acabado. Não sei o que acontecerá à fazenda ou aos meus cavalos, ou mesmo com o que devo me preocupar em salvar.

— Você deveria aprender a voar.

— Eu? — perguntei. — Lá em cima é tão aberto quanto parece daqui?

— Ainda mais.

— Parece o paraíso, então — respondi. — Guarde um pouco para mim.

Nas semanas seguintes, até eu voltar para casa, Denys e eu nos encontramos todos os dias para almoçar no aeródromo, chovesse ou fizesse sol. Eu me sentia atraída por ele como sempre me senti, e embora uma parte de mim quisesse beijá-lo e abraçá-lo, também me parecia errado ter aqueles desejos enquanto Gervase estivesse tão vulnerável, e os destroços do meu casamento ainda fumegassem à minha volta. Mas Denys era também meu amigo, e eu precisava de um. Ele me contou tudo o que estava aprendendo no ar, e eu me detinha em cada detalhe, feliz por ter algo novo em que me pensar.

— Isso realmente parece a liberdade absoluta — observei. — Se pudermos nos esquecer dos riscos.

— O medo jamais desaparece por completo. Ele nos torna mais aguçados.

Assenti, compreendendo exatamente o que ele queria dizer. Mesmo quando criança, eu usava o medo para me testar e me desafiar. Embora eu às vezes me esquecesse daquela menina, ela voltava quando eu olhava para o céu, tão intenso e azul como se fosse algum tipo de janela. Talvez eu também fosse voar. Talvez fosse essa a razão pela qual Denys e eu havíamos passado aqueles dias juntos no aeródromo, e o motivo de eu começar a me sentir menos deprimida e desesperada. Aquela simples ideia — de um futuro com asas — fazia todo o sentido, e começou a me curar. Denys também. Só o fato de estar sentada a seu lado me ajudava a me lembrar de quem eu era em tempos melhores, mais forte e mais segura, pronta para encarar o futuro e enfrentar o que viesse, sem medo.

— Você alguma vez nos imaginou juntos? — perguntei-lhe um dia. — Um tempo ou lugar... um mundo, até, onde pudéssemos ficar juntos? Apenas juntos, quero dizer, sem tentar nos destruir, ou querer mais do que o outro pudesse dar?

Seu sorriso desabrochou aos poucos. Seus olhos cor de avelã, quando os fitei, eram infinitos.

— Que tal neste lugar? Agora?

Ele segurou a minha mão e ficamos ali sentados, lado a lado, por mais alguns minutos preciosos, enquanto acima de nossas cabeças, um Moth prateado cintilou como uma estrela de fogo, inclinou as asas e passou atrás de uma nuvem.

57

No final de março de 1930, voltei para casa de navio. Estive uns dias em Melela, para ver meu pai, Ruta e nossos cavalos. Foi mais difícil do que imaginei encontrar palavras para explicar que Gervase ainda estava na Inglaterra, que eles talvez nunca o conhecessem. Meu pai queria ir atrás de Mansfield, como se pudesse saltar sobre o oceano e mudar alguma coisa. Ruta ficou mais quieto, e também terrivelmente triste por mim, eu sei. Pareceu adivinhar, no mesmo instante, que a fazenda perdera o viço.

— Não tenho ânimo para correr agora — confessei. — Acho que não consigo pensar em coisa alguma dos velhos tempos. Não quero montar a cavalo, não quero sentir o cheiro do *paddock*. Vou aprender a voar.

— Entendo — respondeu ele, e ficou calado por um momento. — E aonde nós vamos para fazer esse voo?

A palavra *nós* quase me matou, tantos foram os tiros de carinho.

— Que tal Nairóbi?

Mudamo-nos para o clube Muthaiga, onde aluguei o velho chalé de Denys, e Ruta e a família encontraram uma casa no quarteirão nativo, ali perto. Ver Asis correndo com a mãe ou escalando os braços de Ruta me fazia sentir tamanha saudade de Gervase que quase me dobrava de dor. De acordo com as cartas de Mansfield, sua saúde ainda era frágil, mas ele ficava um pouco mais forte a cada dia. Com essas notícias, Mansfield começou a me mandar uma pequena pensão. Embora tivesse sido agressivo em suas ameaças de divórcio enquanto eu ainda estava em Londres, agora refreava o andamento do processo. Mas não importava. Ele veria as coisas com clareza quando estivesse pronto, e eu descobri que não mordia tanto o freio para me livrar dele como quando tudo fora tão impossível com Jock. Eu era mãe agora, mas não podia segurar meu filho no colo. A liberdade não tinha o mesmo significado de antes. Nada mais tinha.

Um dia, Karen foi ao meu chalé para tomar um drinque, e fiquei surpresa ao ouvir que ela também estivera em Londres, pouco depois do meu tão divulgado escarcéu com os Markham e a monarquia.

— Nem consigo imaginar como deve ter sido horrível — disse ela.

Falei um pouco de Mansfield e Gervase, mas guardei para mim os detalhes mais dolorosos.

— Eu não sou a única suposta cortesã de Fleet Street. Alguma outra garota vai aparecer em breve, e todos se esquecerão de mim.

— Se isso fosse uma aposta, eu não a faria. — Ela suspirou e encostou o copo nos lábios, o olhar se voltando para dentro por um instante. — Enquanto você esteve fora, tive uma praga de gafanhotos na fazenda, e depois uma geada. Tudo murchou. Por isso fui até lá, para ver se haveria algum modo de Denys me ajudar com as minhas dívidas.

— E houve?

— Não — respondeu ela, baixinho. — Ele prometeu me levar para voar quando voltar. Os príncipes também virão para outros safáris, embora você com certeza já saiba disso.

— David precisa de seu leão.

— Sem dúvida — concordou ela, amarga.

— Nem tudo é tão ruim. Você sabe o quanto Denys queria um avião.

— É. E agora há mais clientes rastejando para caçar com ele do que ele jamais poderia dar conta. Eu deveria estar feliz por ele, não é? Mas tenho medo de que isso vá acabar conosco.

Seus olhos estavam marcados e impenetráveis. Eu não sabia se ela me dizia a verdade — que ela e Denys estavam quase rompendo — ou se criava uma história dramática. Também não tinha certeza do quanto me afetaria o desenrolar daquele drama. Mas afetou.

Denys voltou poucos meses depois e deu início aos preparativos para a visita dos príncipes. Não o vi logo, mas soube por Cockie que ele planejava se mudar de Ngong para a cidade.

— Tania devolveu o anel a ele — ela me contou quando nos encontramos na cidade para almoçar. — Ao que tudo indica, a separação é consensual, mas isso não quer dizer que ela não esteja mortificada.

— O que você acha que acabou por separá-los?

— Ela queria mais do que ele era capaz de dar.

— Não é culpa de ninguém. Os dois tentaram tanto quanto puderam, não? — Fiz uma pausa, buscando as palavras para exprimir meus sentimentos emaranhados. — Só podemos ir até nossos próprios limites. Aprendi isso mais que qualquer outra coisa. Um passo a mais e nos damos em excesso. E não fazemos bem a ninguém.

— É provável que ela precise vender a fazenda, você sabe. Depois de tudo, de tanto lutar por ela. Ela tem sido de uma coragem indiscutível.

— Ela é uma guerreira — concordei. E era verdade. Por quase duas décadas, Karen correra todos os riscos, enfrentando as adversidades, hipotecando tudo, amando demais a terra que possuía para perdê-la. E, no entanto, iria perdê-la. Eu mal conseguia imaginar Ngong — ou o Quênia — sem ela. — A única alegria em que posso pensar é que finalmente você tem Blix. Valeu a pena passar por tudo o que passou para conquistá-lo?

— Não sei. — Ela girou o anel em seu dedo, um diamante amarelo quadrado, brilhante como o sol. — Não tenho mais certeza se isso importa. Eu não poderia ter escolhido outra coisa. Ele é o meu coração. Você sabe o que quero dizer?

— Sei — respondi. — Acho que sei.

Algumas noites mais tarde, eu lia na cama, em meu chalé, quando Denys bateu à porta. Eu soube que era ele, mesmo antes de abrir. Eu o esperava há semanas — há anos. Mas aquela vez eu sabia que ele viria.

Vestindo o robe, acendi a lamparina e servi uma dose dupla de uísque para cada um. Mesmo cansado e com a barba por fazer, com um arranhão feio na parte de trás de um braço, ele me parecia um pedaço do céu. Ficamos um bom tempo sentados em silêncio, até eu pensar que quase não importava se encontrássemos ou não as palavras. Sua respiração me equilibrava. O movimento do seu peito, o leve rangido da cadeira sob seu peso, e seus belos dedos arredondados presos à base do copo.

— Como está seu aeroplano? —perguntei, por fim.

— Perfeito. Eu não fazia ideia de que o amaria tanto. E ele ainda poderá ser útil para os negócios. Da última vez que voei, avistei três diferentes manadas de elefantes, quatro búfalos grandes. Para conseguir esses números, eu poderia passar semanas viajando, e dirigir por centenas de quilômetros.

— O quê? Encontrá-los lá de cima e depois sair em campo?

Ele assentiu.

— Nada mau, concorda?

— Nada mau.

Sorri.

Ele se calou de novo, ouvindo o zumbido dos insetos na grama e no jacarandá.

— Eu soube que Karen talvez precise vender a fazenda — comentei.

— Ela está enfrentando um período muito difícil. Estou preocupado, mas ela mesma me pediu para não visitá-la. Se não mantivermos distância agora, podemos perder tudo. Até nossas boas lembranças.

Pousei minha bebida e me aproximei dele, encostando os joelhos na frente da cadeira e segurando suas mãos.

— Você sabe o quanto eu a respeito. Ela é uma mulher admirável.

— É.

Ele me olhou com cautela, quase solene, como se tentasse ler minha expressão como um antigo manuscrito. A lamparina lançava uma sombra escura sobre um lado do seu rosto, mas seus olhos fulgiam, suaves e cor de âmbar. Lembraram-me o vinho Falernian de Berkeley. Os leões na grama.

— Você vai me ensinar a voar?

— Eu não poderia tomar sua vida em minhas mãos. Não quando mal acabo de pegar o jeito.

Ele não mencionou a própria vida, ou a de Maia Carberry, como seu avião ficara horas envolto em fumaça na estrada de Ngong, impedindo a polícia até mesmo de tentar resgatar o que restava dela e de Dudley. Eu não esperava que o fizesse.

— Eu vou aprender, de qualquer maneira.

— Muito bem. Estarei de volta em três meses — disse ele. — Voaremos juntos e poderá me mostrar tudo que aprendeu. Iremos até a costa, ou num safári juntos. Nunca tivemos aqueles seis dias juntos, não é?

Lembrei-me de Pégaso, dos elefantes e da ponte quebrada, do criado de Denys correndo trinta quilômetros descalço, para me partir o coração.

— Não, não tivemos.

58

Muita coisa acontecera a Tom Campbell Black desde o dia em que nos encontramos à beira da estrada em Molo. Ele conseguira o avião dos seus sonhos e aprendera a dominá-lo, tornando-se o diretor-executivo e piloto-chefe da Wilson Airways, em Nairóbi, uma nova e formidável empresa de aviação que transportava passageiros pagantes e fazia o serviço de correio. Ele estivera nas manchetes ao salvar um piloto de guerra alemão mundialmente famoso, Ernst Udet, cujo avião caíra no deserto. Quando o procurei para ter aulas, ele não pareceu nem um pouco surpreso ao me ver, e observou:

— Eu sempre soube que você voaria. Podia ler nas estrelas.

— Entendo. Então foi por isso que você fez um longo discurso falando de aviões, liberdade, nuvens e nada que pudesse nos deter? Era tudo para mim?

— O quê? Não pareço um adivinho?

— Se concordar em me ensinar — respondi, rindo —, você pode ser tão misterioso quanto quiser.

Começamos de manhã bem cedo, sobre uma Nairóbi calma e sonolenta. O aeródromo era um terreno baldio como havia sido a cidade há apenas trinta anos, latas, cacos de vidro e esperança lado a lado nos limites do nada.

Tom nunca tivera um aluno antes, mas, de certo modo, isso não tinha a menor importância. Grande parte de voar era instinto e intuição, e algumas regras vitais acima de tudo. "Confie em sua bússola" era uma delas.

— Seu próprio julgamento poderá confundi-la, às vezes. O horizonte também vai mentir para você, quando puder vê-lo. É o que ele costuma fazer. Mas esta agulha — apontou ele, num gesto um tanto dramático — indicará para onde você *deveria* estar indo. Não onde você está. Acredite nela e acabará se localizando.

O avião que usávamos havia sido preparado para direção dupla. Eu podia aprender a usar os instrumentos e a sentir o leme, com ele à mão para corrigir meus erros. Havia fones de ouvido que podíamos usar para nos comunicar, mas logo Tom quis deixá-los de lado.

— Você vai precisar descobrir sozinha onde está errando — disse-me ele. — Eu posso continuar a corrigi-la, mas de que adiantaria?

Ele estava certo, sem dúvida. O manete de gasolina, o ângulo da alavanca de comando, a bequilha, os flaps das asas e os profundores — cada elemento precisava se tornar algo que eu pudesse reconhecer e manejar — e até errar às vezes, sobretudo no começo. Às vezes, a pressão do Moth caía, e ele perdia altitude, despencando em direção à grama batida pelo sol e às pedras, tudo se movendo em alta velocidade. Havia imprevisíveis correntes de ar perto das montanhas. A hélice podia engasgar com a rapidez de um sopro, ou as condições meteorológicas mudarem sem aviso. Você podia aterrissar em cima de tufos de espadas-de-são-jorge, reduzindo as asas a farrapos, ou derrapar e quebrar o trem de pouso. Podia bater em raízes escondidas ou em torrões ou na ponta saliente de um buraco de porco e estourar a longarina, atolando ou algo pior. Podia praticar vezes sem fim, ler corretamente todos os sinais e, ainda assim, ir a pique. Apesar de tudo, os desafios me pareciam perfeitos. Eles me devolveram à vida de um modo que eu não sentia há muito tempo.

— Quero tirar meu brevê classe B — eu disse a Denys quando ele voltou à cidade. — Eu poderia ser a única mulher a pilotar profissionalmente na África.

— Você não é ambiciosa — ele riu. — Mas também foi pioneira como treinadora, não foi?

— Acho que sim. Mas isto é diferente. Lá em cima, somos só nós e nossos instintos, não é? A cada vez, o desafio parece novo. — Fiquei calada por algum tempo e então senti que me encaminhava para algo que só começava a compreender. — Depois do que aconteceu com Gervase, comecei a me perguntar se algum dia voltaria a encontrar meu caminho.

— Você verá seu filho em breve — ele me garantiu, com doçura. — Mansfield não pode excluí-la da vida dele para sempre.

— Eu não vou permitir. Jamais desistirei de Gervase do modo como minha mãe abriu mão de mim. Eu não poderia.

— Às vezes, quando sofremos, faz bem nos dedicarmos a algo que nos desopila.

Concordei.

— Só me prometa ter cuidado quando voar.

— Prometo — afirmei. — Sabe, Ruta conseguiu construir o motor sem qualquer dificuldade. Ele parece tão entusiasmado com tudo isso quanto eu, e Tom diz que ele tem tudo o que é preciso para se tornar um mecânico muito bom.

O sol havia se posto e acendi o lampião a querosene, enquanto Denys tirava um livro da mochila e depois se espichava na poltrona, as longas pernas cruzadas. Ele leu em voz alta, e me enrosquei a seu lado, nossos corpos formando um cálido arco de luz. Por quase dez anos, aquilo... exatamente aquilo. *Ele está mesmo aqui?*, pensei. *Eu estou?* Denys continuou a ler, sua voz subindo e descendo, enquanto uma mariposa que se prendera na cortina parou de se debater por um instante, e percebeu que estava livre.

59

Denys estava entre safáris, e tivemos um intervalo, bem curto, para viajarmos sozinhos. Fomos para o sul do território massai, em direção ao rio Mara com uma equipe africana, incluindo o criado de Denys, Billea, e um menino kikuyu, Kamau, com quem ele sempre viajava. Estava absurdamente seco, mas mesmo assim, depois do lago Province, vimos inúmeros animais — búfalos, rinocerontes e leões desgrenhados, gazelas de todas as cores e variedades. As encostas douradas e exultantes planícies estavam cheias de vida.

Em ambientes selvagens, Denys se encontrava. Com um par de binóculos de lentes embaçadas, ele avaliava os chifres de uma manada de antílopes, ou o peso de presas de marfim. Sabia atirar em qualquer coisa, sem erros de cálculo, e esfolava um animal tão depressa e com tanta precisão que quase não tirava sangue. Mas era também um entusiasta de não atirar e não matar se não fosse preciso, preferindo usar uma câmera. Safáris fotográficos eram novidade na época, e ele acreditava que as câmeras tinham o poder de transformar as caçadas e seu aspecto esportivo. Os caçadores poderiam *ter* a África, sem levar nada dela — sem arruiná-la.

Durante o safári, vi Denys mais à vontade do que nunca. Ele tinha uma bússola infalível, e um modo de ver as coisas como se soubesse que nunca mais seriam exatamente as mesmas. Mais do que qualquer pessoa que eu conhecia, Denys compreendia como nada permanece, ou poderia permanecer, à nossa disposição. O truque é aprender a aceitar as coisas quando surgem, e aceitar por inteiro, sem resistência ou medo, tentando não agarrá-las com muita força, ou subjugá-las. Eu aprendera isso em meus dias de Lakwet, mas estar com ele me ajudava a lembrar, e a sentir tudo de novo, com intensidade.

Por quase um dia caminhamos através de planícies alcalinas, a crosta branca como uma camada gelada de sal que subia como poeira quando batíamos as botas no chão. Estávamos cobertos de giz — até os joelhos, nos vincos dos dedos que apertavam a correia do rifle, no sulco entre meus seios, e também na boca. Não conseguia me livrar daquele pó e parei de tentar. Percebi que era impossível evitar de qualquer maneira, e aquilo era algo que eu amava na África. O modo como ela nos dominava de fora para dentro, sem nunca desistir, nem nunca nos abandonar.

Denys passou o dia inteiro feliz e contente, embora tivesse bebido a maior parte da garrafa de gim que dividimos na noite anterior. Era um mistério para mim, o modo como ele suportava tão bem a bebida. Seu sangue devia ser muito grosso, pois carregava malária suficiente para derrubar um boi, embora ele nunca tivesse febre ou ficasse de cama. O sol era uma bigorna sobre a minha cabeça, ombros e pescoço, onde o suor porejava e ensopava a gola da blusa. Minhas roupas colavam na pele, o sal úmido do meu corpo secava em círculos. Eu respirava com dificuldade, e me ouvia ofegar. Mas tínhamos uma distância a cobrir. O que era o cansaço? Os carregadores andavam à frente, em fila, e quando minha visão turvava, as silhuetas esguias de seus corpos contra a intensa brancura da planície pareciam uma geometria humana. Os membros se tornaram varetas e traços agudos, uma equação de pura perseverança.

Logo após o meio-dia, paramos e descansamos à sombra lamacenta de um grande baobá. A árvore era baixa e larga, a casca em pregas onduladas como uma espécie de saia, ou como asas. Aquela estava carregadas de frutos que pendiam em vagens marrom-claro, e de babuínos refestelando-se com eles. Havia muitos sentados num galho acima de nossas cabeças, e podíamos ouvi-los abrindo as frutas, numa algazarra musical, como maracas. Uma chuva de polpa esfarinhada caía no chão à nossa volta, sobre a relva curta e amarela, e também as sementes cuspidas e fezes de babuínos, que cheiravam a podre.

— Nós podemos sair daqui — disse Denys quando fiz uma careta — ou atirar neles.

Eu sabia que ele não falava sério quanto a matá-los e brinquei:

— Não por minha causa. Eu poderia muito bem deitar no cocô e cair no sono agora mesmo.

Ele riu.

— O esforço físico nos modifica. Ganhamos uma pele mais grossa.

— A minha já era bem grossa, desde o início.

— É, eu soube disso na mesma hora.

Olhei para ele, perguntando-me o que mais ele percebera quando nos conhecemos — se tivera uma sensação de reconhecimento como acontecera comigo, como o toque agudo e familiar de um sino, como se estivéssemos destinados a nos conhecer.

— Você alguma vez imaginou que poderíamos acabar aqui?

— Debaixo desta árvore medonha? — ele riu. — Não tenho certeza — continuou, enquanto mais farelos de polpa caíam à nossa volta. — Mas poderia começar a gostar da ideia.

No fim da tarde, chegamos ao rio e acampamos. Comemos um jovem antílope que Denys caçara e esfolara naquela manhã, e tomamos café, observando a fogueira estalar e as chamas subirem em espiral, soltando uma fumaça púrpura.

— Tania, uma vez, espantou dois leões só com um chicote de couro cru — disse ele. — Ela e Blix estavam conduzindo gado. Ele se afastou para caçar alguma coisa para o jantar, quando houve uma grande agitação entre os animais. Os carregadores fugiram como ratos, e havia apenas a pobre Tania ali sozinha quando os leões subiram nas costas de suas presas. Os rifles estavam guardados dentro dos baús, o que era ridículo.

— Então, ela os espantou com o chicote? Isso foi corajoso!

— Foi mesmo. Ela tem mais coragem do que se pensa.

Tínhamos tomado cuidado para não falar demais em Karen, pois a fazenda havia sido vendida e era evidente que ela estava de partida.

— Você tem muitas razões para amá-la — arrisquei.

— E admirá-la — completou ele.

— O que é ainda melhor.

— Mas eu nunca seria um bom marido para ela. Ela deve ter compreendido.

— É curioso ver pelo que lutamos, mesmo quando sabemos ser impossível. Ela conseguiu salvar os bois?

— Um deles. O outro eles comeram no jantar, quando Blix voltou de mãos vazias.

— Deu tudo certo, então.

— Dessa vez, sim.

À distância, ouvimos o chilreio agudo das hienas, a tal risada de que se ouve falar, embora sempre me tenha soado como um lamento. A fumaça elevou-se numa onda, como se também tentasse chamar algo, talvez o horizonte, ou as estrelas recém-acordadas.

— Não seria uma vida ruim, você sabe, ser um leão — disse Denys. — A África inteira é seu banquete. Ele toma o que quer, quando quer, sem grande esforço.

— Mas ele também tem uma esposa, não é?

Não era uma pergunta.

— Uma esposa de cada vez — explicou ele.

Então, enquanto a fogueira crescia, esfumava e ameaçava queimar nossos pés, ele recitou um poema de Walt Whitman, porque pedi. Recitou para mim e para as estrelas, enquanto eu ficava cada vez mais imóvel. Pensava no quanto havia lutado e me esforçado durante anos, como Karen, em busca de coisas que foram desastrosas para mim. E talvez tudo tivesse sido inevitável. Os peregrinos e os que se perdem realmente se parecem, como Denys me dissera um dia, e era possível que todos terminassem no mesmo lugar, pouco importando o caminho que escolhemos, ou quantas vezes caímos de joelhos, sem dúvida mais sábios devido a tudo que passamos.

Mal parecendo se mover, Denys estendeu a mão para a minha. Com uma lentidão quase insuportável, percorreu ossos, linhas e reentrâncias, a pele endurecida pelo trabalho. Pensei em Karen com o chicote de couro cru. Ela era incomparavelmente forte e corajosa debaixo de suas echarpes e pós de arroz, suas taças, cristais e chitas. Havíamos executado uma dança dolorosa e perdido muito, nós três, magoando-nos uns aos outros e a nós mesmos. Mas coisas extraordinárias também haviam acontecido. Coisas de que eu jamais me esqueceria.

Acho que ficamos ali sentados por horas. Tempo suficiente para sentir minha própria densidade se assentar cada vez mais sobre a poeira calcária. As eras a haviam criado, esfarelando montanhas, em infinita metamorfose rochosa. As coisas do mundo sabiam tão mais do que nós e viviam tudo de forma mais verdadeira. As espinheiras não sentiam tristeza ou medo. As constelações não lutavam nem se continham, nem o arco translúcido da lua. Tudo era efêmero e infinito. Aquele momento com Denys terminaria, e duraria para sempre.

— No que você está pensando? — perguntou-me ele.

— No quanto você me transformou. — Senti seus lábios no meu pescoço, sua respiração. — É por isto que existe poesia — falei, tão baixinho, que nem sei se ele me ouviu. — Para dias como este.

60

Embora eu soubesse bem o que esperar, senti meu estômago se contorcer e meus joelhos amolecerem ao ver a adorável mobília de Karen no gramado e todos os seus livros em caixotes. Ela estava vendendo quase tudo, ou dando — e eu lutava com a arraigada memória física de assistir Green Hills se desfazer peça por peça, exatamente assim, enquanto eu observava, impotente. Agora que suas terras pertenceriam a terceiros, ela tentava encontrar um lote protegido para os kikuyu que viviam em sua propriedade, para que tivessem algo que não lhes fosse tirado depois. Encontrei-a preocupada com eles, fumando e andando em círculos ao redor de suas coisas.

— Agora você também veio — disse ela. — Tantas visitas e despedidas já secaram todas as minhas lágrimas.

Seu vestido branco estava solto sobre o busto e as pernas, o chapéu de palha sobre uma cadeira. De repente, ela me pareceu jovem.

— Eu poderia chorar *por você* — eu disse. — Não me custaria muito.

— Você soube que farão um *ngoma* em minha homenagem? — Ela soltou uma baforada de fumaça azul. — Não é o máximo? Mas não haverá jantar, como aquele que oferecemos quando os príncipes estiveram aqui. Toda a minha louça está encaixotada.

— Tenho certeza que será maravilhoso assim mesmo. Eles querem homenageá-la. Você deixou sua marca, e ninguém irá esquecê-la tão cedo.

— Tenho sonhado com a Dinamarca, e eu de pé na proa de um imenso navio, vendo a África ficar cada vez menor.

— Espero que você possa voltar um dia.

— Quem tem o privilégio, ou o ônus, aliás, de saber o que é possível? Posso lhe dizer, no entanto, que eu jamais imaginei que *pudesse* partir. Acho que é isso que dizem os sonhos. Eu não estou deixando a África, mas devagar, muito devagar, a África começou a se esvair de mim.

Senti a garganta apertar e outra vez engoli em seco. Sua mesa de pedra de moinho fora puxada para a beira do alpendre. Sempre pensei nela como o coração de Mbogani. O velho granito estava manchado e esburacado, e servira de apoio para tantos copos de conhaque e xícaras de chá, toda a sua louça, os Sèvres e os Limoges, os grandes pés de Denys, seus livros e suas mãos. Foi onde ela se sentou milhares de vezes, acendendo um cigarro, apagando o fósforo, olhando lá para fora, recolhendo-se em seus pensamentos. Puxando a echarpe de lã sobre os ombros, preparando-se para falar.

Era estranho estar ali com Karen e sua fazenda que desaparecia, depois de tudo que acontecera, das coisas que nos aproximaram e nos afastaram. Mas a verdade é que teria sido ainda mais estranho se eu não fosse até lá.

Sentamo-nos em duas cadeiras baixas de palhinha, de frente para as cinco colinas de Ngong.

— Dizem que você está aprendendo a voar — comentou Karen.

— Estou, tem sido muito importante. E me faz muito feliz.

— Você está com 28 anos?

Fiz que sim.

— Eu tinha essa idade quando embarquei para o Quênia para me casar com Bror. Como nossas vidas dão voltas! Acontecem coisas que jamais poderíamos prever ou adivinhar. E ainda assim, elas nos transformam para sempre. — Ela passou os dedos na grama, para frente e para trás, de leve e sem fazer barulho. — Eu sempre desejei ter asas, sabe? Talvez mais que qualquer outra coisa. Quando Denys me levou para voar a primeira vez, deslizamos sobre as minhas montanhas, e depois sobre o lago Nakuru, onde milhares de zebras se dispersaram com a sombra que projetamos.

— É a mais completa sensação de liberdade, não é? — perguntei.

— É, mas também de clareza. Eu pensei: "Agora eu vejo. Só agora." Daquela altura, todas as coisas que estão escondidas se revelam. Mesmo as coisas terríveis têm beleza e forma. — Ela me encarou com suas pupilas negras. — Sabe, Beryl, você nunca terá Denys de verdade. Não mais que eu. Ele não pertence a ninguém.

Meu coração desmoronou.

— Ah, Karen...

Procurei as palavras, mas elas não estavam em lugar algum.

— Acho que eu sempre soube que você o amava, mas guardei isso comigo durante muito tempo. Talvez você tenha feito o mesmo.

Senti-me tão mal ao ouvi-la arrancar um véu de anos e anos —, mas era preciso. *Deveríamos estar dizendo a verdade uma à outra*, pensei. *Merecemos isso, mais do que qualquer coisa.*

— Eu jamais quis tirar qualquer coisa de você — falei, afinal.

— E não tirou. Não, são os deuses que estão me punindo por querer demais. — Ela olhou mais uma vez para suas colinas e depois para as suas coisas no gramado. — Tanta felicidade sempre tem um preço, mas eu pagaria de novo por ela, e mais ainda. Não excluiria um só momento, nem para me poupar da dor.

— Você é a mulher mais forte que conheço — confessei. — Sentirei saudades.

E me inclinei para beijá-la no rosto, no momento exato em que suas lágrimas começavam a manchar o pó de arroz.

61

Como as nossas vidas dão voltas!

Denys deveria voltar para mim e nos levar de avião até a costa de Takaungu. A caminho de casa, testaríamos sua teoria e tentaríamos vislumbrar algumas manadas de elefantes perto de Voi e alertar alguns amigos caçadores que estavam à espera de um telegrama. Era começo de maio. Eu disse a Ruta que iria e depois disse a Tom, que encontrei no hangar da Wilson Airways, rabiscando números em seu diário de voo.

— Mas temos aula amanhã.
— Não podemos adiar?

Ele me olhou e depois através do portão do hangar, onde nuvens sopradas pelo vento encobriam o azul do céu.

— Não vá, está bem?
— O que há? Você teve um dos seus pressentimentos misteriosos?
— Talvez tenha tido. Sempre se pode adiar, não é?

Eu não queria desistir da viagem por causa de uma premonição, mas Tom era um excelente professor e eu confiava nele. Era raro que me pedisse alguma coisa. Então voltei para meu chalé no Muthaiga, e Denys levantou voo para Voi. Mais tarde, eu soube que, antes de me convidar, ele também convidara Karen para ir com ele, mas, naquela manhã, seu único passageiro era Kamau, o menino kikuyu. Decolaram com o clima esplêndido e ficaram fora por vários dias, antes de voar até o sopé da colina Mbolo, onde morava seu amigo Vernon Cole. Vernon era o comissário do distrito. Tinha um filho pequeno, John, que ficou deslumbrado com Denys, e sua mulher, Hilda, estava no começo da segunda gravidez. Ofereceram a Denys um belo jantar e o ouviram falar a respeito dos elefantes que vira do alto, exatamente como previra.

— Lá estavam eles, cheios de coragem, só *pastando* ao longo do rio. Semanas de buscas reduzidas a minutos. A minutos!

No dia seguinte, ao alvorecer, Denys e Kamau voltaram a decolar, desta vez de volta para casa. Hilda lhes deu um cesto de laranjas quenianas de casca grossa. Kamau colocou-o no colo, enquanto a hélice criava vida, e o motor do Moth palpitava, persuadido pelos dedos ágeis de Denys no manete. Alçou voo depressa, e circulou duas vezes antes de sumir de vista.

No chalé de Denys, eu dormia, sem sonhos. Ruta me acordou batendo à porta.
— Teve notícias de Bedar?
— Não — respondi, sonolenta. — Por quê?
— Não sei — respondeu ele.

Mas ele adivinhara alguma coisa. Pressentira, como Tom.

Acenando uma vez, as asas cor de creme do Moth seguiram em frente e desapareceram de vista. Denys batizara seu avião de *Nzige*, que significava "gafanhoto", leve como o vento, ágil e imperturbável. A máquina maravilhosa deveria voar para sempre, e Denys também, mas dois quilômetros ao norte, por uma razão que ninguém jamais poderá confirmar, o avião parafusou em baixa altitude. Talvez tenha quebrado um cabo crucial, ou interpretado mal o gradiente de vento. Talvez tenha manobrado num ângulo fechado demais em velocidade muito baixa, ou perdido o controle, numa infinidade de maneiras. Tudo que se soube foi que ele bateu no solo, quase verticalmente, colidindo com o solo rochoso perto de Mwakangale Hill, e explodindo com o impacto. Pegando fogo. Quando, pela fumaça do avião de Denys, os Cole encontraram o local da queda, não restara praticamente nada de seu corpo, ou do garoto. O Moth estava destruído. Só um punhado de laranjas enegrecidas espalhadas pelo chão carbonizado e um fino livro de poesia que fora arremessado para longe dos destroços, tremulando sobre as cinzas.

Em choque, Hilda Cole caiu de joelhos e se dobrou ao meio. Horas depois, naquela mesma tarde, ela perdeu o bebê. E foi assim que três morreram naquele dia, em Voi. Três almas pereceram, e nenhuma era a minha.

62

Karen enterrou Denys na fazenda, como sabia que ele queria, no topo de Lamwia, ao longo da encosta de Ngong. O local ficava no alto de um declive íngreme, e os carregadores do caixão lutaram para chegar até lá, tropeçando com a caixa pesada. Karen caminhava à frente e se postou junto à cova aberta, vermelha como uma ferida, quando o sepultaram. Eu estava totalmente entorpecida, sem conseguir falar nem com ela nem com ninguém.

A claridade do dia era ofensiva. Abaixo do cume, a encosta acobreada se estendia até a planície. Uma pálida nesga de estrada riscava o chão como uma corda que fora puxada das nuvens, ou uma cobra que se arrastava ao infinito, até o Kilimanjaro. Ao redor do túmulo de Denys, a relva era verde e vívida. Sobre o chão, duas formas escuras, as sombras de um casal de águias planando acima de nós em círculos cada vez mais largos.

Amigos enlutados vieram de Nairóbi, Gilgil, Eldoret e Naivasha — somalis, kikuyus e montanheses brancos, caçadores e atiradores, peregrinos e poetas. Ninguém, entre eles, deixara de ver em Denys algo para amar e admirar. Ele jamais deixara de ser ele mesmo, e era respeitado por isso do mesmo modo que aquelas águias eram respeitadas, e também a grama.

Durante o breve funeral, a cabeça de Karen pendia sobre o peito, e senti muita vontade de ir até ela. Eu era a única pessoa que sabia exatamente o que ela perdera com Denys; ela era também a única que saberia compreender o peso e a dimensão da minha tristeza. Mas algo acontecera, e aquilo me deteve. Ela era agora publicamente reconhecida como sua viúva. Os deuses podiam tê-lo roubado dela, mas, com sua morte, ela o recebia de volta. Ninguém poderia questionar seu vínculo, ou duvidar do quanto ela o amara. Ou de como ele havia sido verdadeiramente dela. Um dia, ela escreveria a respeito dele — ela o escreveria de tal modo que uniria os dois para sempre. E, daquelas páginas, eu estaria ausente.

Eu não imaginava que pudesse chorar mais, que, como Karen, eu passara toda uma vida chorando, mas, de alguma maneira, minha tristeza encontrou um modo de se revelar naquele dia. Quando terminou o funeral, e os pranteadores desceram a colina até Mbogani, demorei-me por lá o suficiente para pegar um punhado de terra do túmulo de Denys, vermelha como sangue e mais velha do que o tempo. Fechei os dedos em torno de sua frieza poeirenta, e depois a soltei. De certa forma, não importava se havia algum direito de propriedade na tristeza de Karen, ou no modo como ela havia amado Denys. Eu não o amara do modo mais perfeito — e enfim compreendi. Ambas tentamos tocar o sol, e caímos, abandonadas outra vez à terra, sentindo o gosto de cera derretida e de tristeza. Denys não era dela, nem meu.

Ele não pertencia, nem nunca pertencera, a ninguém.

Depois do funeral de Denys voltei ao seu chalé, onde estava morando, mas a visão de seus livros quase me destruiu. Era chocante pensar que sua mente não pertencia mais a este mundo. Eu nunca mais ouviria seu riso, ou tocaria suas mãos belas e firmes, ou traçaria as linhas ao redor de seus olhos. Quando ele caiu do céu, tudo que ele era e ainda faria havia desaparecido. E ele levara também com ele o meu coração. Como eu poderia recuperá-lo?

Eu não sabia o que deveria fazer com meu tempo ou aonde ir, mas, por algum motivo, voltei a Elburgon, em Melela. Meu pai pareceu surpreso ao me ver, mas não fez perguntas difíceis. Eu não conseguiria respondê-las, se ele as fizesse. Só queria ficar sozinha, e estar perto dos cavalos, duas coisas que, no passado, sempre me salvaram a alma. Ali fiquei por semanas, acordando antes da aurora e cavalgando pelas manhãs frias para poder pensar. As cores do lugar eram belas como sempre. A névoa pairava sobre os altos cedros na floresta, e a curva irregular da escarpa subia e descia em direção ao infinito. Mas faltava alguma coisa. Em toda a sua beleza, Melela parecia agora zombar de mim. Eu sonhara tanto, acreditando que se Mansfield e eu pudéssemos reconstruir Green Hills ali, reescrevendo as tristes mudanças do passado, alguma parte de mim se sentiria vingada e forte de uma forma como nunca antes, não desde que eu era menina — caçando com *arap* Maina, correndo com Kibii em meio à grama alta e descorada, escorregando pela janela da minha cabana com Buller nos meus calcanhares, os dois sem medo da noite.

Mas tudo que Mansfield e eu havíamos conseguido fazer fora nos humilhar mutuamente e a cada um de nós, e abrir grandes chagas um no outro. Gervase estava do outro lado do mundo. Alguns dias, eu mal suportava pensar nele — e agora Denys também desaparecera. Uma perda esmagadora se sobrepunha à outra como uma mancha escura. Uma sombra encobrindo outra sombra, vazio e mais vazio, e o que se poderia fazer?

Meu pai estava preocupado comigo, eu percebia, mas nada parecia ajudar até que, um dia, ouvi um som familiar ecoando pelas colinas, e ali estava o Moth de Tom, abrindo caminho até a fazenda pelo azul imaculado e sem nuvens. Usando nosso longo *paddock* como pista de aterrissagem, ele pousou como uma pluma.

— Como você tem passado? — perguntou ele, depois de desligar o motor do avião e descer por cima da asa.

— Ah, você sabe...

Senti que não aguentaria, e não consegui mais falar. Mas não precisava. Tom me entregou um capacete de voo, e escorreguei para o assento traseiro da cabine, feliz por ouvir o som do motor ganhando vida, a vibração da pequena cadeira, tudo estremecendo à medida que aumentávamos a velocidade. Quando sobrevoamos as colinas e a paisagem deslizou para o lado e girou para longe, minha cabeça começou a clarear pela primeira vez em semanas. O vento frio me fustigava o rosto e me enchia os pulmões. Era tão mais fácil respirar lá em cima, e mesmo com o barulho constante da hélice e do vento, havia a paz pela qual ansiava minha alma ferida. Lembrei-me de uma vez que um menino nativo me perguntou se eu podia ver Deus lá do avião. Tom estava junto e nós dois rimos e balançamos a cabeça.

— Talvez então vocês devam subir mais — respondeu ele.

Tom nos manteve lá em cima por um bom tempo, traçando um grande círculo sobre nosso vale, em direção a Njoro a leste e a Molo ao norte. A ponta da asa era uma varinha prateada e brilhante. Ao observá-la, senti um sopro de esperança e uma espécie de redenção. Não era Deus quem eu via daquela altura, e sim o meu vale do Rift. Ele se estendia em todas as direções como um mapa da minha vida. Ali estavam as colinas de Karen, a bruxuleante planície de Nakuru ao longe, o contorno irregular da escarpa. Pássaros de peito branco e areia vermelha. Tudo o que eu vivera se desenrolava a meus pés, cada segredo e cicatriz — onde aprendi a caçar, saltar e cavalgar como o vento; onde quase fui devorada por um bom leão; onde *arap* Maina se inclinou para apontar uma pegada na lama seca, pedindo:

— Diga-me o que vê, Lakwet.

Aquele vale era mais do que o meu lar. Ele ecoava em mim como o tambor do meu próprio coração.

Só voltamos para Melela quando precisamos de combustível. Tom ficou para o jantar e, como queria voar novamente ao amanhecer, foi se deitar cedo, enquanto meu pai e eu ficamos acordados com uma xícara de café quente e amargo. Não havia som algum na sala — só a luz baixa se projetando na parede e a sensação de alguma coisa importante vindo na minha direção.

— Vou voltar a Nairóbi — falei, depois de longo tempo em silêncio. — Vou partir com Tom pela manhã. Vou voltar a voar.

— Eu gostaria de saber a razão disso — observou meu pai.

Era óbvio que eu o tinha surpreendido. E, mesmo sem saber se "isso" se referia a aeroplanos ou a sair de Melela, retruquei:

— Voe com Tom um dia desses. Talvez compreenda.

Ele consultava o livro preto de *pedigrees*, sua eterna Bíblia. Seus dedos acariciaram a lombada por um instante, e então ele sacudiu a cabeça.

— Eu sei onde devo estar.

— Eu também — respondi e, no instante em que as palavras saíram da minha boca, eu soube que expressavam a verdade.

— O que faremos com os cavalos?

— Ainda não tenho certeza. Afinal, eles também pertencem a Mansfield. Podem se passar vários anos até o final do processo de divórcio. Mas seja qual for a sentença, quero ganhar meu próprio sustento. Eu *preciso* saber que posso cuidar de mim mesma.

— E você pode fazer isso voando?

Parecia incrédulo.

— Talvez. Tom diz que um dia os aviões transportarão as pessoas por todo o mundo, como os navios fazem agora. Eu poderia ser parte disso. Ou transportar cartas e encomendas, ou seja o que for. Denys tinha um plano de, lá de cima, localizar animais para os caçadores.

Era a primeira vez que eu pronunciava o nome dele em voz alta desde o enterro. Mesmo que minha garganta doesse, pareceu adequado dizer o nome dele naquela sala. Era ele a razão de eu pensar em voar.

— É assustadoramente perigoso. Eu sei que não preciso dizer isso. — Ele olhou para a xícara de café, refletindo mais um pouco. — Mas você nunca teve medo na vida, não é?

— Eu já *tive* — respondi, surpresa com minha reação emocional. — Já fiquei apavorada... Só não deixei que isso me impedisse.

Já era bem tarde àquela altura, e estávamos os dois cansados demais para continuar falando. Beijei-o na testa, desejando-lhe boa noite. Mas quando me acomodei na cama, por mais exausta e sem forças que me sentisse, havia uma estranha energia pulsando dentro de mim. Os pensamentos brotavam com mais clareza do que em muitos anos. Melela não era um lugar seguro. Era mais do que provável que desaparecesse como, um dia, Green Hills havia desaparecido. Pégaso morreria como Buller morreu, ambos meus primeiros heróis. Meu pai se afastaria aos poucos, ou de uma vez. Grandes mudanças surgiriam de novo e de novo... E eu sobreviveria como há muito tempo, quando minha mãe embarcou num trem e se foi com a fumaça. A tribo me encontrou, então, e me deu meu verdadeiro nome, mas, afinal, Lakwet era apenas um nome. Eu a forjei sozinha, a partir dos meus cacos, aprendendo a amar a ferocidade em vez de temê-la. A florescer na exultação da caçada, mergulhando de cabeça no mundo em qualquer situação, ou principalmente quando era doloroso ir em frente.

Agora, eu estava no limiar de outra grande reviravolta, talvez a mais importante da minha vida. O céu levara Denys, mas eu sabia que lá em cima também havia vida— uma combinação de forças feita para mim, para como eu havia sido formada, de diversas e poderosas maneiras. Aquela grande liberdade e a inimaginável graça das alturas vinham associadas ao risco e ao medo. Voar exigia mais coragem e fé do que eu realmente dispunha, e exigia de mim o melhor, todo o meu ser. Eu precisaria me esforçar ao máximo para ser boa no que faria, e mais do que um pouco louca para ser grande, dedicando minha vida àquilo. Mas era exatamente o que eu pretendia.

Na manhã seguinte, acordei antes de Tom. Arrumei depressa meus poucos pertences e esperei por ele no escuro. Ao me ver, ele sorriu, compreendendo de imediato a decisão que eu tomara e o que aconteceria a seguir.

De volta a Nairóbi, cumpri as horas de instrução com muita energia, aproveitando todos os instantes de que Tom dispunha. Quatro semanas depois do acidente de Denys, quase no mesmo dia, Tom e eu fizemos um voo curto e uma aterrissagem perfeita no aeroporto de Nairóbi. O Moth deslizou pela pista, abrindo as nuvens avermelhadas. Quando paramos, Tom não me pediu que desligasse o motor, como sempre fazia, mas desceu pela asa e gritou para mim, sobrepondo-se ao ruído da hélice:

— Por que você não sobe sozinha agora, Beryl?

— Agora? — fiz com os lábios.

No mesmo instante, meu pulso disparou.

Ele assentiu.

— Só subir e descer. Leve-o a oitocentos pés e gire uma vez... firme e suave.

Firme e suave, tudo bem, mas o galope da adrenalina dentro de mim era tão louco que me tonteou. Eu conseguiria me lembrar de tudo que Tom me ensinara nos últimos meses e acertar fazer aquilo tudo? Conseguiria acalmar a barulheira na minha cabeça, a visão das dez mil coisas que poderiam dar errado? Um único erro tirara a vida de Denys, e aquele ainda era um grande mistério.

Controlando as mãos, fiz para Tom um sinal de positivo. Ruta saiu do hangar e ficou ao lado de Tom, e acenei para os dois, taxiando o Moth até a ponta da estreita pista de decolagem, quando apontei seu nariz para o vento quente.

Lembre-se de manter um ritmo estável e rápido, ouvi a voz de Tom na minha cabeça. *Você precisa de velocidade no aquecimento, ou vai estolar.* Ruta ergueu a mão uma vez. *Kwaheri.* Adeus!

Acelerando com força, corri pela acanhada pista de decolagem, o coração na boca, todos os nervos alertas. Esperei até o último instante possível para recuar o manche, e o Moth subiu, sacudindo um pouco, e se firmou aos poucos, encontrando o vento e seu equilíbrio. Atrás de mim, eu sentia Tom e Ruta, e também Denys. À minha frente havia tudo, um mundo inteiro que se abria, a cada momento, sob minhas asas poderosas.

Eu estava no ar.

Epílogo

4 de setembro de 1936

*N*ão há como saber quão perto cheguei das garras do Atlântico quando meu motor finalmente deu um coice e voltou à vida. O som é áspero. Isso me assusta como se eu tivesse passado anos e anos adormecida — e é possível que tivesse. Empurro o manete para frente até plena potência e recuo o manche, para longe das ondas geladas. O nariz do Gaivota aponta de novo para cima, enfim respondendo. Ele sobe, lutando com unhas e dentes para encontrar o caminho, escalando a face da tormenta. Subo com ele, saindo de uma neblina interna. Uma cegueira absoluta.

Só depois que estabilizei e minhas mãos pararam de tremer, permito-me pensar por quanto tempo o motor ficara silencioso, e com que rapidez decidi ceder ao estol, mergulhar a prumo, quando senti o fundo ceder. Sempre tive aquilo em mim, mas também uma bússola interna confiável. Há coisas que só descobrimos em nossas profundezas. A ideia de ter asas e depois as próprias asas. Um oceano que valha a pena atravessar um quilômetro escuro de cada vez. A inteireza do céu. E qualquer sofrimento subsequente é o preço necessário daquelas maravilhas, como dissera Karen certa vez, a bela debulha que fazemos ao viver.

Por várias horas a chuva escura não cede. Sigo à beira da longa noite, quase delirando de exaustão e também mais desperta do que nunca. Por fim, vislumbro os primeiros raios do amanhecer — ou serão sinais de terra? O vidro da janela está coberto de gelo, e há nesgas de névoa diante dos meus olhos, mas logo descubro que não estou imaginando. A tela cinza escura se transforma em água, e surgem ondas nítidas, e a forma crescente da ponta de uma falésia, como saliências de rochedos varridos pelas nuvens. Eu havia chegado à América do Norte, ao golfo de São Lourenço e à Terra Nova. Manchas bruxuleantes tornando-se mais reais a cada instante. É aquele o lugar ao qual pretendia chegar.

Meu plano é parar em Sydney, perto de Cape Breton, e reabastecer, depois seguir dali — direto para o sul sobre o continente desta vez, New Brunswick e a ponta do Maine e, por fim, Nova York. Mas ainda estou a oitenta quilômetros do litoral quando meu motor começa a engasgar de modo estranho, um estol soluçante e oscilante. Ainda tenho três quartos de tanque cheio, então só pode ser uma bolha de ar. Como antes, abro e fecho a torneira de vazão, e o motor responde com um assobio. Estou caindo agora, e minhas esperanças também despencam. Cinco mil quilômetros, escuridão, quase morte, para falhar agora, quando falta tão pouco? É um pensamento horrendo, sombrio. Várias e várias vezes, ligo e desligo o interruptor da torneira de vazão, os dedos sangrando. O Gaivota tosse de volta à vida, subindo, só para falhar mais uma vez, minha hélice girando com o vento, minha janela coberta de gelo, refletindo o sol como um espelho implacável.

Por dez ou 15 minutos eu sacolejo daquela maneira, no doloroso voo planado da falta de combustível, aproximando-me dos ásperos lábios das rochas. Logo vejo pedras cobertas de lama e um pântano que me lembra chouriço. Quando tento uma última arfagem, minhas rodas se contraem e afundam, o nariz do avião atolando sem aviso, jogando-me para frente. Bato com força no vidro, empapando a testa de sangue. Estou apenas a 270 metros da beira d'água, nem um pouco perto de Nova York. Mas consegui.

Estou tão cansada que mal consigo me mexer, mas me mexo. Empurro a porta pesada e me obrigo a pôr os pés no chão. O pântano gruda em minhas botas e afundo, o sangue escorrendo sobre meus olhos. Abaixo-me e quase engatinho, como se, depois de tantas horas nas nuvens, precisasse reaprender a andar. Como se precisasse reaprender para onde vou, e onde — impossivelmente — já estive.

Nota da autora

Depois de seu primeiro voo solo, em junho de 1931, Beryl Markham logo se tornou uma das primeiras mulheres a receber um brevê profissional categoria B. Apesar de nunca ter deixado de treinar cavalos de corrida, ou ganhar grandes-prêmios, tornou-se também piloto de selva, trabalhando para Bror Blixen em inúmeros safáris, sendo pioneira na prática de avistar elefantes pelo ar, realizando a previsão de Denys.

Quando, em 1936, depois de 24 horas de voo, foi bem-sucedida ao quebrar o recorde de travessia do Atlântico, seu nome esteve nas manchetes de todos os grandes jornais dos Estados Unidos. Uma multidão de cinco mil pessoas comemorou sua chegada a Nova York, no campo Floyd Bennet. Ao voltar à Inglaterra, entretanto, não houve sequer uma recepção formal. Em vez disso, foi surpreendida pela terrível notícia de que seu amigo e mentor de voo, Tom Campbell Black, morrera num acidente de avião enquanto ela estava fora.

Escândalos e especulações perseguiram Beryl durante grande parte de sua vida. Em 1942, ela publicou um livro de memórias, *West with the Night*. As vendas foram modestas, embora muitos acreditassem que o livro merecia honras maiores, inclusive Ernest Hemingway que, numa carta ao editor, Maxwell Perkins, registrou: "Você leu o livro de Beryl Markham? [...] Ela escreveu tão bem, tão maravilhosamente bem, que me senti simplesmente envergonhado de mim mesmo como escritor... É mesmo um livro excepcional."

Hemingway encontrou Beryl no Quênia, em 1934, quando viajava com sua segunda esposa, Pauline Pfeiffer. Segundo dizem, Hemingway teria tentado namorar Beryl, mas foi rejeitado. Quase cinquenta anos depois, seu filho mais velho, Jack, mostrou algumas cartas publicadas do pai a um amigo, o proprietário de restaurantes George Gutenkunst, dentre as quais a crítica do *West with the Night*, que o levou a procurar o livro de Markham e depois convencer uma editora na Califórnia a republicá-lo. Surpreendentemente, o livro se tornou um best-seller, o que permitiu que Beryl, então com oitenta anos e vivendo na África em estado de pobreza, passasse o fim dos seus dias gozando de relativo conforto e mesmo de alguma notoriedade.

Desde então, a reputação do livro — como a de sua autora — tem sido prejudicada por boatos e especulações. Sugeriu-se que ela não o escrevera, e sim seu terceiro marido, Raoul Schumacher, um *ghostwriter* de Hollywood. Não posso dizer que me surpreendo com as dúvidas do público em relação a ela. Beryl era tão avessa a falar de si mesma, que até pessoas que acreditavam tê-la conhecido bastante na velhice, muitas vezes se admiraram ao descobrir que ela sabia alguma coisa a respeito de aviação ou de corrida de cavalos, ou que fosse capaz de escrever mais do que um cartão postal. Provas incontestáveis, entretanto, atestam que Beryl mostrou ao seu editor boa parte do livro (18, dos 24 capítulos) antes de ter conhecido Raoul.

Embora ambos retratem o mesmo lugar e período, e contenham muitos dos mesmos personagens, o livro de Beryl não encontrou público tão grande, nem provocou tanto impacto quanto *Out of Africa* (*Entre dois amores*), de Isak Dinesen, mas acredito que tivesse o mesmo potencial. A partir do momento em que li as primeiras frases, *West with the Night* se apoderou fortemente da minha imaginação. As descrições de Beryl de sua infância na África, do Quênia colonial em cada uma das suas estações, e suas extraordinárias aventuras, saltam da página — mas o mais impressionante, para mim, é a alma por trás das palavras. Ela era dotada de tanta fibra e coragem, mergulhando sem medo nos vastos abismos entre os sexos numa época em que tais feitos eram quase impensáveis. Eu jamais havia encontrado alguém como ela — uma mulher que viveu conforme seu próprio código, e não pelo da sociedade, ainda que isso lhe tenha custado caro; que se encaixaria perfeitamente na ficção vigorosa de Hemingway, se ele tivesse conseguido criar mulheres fortes e inflexíveis tão bem quanto fez com os homens.

Beryl era, sem dúvida, complexa — um enigma, uma libertina, uma subversiva. Uma esfinge. Mas, estranhamente, enquanto eu delineava seu personagem e mergulhava em seu mundo, ela se tornou, sob alguns aspectos, mais acessível e familiar para mim do que a própria Hadley Hemingway em meu romance *The Paris Wife* (*Casados com Paris*). Beryl e eu compartilhamos de pelo menos um profundo fragmento de genealogia emocional: minha mãe também desapareceu da minha vida quando eu estava com quatro anos e voltou quando eu tinha vinte. Levei um soco muito forte no estômago quando descobri tal conexão — e foi esse o melhor caminho que encontrei para me aproximar de Beryl, e que me permitiu o acesso a importantes *insights* em relação a algumas de suas escolhas mais difíceis. A perda de seu filho, por exemplo, foi absolutamente desoladora para mim. Embora ela nunca tenha sido muito próxima de Gervase, que permaneceu na Inglaterra com a mãe de Mansfield, ele parece ter herdado de Beryl a persistência e o estoicismo. Orgulhava-se do espírito aventureiro e das realizações da mãe e, ao que tudo indica, sentia mais afeição por ela do que pelo pai, ainda mais distante e indisponível.

A relação entre Beryl e Ruta se estendeu por toda a vida e as experiências partilhadas na infância geraram respeito mútuo e inabalável confiança. Embora se tivessem separado por algum tempo na década de 1930, quando ela se mudou para a Inglaterra, Beryl conseguiu localizá-lo depois da Segunda Guerra Mundial e, a partir de então, nunca mais perderam contato. Embora Beryl mantivesse seu coração fechado para a maioria das pessoas e seus segredos bem guardados, seus amigos e confidentes concordam que, exceto Ruta e seu pai, é provável que Denys Finch Hatton tenha sido o único homem que ela realmente amou. Ela morreu em Nairóbi, em 1986, aos 83 anos de idade, perto do quinquagésimo aniversário de sua quebra de recorde aéreo, e talvez pensando no momento em que subiu em seu Gaivota, guardando um frasco de conhaque em seu macacão de voo.

— *Twende tu* — exclamou ela em suaíli, ao afivelar o capacete.
Estou partindo.

Paula McLain, Cleveland, Ohio

Agradecimentos

Livros são intrincados esforços de colaboração. Posso trabalhar como uma escrava, isolada diante da minha escrivaninha, mas dificilmente estou sozinha. Muitos amigos incríveis me ajudaram na elaboração de *Entre o céu e a terra* e, embora eu espere ter expressado minha gratidão a cada um em diversos momentos ao longo do caminho, eles merecem menções formais e meu humilde muito obrigada. Minha agente Julie Barer é, apenas, a melhor que existe. Com dedicação, firmeza de caráter e um instinto maravilhoso, tornou-se minha primeira e a mais importante leitora, e também uma amiga querida. Sem ela, eu não teria tido vontade de fazer nada disso. Susanna Porter é o tipo de editora cobiçada por outros escritores, e com razão. Ela leu (e leu!) inúmeros rascunhos — mas nunca deixou de acreditar no que poderia ser este livro. Seu olho atento, sua percepção e inabalável dedicação vivem em cada página.

Encontrei o melhor lar possível na Ballantine Books e na Penguin Random House, e passei a confiar em muitos colaboradores cruciais que fazem tão bem o seu trabalho ali. Agradecimentos infinitos à adorável e brilhante Libby McGuire; também a Kim Hovey, Jennifer Hershey, Susan Corcoran, Jennifer Garza, Theresa Zoro, Quinne Rogers, Deborah Foley, Paolo Pepe, Benjamin Dryer, Steve Messina, Kristin Fassler, Toby Ernst, Anna Bauer, Mark Maguire, Carolyn Meers, Lisa Barnes e, é claro, à indispensável Priyanka Krishnan. Obrigada, Sue Betz, que foi tão atenciosa e perfeita em seu copidesque; Dana Blanchette, por seu lindo projeto gráfico com os elementos internos; e Robbin Schiff, pela incrível capa. Sou grata à incrível Gina Centrello, que ajudou com sua leitura essencial quando estávamos no auge do processo, e preciso também agradecer à incrível equipe de vendas por seu compromisso apaixonado com os livros, por conhecer com tanta precisão os números, por colocar meu trabalho nas mãos de livreiros e leitores, e por fazer tão incessantemente e tão bem o seu trabalho.

O pessoal da Barer Literary é incomparável e lhes devo muito: Gemma Purdy, Anna Geller e William Boggess. Muito obrigada também a Ursula Doyle, Susan de Soissons e David Bamford, da Virago; Caspian Dennis, da Abner

Stein; e Lynn Henry, Kristin Cochrane e Sharon Klein, da Doubleday Canada e Penguin Random House Canada.

A MacDowell Colony me apoiou com uma generosa residência literária, que me proporcionou o indispensável presente de tempo e espaço sem interrupções, e na qual pude trabalhar num crítico esboço inicial deste livro. Steve Reed me forneceu utilíssimas observações a respeito de pilotagem e voos, e foi também quem colocou em minhas mãos o livro de Beryl, *West with the Night*. Embora ele sem dúvida preferisse receber dinheiro ou um avião bimotor de colecionador, terá que aceitar minha eterna gratidão. Stacey Giere, da Maple Crest Farm, foi fundamental em sua ajuda para que eu descortinasse o mundo equino e o adestramento de cavalos. Devo-lhe muito, por seu tempo e *expertise*.

Meus profundos agradecimentos vão para a incrível equipe do Micato Safaris, por tornar minha viagem ao Quênia tão memorável e mágica: Felix, Jane e Dennis Pinto; Melissa Hordych; Marty Von Neudegg; Liz Wheeler; e Jessica Brida. Agradeço ainda a Fairmont Hotels & Resorts, em especial a Mike Taylor e Alka Winter, e a todos os meus anfitriões no Quênia: Norfolk Hotel, Muthaiga Country Club, Segera Retreat, a família Craig e Lewa Wilderness Lodge, Mount Kenya Safari Club, Andrew e Bruce Nightingale, de Kembu Cottages, em Njoro, Soysambu Conservancy e Sleeping Warrior Tented Camp Lodge e Fairmont Mara Safari Club.

Brian Groh foi meu braço direito na pesquisa de minha viagem à África para seguir os passos de Beryl Markham. Fez também as primeiras observações a respeito do original e é há muitos anos um intrépido amigo. Outros primeiros leitores-chave e apoios indispensáveis foram Lori Keene, David French, Jim Harms, Malena Morling e Greg D'Alessio. Outros amigos queridos me deram apoio e amor incondicionais por muitos anos e a quem devo agradecer: Sharon Day e Mr. Chuck, Brad Bedortha, a fenomenal família O'Hara, Becky Gaylord, Lynda Montgomery, Denise Machado e John Sargent, Heather Greene e Karen Rosenberg. Chris Pavone me trouxe de volta à razão, uma ou duas vezes. Muitíssimo obrigada ao pessoal do East Side Writers — Terry Dubow, Sarah Willis, Toni Thayer, Charlie Oberndorf, Karen Sandstrom, Neal Chandler e Justin Glanville — que sempre estão a meu lado.

Um agradecimento especial e um grande beijo vão para Terry Sullivan, por sua confiança ilimitada neste livro e em mim, pelos jantares fantásticos, e por tornar minha vida muito mais divertida! E, por fim, preciso agradecer à minha mãe, Rita Hinken; a meus filhos incríveis, Beckett, Fiona e Connor, por me dividirem, de certa forma, com meu trabalho; e a minhas irmãs, que são tudo para mim.

Nota sobre as fontes

Escrever ficção sobre pessoas reais é um pouco como saltar de paraquedas. Todo tipo de coisas me lançou no espaço em direção à minha história — curiosidade, imaginação, uma inefável conexão com meus personagens e, vamos admitir, algum estranho amor pela sensação de queda. Mas foi a pesquisa que me forneceu o paraquedas. Fontes concretas me ancoraram e me firmaram, tornando meu processo possível. Dizem-me o que preciso saber para inventar o que devo enquanto romancista — e por isso sou imensamente grata. *West with the Night*, o relato de sua vida inacreditável pela própria Beryl, levou-me a querer saber mais a respeito dela e foi o ponto de partida para meu romance, além de ser, por si, um trabalho fantástico. Outras fontes essenciais foram *The Splendid Outcast*, de Beryl Markham; *Out of Africa* e *Shadows on the Grass*, de Isak Dinesen; *African Hunter*, do barão Bror von Blixen-Finecke; *Straight on till Morning: The life of Beryl Markham*, de Mary S. Lovell; *The lives of Beryl Markham*, de Errol Trzebinski; *Beryl Markham: Never Turn Back*, de Catherine Gourley; *Too Close to the Sun: the Audacious Life and Times of Denys Finch Hatton*, de Sara Wheeler; *Isak Dinesen: the Life of a Storyteller*, de Judith Thurman; e *Isak Dinesen's Letters from Africa*, 1914-1931, traduzidas para o inglês por Anne Born.

The Flame Trees of Thika e *Nine Faces of Kenya: Portrait of a Nation*, de Elspeth Huxley; *The Bolter*, de Frances Osborne; *The Ghosts of Happy Valley*, de Juliet Barnes; *The Tree Where Man Was Born*, de Peter Matthiessen; *Swahili Tales*, de Edward Steere; e *Kenya: a Country in the Making*, 1880-1940, de Nigel Pavitt ajudaram-me a construir o Quênia colonial e as vidas desses expatriados britânicos.

Sobre a autora

Paula McLain é a autora de *Casados com Paris* (*The Paris Wife*), best-seller internacional publicado no Brasil pela Editora Nova Fronteira, que esteve na lista de mais vendidos do *The New York Times*. Recebeu seu MFA em Poesia na Universidade de Michigan e recebeu bolsas de Yaddo, da MacDowell Colony e do National Endowment for the Arts. McLain é também autora de duas coletâneas de poesia; uma biografia, *Like Family: Growing Up in Other People's Houses*; e um primeiro romance, *A Ticket to Ride*. Vive em Cleveland, com sua família.

Publisher
Kaíke Nanne

Editora executiva
Carolina Chagas

Gerente editorial
Renata Sturm

Coordenação de produção
Thalita Aragão Ramalho

Produção editorial
Marcela Isensee

Copidesque
Juliana Pitanga

Revisão
Flavia de Lavor
Mônica Surrage

Diagramação
Abreu's System

Capa
Maquinaria

Este livro foi impresso no Rio de Janeiro, em 2016,
pela Edigráfica, para a HarperCollins Brasil.
A fonte usada no miolo é Minion Pro, corpo 11/14,3.
O papel do miolo é Chambril Avena 80g/m², e o da capa é cartão 250g/m².